| PREMIUM LABEL. op. 003

오작교는 싫습니다

II

오작교는 싫습니다

살오른곱등이 장편소설

PREMIUM
LABEL

CONTENTS

오작교는 싫습니다

| Romance Fantasy
| crescendo

소공자는 싫습니다

5

소공자는 싫습니다

아우그란 아카데미에 입학하고 어느덧 1년이 지났다.

그 짧은 1년 동안 난 많은 일들을 일궈냈다.

일단 검술부 내에서 난 하일리 다음으로 검을 잘 잡는다는 평을 받게 되었고, 검술부 차석을 따냈다. 아무래도 하일리가 처음 나에게 진 이유는 그가 내 마법에 당황했기 때문이었던 것 같았다. 그는 매일 내 마법에 적응하더니 결국 날 뛰어넘었다.

젠장이었지만 그래도 나 또한 하일리 덕분에 여러모로 성장했기 때문에 결과적으로 서로 윈윈이었다.

동아리도 대박을 터뜨렸다. 코리와 함께했던 프로젝트가 몬스터 생태학 교수님의 개인적인 흥미를 이끌어 내 정기적으로 그분에게 지원을 받을 수 있게 되었다. 심지어 논문 참고 자료로 쓰신다고 하신다. 그 덕분에 지금 우리 동아리 순위는 전교 10위권 안에 들었다. 단 2명만 있는 동아리가 10위권이었던 적은 없다고 한다. 동아리 덕분에 내 수입이 좀 더 짭짤해졌다.

몬스터 마을을 모방한 모형은 지금 엄청나게 커져 있었다. 일단 하급 몬스터들은 전부 모았고, 이제 2학년이 되어 중급을 토벌하러 가게 되면 몬스터 도감은 더욱 채워질 것이었다.

1년 동안 학교에 다니면서 난 어느 정도 인지도를 얻기 시작했다. 내가 활동을 많이 하니까 사람들이 날 알아보기 시작한 것이다. '검술부 똥쟁이'라는 타이틀은 이미 잊힌 지 오래고, 새로운 별명들이 생겨나 끊임없이 타이틀을 갱신했다.

'노래 주의보', '맹수 조련사', '흑역사 컬렉터' 등등. 몇몇 별명들은 왜 생겼는지 도저히 이해가 가지 않았다. 다른 건 그렇다 쳐도 '맹수 조련사'는 또 무엇인가. 주변인들에게 물어봐도 대답해주는 사람은 한 명도 없었다.

여하튼 파란만장했던 1학년을 마치고 나도 이제는 2학년이 되어 교실을 한 층 위로 옮기게 되었다.

아, 참고로 바빴던 저번 방학과는 다르게 이번 1학년 겨울방학에는 아무도 만나지 않았다. 집안에 틀어박혀서 계속 마법 수련과 책만 읽었다. 그 이유는 1년 동안 너무 열심히 달려서 지쳤던 것이었다. 게다가 이브 일이라던지, 춤 일이라던지, 노래 일이라던지. 스트레스받는 일들도 너무 많았고.

요새 갑자기 성숙해진 하룬 덕분에 나는 집안 재정 문제에 관한 걱정을 조금 덜게 되었다. 의뢰도 많이 줄여 1년을 마무리하는 겨울방학 동안 나만의 시간을 잔뜩 보낼 수 있었다.

물론, 놀자고 주변에서 난리를 치긴 했다. 헤스티아가 우리 집까지 찾아온 것이었다. 헤스티아가 나를 애타게 불렀지만, 나는 잠수를 탔다. 잠시 사람들에게서 벗어나 혼자만의 시간이 필요했기 때문이었다.

1학년 때 너무 많이 시달린 까닭인지, 아니면 다른 이유가 있는 건지는 모르겠지만, 요즘 자꾸만 센티해지고 모든 게 귀찮아지기 시작했다. 그래서 감정 조절을 좀 하려고 문을 잠근 채 마법과 물건 만드는 것에 몰두했다. 검술 훈련도 방에서 했다.

방학 내내 내가 방구석에 처박힌 채 나오지 않자, 아버지가 방에 찾아와 무슨 일이 있는 거냐고 물어봤지만, 그런 건 없었다. 그냥 혼자 있고 싶을 뿐이었다. 굳이 이유를 말하자면 달거리를 시작한 뒤 자꾸 이렇게 기분이 나빴다. 달거리 기간이 끝났는데도 말이다.

그래도 새해 아침은 가족이랑 같이 보내줬다. 하룬과 카림은 까칠해진 나를 보며 걱정이 이만저만 아니었다. 나는 나 때문에 침울해진 분위기가 싫어, 하트를 날리니 모두의 기분이 풀렸다. 해피 엔딩.

여하튼 나는 방학 내내 방안에 틀어박혀 마법 좀 하다가, 검을 잡다가 잠 좀 자다가 그렇게 혼자 시간을 보냈다.

* * *

나이를 좀 더 먹는다고 해서 크게 달라진 건 없었다. 나는 여전히 똑같이 생겼고, 똑같은 성격에, 똑같은 동태 눈깔이었다. 키도 별로 자라지 않았다. 얼굴도 성숙하기보단 아직 어린애 얼굴이었다.

굳이 변화한 걸 꼽자면 가슴이 조금 커지긴 했다. 머리카락도 조금 자라고. 그것 이외에는 전부 같았다. 하기야, 겨우 나이 한 살 더 먹었다고 뭔가가 크게 바뀔 거라고 생각하는 것 자체가 이상한 거다.

그렇게 생각했었는데…….

"못 본 사이에 키가 작아졌나?"

하일리가 대련 중에 나를 내려다보며 말했다. 학교에 복귀하고, 2학년으로 올라가 처음으로 하는 하일리와의 대련이었다. 하일리는 겨울방학 내내 잠수를 탄 이유를 궁금해하는 눈치였지만 내 사정을 배려해 준 건지, 물어보진 않았다.

검술부 수업도 솔직히 학년이 2학년으로 바뀐 것뿐이지 특별히 바뀐 건 없었다. 아, 아니다. 이번 신입생 중, 검술부에 여학생들이 조금 들어왔다. 그것 빼고는 달라진 건 없었다. 그러나 방학 동안 얼굴을 보지 못한 하일리는 어딘가 달라져 있었다. 오랜만에 보니까 낯선 것도 있겠지만, 분명히 어딘가 달라져 있었다.

하일리가 나를 내려보며 묻자, 기분이 상했다. 물론 악의 없이 순수한 의도로 물어본 거라는 걸 알고 있었지만, 왠지 모르게 기분이 상했다.

"하일리 네가 키 큰 거겠죠."

나는 이제 하일리에게 '님'자를 빼고 말했다. 진즉부터 반말을 쓰라고 했지만, 미래의 상사에게 차마 반말을 할 수 없었기에 님 자를 붙인 것인데, 이제는 그러고 싶지 않았다.

내가 불쾌하다는 듯이 대답하자, 하일리가 고개를 갸웃거렸다.

"내 키가 컸나? 난 똑같은 것 같은데?"

하일리가 물어보자, 나는 그를 한 번 더 훑어보았다. 자세히 보니 잠시 안 본 사이에 하일리는 많이 성숙해져 있었다. 선이 조금 굵어졌고 어깨도 벌어졌다. 키도 나를 내려다볼 정도로 커져 있었다.

마냥 소년 같았던 동그란 이목구비가 날렵해져 있었다. 원래는 눈동자가 동그래서 귀여웠는데 지금은 잘생겼다는 느낌이 더 강했다. 그러고 보니 미성이었던 하일리의 목소리가 변성기를 맞아 굵어졌다. 여러모로 많이 바뀐 우리 황태자 씨다.

나만 빼놓고 부쩍 성장한 하일리가 왠지 얄미웠다.

내가 하일리에게 반격하자, 하일리는 너무도 손쉽게 공격을 막았
다. 불규칙적이었던 내 패턴을 이미 습득한 것이다. 게다가 힘도 예
전과 달랐다. 하일리는 디버프라는 페널티를 달고도 나를 손쉽게 상
대했다. 기술적인 면에서는 피나는 노력으로 겨우 따라잡았지만 힘
에서는 격차가 심했다.

결국 나는 하일리의 반격을 막지 못하고 뒤로 넘어져 엉덩방아를
찧었다. 하일리는 넘어진 나를 보더니 당황해서 달려왔다.

"아, 미안해! 힘 조절한다는 게!"

가까이 다가와 나를 일으켜 세우는 하일리의 모습에 나는 하일리
의 커진 덩치를 다시 한번 실감할 수 있었다. 햇빛을 등져 생긴 하일
리의 그림자에 내 몸이 덮어진 것이다.

나는 재빨리 하일리를 밀쳐냈다.

"방학 때 좀 커졌다고 건방 떨지 마요! 우유 더 마시면, 노력 좀만
더하면 나도……!"

하일리는 내 반응에 고개를 갸웃거린다. 하일리는 죄가 없다. 그
냥 나 스스로가 분한 것이다. 한 살 먹었다고 남들도 크게 변하지 않
았다고 생각한 건 내 착각이었다.

* * *

수업이 끝나고, 하일리의 변화에 분해 그냥 이유 없이 뛰어다니다
가 이브와 부딪혔다. 이브는 오랜만에 날 보더니 반가워하며 껴안았
다. 왜 이렇게 만나기 힘드냐는 이브의 물음에 나는 아무 말도 할 수

가 없었다.

이브는 내가 방학 동안 잠수를 탈 때 가장 많이 나를 찾았었다. 조금 미안했지만, 이해해주길 바랐다. 나 요즘 예민하거든.

잠수의 이유를 묻는 이브에게 그냥 혼자 있고 싶어서라고 말하려다가 어린애 취급받을 것 같았다. 나는 이브와 포옹하는 게 예전보다 더욱 어색하게 느껴져 바로 밀쳐냈다. 이브는 내 상태가 좋지 않다는 걸 바로 깨달았는지 놀란 눈으로 되물었다.

"무슨 일이야?"

이브가 부딪힌 내 어깨를 감싸며 물었다. 나는 그런 이브의 얼굴을 물끄러미 바라보았다. 이브도 나이를 먹으니 많이 달라진 모습이었다. 원래 키가 큰 편이었지만 조금 더 커져 있었다. 소년의 모습은 거의 사라지고, 색기 넘치는 어른의 얼굴이 보였다.

키가 큰 이브 앞에 서 있자니 정말 작아진 느낌이었다. 이토록 중력이 무겁게 느껴지는 것은 처음이었다. 공기가 나를 눌러 압축하고 있는 듯한 기분이다. 압축 포장됐다.

나는 이브를 밀치고 다시 복도를 뛰기 시작했다. 그냥 왠지 모르게 달리고 싶었다. 미안해 이브, 나중에 잘해줄게.

나는 내 마지막, 유일한 희망을 찾았다.

그것은 바로 코리였다. 코리는 작년 방학 전까지만 해도 나랑 키가 비슷했다. 아주 조오금 더 컸다. 게다가 덩치도 나랑 비슷했었다. 솔직히 조금 가냘픈 면이 있었지?

나는 코리를 믿어보기로 했다. 코리는 자라지 않았을 거라고 생각하면서 말이다. 다 키가 크고 성장하고 있는데 나만 제자리인 건 싫었다.

코리는 학교가 끝나면 학교 벤치에 앉아 과자와 함께 햇빛을 즐겼다. 날씨가 좀 선선하니 필수 아이템인 담요를 어깨에 두르며 말이다.

움직이는 장소가 한정적인 코리를 찾는 건 어렵지 않았다. 나는 벤치에 앉아 있는 코리를 손쉽게 발견할 수 있었다. 나는 코리를 부르려다가 잠시 멈췄다. 이상했다. 저건 코리의 뒷모습이 확실히 맞는데.

코리는 하늘을 바라보며 긴 막대 과자를 먹고 있었고 구부정한 자세로 앉아 있었다. 그래서 덩치가 작아 보이면 작아 보였지, 커 보일 리는 없었다. 하지만, 담요를 두른 코리의 어깨는 내가 작년 1학년 때 본 그 어깨가 아니었다. 미묘하지만 넓어져 있었다.

나는 코리에게 성큼성큼 다가갔다.

코리는 입에 막대 과자를 문 채 햇빛을 맞으며 눈을 감고 있었다. 따뜻한 나머지 얕은 잠에 빠진 것 같았다. 그렇게 태평하게 벤치에 앉아 있던 코리는 내가 다가오자 눈을 떴다.

"어라, 슈슈?"

코리는 오랜만에 보는 내 모습에 잠에서 깨어나 놀란 표정을 지었다. 방학 내내 잠수를 타던 내가 갑자기 인사하자, 당황한 듯 먹던 과자를 떨어뜨렸다.

당황하는 것도 잠시, 코리는 나를 보며 곧 졸린 미소를 지었다. 코리도 다른 애들처럼 내게 잠수를 탄 이유를 물어보지 않았다. 돌연히 나타난 나에게 그저 일광욕을 권했을 뿐이었다. 햇빛이 따뜻해서 노곤한 코리였다.

코리는 자기 옆에 담요를 깔고는 나보고 거기에 앉으라고 자리를 내주었다. 코리는 말없이 자기 옆자리를 툭툭 치고선 다시 햇빛을 맞으며 눈을 감았다. 저러다 곧 잘 것 같다.

나는 코리를 잠시 깨웠다.

"코리, 잠시만 일어나봐. 확인할 게 있어."

"……?"

코리는 내 말에 눈을 떴다. 코리는 자기 옷에 묻은 꽃가루를 털며 자리에서 일어섰다. 갑작스러운 내 행동에 그는 의문 가득한 표정을 지었다.

나는 마법으로 거울 비슷한 물체를 만들어 우리 둘 앞에 세웠다.

"뒤돌아 봐. 키 좀 재보자."

"키?"

코리는 내 말에 순순히 담요를 내려놓고 거울 비슷한 물체 앞에 서서 나와 등을 마주했다. 그리고…… 나는 충격을 받을 수밖에 없었다. 나랑 키와 덩치가 비슷했던 코리가 더 이상 존재하지 않았기 때문이었다.

"뭐야, 왜 이렇게 커졌어?"

나는 코리를 바라보았다. 비단 길어지기만 한 것이 아니었다. 어느새 사나운 미소년의 얼굴이 사라지고, 얼굴선이 굵어진 냉미남 느낌이 나기 시작했다.

코리는 내 말에 당연한 걸 왜 묻냐는 표정을 지었다.

"그야 성장기니까."

코리의 말에 나는 괜히 투덜거리고 싶었다. 그야 그렇긴 한데, 나는 여전히 땅꼬마였다. 모두 땅꼬마면 상관없는데 나만 땅꼬마다.

"나도 성장긴데 안 자랐단 말이야."

내 말에 코리는 내 머리 위에 손을 올려놓는다.

"요새 야채를 먹고 있어."

"그게 뭐."

"그래서 키가 큰 것 같은데."

"난 야채든 뭐든 그냥 다 먹는다고!"

사실 야채고 뭐고, 음식이고 뭐고 그게 이유가 아니라는 걸 안다. 본질적으로 유전자가 다른 것이다. 그럼에도 분한 건 어쩔 수 없었다. 괜히 지는 기분이다. 이러다가 나중에 기사단에 들어가서, 묻히는 건 아닐까. 작은 키 때문에 보이지 않게 되는 건 아닐까. 멍청한 상상도 해 보았다.

내가 패닉에 빠져 있자 코리는 나를 물끄러미 내려다보았다.

"이렇게 보니까, 진짜 작네."

코리는 작은 목소리로 혼자 중얼거렸지만, 나는 그 말을 듣고야 말았다.

"난 이게 좋은데."

코리는 나보고 귀엽다고 말하려다가 입을 닫았다.

내가 왜 울상인지 깨달은 것이다. 그리고선 급하게 말을 바꿨다.

"작은 게 원래 더 늠름해. 뚝심이 있어 보이잖아."

"……?"

"나 키 커서 막대기 같다는 소리도 많이 들어. 괜찮아. 굉장히 멋있어 너."

나는 입을 다물고 아무 말도 하지 않았다. 코리는 계속 키 작은 것에 대해 칭찬을 늘어놓았지만 별 소용이 없었다.

코리는 계속 내 표정을 바라보다가 다시 입을 열었다.

"……미안. 나름 위로였는데."

코리는 축 처진 내 등을 토닥이더니 키 크는 것에 협조해주겠다며 내 양팔을 잡고 위로 쭈욱 잡아당겼다. 잡아 늘이면 키가 커질 거라며 말이다. 하일리도 중간에 끼어들어서 이제 양쪽에서 내 손을 잡고 좌우로 늘이기 시작했다. 힘이 센 하일리가 나를 잡고 드니 순간 내 몸이 허공에 잠시 떠올랐다.

이건 이거대로 수치스럽다. 나는 두 명을 버리고 기숙사로 뛰어갔다. 정말 요즘 내가 왜 이러는지 모르겠다.

하일리는 내가 왜 우울한지 코리에게 전해 들었는지, 이제부터 수련 때마다 키 크는 스트레칭을 넣을 거라고 했다. 그러면서 하일리는 "네가 연습만 열심히 한다면 키가 작아도 나를 언제든지 이길 수 있어."라며 마음에도 없는 소리를 했다. 미래의 너는 소드마스터가 되는데 내가 무슨 수로 너를 이기니.

요즘 내 고민을 눈치챈 이브도 나를 응원해줬다. 어디서 구해왔는지 모를 키 크는 약을 지어와 나에게 안겨줬다. 비싼 건 안 받는다고 하자, 이브는 하룬을 착취하고 산 거라며 걱정하지 말라고 했다. 그제야 나는 감사히 받겠다고 했다.

하일리가 주변 사람에게 뭐라고 말한 건지, 지나가는 사람마다 나 보고 "멋있다", "늠름하다", "박력 있다" 등 위로의 칭찬을 해주고 떠났다.

뿐만 아니었다. 학교 급식에 우유가 나올 때면 검술부 애들이 하나씩 들고 와서 나를 줬다. 때문에 내 책상 위엔 항상 우유가 산더미처럼 쌓여 있었다. 후배 검술부 여자애들도 나에게 힘내라며 말린 멸치를 주고 갔다.

심지어 배식하시는 분들도 나를 알아봤다. 내가 식사를 하러 올 때면 멸치나 우유나 칼슘이 많은 음식을 듬뿍 담아주시곤 한다. 나는 많은 이들의 성원이 처음에는 관심받는 것 같아 부끄럽고 황당했지만, 익숙해지자 무척 고마웠다.

그나저나 2학년이 시작되고 잠시 못 본 사이에 나를 배신한 건 비단 남자애들뿐만이 아니었다. 헤스티아도 방학 동안에 폭풍 성장해, 나를 배신했다.

헤스티아는 1학년 마지막 방학 동안 키도, 가슴도, 골반도 엄청 커졌다. 얼마 전까지만 해도 소녀 같았던 헤스티아는 이제 성숙한 어른의 느낌이 났다.

물론 다들 서서히 커진 거겠지만, 나는 이제야 자각을 했기 때문에 모든 게 새삼스럽게 느껴졌다. 아직은 모두 어린 애들이었지만 그래도 성숙을 향해 나아가고 있는 중이었다. 나만 빼고.

달라진 게 하나도 없는 나였다. 얼굴이라도 성숙해지면 그나마 위로될 텐데, 별로 달라진 게 없다. 내 얼굴에는 아직도 젖살이 잔뜩 남아 있었다.

헤스티아는 우울해하는 나를 보더니 입을 열었다.

"슈슈는 키가 커지고 싶은 거야?"

"……그냥 좀 크고 싶어."

나는 한숨을 쉬며 말했다. 아직도 내겐 어린애 느낌이 남아 있는 것 같았다.

"작아도 괜찮아! 작은 여자들은 남자들의 보호 본능을 자극한다잖아."

"그러니까, 그게 싫어. 굳이 보호받고 싶지 않아."

웬만하면 의지가 됐으면 했다. 나는 남에게 보호 대상이 아니라, 의지가 될 수 있는, 믿음직한 사람으로 있고 싶었다. 전쟁터에서 등을 맡길 수 있는 전우처럼 말이다.

"그래? 아, 맞다. 슈슈는 연애 안 한다고 했지?"

"그렇지."

"왜?"

"솔직히, 연애 못 할 것 같아서. 그래서 나는 나 혼자 잘 먹고 잘살려고."

연애를 하려면 헤스티아를 멀리해야 하는데 그건 싫었다. 형체가 없는 불확실한 존재를 얻으려 현재 있는 소중한 관계를 팔아넘기고 싶진 않았다. 게다가 지금도 충분히 내 인생에 만족하고 있었고, 연애는 그저 호기심일 뿐이었다.

그나저나 하일리는 요새 내게 헤스티아랑 이어달라는 소리를 하지 않는다. 뭐, 혼자서 열일하고 있는 거겠지. 코리나 이브도 헤스티아에게 호감은 있는 것 같던데 모두 파이팅.

그럴 일은 없겠지만 혹시…… 남주들이 한꺼번에 몰려와서 헤스티아랑 엮어달라고 부탁하면 난 누구를 편들어줘야 하나. 그래도 코리가 제일 믿음직스러우니 코리로 할까?

코리라면 헤스티아를 맡길 수 있었다. 좋은 남편이 될 거야. 아니다, 그래도 하일리의 권력을 무시할 순 없지. 하일리는 본성이 착하고 순진해서 헤스티아를 상대로 바람피울 것 같진 않다.

반면, 이브는 살짝 걱정되었다. 헤스티아가 이브에게 엄청 휘둘릴 것 같았기 때문이었다. 이브가 헤스티아를 아껴주기야 아껴주겠지만, 살짝 불안했다. 이브는 밀당을 잘해서 헤스티아 마음 아프게 할 것 같다. 그렇다면 이브는 패스.

머릿속에 그려놓은 관계가 점점 복잡해지자, 나는 한숨을 쉬었다. 아 몰라. 내 일 아니니까. 알아서 하겠지 뭐.

"학생이 뭔 연애야. 공부해라 헤스티아."

내가 빈정거리자 헤스티아는 웃으면서 고개를 끄덕였다.

나와 헤스티아는 학교 근처를 같이 걸으며 수다를 떨기 시작했다. 대화하느라 정신이 팔려 있는 사이, 앞에서 사람이 걸어왔다. 그 사람은 짐을 한가득 끌고 오고 있었는데 그 사람도 정신이 딴 데 팔려 있는지 고개를 푹 숙이고 자기 발만 보며 멍하니 걷고 있었다.

헤스티아는 실수로 앞에 걸어오던 사람과 부딪히고 말았다.

"아이 씨."

그 사람은 짜증이 섞인 목소리로 중얼거렸다. 헤스티아와 부딪힌 사람은 굉장히 눈에 익은 사람이었다. 은발에 보석안을 가진 예쁜 소년, 스완하덴 블란치였다. 스완은 저번에 내가 봤을 때보다 조금 더 자라 있었다.

그러고 보니 저번에 2학년에 편입한다고 했었는데…… 조금 늦다 싶더니, 오늘 전입을 한 것 같았다.

스완의 짐으로 추정되는 물건이 바닥에 널브러져 있다. 물건들의 대부분은 무기와 포션이었다. 나는 넘어진 헤스티아를 먼저 일으켜 세우고 널브러진 짐들을 정리해 스완에게 건네주니 그는 나를 보지도 않고 성의 없이 물건을 낚아챘다.

넘어졌다 일어난 스완은 잠시 바닥만 보고 있다 고개를 들어 헤스티아를 바라보았다. 그리고는 뭔가를 말하려다 입을 다물었다. 그리고 잠시 헤스티아를 멀거니 쳐다보았다.

"오랜만이네?"

스완은 헤스티아를 눈에 담고 웃었다. 잘 웃지 않는 애였는데 억지로 웃고 있었다. 그 뒤로도 한참 동안 헤스티아를 바라본다. 그렇게 헤스티아를 묘한 눈으로 쳐다보던 스완은 곧 말없이 남자 기숙사 쪽으로 걸어갔다.

그나저나 난 왜 본 척도 안 해. 작다고 안 보여서 인사 안 한 건 아닐 테고. 짐까지 주워줬는데.

헤스티아를 좋아해서 아는 척하는 건 이해한다. 하지만 아무리 헤스티아가 좋다고 해도 나도 과거에 알던 사이였는데 아는 척 좀 해주면 안 되나.

아, 설마 까먹은 건가. 그런 거라면 이해가 간다. 크게 상관은 없지만 조금 슬프다. 내가 존재감이 그리 없었나 싶다.

나는 멀어져가는 내 소꿉친구 스완을 바라보았다. 저번에 보니까 성격도 별로 안 좋던데, 경계해야 할 것 같다. 나한테 헤스티아랑 이어달라고 부탁하면 바로 거절할 것이다.

근데 거절했다가 뒤에서 칼 맞는 거 아냐? 나는 괜히 뒤통수를 만지작거렸다.

* * *

검술반 선생님께서 우리를 한자리로 모았다. 선생님의 옆에는 어제 본 스완하덴이 서 있었다.

"올해 우리 검술반에 새로 들어온 학생이다. 새로 들어와 모르는 게 많을 테니, 모쪼록 많이 도와주도록."

선생님께서 새로운 학생이라며 스완을 검술부 애들에게 소개해주셨다. 스완은 자신을 소개하는 자리였음에도 불구하고 별로 관심이 없는 듯 바닥의 개미를 쳐다보고 있었다. 살짝 졸린 지, 큰 눈이 반쯤 감겨 있다.

검술부 아이들은 스완의 갑작스러운 등장에 술렁이기 시작했다. 블란치 공작가는 여러모로 베일에 싸여 있는 곳이었기 때문이었다. 공작가라는 엄청난 지위를 가졌음에도 좀처럼 모습을 드러내는 일이 별로 없었다.

스완의 집안은 대대로 백마법사를 배출해내는 집안이어서 가끔 전쟁터에서나 얼굴을 비칠 뿐이었다. 블란치 공작가의 사람들은 피투성이인 전쟁터에서 흰옷을 입으며 마치 성직자처럼 사람들을 치료해줬다.

그런 치유계 쪽 집안의 사람이 검술부에 든다고 하니, 당연히 다들 놀랄 수밖에 없었다. 뭐, 스완의 예쁜 얼굴도 한몫했을 테지만.

많은 학생들이 그의 미모에 얼굴을 붉히며 웅성거렸다. 천사 같은 외모라며 칭송하는 모습을 바라보며 난 그저 한숨만 쉬었다. 얼굴만 보면 확실히 천사 같긴 하다. 특히 웃을 때는 더더욱. 하지만 그의 성격을 대충 알고 있는 나는 살짝 무서웠다.

나는 스완하덴의 소개를 들으며 내 옆의 하일리를 바라보았다. 하일리는 아까부터 아무 말도 없었다. 요즘 내 기분이 저조해서 틈만 나면 말을 걸곤 했는데, 오늘따라 하일리가 조용하다. 아니, 정확히 말하면 스완하덴이 연무장에 들어오고 난 후 살짝 떨고 있었다.

스완하덴은 지루한 표정으로 자신의 소개를 하는 선생님의 말씀을 듣다가 하일리와 눈이 마주쳤는지 하일리를 바라보며 해맑게 웃었다.

그러자, 하일리가 이를 갈기 시작했다. 그도 저 미소가 얼마나 사악한지 알고 있는 듯했다.

"으윽, 결국 오고야 말았군. 답지 않게 싱글싱글 웃다니. 왜 저러는 건가."

"왜 그렇게 떨고 있어요. 혹시 하일리, 스완하덴보다 약한 거예요?"

"……그건 아니지만. 그래도, 쟨 나랑 상극이다."

하일리의 말에 나는 스완을 만났던 어린 시절을 떠올려 보았다. 스완은 어렸을 때부터 검을 잡았다. 블란치 공작을 따라 우리 집에 와서 연무장도 이용했었고, 나와 마주친 적도 있었다. 물론 별로 말은 하지 않았던 것 같지만.

어렸을 때, 검을 휘두르는 그의 모습을 딱 한 번 본 적이 있었다. 하일리와 다르게 부드러우면서 날카로운 움직임이었다. 근데 너무 어렸을 때 본 거여서 현재 검 스타일은 잘 모른다.

나는 하일리에게 스완의 전투 스타일을 물어보았다. 그러자, 하일리는 인상을 썼다.

"쟤 검 스타일? 그냥 사람을 마구잡이로 패는 거다. 방어 없이 공격만 해서 굉장히 골치가 아프지."

……방어를 안 해? 나는 하일리의 말에 살짝 의문이 들었다. 방어는 검술에서 필수 아닌가.

그나저나 스완 쟨 여전히 목티에 긴팔이다. 어렸을 때도 몸에 여기저기 흉터가 많아 흉터를 가리기 위해 목티에 긴팔을 입었었는데, 어릴 때보다 더 흉터가 많아진 것 같았다.

선생님의 짧은 말씀이 끝나자마자 애들은 자기 수련을 위해 바로 해산했다.

하일리도 재빨리 도망치려고 준비하고 있었다.

"하일리 어디 가냐."

그러나 저 뒤에서 스완의 목소리가 들려왔다. 고개를 돌려 보니 그는 하일리를 보며 예쁘게 웃고 있었다.

스완하덴이 목검을 하나 잡으며 화려하게 돌린다. 풍차처럼 돌아가는 목검이었다.

"오랜만에 봤는데 섭섭하게 이러기?"

하일리는 뒤를 돌아 내 어깨를 잡으며 앞으로 성큼성큼 걸어갔다. 처음에는 걷다가 뒤에서 스완이 비웃음 섞인 목소리로 뭐라고 말하자 뛰기 시작한다.

이렇게 발 빠른 하일리는 처음이었다. 하일리는 나를 데리고 도망치면서 나에게 작게 속삭였다.

"슈슈, 쟤 아직도 따라오고 있나?"

하일리의 말에 나는 힐끔 뒤를 돌아보았다.

음, 이제 하일리에게 관심이 사라진 듯 스완하덴은 뒤를 돌아 선생님 쪽으로 걸어가고 있었다. 자세히 보니 선생님께서 그를 부르신 것이었다.

나는 털을 세운 하일리가 안쓰러웠다. 황태자가 소공자를 두려워하다니. 나는 하일의 머리카락을 헤집으며 쓰다듬었다. 내가 지켜준다니까 하일리는 안심한 듯한 표정을 짓다가 자존심이 상한 듯 제 몸은 스스로 지킬 수 있다며 나에게 성질을 냈다.

생각해 보니 하일리와 스완, 코리는 원래부터 알고 있던 사이였다고 했지. 그러고 보니 스완과 이브도 진즉 알던 사이 같았다. 소설에서도 남주끼리 이렇게 다 친했었나 의문이 들었으나, 답이 곧바로 떠오르지 않자 곧 머리를 굴리는 것을 관뒀다.

* * *

스완하덴은 종종 우리 반에 찾아왔다. 블루반인 그가 옐로반까지 오는 이유는 다름이 아닌 헤스티아 때문이었다.

스완은 아무 말 없이 와서 헤스티아의 얼굴만 계속 쳐다보다 갔다. 가끔 인사를 하는 것 외에는 웬만해선 말도 걸지 않았다. 나는 헤스티아를 부드러운 눈빛으로 쳐다보는 스완이 무척 낯설었다. 꼭 사랑에 빠진 것 같은 저런 얼굴은 처음이었기 때문이었다.

저렇게 매번 찾아오면서 헤스티아에게 말 한 번 걸지 않은 채 돌아가는 스완이 그저 황당했다. 그럼 도대체 왜 찾아오는 거야? 게다가 내가 자신을 계속 관찰하고 있다는 것을 알 텐데도 그는 날 보지 않았다. 시선도 맞추려 하지 않았다. 그 정도로 날 없는 사람 취급하는 건가 싶어서 조금 씁쓸했다.

그나저나, 저거 진짜 나중에는 나한테 헤스티아랑 이어달라고 부탁하는 거 아냐? 나는 매일같이 자신을 찾아오는 스완을 헤스티아가 어떻게 생각할지 궁금했다.

"스완을 어떻게 생각하냐고?"

내가 고개를 끄덕이자 헤스티아가 얼굴을 굳힌다.

"슈슈, 스완하덴한테 관심이 있는 거야?"

헤스티아가 주제를 벗어난 질문을 하자 나는 당황한 얼굴로 답했다.

"아니, 그건 아닌데. 걔가 너한테 관심 있는 거 같아서."

내 말에 헤스티아는 잠시 놀란 표정을 지었다. 그리고 무슨 생각을 하는 건지 인상을 살짝 찌푸리다가 곧 다시 재빠르게 미소를 지었다. 오늘따라 헤스티아의 표정이 참 다채롭다.

"음, 매일 찾아오니까?"

"뭐, 그렇지."

나는 헤스티아의 반응을 살펴보았다. 헤스티아는 스완을 나쁘게 생각하지 않는 것 같았다.

솔직히 남주들이 헤스티아에게 호감이 있다는 건 어느 정도 알겠는데, 반대로 헤스티아가 남주들에게 얼마나 호감이 있는지는 모르겠다. 갑자기 상황이 조금 재미있어졌다.

생각에 잠겨 턱을 만지작거리고 있는데 헤스티아의 표정이 조금씩 굳어져 갔다.

"슈슈, 스완만은 절대 안 돼."

"······?"

표정을 굳히며 말하는 헤스티아가 조금 낯설다. 맨날 웃으면서 찡찡거리기만 하던 애였는데 갑자기 미소를 없애니 조금 당황스러웠다.

내가 "뭐가 안 되는데?"라고 묻자, 헤스티아는 평소와 같은 예쁜 미소로 아무것도 아니라고 대답했다.

* * *

오전 수업이 끝나고 나는 오후 수업으로 이동했다. 옷을 갈아입고 연무장으로 가니 왠지 시끄러웠다.

"스와아아안! 너 이, 이!"

왜 시끄러운가 했더니 검술부 학생들이 분노로 가득 찬 표정으로 스완을 쫓고 있었다. 스완은 자신을 뒤따라오는 학생들을 힐긋 바라보다가 역겨움이 어린 표정을 지었다.

"추한 너희들을 보니 기분이 나빠지려 하거든? 더 이상 쫓아오지 말아줘."

"이, 이이! 네가 이렇게 만든 거잖아!"

추하다는 스완의 말에 난 그를 뒤쫓는 학생들을 관찰했다. 학생들의 옷이 모두 굉장히 예술적으로 잘려 있었다. 블루반 검술부 애들의 수련복 가슴 부분이 조금씩 잘려 있었는데, 그 모양새가 조금 추했다. 옷의 가슴 쪽 꼭지 부분만 하트 모양으로 잘린 것이었다. 남학생 무리가 전부 양 가슴을 하트 모양으로 드러낸 채 뛰고 있으니 굉장히 추했다.

"나보고 승부를 겨루자며. 해줬는데도 난리야."

스완은 큰 눈을 동그랗게 뜨며 뭐가 잘못됐냐는 순진한 표정을 지었다. 아무래도 남학생들이 스완에게 승부를 걸었었던 것 같다. 소공자에다 예쁘게 생겼고, 치료 마법사로 알려진 그가 검술부에 들어오니 아마 거슬렸던 듯싶다.

지금 상황을 보니, 아마도 스완이 자신을 이기지 못한 남학생들의 옷을 벌칙으로 자른 것 같았다. 앞으로 계속 입어야 하는 옷인데 불쌍했다.

"옷을 이렇게 만드는 게 어딨어? 이러고 어떻게 수련하란 말이야! 게다가 왜 하트 모양인데!"

"너 검술 수업 끝나고 고백한다길래 도와준 거잖아. 하트 꼭지로 사랑을 전해 보쇼."

"이 옷을 입고 어떻게 전해! 차일 거라고!"

"네 거지 같은 생김새를 보니 아무것도 안 해도 차일 것 같은데. 남 탓은 나빠."

쫓아가던 한 남학생이 분노에 어린 목소리로 소리치자, 스완이 생글생글 웃으며 받아쳤다.

남학생이 불쌍했지만, 왠지 개그물을 보는 것 같아 웃음이 나왔다. 와, 근데 스완하덴 성격 진짜 장난 아니네. 구경하는 건 재미있지만…… 내가 저 남자애였으면 울었다.

이어서 스완에게 원한이 있는 다른 남자애가 억울한 표정을 지으며 물어보았다.

"난 너랑 대련하지도 않았고, 고백도 안 하는 데 왜 이렇게 자른 거야! 난 그냥 옆을 지나간 것뿐이라고!"

"그렇구나."

"이…… 이익! 저놈 내가 묵사발 내고 만다!"

결국 스완은 화가 난 남학생들에게 붙잡히고 말았다. 내가 보기엔 왠지 일부러 잡혀준 것 같지만.

"야. 무섭잖아. 나 마법사여서 가련한데."

"네가 어디가 가련해?"

"콜록콜록."

애들에게 둘러싸이자, 스완은 목소리를 높여 주변에 도움을 청했다.

"선생님, 애네들이 '신입 밟기' 해요. 도와주세요!"

스완이 높낮이 없는 목소리로 선생님을 찾자, 때마침 옆을 지나가던 정의로운 검술부 선생님이 스완에게 달려갔다. 그리고선 스완을 그 애들 무리로부터 구해줬다.

"네 이놈들! 안 그래도 늦게 들어와서 힘들어하는 애한테!"

스완은 자신을 구해준 선생님 앞에서 가련한 척 연기했다.

"선생님, 저 너무 힘들어요, 흑흑."

국어책을 읽는 듯한 발 연기였지만 선생님에겐 먹혀들었다. 그렇게 해서 스완은 자신을 귀찮게 구는 모든 남학생들을 처리했다. 스완은 끌려가는 남학생들을 쳐다보며 손을 흔들었다.

나는 그 광경을 처음부터 끝까지 지켜보며 몸을 떨었다. 흠, 확실히 하일리가 무서워할 법도 하다. 하일리는 스완 같은 애들이 괴롭히기 쉬운 타입이었으니까.

그나저나 너무 유심히 바라본 탓일까, 스완하텐이 내 존재를 눈치챈 것 같았다. 하일리는 아직 연무장에 도착하지 않았고, 방금까지 시끄럽게 굴던 남학생들은 선생님에게 모두 끌려간 상태였다. 어쩌다 보니 연무장 한가운데에 나랑 스완밖에 없었다.

스완은 자신이 나락으로 이끈 애들을 사악한 표정으로 바라보다가 불현듯 몸을 굳혔다. 웃고 있던 그의 얼굴도 갑자기 같이 굳어졌다. 스완은 작게 "……젠장."이라고 중얼거리고는 시선을 바닥으로 내렸다. 이쯤 되면 나를 한번 봐줄 법도 한데, 그는 절대 내 쪽으로 시선을 돌리지 않았다.

잠시 그렇게 가만히 있던 스완은 내 반대 방향으로 시선을 돌리더니 갑자기 도망쳤다.

* * *

스완은 저번 검술 시간에 도망친 이후로 더 이상 하일리 근처로 오지 않았다. 정확히 말하면 하일리 근처에 있는 나를 피하는 것 같앉다.

내가 본 장면이 그에게 수치스러운 건가 싶었지만, 그게 원래 그의 성격인 걸 알고 있었기에, 나는 개의치 않았다. 스완이 도망친 이유가 궁금했으나 그 궁금증은 오래가지 않았고, 저녁 식사 메뉴에 묻혀 잊혀졌다.

나는 코리랑 하일리를 보러 그린반에 찾아갔다. 딱히 이유가 있어서 찾아간 게 아니라, 그냥 함께 놀려고 찾아간 거였다. 저번에 코리가 "내 사물함에 간식 많으니까, 와서 받아 가."라고 말했으니까 가면 간식도 주겠지?

예전에는 안 그랬는데 요새 자꾸 음식이 당긴다. 식욕도 부쩍 늘었고, 코리 간식을 나눠 먹는 일도 많아졌다. 원래 많이 먹었지만 더 들어가는 기분? 오히려 코리는 내가 많이 먹는 걸 좋아하는 것 같았다. 너무 많이 뺏어 먹는 것 같아서, 미안한 마음이 있었는데 먹는 모습을 보며 뿌듯해하는 코리를 보니 마음이 한결 놓였다.

아무튼, 나는 절대 먹으러 그린반에 가는 게 아니었다. 코리랑 하일리를 한번 봐주러 가는 것이다. 놀러 가는 거라고. 절대 음식에 목적이 있지 않아.

그린반으로 향하면서 나는 군침을 삼켰다. 아, 배고파.

그린반에 도착한 나는 바로 코리랑 하일리를 부르려고 했지만, 순간 멈칫했다. 그린반이 무척이나 왁자지껄했기 때문이었다. 소란의 중심에는 코리와 하일리 그리고 그린반에 찾아온 스완이 있었다.

스완은 하일리에게 자신이 접은 종이학을 던지고 있었다. 도대체 몇 개를 접은 건지 계속 쉴 새 없이 던졌다. 종이학이 하늘을 잠시 날다가 하일리를 공격한다.

"내놔."

하일리의 품에는 영상구들과 사진구들이 잔뜩 있었다.

"으윽, 진짜 안 된다! 걔가 알면 날 진짜 죽일 거다!"

"그 전에 내가 널 죽일 수 있는데?"

하일리가 필사적으로 스완에게 물건을 뺏기지 않으려고 반항하자, 스완은 마법과 악력을 사용해 하일리를 누르고는, 종이학을 들면서 무서운 표정을 지었다. 하일리의 콧구멍에 저 작은 종이학을 넣을 기세다.

"숨구멍을 다 틀어막기 전에 빨리. 지금 많이 참고 있어."

우리 불쌍한 하일리, 스완한테 삥도 뜯기는구나. 저 물건이 뭔지 모르겠지만 현재 내 관심은 그것보다 코리의 사물함 속 물건에 쏠려 있었다. 앗, 내 본심.

코리가 옆에서 그 둘을 바라보며 한마디 했다.

"하일리, 일냈네."

그렇게 말한 코리는 그들을 바라보며 태평하게 사과를 한입 베어 물었다. 코리는 철저한 방관자였다.

코리는 그들을 지켜보다가 문 앞에서 이 광경을 지켜보고 있던 나와 눈이 마주쳤다. 코리는 놀란 듯 눈을 살짝 크게 떴다가 미소를 지었다.

"오. 슈슈 왔어?"

코리의 말에 갑자기 소란이 멈췄다. 하일리를 몰아붙이며 그의 손에서 물건을 뺏으려던 스완은 그대로 중심을 잃고 넘어져 하일리랑 바닥을 굴렀다. 으, 아프겠다.

한편 코리는 나를 보며 엄청 반가워했다. 요새 내가 이상하게 기분이 안 좋아서 차갑게 대했었는데, 코리는 항상 그런 내 기분에 맞춰주곤 했다.

"때마침 지루했거든. 반에서 나가자."

코리는 나를 소란의 현장에서 최대한 벗어나게 하려고 했다. 그래, 나도 저기에 낄 생각은 없었다. 하지만……. 코리의 사물함에서 멀어지는 건 싫었다. 저기는 작은 매점이란 말이야.

그렇게 생각했다가 나는 그 생각을 재빨리 지웠다. 슈슈, 코리가 네 빵셔틀이냐. 뭔 틈만 나면 먹을 거만 찾니, 너란 애는…….

그럼에도 나는 왠지 아쉬운 마음을 지울 수가 없어 멍하니 사물함을 바라보았다. 코리는 내 생각을 읽은 듯 웃더니 자신의 교복을 가리켰다.

"내 주머니에 손을 넣어봐."

나는 코리의 말대로 그의 교복 주머니에 손을 넣어보았다.

"……!"

아공간 마법!

코리의 교복 주머니에는 아공간 마법이 걸려 있었고, 그곳 안에는 바스락거리는 소리로 가득 차 있었다. 아공간으로 손을 뻗자, 초콜릿 바가 손에 잡혔다. 내가 먹어도 되냐고 물어보자, 코리는 마음껏 먹으라고 했다.

와, 진짜 이거 대박이네. 나는 왜 여태 저 생각을 못 했을까.

"천재네 코리."

초콜릿을 먹으며 칭찬하자 코리도 초콜릿을 하나 꺼내 먹었다.

코리와 내가 반을 나가자, 그린반은 다시 소란스러워졌다.

나는 오후 검술 수업에 좀 일찍 갔다. 수업 전에 몸을 풀 겸 연무장이나 돌 생각이었다. 이브가 준 키 크는 약을 먼저 먹고 나는 수련복으로 갈아입었다. 땀날 때 닦을 수건도 챙겼다.

연무장에 도착하니 나 말고 미리 온 사람이 한 명 더 있었다. 그 사람은 나보다 일찍 온 것 같았다. 오전 수업이 끝나자마자 급식실로 달려가 멸치 샌드위치를 챙겨 연무장으로 온 나였다. 나보다 일찍 온 거라면, 저 애는 분명 점심을 거르고 온 것이 분명했다.

그 사람은 연무장이 있는 의자를 이어서 놓은 뒤, 그 위에서 자고 있었다. 교복 셔츠로 얼굴 전체를 가리고 자고 있어서 누구인지는 확인을 할 수가 없었다.

설마 하일리인가? 마법 기억 장치들이 주변에 놓여 있는 거로 봐선 하일리가 맞는 것 같았다. 덩치도 비슷하고. 그나저나 하일리가 밥도 안 먹고 여기서 뭐 하고 있는 걸까.

나는 자고 있는 하일리에게 가까이 다가가 말을 걸었다.

"점심은 드시고 자는 건가요?"

얼굴을 덮고 있는 셔츠를 치우니, 익숙한 얼굴이 보였다. 누워서 자고 있는 건 하일리가 아니라 스완이었다.

자고 있을 줄 알았던 스완은 깨어 있었다. 그는 눈을 살짝 뜬 상태로 굳어 있었다. 얼굴을 덮고 있던 셔츠를 치우고 말을 걸었는데도 스완은 여전히 날 쳐다보지 않는다. 오히려 그는 굉장히 기분 나쁜 티를 내며 내 손에 있는 자기 셔츠를 빼앗아 자기 얼굴에 다시 덮었다.

"하일리인 줄 알았어요. 무례에 사과할게요."

나는 스완이 화가 난 것 같아 일단 사과했다.

친하지도 않은데 함부로 그렇게 셔츠를 치워서 불쾌했겠지. 안 그래도 나를 별로 안 좋아하는 것 같은데. 아, 아니면 나에 대해 기억 자체를 못 하는 건가.

내가 그렇게 말하자, 스완은 누워 있다가 벌떡 일어났다. 스완은 일어나면서 "……무례?"라고 작게 중얼거렸다.

쿠당탕탕!

셔츠로 얼굴을 가리고 있어 앞이 보이지 않던 스완은 무리하게 일어나려다 넘어지고 말았다. 내가 다시 쳐다보니 스완은 넘어진 상태로 자는 척을 하고 있었다. 머리 먼저 떨어진 것 같던데. 으, 굉장히 아프겠다.

나는 이상한 자세로 자고 있는 그에게 내가 먹으려고 했던 멸치 샌드위치 중 한 개를 쥐여 주었다. 밥 안 먹고 운동하면 기운이 없을 테니까.

"먹고 주무세요."

난 그에게 한마디 하고는 다시 연무장을 뛰기 시작했다.

그런데 겨우 샌드위치 한 개 먹고 운동하자니 다시 배가 고파졌다. 식당으로 가서 샌드위치를 몇 개 더 받아와야 할 것 같았다.

내가 연무장을 나가자, 뒤에서 의자 차는 소리가 들렸다.

* * *

나는 언제나 저녁을 먹은 후에 키 크는 스트레칭을 했다. 원래 코리와 하일리랑 같이했었는데 헤스티아가 나랑 같이하고 싶다고 떼를 써서 요즘은 헤스티아랑 둘이서 하고 있었다.

헤스티아와는 어차피 방과 후에 매일 산책을 했기 때문에 스트레칭이 추가된다고 해도 이상할 게 없었다. 그냥 좀 걷다가 스트레칭을 할 만한 공간이 보이면 서로 몸을 잡고 쭉쭉 늘여줬다.

오늘은 학교 건물이 보이는 근처에서 스트레칭을 했다. 스트레칭을 하는 우리 뒤에는 바로 건물이 있었고, 창문 사이로 아직 학교에 남아 있는 학생들이 보였다.

스트레칭을 하고 있는데, 불현듯 헤스티아가 나에게 말을 걸었다.

"슈슈, 혹시 스완하덴이 너한테 뭐라고 한 적 있어?"

그렇게 말하는 헤스티아는 살짝 불안해 보였다. 그나저나 스완하덴이 나한테 뭐라고 한 적이 있냐니, 나만 보면 피하기 바쁜 스완이 나한테 말을 걸어?

나는 헤스티아의 말에 고개를 저었다.

"아직까진 없는데, 왜?"

헤스티아는 내 말에 안도의 한숨을 쉬더니 한심하다는 듯한 표정을 지었다.

헤스티아의 행동이 요새 조금 이상해진 것 같다. 징징 떼를 쓰거나 나한테 매달리는 건 예전과 다를 바 없었지만, 그 정도가 요새 더 심해진 느낌이다. 나야 뭐 헤스티아가 내 동생 같고 귀여우니까 받아주고는 있었지만, 문제는 지금처럼 종종 내가 알 수 없는 표정을 짓는다는 거였다.

지금껏 헤스티아는 내게 자신은 아무것도 모르니 내가 하나부터 백까지 알려 줘야 한다는 순진한 표정을 지었지, 지금처럼 때가 가득한 표정을 지은 적은 없었다.

헤스티아는 항상 그랬다. 착하고 순진하고 때묻지 않은 것 같으면서도, 한편으로 제 본심을 숨기고 있는 듯한 느낌을 주었다. 그러나 그렇다고 해도 굳이 헤스티아의 본심을 파헤칠 생각은 없었다. 헤스티아는 내가 자신을 순진하고 철없는 동생처럼 여겨주기를 바라는 것 같으니까. 나는 헤스티아가 스스로 본심을 드러낼 때까지 기다릴 생각이었다.

내가 헤스티아를 바라보자, 헤스티아는 다시 예쁘게 미소를 지었다. 뭐, 저게 진짜 성격일지도. 잘 모르겠다.

나는 불가사리 점프를 하기 전에 잠시 주변을 둘러보았다. 살짝 민망한 운동이었기 때문이다. 크게 점프를 하며 불가사리처럼 양 팔다리를 벌리는 건데, 그 모습이 조금 많이 흉했다.

이 불가사리 점프가 키 크는 데에 효과가 좋다고 했지?

매일 20번씩 만 해도 효과를 본다고 한다. 근데 나는 체력이 좋으니 50번 한다. 조금 민망했지만 나는 잠시만 미래의 나를 위해 현재의 나를 내려놓기로 했다.

내가 열심히 방방 뛰며 키 크기 위해 발악을 하자, 헤스티아가 그게 뭐냐며 웃었다. 나는 인상을 찡그렸다.

"웃지 말라고 했다."

헤스티아는 미안하다고 하면서도 계속 웃었다.

헤스티아는 나와 같이 뛰지 않았다. 같이 망가지자고 내가 권했지만 헤스티아는 자신은 이미 충분히 키가 크다고 거절했다. 왠지 재수가 없었지만 어쩌겠는가. 열등한 유전자가 죄인걸. 나는 키가 작으신 우리 아버지를 탓하며 열심히 뛰었다.

그나저나 하루 종일 운동을 하다 보니 조금 피곤한 것 같다. 검술부 시간에도 계속 뛰었으니까 말이다. 아까부터 방방 뛰는데 자꾸

다리에서 힘이 빠진다. 이제 막 27개 정도 했으니까 이제 겨우 반보다 조금 더 한 정도인데, 더는 못 할 것 같다. 그러나 나는 50개라는 목표를 채우고 싶어서 조금 더 나를 밀어붙였다.

착지하는데 필요한 다리 힘이 고갈되고 있다는 것이 느껴졌지만 나는 개수를 채우려고 억지로 계속 뛰었다. 내 한계까지 밀어붙여서일까, 나는 순간 착지를 잘못하고 말았다.

우두둑!

"슈슈! 괜찮아?!"

나는 넘어진 상태로 바닥에 누워서 하늘을 바라보았다. 발바닥으로 착지해야 했지만, 발에 힘이 빠져 발목으로 착지한 것 같았다.

"고작 키 하나 커보겠다고!"

억울하고, 아파서 눈물이 나올 것 같았다. 그래도 키를 포기할 순 없지. 티는 안 내고 있지만, 너무 아프고 민망해서 일어날 수가 없었다.

우당탕탕!

내가 넘어지자마자 바로 옆에 있는 학교 건물 안쪽에서 소리가 들렸다. 나는 누워서 소리가 나는 쪽을 바라보았다. 뭔 일이 있는 건가 싶어서였다.

그때였다.

하늘에서 갑자기 사람이 떨어졌다.

나는 누워서 하늘을 쳐다보고 있었기에 더욱 그 사람이 잘 보였다.

눈이 부신 은발이 살랑거린다. 오늘은 검은색 목티가 아니라 검은색 반팔 티를 입고 있었다. 드러난 새하얀 팔에는 상처의 흔적들이 조금 보였다. 오늘은 반팔을 입어 그 상처를 붕대로 대충 감고 있었다.

건물 3층에서 갑자기 뛰어내린 아이는 자신의 얼굴을 셔츠 2개로 칭칭 감고 있었다. 스완으로 추정되는 아이는 정말 산뜻하게 착지했다. 눈을 가리고 저런 착지라니, 엄청난 운동 신경이었다.

얼굴을 셔츠로 밀봉한 스완은 내 쪽으로 성큼성큼 걸어왔다.

"스완! 이 녀석! 내 셔츠!"

3층 쪽에서 한 남학생이 자신의 맨살을 최대한 가리며 건물에서 탈출한 스완을 찾았다. 그러나 스완은 불쌍한 그 남학생의 말은 들은 척도 하지 않고 내 앞까지 왔다.

스완은 보이지도 않으면서 나랑 시선을 맞추려고 무릎을 살짝 꿇었다. 그리고 내가 있는 쪽으로 손을 내밀었다.

"……다친 발목 줘."

그는 내가 어디 있는지 아는 건지, 내민 손의 위치가 꽤 정확했다. 스완이 뻗은 손의 의도를 생각해 보니 내 발목을 올려놓으라는 신호 같았다. 나는 당연히 거부했다. 갑자기 이게 웬 소란인가 싶다.

"괜찮습니다. 이 정도는 금방 나아요."

내가 그렇게 말하자, 스완은 잠시 가만히 있더니 내 몸 전체에 힐을 하기 시작했다. 발목뿐만 아니라 그동안 찌뿌둥했던 몸이 회복되는 것이 느껴졌다. 스완은 힐을 한 뒤에도, 제 팔에 감고 있는 붕대를 풀어 내 발목에 감았다. 물론 눈이 보이지 않았으니 엉성하게 감겼지만.

"조심해."

스완은 그렇게 말하며 내게 흰 포션을 다섯 병이나 줬다. 이브가 가지고 있던 거랑 비슷하게 생겼지만 더욱 고급스러운 포션이었다. 나는 얼떨결에 최상급 힐링 포션을 5개나 받고는 멍하니 스완을 쳐다봤다. 스완은 자리에서 벌떡 일어나, 할 일이 끝났다는 듯 그대로 떠나려 했다.

스완이 걸음을 옮기자, 저 멀리서 약과 붕대를 들고 오는 헤스티아가 보였다. 헤스티아는 나와 스완을 번갈아 보더니 갑자기 표정을 굳히고는 내게 달려와서 내 상태를 확인했다.

계속 괜찮냐며 안절부절못하는 헤스티아에게 내가 괜찮다고 웃음을 지어 보이자, 그녀는 한숨을 쉬고는 약을 갖다 놓겠다고 다시 일어섰다. 그리고 내게서 시선을 옮겨 스완을 바라보았다. 스완도 헤스티아를 인지했는지 걷던 걸음을 멈췄다.

헤스티아가 스완의 어깨를 치고 지나가며 매우 작은 목소리로 말했다.

"꼴값을 떤다."

"너도."

스완은 비웃음을 지으며 헤스티아의 말에 대꾸하고는 앞이 보이지 않는 상태에서 걸어가다 나무에 머리를 박았다.

3층에서 이 광경을 지켜보던 알몸의 남학생이 스완을 비웃기 시작하자, 스완은 얼굴을 가린 셔츠를 살짝 내리고 자기 신발을 던져 남학생을 맞췄다.

＊ ＊ ＊

스완이 무척 수상하다. 날 계속 무시하는 것 같으면서도, 무시하지 않는 것 같기도 하고.

나는 최상급 포션 5개를 책상 위에 올려놓으며 잠시 고민에 빠졌다. 포션은 푸른빛 흰색으로 빛에 닿을 때마다 오색으로 빛나 매우 아름다웠다. 나는 괜히 포션의 병을 손톱으로 톡톡 쳐봤다.

그리고 얼마 안 있어 결론을 내렸다. 지금까지 지켜본 스완하덴의 성격을 보아 이건······.

"신종 괴롭힘이구나."

나중에 원가의 몇 배로 포션 값을 청구할 생각인 것 같았다.

스완, 그렇게 안 봤는데 사채업자였냐.

긴장하자, 슈슈.

* * *

"쟤 요즘 엄청 수상하다."

하일리가 스완을 바라보다가 같이 대련을 하는 나에게 불현듯 말했다. 나는 열심히 오늘치 내려찍기 연습을 하다가 하일리의 말에 고개를 갸웃거렸다. 하일리는 저 멀리서 검술부의 다른 학생들을 괴롭히고 있는 스완을 바라보고 있었다.

하일리가 스완을 바라보자, 나도 스완 쪽으로 시선을 옮겼다. 스완은 싱글싱글 웃으면서 아이들을 무차별적으로 공격하고 있었다.

"쟤 원래 저렇게 안 웃었단 말이다. 퉁한 표정에 남 괴롭히는 걸 좋아하는 미친놈이었는데, 최근 들어 웃기까지 하니 더 무섭다."

하일리의 말에 나는 고개를 끄덕였다. 나도 처음에 봤을 때 스완이 아닌 줄 알았으니까.

내 기억 속의 스완은 정말로 차가운 성격이었다. 나와 대련을 하면 언제나 봐주는 것 없이 이겼다. 뭐, 봐줬다면 내가 화냈을 거지만.

다가가면 매일 차가운 눈으로 나를 내려보던 기억밖에 없었다. 웃는 걸 모르는 것처럼 무표정으로 미친 듯이 검만 휘두르는 스완은 어딘가 결여된 아이 같았다.

"작년까지만 해도 저러지 않았던 것 같은데. 지금은 그 무신경한 표정에 종종 웃고 있으니, 소름이 끼친다. 얼마 안 가겠지? 얼마 안 갔으면 좋겠다. 웃는 게 재수 없긴 처음이야."

하일리는 그렇게 말하며 검을 휘둘렀다. 검에는 힘이 실려 있어, 꽤 멀리서 검을 휘두르고 있는 나에게까지 바람이 불었다. 나는 하일리의 감정에 공감이 되어 고개를 끄덕였다.

하일리는 그렇게 말하다가 내 얼굴을 뚫어지게 쳐다보았다.

"너는 특히 조심해라."

나는 하일리의 뜬금없는 말에 인상을 썼다.

"제가요? 제가 왜요."

"스완하덴이 널 요새 주시하고 있다. 네 정보를 모으고 있단 말이다."

"……!"

젠장, 역시나. 치료해준 건 신종 괴롭힘이었나. 괴롭히기 전에 내가 어떤 사람인지 일단 봐둔 것인가. 나도 백마법은 잘 모르는데, 치료해준다는 핑계로 내 능력을 간파했다든지. 와 진짜 그랬으면 소름인데.

스완, 역시 경계를 늦추면 안 되겠어. 소설 속 다른 남주 3명은 그래도 괜찮은 애들이라는 게 밝혀졌는데, 소꿉친구인 애가 흑막인 듯하다. 또라이 보존 법칙이라고, 항상 무리 중에 1명씩은 또라이가 있었다. 남주 3명이 정상이라면, 스완…… 너에겐 미안하지만, 그렇게 되었다.

그러나, 코리의 말은 또 달랐다.

코리는 내 머리카락을 여러 갈래로 따주며 장난치다가 입을 열었다.

"스완하덴? 걘 걱정할 필요 없어, 적어도 너는."

"......?"

예상외로 코리의 입에서 걱정할 필요가 없다는 이야기가 나왔다. 나는 뒤를 돌아 코리를 놀란 눈으로 쳐다보았다. 코리는 갑자기 나와 시선이 마주치자, 덩달아 살짝 놀란 듯했다.

코리는 나에게 설명을 해주기 위해 잠시 손을 멈추고 곰곰이 생각하기 시작한다. 아마 스완에 관한 것일 거다.

"걘 나랑 비슷한 과일걸."

그러나 기껏 나온 코리의 설명은 모호했다.

"음, 아닌가. 모르겠다."

코리는 손을 다시 움직여 20번째 갈래를 땋기 시작한다. 나는 그만하라고 말하려다가 의외로 코리가 너무 야무지게 머리를 땋고 있어서 가만히 있었다. 손재주가 없는 코리였지만, 하도 내 머리를 자주 땋았더니 숙련도가 오른 듯했다.

"그래도 착한 놈은 아니니 조심해. 확실히 요즘 좀 수상하니까."

그 코리마저 결국 나에게 경고한다. 그렇게 스완이 무서운 놈이었나.

스완에 대한 내 경계심은 나날이 더욱 커져 갔다. 커져 가는 이유 중 하나는 사람들이 내게 찾아와서 경고를 하고 갔기 때문이었다. 특히 블루반 애들은 알고 싶지 않은 스완의 만행을 털어놓고 갔다. 아이스크림에 겨자를 넣어서 준다든지, 남의 꿈과 희망을 말로 짓밟는다든지. 나는 그들의 말을 들으며 사람을 괴롭히는 방법에 많은 종류가 있다는 걸 깨달을 수 있었다.

어느 날, 이브까지 나를 찾아와 경고했다.

"스완하덴이랑 당장 떨어져."

아니나 다를까, 이브의 조언도 나머지 애들과 비슷했다.

"붙어 있지도 않았는데요."

저번에 내 발목 치료해줄 때를 제외하고 대화도 제대로 섞어본 적이 없었다.

이브는 눈을 가늘게 뜨며 나를 바라보다가, 내가 자초지종을 설명하자 뒤늦게 안도의 한숨을 쉬며 내 머리카락을 몇 번 쓰다듬었다.

"걔가 말 걸면 나한테 말해."

"도대체 걔 문제가 뭐길래 사람들이 자꾸 저한테 경고하는 건가요."

나는 걔랑 별로 마주친 적이 거의 없다고. 오히려 스완은 헤스티아와 훨씬 자주 마주치는 것 같은데 경고를 하려면 헤스티아한테 해야 하는 거 아냐? 그리고 그렇게까지 경고하지 않아도 알아서 잘 경계하고 있다고.

그나저나 헤스티아는 내가 스완 조심하라고 경고하니까 굉장히 통쾌한 표정을 지었었지.

"걔 행동이 요새 퍽 수상해. 저렇게 치밀하게 움직인 적이 없었어. 스완을 몇 년 알았다고 하지만 최근 보여 주는 모습은 정말인지 낯설단 말이지."

이브는 은색 눈동자를 굴리며 곰곰이 생각하더니, 인상을 쓰면서 그렇게 말했다.

"뭐가 그렇게 낯선데요?"

말을 이어가려던 이브는 자신의 어깨 위에 올려진 손을 보고 입을 다물 수밖에 없었다. 손의 주인은 은발을 가지고 있었고, 이제는 셔츠 대신 안대로 눈을 가리고 있었다. 안대에는 귀여운 양 캐릭터가 그려져 있었는데, 도대체 왜 자꾸 눈을 가리는지 모르겠다. 수상하게끔.

그러니까 이브는 스완의 뒷담화를 하다가 딱 걸린 것이었다.

"형, 나이 처먹고 헛소리하지 마시고 기숙사 짐이나 빼세요. 양로원에 모셔다드릴게요."

"나보다는 벌써 흰 머리인 네가 노인에 더 가깝지."

이브가 어깨의 올려진 스완의 손을 치우자, 스완도 자신의 손을 바지에 쓱쓱 닦았다. 서로 싫어하는 게 눈에 너무 잘 보였다.

스완은 이브의 말에 뭐라고 받아치려다가 나를 의식한 듯, "아차."라며 중얼거렸다. 눈을 가리고 있었지만 계속 내 쪽을 보고 싶어 하는 듯한 느낌이었다.

"흰머리라니, 예쁘게 은발이라고 해줄래요? 저는 쑥스러워서 솔직하지 못한 이브 형의 그런 점이 참 좋아요."

"……?"

스완의 태도가 갑작스럽게 돌변했다. 아까는 평소와 같은 악마의 느낌이었는데 지금은 입에 호선을 그린 채 천사의 미소를 짓고 있었다. 이브는 말은 하지 않지만, 그런 스완의 달라진 말과 행동을 보며 똥 씹은 표정을 짓고 있었다.

"형이 뒤에서 제 욕하는 게 애정표현이라는 거 잘 알아요. 저랑 그렇게 친해지고 싶으면 말을 해요, 말을."

"음, 분명 친한 척하면 묵사발 낸다고……."

"다른 애들도 그러더라고요. 다들 표현하는 방법이 글렀어."

"저런 사기꾼."

이브가 뒤에서 나를 껴안은 채로 스완에게서 멀리 떨어뜨리려고 하자, 스완이 이브의 목덜미 쪽을 잡아 질질 끌고 가기 시작했다.

"형, 차 마시고 싶지 않아요? 방에 들어가서 같이 우아하게 티타임이나 가져볼까요. 간식은 코리 거 뺏어올게요."

"티타임……. 다른 말로 온수 물고문인가."

스완에게 얌전히 끌려가던 이브가 나에게 잘 있으라며 손을 흔들자, 나도 이브에게 잘 가라고 손을 마주 흔들었다.

이브는 그렇게 스완에게 질질 끌려가기 시작했다. 옆에서 비아냥거리는 이브의 말에는 답하지 않은 채.

스완은 등을 돌린 채 걷다가 눈을 가리던 안대를 뺐다.

* * *

검술부 실기 평가는 2학년이 되어서도 별다를 건 없었다. 당연히 몬스터 토벌이었다. 1학년과 다르게 2학년은 산을 좀 더 올라가서 중급 몬스터들을 잡게 되어 있었다.

아쉽게도 이번 몬스터 토벌에는 코리가 빠진다고 한다. 이유는 학교의 마법 장비들에 문제가 생겨 시니어 마법부들을 불러 대충 응급 처치를 한다고 하는데 코리가 워낙 뛰어나다 보니 그 무리에 강제로 끼게 된 것이었다. 덕분에 코리는 1년 내내 실기는 모두 자동 만점이라고 한다. 굳이 안 그래도 만점이라는 게 함정이지만.

게다가 하일리도 이번 토벌에서 빠지게 되었다. 앤 또 왜 빠지냐면, 하일리의 실력이 너무 월등해졌기 때문이었다. 너무 월등해진 나머지, 이번에 제국에서 주최하는 공식 우수 검사 자격시험을 보러 학교를 잠시 떠나게 된 것이다.

나는 이제 하일리가 나보다 강해진 것에 대해서 별 감흥이 없었다. 처음부터 검술 쪽은 하일리가 나보다 뛰어났고, 내 밑바닥이 드러나면 어차피 확실해질 실력 차였다. 그래도 하일리가 크게 성장하는 데에 내가 일정 부분 일조한 것은 사실이었다.

하일리와 실력 차이가 벌어져 대련이 아닌 단순히 나를 봐주는 형식이 되자, 나는 하일리에게 도움만 받을 순 없다고 생각했다. 그래서 나 나름대로 하일리를 더욱 성장시킬 수 있는 방법을 떠올렸다.

나는 하일리의 검술 성장을 위해 우리 몬스터 빌리지에 있는 몬스터들을 이용했다. 교수님들께서 지원해주는 우리 동아리는 점점 몬스터 연구 영역을 넓히다가 나중엔 최상급 몬스터까지 지원받아서 키우게 되었다.

최상급 몬스터는 마음만 먹으면 큰 기사단을 한꺼번에 몰살시킬 수 있을 정도로 강한 존재였다. 나는 그런 최상급 몬스터를 그곳에서 꺼내 하일리와 대련시키고 싶었다. 매번 자기보다 못하는 애들만 상대했으니 더욱 큰 목표를 바라보고 앞으로 나아가라는 의미였다.

하일리는 최상급은 아직 무리라며 손사래 쳤지만, 나는 목숨이 위험해지면 몬스터 크기가 작아지고, 잠에 빠져드는 안전 마법을 걸어두었다며 하일을 안심시켰다. 한참을 고민하던 하일은 최상급 몬스터와의 대련을 승낙했다.

그런데, 예상외로 하일리가 무척이나 잘했다. 최상급 몬스터의 불규칙적인 움직임을 피하며 날카롭게 약점을 찌른 것이다. 나중에 물어보니 나와 함께 했던 수련이 다음 동작을 예상하는 데에 큰 도움이 되었다고 한다.

그렇게 되어서 하일이 그 어린 나이에 제국에서 주최하는 공식 검술대회에 참가하게 된 것이었다. 동시에 정식 우수 검사로 인정받을 수 있는 자격시험도 본다고 한다. 이 정말 미친놈, 재능 사기캐 같으니라고.

　그래도 내 덕분이라고 말하는 하일을 보면 괜히 좀 뿌듯해지기도 한다. 어쨌든, 결론은 이번 실기 시험에서 난 혼자 토벌을 하게 되었다는 것이다. 뭐, 정확히 말하자면 혼자는 아니었다. 나는 하일리가 언짢은 표정으로 내게 하던 말을 떠올렸다.

　'그래도, 스완 녀석이 실력은 확실하니까. 걘 검이랑 마법 둘 다 쓸 수 있고. 그럴 리는 없겠지만 혹시 상황이 안 좋아지면 스완하덴과 페어를 맺어라. 근데 추천은 하지 않는다, 난.'

　하일리는 나에게 스완하덴과 같이 몬스터 토벌을 하라고 제안 아닌 제안을 했다. 코리도 내가 조금 걱정되었는지 몬스터 토벌을 가려는 날 붙잡으며 말했다.

　'스완이 그래도 세니까, 정말 혹시 모를 상황엔 그와 페어를 맺어. 중급 몬스터들은 종류가 굉장히 다양하고, 패턴도 다양해서 방심할 수 없어.'

　내가 걱정이 되었는지, 단단히 내게 이른 두 명은 일이 끝나는 대로 바로 합류하기로 했다.

　그나저나, 둘 다 나를 싸고도는 게 아닌가 싶다.

　중급 정도야 이제 쉬웠다. 동아리 프로젝트 샘플을 위해 이미 야밤에 몰래 토벌을 여러 번 했었다. 야밤에 몬스터들이 더욱 흉악해진다는 걸 감안할 때, 낮의 토벌은 더욱 쉬울 게 뻔했다.

　문제는 이번에 검술부에 새로 들어온 애들이었다. 친한 애들끼리 이미 토벌 그룹을 만들었기에, 그룹에 끼지 못한 애들은 자칫 위험해질 수도 있었다. 그런 애들은 굳이 내가 아니더라도 선생님이나 다른 학생들이 알아서 도와줄 것이다.

그나저나 오늘따라 좀 힘이 없다. 또 평소보다 유독 추운 것 같기도 하다. 아직 겨울이 다 안 가서 그런 건가. 나는 목덜미에 차가워진 손을 가져다 댔다.

아, 맞다. 오늘 나 달거리 중이었지. 슬슬 아파 오는 배와 아침부터 기운이 없는 것이 그제야 설명이 됐다. 으슬으슬 추운 건 감기 기운이 조금 있어서 그런가?

양호 선생님께 말하긴 조금 늦은 것 같고 그렇다고 검술부 선생님께 말하기엔 역시 좀 달갑지 않았다. 그리고 시험까지 중도 포기할 정도로 아픈 것도 아니었고. 금방 괜찮아질 것이다.

나는 결국 아무와도 페어를 맺지 않은 채 몬스터 토벌을 했다. 검술부 다른 여자애들이랑 하려니 별로 친하지도 않았고, 괜히 불편할 것 같아 포기했다.

스완이랑 페어를 맺으라는 말이 많았지만 걔도 마찬가지였다. 어렸을 때 알고 지냈다고 하지만 일단 지금은 냉랭한 사이고, 무엇보다 내가 스완과 다니는 게 불편했다. 게다가, 혼자서도 괜찮았다니까?

나는 어느새 내 토벌 양의 반이나 해치웠다. 모은 몬스터들의 핵은 주머니에 잘 넣어뒀다. 중급 몬스터는 대충 실력이 평범한 검사 정도였다. 매일 그 괴물 같은 하일리를 상대하는 내가 중급 몬스터 따위에 고전할 리가 없었다.

눈앞에 보이는 몬스터를 마법으로 마비시킨 뒤, 나는 검으로 몬스터의 목을 그었다. 그러자 도롱뇽같이 생겨 이족 보행 하는 몬스터

'샤할'이 내 검에 초록색 미끌미끌한 피를 뿜어냈다.

나는 뿜어지는 피를 대충 피하며 샤할이 뱉어내는 빛나는 핵을 주워 조심스럽게 주머니에 넣었다. '샤할'의 핵은 초록색이 섞인 파란색이었다.

어느새 나에게 주어진 토벌 양은 끝나 있었다. 몬스터 토벌은 간단했다. 나는 나중에 하일리와 코리에게 나 혼자 이만큼이나 잡았다고 잘난 척을 꼭 해줘야겠다고 생각하면서 좀 쉬기로 했다.

아우그란 산의 하층부를 토벌했던 1학년 시절엔 토벌이 끝나면 그냥 바로 학교를 돌아가는 게 가능했다. 그러나 2학년은 산의 중간 부분을 토벌했기 때문에 다른 애들의 토벌이 끝날 때까지 기다렸다가 학교로 돌아가야 했다.

아까부터 컨디션이 최악이다. 생리통 때문에 배가 아픈 건 그렇다고 쳐도, 감기 기운이 올라오고 있는 것 같다. 메스꺼움과 두통이 있었고 몸이 으슬으슬 너무 추웠다.

나는 작은 불이나 피울까 생각했지만, 산불을 고려해 참았다. 나무에 기대앉아 잠시 숨을 좀 돌렸다. 손을 내 머리에 가져다 대서 열을 확인해봤는데 꽤 뜨거운 것 같다.

나는 웅크려 앉아 더 심해지는 두통을 참으려고 해봤다. 그러나, 곧 내 귀를 찢는 비명 소리 때문에 정신을 차릴 수밖에 없었다.

"꺄아아악! 이거 어떻게 좀 해봐!"

"나도 모른다고, 평소에 자주 토벌해 봤어야지 알지!"

이번에 검술부에 들어온 여자애들이었다. 4명에서 그룹을 맺었지만 지능이 높은 몬스터 무리에게 둘러싸인 나머지 옴짝달싹 못 하고 있는 듯했다.

그나저나 이번 학기에 처음 검술부에 들어왔으면서 무슨 자신감으로 저 멤버들로 페어를 짠 걸까. 심지어 여긴 중급 몬스터들로만 이뤄진 구역인데.

아까 다른 검술부 애들이 팀을 맺자고 하자, 괜찮다고 거절했던 게 떠올랐다. 정말 겁이 없는 건지, 용감한 건지. 나는 한숨을 쉬며 몸을 일으켰다. 귀찮지만, 같은 반이니 도와줘야 하지 않을까.

꽤 위험한 상황처럼 보였기에 나는 바로 뛰어갔다. 학생들의 뒤에는 높이가 조금 있는 벼랑이 있었는데, 저기 떨어지면 큰일이었다. 그렇다고 저 몬스터들에게 잡혀서 학교로 바로 송환되어도 큰일이고.

몬스터 토벌 중에 간혹 위험한 상황에 빠져 바로 학교로 송환되는 일이 있었는데, 그 경우 검술부에서 평생 놀림거리가 되기 때문에 저 검술부 학생들에게 추천하고 싶지 않았다.

나는 검을 고쳐잡고 고전하고 있는 학생들 쪽으로 다가갔다. 내가 등장하자, 검술부 신입생들이 놀라서 소리쳤다.

"슈, 슈라이나!"

"미쳤어, 그 슈라이나가 와줬어!"

"세상에! 살았다!"

어쩐 반응이 너무 좋다. 싸우려고 하는데 뒤에서 껴안을 듯이 다가온다. 나는 그 애들에게 뒤로 물러서라고 하고 눈앞의 몬스터에게 집중했다.

마력이 얼마 없었기에 나는 몬스터를 검으로만 상대했다. 우리를 둘러싼 몬스터들은 총 4마리였다. 중급 몬스터가 쉽다고 하지만 이렇게 4마리나 있으면 조금 피곤했다.

나는 숨을 삼키고 재빠르게 몬스터들에게 다가갔다. 옆에 있는 나

무릎 올라 밟고 허공을 날다시피 뛰었다. 위에서부터 내려와 몬스터들을 공격했다.

일단 한 마리는 바로 정수리에 칼을 내리찍어 마무리했고, 다른 몬스터들은 대형이 깨질 때 그 틈을 노려 공격했다. 부드럽게 그들의 공격을 받으며 반동력을 이용해 강하게 내리쳤다. 힘의 강약이 중요하다. 흐르는 냇물 같은 움직임을 내려면 몸의 모든 근육을 조절할 수 있어야 했다.

내 몸은 전체적으로 골격이 얇고 작았다. 그렇기에 난 날렵한 움직임에 특화되어 있었다. 몬스터들은 나만큼 빠르게 움직이지 못했다.

한 마리를 먼저 쓰러트리고 당황하는 나머지 애들을 쓰러뜨리기까지는 그리 오래 걸리지 않았다. 나는 동아리에서 몬스터들에 대해 공부했기에 그들의 급소를 꿰뚫고 있었다.

빠르게 움직이면서 급소만 깔끔하게 찔러 죽였다. 보통 많은 학생들이 힘을 낭비하며 한 몬스터에 시간을 많이 잡아먹는데, 이렇게 급소를 알면 편하단 말이지.

나는 깔끔하게 죽은 몬스터들을 바라보았다. 살짝 어지러워서 비틀거릴 뻔했지만, 티는 내지 않았다. 같은 검술부 애들은 나를 멍하니 바라보고 있었다. 부담스럽게 나를 바라보는 눈빛이 반짝거린다.

나는 몬스터 안에서 빛나는 핵을 꺼내 그들에게 던졌다. 잡은 몬스터도 없어 보이는데 불쌍하잖아. 나는 그들에게 순순히 핵을 줬다.

"내 덕분에 실기 빵점은 면했으니까 나중에 빵이나 사."

몬스터의 핵을 하나씩 쥐여 주자, 그들이 나에게 달려들었다.

"매점을 사 줄게!"

"와, 진짜 장난 아니네! 역시 슈라이나!"

"네가 오지 않았으면 큰일 났을 거야. 진짜 무서웠어."

사방에서 껴안으려고 달려든다. 나는 그들을 피하려 주춤주춤 뒤로 물러섰다.

"알았으니까, 달라붙지 말아 줄래."

이러다 뽀뽀까지 할 기세였다. 왠지 모르겠지만 갑자기 하룬이 떠올랐다. 그들은 처음엔 나에게 엄청 소극적이더니, 내가 도와주자 갑작스럽게 봇물 터지듯 적극적이었다.

갑자기 사방이 시끌벅적해지자, 머리가 아파왔다.

"슈라이나!"

"꺄악! 뒤에!"

나는 몸 상태가 안 좋은 탓에 미처 뒤를 확인하지 못하고 뒷걸음질 치다 낭떠러지에서 떨어지고 말았다.

순간, 내 몸이 추락하는 걸 느꼈다. 중력이 허공을 배회하는 나를 땅 쪽으로 가깝게 끌었다. 여자애들이 기겁하는 게 보였다. 나는 경악 어린 표정으로 나를 쳐다보는 애들에게 괜찮다며 손을 흔들고는, 땅에 떨어지기 직전 부양 마법으로 안전하게 착지했다.

벼랑 위에서 나를 내려보고 있는 여자애들의 표정이 안도로 바뀐다. 내가 그들에게 "난 괜찮아."라고 소리치자, 그들이 손뼉을 치며 환호성을 질렀다.

애들은 내가 괜찮은 것처럼 보이자 안심하며 바로 제 갈 길을 가기 시작했다. 저 아이들은 나를 무적이라고 생각하는 것 같았다. "슈슈, 그럼 학교에서 봐!", "마법 쓰는 것도 멋있어!"라고 응원하고 가버리는 애들을 보며 나는 한숨을 쉬었다.

일단 검술부 신입들을 도와준 것까지는 좋았고, 벼랑에서 떨어진 것까지도 괜찮았다. 문제는 아까 부양 마법으로 마력이 거의 바닥이 났고, 몸 상태가 점점 안 좋아지고 있다는 것이었다.

심지어,

"여기가 산의 어느 부분이지……?"

길도 잃고 말았다.

순간, 날 버려두고 훈훈한 표정으로 사라져버린 그 여자애들이 원망스러워졌다. 훈훈하기만 하면 어떡해, 이 자식들아.

웬만해선 이제 자존심 내려놓고 학교로 송환되고 싶었다. 그러려면 몬스터한테 공격을 받아야 했다. 그런데 주변에 몬스터가 코빼기도 보이지 않았다. 나는 살짝 절망에 빠졌다. 힘이 점점 빠져가는데 더 이상 밖에 나와 있기 싫었다. 나는 머리가 아파 인상을 썼다.

대충 위치를 보니 산의 중층부의 왼쪽 부분 같은데, 이곳은 잘 안 알려진 구역이었다. 동아리에서 만든 산의 모형을 최대한 떠올려 보며 나는 걸음을 옮겼다.

나는 조금 걷다가 익숙한 뒤통수를 바라보았다. 은발에 예쁘게 생긴 소년이 내 시야에 잡혔다. 쟤는 왜 여기까지 흘러들어온 건지 모르겠지만, 일단 반가운 감정이 무럭무럭 피어올랐다. 그를 경계해야겠다는 마음보다 학교에 빨리 돌아갈 수 있겠다는 생각에 반가운 마음이 컸다.

나는 스완 쪽으로 성큼성큼 걸어갔다.

"스완하덴 님."

스완은 굳은 표정으로 누군가를 찾는 건지 두리번거리고 있었다.

내가 그를 부르자 스완이 몸을 돌려 바로 내 쪽으로 성큼성큼 걸어왔다. 스완은 시선을 바닥에 고정한 채 나에게 말을 건다.

"놀랐어. 왜 갑자기 떨어지고 그래."

스완에 말에 나는 고개를 갸웃거렸다.

내가 떨어진 걸 목격한 건가. 음, 굉장히 부끄러운걸.

스완이 고개를 숙이고 있어서 그의 표정을 읽을 수가 없다. 나는 여러모로 부끄러웠고, 그가 별로 믿음직스럽진 않았지만, 지금으로선 믿을 수 있는 사람이 스완, 그 하나밖에 없었기 때문에 일단 그에게 부탁하기로 했다.

"저, 스완 님. 제가 길을 잃어서 그런데, 혹시 학교로 돌아가는 길 아세요?"

"......."

내가 그에게 말을 걸자, 스완은 잠시 고개를 숙인 채 가만히 있었다. 그리고 조금 있다가 반응이 왔다.

스완은 고개를 끄덕였다.

아, 아. 다행이다. 설마 스완도 길을 잃고 방황하던 건 아닌가, 싶었었는데.

"따라와."

스완은 그 한마디를 짧게 내뱉고는 몸을 돌렸다.

순순히 내 부탁에 응해주는 스완이 나는 살짝 불안했다. 따라오라고 하면서 상급 몬스터들이 많은 산 상층부에 데려다주는 건 아닌지 잠시 고민했다. 스완의 평소 행동을 보면 무리는 아니었지만, 현재 의지할 게 스완밖에 없었다.

나는 스완의 뒷모습만 멍하니 바라보았다. 기운이 없어 머리를 굴릴 힘도 없었다. 쟤가 날 지옥으로 이끌면 그대로 지옥 갈 수도 있었다.

가만히 걷고 있으니 불현듯 그가 말을 걸어온다.

"안색이 안 좋아 보여. 어디 아파?"

입을 연 스완은 여전히 앞을 바라보며 걷고 있었다. 나에게 말을 걸었지만 나를 바라보고 있는 것은 아니었다.

그의 말에 정신이 확 들었다. 스완치곤 너무도 상냥한 말과 어투였다. 난 아파서 현재 여러모로 경계가 느슨해진 상태다. 걱정 어린 목소리에 나는 그의 의도가 의심스러웠지만, 순수하게 아픈 걸 물어보는 것 같아 더 생각하는 걸 포기했다.

근데 날 쳐다본 적도 없으면서 용케 내 안색을 알아보다니.

나는 그에게 아프다고 말하기 싫어, 아픈 곳은 없다고 답했다.

"추우니까 어서 들어가. 아프면 나한테 말하고. 꼭."

말투가 왜 저렇게 친절한가 싶다. 평소 같으면 의도가 뭔지 수상해하며 머리를 굴렸겠지만, 지금은 좀 힘들어서 좋은 쪽으로 받아들이기로 했다.

그나저나 스완이 말을 꺼낼 때마다 그사이 간격이 길었다.

말하고 생각하고, 말하고 생각하고. 고심하며 말하는 눈치다. 경계를 풀어야 하는데 왠지 더 높게 세워진다.

경계하는 것과 별개로 그가 나를 까먹진 않은 것 같아 조금 기뻤다. 저렇게 친절한 척 구니까 말이다. 나는 문득 확인하고 싶어 입을 열었다.

"스완 님, 혹시 저 기억나요? 어릴 때 몇 번 봤었거든요."

스완은 내 말에 살짝 놀란 모양이었다.

그는 앞장서서 걷다가 살짝 걸음을 늦췄다. 그는 잠시 입을 달싹이다가 결국 입을 열었다.

"……기억나지. 엄청 친했잖아."

"네?"

나는 그의 말에 눈을 크게 떴다.

우리가 친했다고요? 언제? 진짜?

내 기억 속 스완은 내 말을 매일 무시하는, 싹수없고 자비 없는 아이였다. 내가 말을 걸려고 하면 혐오가 가득한 표정을 짓곤 했다. 아니, 굳이 내가 아니어도 남이 가까이하면 극도로 혐오스럽다는 표정을 지었다.

절대로 남을 옆에 두지 않았던 애였다. 그런 애가 지금 나보고 친했던 사이라고 한다. 굉장히 당황스러웠다.

스완은 계속 뜸을 들이다가 겨우 한마디 더 했다.

"그러니까 존댓말 치워. 어색해."

그 말에는 그의 진심이 들어가 있었다. 그는 그렇게 말하고는 "너무 말투가 날카로웠나?"라고 하며 내가 듣지 못할 작은 목소리로 중얼거렸다. 진심으로 나에게 반말을 쓰라고 말한 것 같았다.

반말을 쓰라는 말에 나는 속으로 스완에게 반말을 써보았다. 그러나 이상하게도 그에게 반말을 쓰는 것이 어색하지 않았다. 마치 원래 썼던 것처럼 말이다.

설마 내가 스완과 친했던 시절을 기억하지 못하는 건가. 딱히 기억 안 나던 시절은 없던 것 같은데. 나는 의문이 들었다.

그나저나 과거에 스완과 친했든 말든 내가 제일 궁금한 게 있었다. 스완은 왜 내 시선을 피하는 것인가. 설마, 내가 어렸을 때 그에게 몹쓸 짓을 한 건가? 나는 문득 여러 의문이 들어 그에게 물어보았다.

"스완하덴, 네가 계속 날 피하는 것 같은데 내 착각 아니지?"

"······."

스완은 대답을 하지 않았다. 그래도 내가 반말을 써서인지 기뻐 보였다.

그가 일부러 나를 피하고 있는 건 사실인 것 같았다. 그렇다면 왜 나를 경계하고 피하고 있는지 그 이유를 알아야 했다. 나에게 원한 이 있어서 내 뒤를 캐는 거라면 빨리 푸는 게 좋았다. 심지어 자기 입으로 친했다고 했다. 그렇다는 건 오해가 있다면 풀 용의가 있다 는 거겠지.

스완과는 절대로 척을 지고 싶지 않다. 굉장히 무섭거든. 이브랑 스완은 절대로 적이 되면 안 되는 타입이었다.

"내가 혹시 잘못이라도 한 거야?"

나는 걸어가며 물었다. 스완은 가만히 들었다.

"그래서, 내가 싫다든지."

비틀거리는 몸을 겨우 지탱하고 걸어갔다. 말하는 게 힘들었지만 이 기회가 아니면 스완과 마주한 상태로 말할 기회가 없을 것이다.

내가 그 말을 하자마자, 앞장서서 잘 걷고 있던 스완하덴이 갑작 스럽게 뒤를 돌았다. 처음 보는 스완의 당황한 표정이었다. 뚱하거 나, 사악하게 웃거나, 재수 없게 웃거나 하던 애가 갑자기 당황한다.

"그건 절대······!"

소공자가 목소리 톤을 살짝 높이며 소리쳤다.

나는 너무 놀란 나머지 다리에 힘이 풀려 돌부리에 발이 걸리고 말았다. 넘어질 것을 예상하며 눈을 질끈 감았는데······.

"······?"

앞으로 고꾸라졌지만, 다행히 바닥엔 부딪히지는 않았다. 스완하덴이 고꾸라지는 날 받아줬기 때문이었다.

그런데 문제는 내가 넘어진 곳의 지형이 높아서 그에게 거의 안기다시피 넘어졌다는 것이었다. 자연스레 스완의 눈과 마주쳤다. 예쁜 눈동자가 가까이 보인다. 보석과 같은 빛을 내는 아름다운 눈이 놀란 듯 나에게 시선을 고정하고 있었다. 눈이 마주쳤다는 사실을 깨달았는지 그의 동공이 흔들리기 시작하더니, 스완의 얼굴이 순식간에 붉어졌다. 잔상처가 많은 그의 귀까지도 붉게 물들어 있었다.

그는 재빨리 나에게서 시선을 뗐지만 그래도 그의 얼굴은 여전히 붉었다. 금방이라도 터질 것 같았지만, 표정은 무신경하기만 했다. 얼떨결에 날 껴안은 그는 마치 불에 손을 덴 듯 안고 있던 손을 재빨리 치웠다.

나는 붉어진 스완을 바라보고 있었고, 그는 시선을 어디에다가 둘 줄 몰라 눈동자만 굴리다가 고개를 돌렸다. 그의 흰 목덜미에도 붉은 기가 올라와 있었다.

스완은 고개를 돌린 상태로 푹 숙이더니 아주 작은 목소리로 중얼거렸다.

"누가 나 좀 살려줘……."

너무 작은 중얼거림이어서 잘 안 들렸다. 스완은 나에게서 손을 떼고 여유로워진 손을 그냥 두지 못했다. 바닥에 자신의 손을 두고 주먹을 쥐고는 애꿎은 잔디만 뽑기 시작했다.

나보다 스완의 상태가 더 안 좋아 보인다.

숨 쉬어, 숨 좀 쉬어라.

얼굴이 터질 것같이 새빨개져선 안절부절못하고 있다. 보는 내가 다 안쓰러울 정도였다. 넘어지는 나를 받아준 것이 그에게 그렇게 무리였나? 진짜 왜 저래 갑자기. 열이라도 옮은 건가.

내가 스완의 이마에 손을 가져다 대려고 하자 스완이 재빨리 내 손을 막았다. 스완은 나에게 하지 말라고 작게 중얼거리고는, 더 이상의 자극은 큰일 난다며 죽을 것 같은 표정을 지었다.

"……? 너야말로 어디 아픈 거야? 괜찮니?"

스완은 나를 밀어내고 싶어 했지만 밀어내진 못했다. 스완의 손이 안절부절못하고 허공만 배회하다가 잔디를 뽑았다. 아주 열심히 뽑았다.

"……."

스완은 괜찮냐는 내 말에 답하지 않았다. 힐을 쓰면 될 텐데, 힐을 왜 자신에겐 안 쓰는 거니. 혹시 자신에겐 힐을 못 쓰는 페널티가 있는 건가 생각해 보았지만 잘 모르겠다.

스완은 얼굴이 새빨개진 상태로 잠시 인정사정없이 풀을 뽑더니, 곧 진정이 되었는지 다시 입을 열었다.

"젠장, 진짜 죽을 것 같으니까 떨어져 줘. 난 너 못 밀어내겠어."

나는 아직도 스완에게 안긴 상태였다. 내가 스완을 살짝 내리누르고 있어서 내가 떨어져야 스완이 일어날 수 있었다.

그나저나 떨어져달라는 건 이해하겠는데, 날 못 밀어내겠다는 말은 이해가 안 됐다. 왜 못 밀어내는 거지? 만지기도 싫다는 건가? 그래도 이렇게 밀착하는 것보단 낫지 않나.

근데 미안한데, 나 아까부터 어지러움이 더 심해진 것 같거든.

점점 의식이 옅어지고 있었다. 당장 기절해도 이상할 것이 없을 정도로.

"미안하지만 나 방전됐어. 못 일어나."

겨우겨우 의식을 붙잡고 있었다. 사실 걷고 있던 게 용할 지경이었다. 아까는 스완과 갈등을 한번 풀어보겠다고 겨우 정신을 차리고 있었는데, 이제는 정말 한계인 듯싶었다. 세상이 빙글빙글 돌고 있었다. 아랫배도 찢어질 듯 아팠다. 의식을 놓고 빨리 이 아픔에서 벗어나고 싶었다. 이런 상황에 놓일 줄 알았다면 그냥 쉴 걸 그랬다.

"⋯⋯나 좀 많이 아파서."

그가 믿을 수 있는 사람인지 아닌지는 지금 중요하지 않았다. 생각을 깊게 할 기운이 없었다. 그저 눈을 다시 떴을 때 학교이길 바랄 뿐이었다. 운이 좋으면 스완이 날 학교로 끌고 가 주겠지.

"빈대 좀 붙을게."

그렇게 말하고 난 기절했다.

* * *

눈을 뜨자마자 보이는 건 새하얀 천장이었다. 숨이 갑자기 크게 쉬어져 나는 헉하는 숨소리를 내었다. 나는 한참을 멍하니 누워 있다가 발가락을 움직여보았다. 숨 쉬는데 문제없고, 움직이는 데도 문제가 없었다. 나는 무사했다.

슬슬 일어나야 할 것 같아 상체를 일으키니 침대 위에 수북이 쌓여 있던 물건들이 후드득 떨어졌다.

방금까지 누워 있을 땐 몰랐다. 침대 위에 이렇게 뭔가가 잔뜩 쌓여 있었나? 바닥에 떨어진 물건들을 확인해 보았더니, 전부 약 종류였다. 진통제, 해열제 등등 모든 종류의 약이 침대와 옆의 작은 책상위에 올려져 있었고 익숙하게 생긴 힐링 포션도 몇 병 있었다.

난 멍하니 있다 잠시 두리번거렸다.

"여긴 어디지……."

인상을 쓰며 기억을 되짚어보았다. 몬스터 토벌에 참여하다가 아파서 그만 기절해버리고 말았지. 스완하덴의 얼굴이 마지막으로 기억나는 걸 보니, 그가 날 여기로 데려다준 것 같았다. 그래도 양심은 있는 사람인 건가?

난 주변을 살피며 여기가 어딘지 파악해 보려고 했다. 커튼과 베개와 이불을 보니 학교 로고가 박혀 있었다. 흰색 커튼 사이로 양호 선생님의 실루엣이 보인다. 다행히 여기는 학교 양호실이었다. 스완이 학교 양호실에 제대로 바래다줬다는 사실을 깨닫자, 난 안도의 한숨을 내쉬었다.

일단 난 옆에 산더미처럼 쌓인 약들은 무시하고 자리에서 일어났다. 시계를 보니 아직 실기 시험이 진행되고 있을 시간이었다. 기절하고 그렇게 많은 시간이 흐르지 않은 것이다. 스완은 내가 기절하자마자 바로 학교로 이동했을 것이 분명했다.

나는 침대에서 일어나 스트레칭을 가볍게 했다. 한숨 자고 일어나니 몸이 개운했다. 돌덩어리를 메고 다니던 느낌은 어느새 사라져 있었고, 찢어질 것 같이 아픈 배도 괜찮아졌다. 어지러움도 메스꺼움도 이젠 모두 나았다.

다시 회복한 나는 양호실을 나가려고 했다. 내가 문고리를 잡고 양호실이 나가려 하자, 양호 선생님이 나를 보며 괜찮냐고 물어본다. 생전 아픈 적이 없던 내가 기절해서 오니 양호 선생님도 걱정을 많이 하셨던 것 같았다. 나는 웃으면서 고개를 끄덕이곤 양호실을 나갔다.

나가자마자 보이는 건 익숙한 은발 머리였다. 아무도 없는 텅 빈 복도에서 홀로 쭈그려 앉아 자기 팔에 얼굴을 묻고 있었다. 그에게서 뿜어져 나오는 아우라가 대단했다. 검은색 아지랑이가 특수 배경 효과로 보이는 것 같은 환각을 경험했다. 스완은 내가 문을 열자마자 팔에 묻었던 얼굴을 들었다.

고개를 들어 훤히 보이는 스완의 얼굴에는 괴로움이라는 감정이 묻어 있었다. 친하다고 생각하지 않았는데, 스완은 의외로 걱정을 많이 한 얼굴로 나를 맞았다.

스완은 양호실에서 나온 나를 보자마자 달려들어 껴안았다. 나를 껴안는 그의 손이 조심스러우면서도 거셌다. 나는 무방비 상태로 있다가 폭 안기고 말았다.

스완은 덜덜 떨리는 손으로 나를 안았고 얼굴을 내 어깨 부분에 파묻었다. 그리곤 천천히 심호흡했다. 그는 무서워하고 있었다. 뭐가 그렇게 그를 떨게 만드는지는 모르겠지만.

처음에는 부드럽게 안았지만, 갈수록 껴안는 힘이 세졌다. 내 존재를 확인하고 싶다는 듯이 그는 나를 안은 손으로 나를 자신 가까이 끌어당겼다. 숨이 막힐 지경이었다.

별로 친하지도 않은 애한테 포옹을 당해서 나는 뇌도, 몸도 굳어 있는 상태였다. 게다가 막 깨어난 상태라 밀쳐낼 힘도 없었다. 스완의 표정이 엄청나서 차마 밀어낼 수도 없었고.

언제나 표정이 뚱하거나 억지스러운 사악 미소 둘 중 하나였는데, 지금 그가 보이는 표정과 그 속의 감정은 처음 보는 것이었다.

내가 어리둥절하며 굳어 있자, 스완은 내 어깨에서 고개를 들고 조심스럽게 내 한쪽 손을 붙잡았다. 차가운 손이 내 손에 닿아 나는 화들짝 놀랐다.

그는 내 한쪽 손을 잡고 자신의 얼굴 쪽으로 가까이 댔다. 내 손은 스완의 한쪽 얼굴을 감싸고 있었다. 감싸게 된 그의 얼굴에는 열이 올라 있었다.

스완의 눈동자에는 물기가 남아 있었고 눈가가 붉었다. 그의 눈동자가 물기 때문에 더욱 예쁘게 색을 내었다. 스완은 그 눈으로 나를 오롯이 쳐다보았다. 사악하다고만 생각했던 그의 눈빛에서 난 의외로 걱정과 슬픔이 뒤섞인 감정을 읽을 수 있었다.

스완이 힘없는 목소리로 입을 열었다.

"아프지 마……."

그의 눈동자엔 눈물이 아롱아롱 맺혀있었다. 그의 눈물을 보자, 괜히 가슴이 저렸다. 눈물이 살짝 맺혀있는 스완의 얼굴이 낯설지가 않았다. 분명 처음 보는 얼굴이었지만, 익숙한 느낌이 들었다.

"……제발."

스완과 내가 예전에 친했다고 해도, 기절 한번 했다고 이렇게 눈물을 보이는 건 무척이나 당황스러운 일이었다. 특히 그 스완하텐이면 더더욱. 나는 놀라서 굳은 몸을 겨우 움직였다. 손을 들어 그의 등을 살짝 토닥였다. 걱정에 축 처진 그의 어깨가 왠지 안쓰러웠다.

"안 아프다니까. 잠시 잤을 뿐이야."

기억은 나질 않지만, 그와 난 정말 친했나 보다. 하지만 저렇게 눈물을 보일 정도로 친했다면 왜 내가 기억을 하지 못하는 것일까. 나는 의문이 들었지만 곧 머릿속에서 지웠다.

내가 괜찮다고 말하며 내 팔의 알통을 보여 주자, 스완은 그제야 안심한 듯 보였다.

스완은 잡고 있던 내 손을 내려놓으며 별안간 나를 뚫어져라 쳐다보기 시작했다. 정신이 하나둘씩 돌아오고 있는지 스완은 나를 껴안은 자신의 손을 한 번 바라보고, 나를 다시 바라보았다. 그리고 또 나를 한 번 바라보았다가 나와 자신의 거리를 확인했다.

그리고, 스완은 껴안고 있던 나를 갑자기 밀쳐냈다.

"……!"

그리곤 도망치기 시작했다. 왠지 기시감이 느껴지는 것 같아 나는 웃음이 나왔다.

어느새 내 손에는 비타민과 여러 건강에 좋은 것들이 들려 있었고, 스완하덴은 저만치 멀어져 점처럼 보였다. 운동신경이 좋다더니, 정말 빠르게 잘 달리네.

스완은 뛰다가 오후 수업이 끝나고 교실로 돌아오는 학생들이랑 부딪혔다. 넘어지는 듯싶더니 잘 중심을 잡고 다시 뛰어간다. 필사적으로 뛰며 소란을 피우는 내내 표정은 평온한 무표정이었다. 얼굴은 무척 붉었지만.

스완이 사라지고 조금 지나서 다른 애들이 나에게 당황한 얼굴로 찾아왔다.

"슈슈!"

"슈라이나!"

"……!"

헤스티아와 코리 그리고 하일리였다.

각자 헐레벌떡 뛰어왔는지 꼴이 말이 아니었다. 코리의 옷엔 마법 진 탄 자국이 그대로 남아 있었고, 하일리는 온몸이 흙투성이였으며, 헤스티아의 머리카락에는 여기저기 작은 꽃들이 달려 있었고 손에는 꽃꽂이용 가위가 들려 있었다.

"왜 기절한 거야? 슈슈가 왜 아파? 지금도 아파? 괜찮은 거 확실해? 어디 다친 거야?"

헤스티아가 가위를 들고 위협적으로 다가오자, 나는 살짝 물러나 헤스티아에게서 가위를 빼앗았다. 그러자 헤스티아가 울먹거리면서 와락 껴안는다. 나는 헤스티아를 토닥여 주며 옆에서 열을 내는 하일리를 바라보았다.

하일리는 인상을 쓰며 내 안색을 살핀다.

"아프면 누워 있지 왜 나왔나!"

코리도 여러모로 굳어 있는 얼굴이었다.

"스완 치료 마법 쓸 수 있잖아. 스완은 어디 갔어."

스완이라면 방금 도망갔다.

하일리가 스완은 지금 건물에서 나와 연무장을 돌고 있다고 말해 줬다. 왜 연무장을 돌고 있는데? 나뿐만이 아닌, 다른 애들도 궁금했던 건지, 의아한 표정을 지었다. 코리가 하일리에게 스완을 잡아 오자고 말하자, 내가 그들을 말렸다. 몸이 개운한 걸 보니, 스완이 이미 치료해준 것 같다고.

내가 괜찮다고 말해도 애들은 하나같이 걱정이 가득한 표정을 지었다. 그리고는 "무리하니 그렇게 병나는 거다.", "지금은 안 아픈 것 같아도 다시 아플 수도 있어."라고 하며 멀쩡하다는 내 말을 도무지 믿으려 하지 않았다.

그래서 나는 3명에게 질질 끌려 양호실로 다시 향하게 되었다.

그 3명은 양호 선생님에게 나를 '시크베이'에 넣어주길 요청했다.

'시크베이'가 무엇이냐고 하면 심하게 아픈 애들을 위해 존재하는 방인데, 여기 있으면 학교를 최소 이틀 정도 쉬어야 했다. 양호 선생님이 이 '시크베이'에 들어가는 것을 허락해 주기만 한다면, 수업을 빠져도 성적과 결석 수에 지장이 없어 걱정 없이 푹 쉬어도 됐다.

한마디로 그냥 입원한다는 뜻이었다.

그러나 현재의 나는 시크베이에 들어갈 만큼 아프지 않았다. 오히려 지금 나는 그 누구보다도 건강한 상태였다. 마력은 완전히 충전되었고, 힘도 넘쳐흐른다. 지금 상태에선 연무장 10바퀴는 뛰어야 숨이 조금 찰 것 같다.

그 정도로 건강했기에, 양호실로 들어가기 싫은 나는 발악했다.

이브랑 하룬도 중간에 그 3명과 합류했다. 이브는 내가 생전 본 적이 없는 일그러진 표정으로 내 상태를 살폈고, 요새 좀 조용해진 하룬도 내가 아프다고 하자 난리를 피웠다.

나는 결국 그 5명에게 질질 끌려 강제로 쉬게 되었다. 건강한데도 말이다. 다른 애들은 몰라도 헤스티아나 코리까지 날 끌고 그 방에 넣을 줄은 몰랐다.

코리는 침대에 눕기 싫어 난리 치는 나를 이불로 꽁꽁 묶었다.

"아무것도 하지 말고 쉬어. 다 나았어도 넌 이번 기회에 좀 쉬어야 해."

"돈 중독, 공부 중독, 마법 중독, 검술 중독에…… 요즘 예민한 이유는 바로 네가 쉬지 않아서야. 이참에 땡땡이도 쳐보고, 잠도 푹 자라. 그렇게 건강하던 애가 왜 갑자기 기절을 하겠어. 휴식이 필요하다, 넌."

분명 다들 나 몰래 단호박을 단체로 먹은 게 분명하다. 미워잉. 내가 괜찮다는 데도 들은 척도 하지 않는다.

코리와 하일리는 내 즐거운 학교 병실 생활을 위해 열심히 준비한 듯싶었다. 하일리는 내 옆에 내가 좋아할 만한 소설책들을 가져 왔고, 코리는 말린 야채, 말린 과일 같은 건강 간식들을 가져와 내가 임시로 쓰는 서랍장에 꽉꽉 눌러 담아줬다.

저거 자기가 먹기 싫어서 나 준 건 아니겠지?

비단 코리와 하일리만 이 방에서 난리를 피운 게 아니었다. 이브 또한 스완이 나에게 준 약을 모두 양호실에서 가져와 내가 먹을 약 만 정리해주기 시작했다.

헤스티아는 여자 기숙사에서 이틀 동안 내가 쓸 물건들을 챙겨서 가져와 줬다. 그 옆에서 오라버니 하룬도 거들었다. 연무장을 돌고 온 스완도 어느새 다른 사람들을 돕고 있었다.

나만 빼고 모두 분주하게 움직였다.

"나 여기 안 있으면 안 돼? 심심해."

내가 분주하게 움직이는 사람들에게 묻자, 모두 "안 돼."라고 단 칼에 거절했다. 나는 그렇게 이틀 동안 강제로 환자 취급을 받게 되 었다.

예상외로 시크베이에서의 생활은 그렇게 나쁘지 않았다. 심심할 줄 알았으나, 애들이 끊임없이 찾아와서 나와 놀아줬다. 내가 아침 에 잠을 너무 많이 자서 밤에 잠이 안 올 것 같다고 하자, 코리랑 하 일리가 밤에 몰래 와서 놀아줄 정도였다.

남학생 기숙사, 여학생 기숙사는 다른 건물이지만, 중간에 사감 선생님들이 왔다 갔다 할 수 있는 통로 하나가 존재했고 보건실은 남학생 기숙사 건물 쪽에 위치하고 있었다. 때문에 가끔 물을 받으 려고 방을 나오면 잠옷을 입고 나와 양치하고 있는 하일리나 코리, 그리고 다른 남학생들이 보였다. 여하튼 코리랑 하일리의 기숙사 방은 보건실과 정말로 가까운 곳에 위치했기 때문에 밤에 나를 찾아오는 게 가능했다.

나는 나를 찾아온 코리와 하일리에게 무서운 이야기 릴레이를 하자고 제안했다. 다들 승낙하자 나는 빛 마법구 하나를 공중에 둥둥 띄워놓고 불을 껐다.

내가 제안했지만, 릴레이의 승자는 의외로 코리였다. 코리는 정말 겁이 없는 성격이었다. 내 필살 무서운 이야기들도 모두 미소로 받아쳤다. 게다가 코리는 무서운 이야기를 어찌나 잘 만들어내는지, 마지막에 나와 하일리는 겁을 먹어 하얗게 불탈 정도였다.

그렇게 애들이 찾아오면 놀고, 찾아오지 않을 때면 계속 잤다. 가끔 하일리가 가져온 소설책도 읽으면서 말이다. 방학이 끝나고 다시 느긋한 시간을 보낼 수 있어서 가끔은 이런 휴식 시간도 나쁘지 않다는 생각이 들었다.

오늘은 검술부 애들이 우르르 와서 나를 보고 갔다.

"슈라이나! 쓰러졌다고 들었어!"

"어디 다친 거야? 괜찮아?"

오후 수업이 끝난 애들에게선 땀 냄새가 폴폴 났다. 그리고 냄새나는 몸으로 가까이 다가와서 내 안부를 묻는다. 난 코를 막아야 했지만 찾아와 준 애들이 고마웠기 때문에 간식 한 개씩 손에 쥐여줬다.

간식을 쥐여줬더니 바로 떠나는 몇몇 애들을 보며 나는 다시 한번 세상의 이치를 깨닫고 말았다.

우르르 몰려온 검술부 애들 중에는 하일리와 스완도 있었다. 스완은 아직도 내 눈을 잘 못 쳐다봤지만, 처음보다는 많이 나아졌다. 예전에는 아예 눈을 마주치지 못했지만, 지금은 하일리의 뒤에 숨어

나를 힐끔힐끔 쳐다봤다.

"소름 돋게 뭐 하는 건가."

"……."

하일리는 자신의 뒤에 숨어, 눈을 초롱초롱 뜬 채 나를 응시하고 있는 스완을 바라보며 정색했다.

"슈슈, 스완하덴이 저렇게 눈을 빛내면서 쳐다볼 때면 언제나 조심해야 한…… 으악!"

나에게 가까이 다가와 속닥거리던 하일은 곧 스완에게 머리를 맞고야 말았다. 스완은 휴지를 집어 들어 하일리의 입에 휴지를 한 장씩 쑤셔 넣었다. 모함하지 말라고 눈을 사납게 빛내며 말이다.

참 활발하게 병실 안을 노니는 학생들을 보니 나도 같이 침대에서 일어나 뛰어놀고 싶었다. 그래서 자리에서 일어나려고 하니, 또 말려댔다.

"……심심하다고."

침대에 다시 눕혀져 찡찡대자, 검술부 애들이 큰 보드게임을 가져왔다. 하지만 아쉽게도 중간에 이브가 와서 땀 냄새가 폴폴 나는 애들을 모두 몰아냈다. 하일리랑 스완은 이미 깔끔하게 씻고 온 상태여서 방에 남아 있을 수 있었다.

이브가 방에 들어오자마자 콜록거리며 기침을 했다. 오만상을 짓는 이브였다.

"슈슈가 있는 방에 불결한 것들이……."

이브는 창문을 열어 환기를 시켰다. 선선한 바람이 방으로 들어오며 사춘기의 냄새들을 모두 정화시켰다. 이브는 마스크를 끼고 검술부 애들이 흘리고 간 과자 가루, 흙먼지들을 청소하기 시작했다. 청소하는 이브는 엄청 야무졌다.

하일리가 그런 이브의 모습을 보더니 스완에게 물어보았다.

"기숙사 방에서도 저러냐? 엄청 깔끔하다."

"빗자루를 종류별로 가지고 있어. 굉장한 청소 변태야."

"확실히 어딘가 찝찝하게 생겼다."

하일리와 스완이 이브의 앞담을 하기 시작하자, 이브가 들고 있던 먼지떨이를 스완 쪽으로 던졌다. 하지만 스완은 고개를 숙여 먼지떨이를 가볍게 피했다. 대신 뒤에서 방심하고 있던 하일리가 그 먼지떨이를 대신 맞았다.

이어서 오후 수업이 끝난 코리도 시크베이로 찾아왔다. 코리는 오전 필수 과목들을 필기한 것을 가지고 왔다. 아무래도 수업을 빠지니 진도가 밀릴 걸 고려해 필기 노트를 공유해 주려는 것 같았다. 어차피 반이 달라도 학년은 같으니 배우는 내용도 같았다.

정말 필요했던 것이기 때문에 나는 고마워하며 기꺼이 받았다.

그러나, 코리가 가져온 필기 노트에는 결정적인 문제가 있었다.

"이거 무슨 글씨야……?"

코리의 글씨체가 너무 더러웠다.

애들은 코리의 필기 노트를 가운데에 두고 옹기종기 모여 앉아 코리의 글씨를 추리하기 시작했다. 나도 재미있을 것 같아 추리에 참가했다. 코리는 애들이 추리한 단어가 맞는지 아닌지 결과를 알려줬다.

그중 스완이 코리 글씨 추리를 제일 잘했다.

그렇게 애들이 추리한 단어들을 종합하고 나서야 난 노트에 겨우겨우 필기를 옮겨 적을 수 있었다.

그나저나 얘네들 때문에 이틀 동안 침대에서 나간 횟수가 손에 꼽

앗다. 물도 떠다 주지, 밥도 먹여 주지, 모든 것이 자동이었다. 내가 뭔가를 하려고 하면 호들갑이다. 헤스티아도 나를 챙겨준다는 사실이 기쁜 건지 매우 적극적이었다. 심지어 드디어 미친 건지 내가 하는 모든 행동에 칭찬을 해주기 시작한다.

소설책을 읽으며 낄낄거리면,

"슈슈! 슈슈가 웃었어! 대단해 슈슈!"

혼자 머리를 묶으면,

"세상에 슈슈! 머리도 묶고! 멋있어, 슈슈! 근데 팔 아플 테니까 나한테 맡겨!"

모두들 나를 어린애 취급하고 있었다. 절대 나 혼자 뭘 하게 내버려 두지 않았다. 내 스트레스를 덜게 해주려고 그러는 것 같은데, 오히려 스트레스가 쌓이고 있었다. 그래서 나는 모두 내쫓았다.

이틀 후, 나는 일상으로 복귀해도 된다는 허락을 받자마자 해방감에 환호성을 질렀다.

자식들이 아카데미에서 기숙하니 부모님이 적적함을 많이 느끼시기에 하루에 한 번씩은 꼭 집에 안부 전화를 했었다. 그런데 저번에 내가 아파 집에 연락을 넣지 못하자, 내가 걱정됐던 어머니는 학교 측에 연락해 뒤늦게 자초지종을 듣게 되었고, 어머니는 바로 나에게 수십 통이나 연락을 넣었다.

최근에 내가 몸이 아파 시크베이에 입실했다는 사실이 집까지 전해진 것 같았다.

나는 부재중이 몇십 개나 쌓인 통신구를 보며 잠시 심호흡을 하고 집에 전화를 걸었다.

"슈슈! 아가, 기절했다며! 몸은 좀 괜찮니? 일어났으면 어미한테 바로 연락을 했어야지!"

"죄송해요."

"괜찮아, 아파서 연락할 정신이 없었다는 게 뭐가 죄송해. 이젠 괜찮아? 밥 몇 그릇 먹어?"

"적당히 먹고 있어요."

"한 3그릇?"

"5그릇이요."

"아아. 그래, 우리 슈슈 점점 더 많이 먹는구나. 음, 그건 다행이다. 슈슈 아가, 불안하게 자꾸 그러지 마. 학교에서 연락 듣고 이 어미도 기절할 뻔했잖아. 어렸을 때 행방불명 됐을 때도 그렇고, 벌레 만진 손으로 눈 비비다가 눈병 걸린 것도 그렇고, 검 잡는다고 막 뛰어다니다가 상처투성이 된 것도 그렇고. 너는 왜 이렇게 나를 속상하게 하니. 어제도 심장이 벌렁거려서 잠도 못 잤어."

"……제가 행방불명 됐어요?"

뜻밖에 사실을 전해 들은 나는 놀라 어머니에게 반문했다.

어렸을 때 내가 행방불명이 됐을 때가 있었다고 하는데 나는 기억이 없다. 눈병이 걸린 거랑, 검 연습하다가 다친 기억은 있어도 행방불명 됐다는 건 처음 듣는 이야기다. 정작 당사자는 기억이 안 나는데 이게 무슨 말인 거지.

어머니도 내가 행방불명 됐을 때의 일을 잘 모른다고 한다. 갑자기 사라졌다가 갑자기 방에서 나타났다나. 그래서 당시에 가족들이 내게 어디 갔었냐고 물어봤었는데, 사라졌을 때의 기억이 없던 나는 되려 의아한 표정으로 가족들에게 되물었다고 한다.

그렇게 내 행방불명 사건은 영원한 미스터리로 남게 되었다고.

어머니와 통화를 마치고 나는 인상을 썼다. 내가 행방불명이라니. 수상쩍은데 한번 알아봐야 하나.

턱을 톡톡 두들기며 깊이 생각에 빠졌다.

* * *

"슈슈! 일어나!"

헤스티아의 목소리가 들려온다. 나는 졸음에 허덕이며 정신을 차리지 못하고 있었다. 헤스티아가 내 겨드랑이에 팔을 넣고 나를 질질 끌고 가기 시작하자, 나는 그제야 정신 차렸다.

"나, 내내 잔 거야?"

내가 끌려가며 헤스티아에게 물어보자 헤스티아는 고개를 끄덕이며 해맑게 웃었다.

"슈슈, 코도 골았어. 선생님이 깨우려고 했는데 너무 웃겨서 그냥 그대로 자게 내버려 두셨어."

……망했다. 나는 조금 흘린 침을 닦으며 인상을 썼다.

시크베이에서 나온 뒤, 나의 취침 시간은 뒤죽박죽되어 있었다. 시크베이에서 지낼 때 내 몸시계에 맞춰서 수면 시간을 정하다 보니, 내 생활 리듬이 엉망진창으로 변한 것 같다.

아침에는 졸리고 저녁이면 쌩쌩해지는 이상한 현상. 어제는 더더욱 내 과거 행방불명에 대한 의문을 풀어보려고 열심히 기록들을 뒤졌기에 더욱 잠을 자지 못했다.

하하, 그나저나 코까지 골며 잠들었다니. 잠꼬대하거나 이를 갈지는 않은 걸 감사히 생각해야 하나? 부끄러움에 손발이 오그라들었다.

오그라든 손을 펴며 길을 걷다가 우연히 헤스티아의 교복에 꽂혀 있는 만년필을 발견했다. 만년필에는 헤스티아의 이름이 적혀 있었고, 몸체에 흠이 많이 나 있었다. 오래 쓴 만년필임이 분명하다.

"헤스티아, 그 만년필 뭐야? 네가 자주 쓴 것 같은데 난 처음 봐."

헤스티아는 내가 만년필에 관심을 보이자, 살짝 당황한 듯 말을 더듬었다.

"아아, 이거? 이거 슈슈가 준 건데……."

"내가? 정말이야?"

내가 헤스티아에게 선물한 걸 기억 못 할 리가 없다. 정말이다. 나는 내가 준 선물들 다 기억하고 있다고. 받은 선물들도 다 기억하고 있고.

난 헤스티아의 만년필을 여기저기 살펴보기 시작했다. 확실히 내가 준 것 같기는 하다. 헤스티아가 좋아할 만한 밝은 색상에 내가 선물할 때마다 적는 '$' 표시도 있었다.

그런데 왜 기억이 안 나지?

내가 헤스티아의 만년필을 뚫어져라 쳐다보며 의아해하자 헤스티아가 자신의 만년필을 도로 가져갔다. 헤스티아는 헤헤, 하며 웃고 있다.

"슈슈는 기억 못 하는 게 당연해. 좀 어렸을 때거든."

"……이상하다."

정말 이상했다. 나는 전생의 기억까지 같이 가지고 있어서 남들보다 어린 시절을 더 잘 기억했다. 하룬 오라버니가 7살 때 이불에 지도 그리던 것까지 기억난다. 근데 내가 헤스티아에게 준 선물을 기억 못 한다고? 이것도 내가 행방불명된 사건과 연관 있는 건가?

생각하느라 잠시 멈춰 서 있는데, 헤스티아가 빨리 식당에 가자고 팔짱을 꼈다.

간단한 점심 후에 나는 연무장으로 향했다. 연무장에는 이미 사람 몇 명이 와 있었다. 목검이 서로 부딪치는 소리가 들리는 걸 보니 대련 중인 것 같다. 나는 가져온 보송보송한 수건을 목에 걸치고 매점에서 산 포도 주스를 마시며 대련 중인 애들을 바라보았다.

대련하고 있는 사람은 스완과 다른 블루반의 검술부 학생이었다. 스완과 대련하고 있는 애의 이름은 지미였다. 스완이 들어오기 전에 블루반 검술 톱으로, 제국에서 그를 스카웃하겠다는 말이 나와서 한참 유명했었던 아이였다.

"히야야야압!"

지미는 스완을 향해 검을 휘둘렀다. 스완은 뚱한 표정으로 귀찮다는 듯 그의 공격을 받아주고 있었다. 날씨가 슬슬 더워지고 있어서 스완은 가벼운 검은색 반팔을 입고 있었다. 그 대신 목까지 붕대로 가리고 있었다.

한편, 스완의 대련 상대자 지미는 완전무장한 상태였다. 수련복을 딱 차려입고, 대련용 보호 장치와 공격을 강화시켜주는 액세서리 등을 착용하고 있었다.

나는 연무장 아무 구석에 자리를 잡고 앉았다. 스완이 검을 잡는 모습은 어렸을 때를 제외하고는 본 적이 별로 없었다. 심지어 관찰할 기회는 거의 없었다. 나는 하일리마저 경계하는 스완의 검술 실력이 진심으로 궁금했다.

나는 포도 주스를 홀짝이며 대련을 관람했다. 어렸을 때라, 자세히는 기억나지 않지만 스완은 내가 넘을 수 없는 벽 같은 느낌이었다. 언제나 대련에서 졌던 걸로 기억한다. 그리고 대련 마지막은 항상 그 스완의 특유 비웃음으로 끝났지. 왕재수.

어렸을 때부터 남달랐던 스완이 과연 얼마나 성장했을까. 나는 기대 어린 눈으로 대련을 바라보았지만 스완은 좀처럼 자신의 실력을 보여 주지 않았다. 솔직히 대련 자체를 귀찮아하는 것 같다. 할 생각이 없는 건지, 아니면 상대가 그에게 너무 약한 건지, 스완은 일방적으로 지미를 패고 있었다.

지미가 분했는지 소리쳤다.

"빌어먹을, 좀 져 달라고! 블루반 검술부의 톱은 나야!"

하지만 스완은 그를 쳐다보고 있지도 않았다. 그저 멍하니 허공만 바라볼 뿐이었다.

"……."

"듣고 있냐! 아무리 네가 날 이렇게 다뤄도, 톱은 나라고 나!"

맞고 있는 지미의 얼굴이 붉다. 화를 내는 건가 싶다. 스완은 지미의 말을 한 귀로 듣고 한 귀로 흘렸다. 그저 팔을 열심히 휘두르며 대충대충 지미를 팰 뿐이다.

이상한 게, 대충 상대하고 있는데도 공격이 날카로웠고, 피하는 것도 엄청 여유로워 보였다.

"스완하데엔! 오늘이야말로 기필코 이기고 말겠어!"

지미가 스완에게 달려들자, 스완은 인상을 쓰며 귀를 만졌다.

"……예예."

성의 없는 긍정 뒤에, 스완은 단번에 지미를 이겼다. 스완은 목검을 화려하게 돌리며 장난을 치다가 쓰러진 지미의 얼굴 바로 옆에 꽂았다.

스완은 무척 지루해 보이는 얼굴이었다. 대련을 가볍게 이긴 스완은 돈 뜯는 양아치 같은 말투로 입을 뗐다.

"이겼으니까, 약속 지켜?"

"크윽……."

지미는 진 것이 분하다는 듯 이를 악물었다.

"약속 내용 한 번 더 말해봐."

지미가 인상을 쓰며 묻자, 스완은 검을 땅에 꽂고 몸을 기댔다.

"그 옐로반에서 제일 예쁜 애 있잖아. 학교에서 제일 예쁜 애."

"……헤스티아?"

"시력이 안 좋구나? 걔 말고 걔랑 같이 다니는 애."

"애라고 하지 말고 이름을 말해!"

스완은 그의 말에 "이름 부르기 부끄럽다고."라고 말하며 막 화를 내기 시작했다. 억지로 웃을 때 이외에는 언제나 일관성 있는 표정이었기에 딱히 화가 난 듯한 표정은 아니었지만. 스완이 위협하자 지미는 자신이 꺼낸 말을 바로 정정하며 스완을 달랬다.

지미가 "헤스티아가 객관적으로 제일 예쁘잖아."라고 중얼거렸지만 스완은 들은 척도 하지 않았다.

곰곰이 생각하던 지미는 뭔가가 생각난 듯 입을 다시 열었다.

"으윽, 헤스티아랑 자주 같이 다는 애라면 주황색 머리에 그 퀴퀴한 삼백안? 걔가 예뻐? 차갑고 음침하더만."

"싸물어."

스완은 지미의 가랑이 사이 가까이 목검을 꽂았다. 지미가 소스라치게 놀라며 뒤로 물러서려 하자, 스완은 지미의 등 위에 다른 목검을 또 꽂았다. 때문에 지미는 가랑이 사이 가까운 곳에 목검 하나,

그리고 등 뒤에 목검 하나 이렇게 박혀 있어 옴짝달싹 못 하는 상황
이 되었다.

"야, 야, 야! 날 죽일 셈이야?! 진정해, 근데 사실이잖…… 으악!"

스완은 지미의 멱살을 잡더니 세뇌 교육을 시작했다. 조금 잔인한
것 같아서 자세한 과정은 생략하겠다. 백마법을 저런 식으로 악용도
가능하구나. 무서운 놈.

몇 분이 지나자, 지미는 미소를 지으며 "주황 여신님 만세!"라며
이상한 소리를 내뱉기 시작했다.

또 스완에게 절대 충성을 외친 지미는 무릎을 꿇고 스완의 말을
경청하기 시작했다.

"네가 인망이 좋으니까 맡기는 거야. 걔 찍은 영상 있으면 나한테
가져와. 가져오는 게 힘들다면 그냥 부셔도 좋아. 학교 내에 도는 영
상이 없게 해."

"네, 알겠습니다!"

나는 모든 광경을 지켜보다가 조용히 일어나서 연무장을 빠져나
왔다. 보면 안 될 걸 본 것 같다.

……헤스티아랑 다니는 퀴퀴한 삼백안이 날 말하는 건 아니겠지?

주황색 삼백안이 얼마나 엑스트라다운 설정인데. 실제로 난 소설
속 엑스트라이기도 하고.

아니지. 확실히 아니다.

아니지?

맞아?

* * *

저녁을 먹은 후 나는 잠시 산책했다. 원래 헤스티아랑 산책하는 게 일상이었지만 헤스티아는 요새 조금 바빴다. 나는 혼자 산책하다가 학교 연못 쪽에 은발의 소년을 발견했다. 저 익숙한 뒤통수는 스완하덴이었다.

스완은 잔디 위에 앉아 학교 저녁으로 나온 사과를 베어 먹고 있었다. 멀거니 연못을 바라보던 스완은 옆에 자갈돌을 하나 잡고 그대로 물수제비를 던졌다. 돌은 6번 정도 수면 위에서 뛰다가 연못으로 빠졌다.

바람이 불고 그의 은색 머리카락이 살랑거린다. 노을이 지고 있어 은발이 주황색으로 살짝 물들어 반짝거렸다. 입만 닫고 가만히 있으면 마치 요정이라고 해도 이상할 것이 없었다.

스완은 물수제비를 던지다가 지루했는지 그대로 잔디 위로 누웠다. 그리고는 누운 상태로 사과를 아삭아삭 베어 물었다. 나중엔 사과를 먹는 것도 귀찮았는지, 몇 입 먹다가 마법으로 빨리 삭게 만들어 나무뿌리 쪽으로 던졌다.

스완은 노을 진 주황색 하늘을 보며 뭐라고 중얼거리다가 옆에 널브러진 겉옷을 자신의 얼굴 쪽에 덮었다. 나는 곧 잠에 빠지려고 하는 스완에게 다가갔다.

"스완하덴, 자?"

스완은 갑자기 들려오는 내 목소리에 몸이 굳었는지, 작은 미동도 보이지 않았다. 내가 가까이 다가오자, 스완은 갑자기 자는 척을 하기 시작했다.

어쭈, 자는 척한단 말이지?

"너 나 좋아하지."

말이 끝나기 무섭게 스완이 벌떡 일어났다.

나는 때마침 연못 주변 잔디밭에 누워 있는 스완에게 다가갔다. 그에게 여러모로 고맙다고 말하기 위해서였다.

몬스터 토벌 때 무사히 학교까지 데려다주었고, 매번 최상급 포션을 나에게 바치다시피 주었다. 그럼에도 나는 여태껏 그를 경계하느라 고맙다는 말을 제대로 하지 못했었다.

또 고맙다는 말과 함께 그에게 물어볼 게 있었다. 여러모로 생각해봤는데, 내가 행방불명이 되어 기억을 잃은 일과 스완이 연관되어 있을 것 같았다.

스완하덴 말로는 우리가 친했다고 하는데 나는 전혀 기억이 없었다. 기억에 구멍이 생긴 부분의 일부를 스완이 가지고 있으니 그에게 무슨 일이 있었냐고 물어보면 힌트를 얻을 수 있지 않을까.

헤스티아에게 펜을 받았을 당시 상황을 물어봤지만, 그녀는 가물가물하다며 제대로 말해주지 않았다. 그래서 스완에게 물어보려고 용기를 내어 찾아갔는데, 그가 갑자기 자는 척을 하기 시작했다. 나는 그런 그가 괘씸해서 어그로를 끌어보았다.

"너 나 좋아하지."

아니나 다를까, 스완은 자는 척을 그만두고 상체를 세웠다. 겉옷이 스완의 얼굴을 가렸지만 그는 그것을 굳이 치우지 않았다. 오히려 팔 부분을 머리 뒤로 빼서 그걸 서로 묶어 머리에 단단히 고정시켰다. 스완은 겉옷이 제대로 고정된 것을 확인하고 입을 열었다.

"……."

……열려고 했지만 스완은 말을 잇지 못했다.

"……."

스완은 계속 뭔가를 말하려고 했지만, 입을 달싹거릴 뿐 말을 하지 못했다. 말 못 할 정도로 어이가 없는 건가. 스완의 입매가 굳어지는 것을 보니 살짝 화가 난 듯도 하다.

하기야, 더 이상 자는 척 못 하도록 한 질문이었으니 상관은 없다. 아까 주황 털 뭉치 이야기를 듣고 설마 해서 물어본 것이었다. 반응을 보니 아닌 것 같다. 아님 됐어, 정색하지 마. 자는 척 안 하는 것만으로도 나는 충분해.

"네가 자는 척하길래 농담 한번 해봤어. 너한테 할 말 있거든."

"……."

스완은 대답하지 않고 손가락만 만지작거렸다. 손에도 상처가 곳곳에 나 있었다. 왜 저렇게 상처가 많은 걸까 생각하며 나는 스완의 상처를 바라보았다.

"고맙다고 일단 말하고 싶어."

"……?"

스완이 나를 쳐다보지 않으니, 나도 부담 없이 낯부끄러운 말을 할 수 있었다.

뜬금없는 내 감사 인사에 스완은 눈도 보이지 않으면서 내 쪽으로 고개를 돌렸다. 그 모습이 조금 웃겨서 나는 웃으며 말을 이었다.

"저번에 발목 다쳤을 때도 그렇고, 몬스터 토벌 때도 나 학교까지 데리고 가준 거 고맙다고 못 했잖아."

사실 고맙다는 말을 이렇게 몰아서 하지는 않는다. 그때그때 고맙다고 말하는 게 일반적이었지만 그동안 스완을 경계하느라 이제야 몰아 말하게 된 것이었다.

머리카락만 내놓은 스완은 가만히 듣다가 고개를 푹 숙였다. 손가락을 만지작거리다가 땅에 손을 내려놓았다. 저번처럼 다시 잔디를 뽑는 게 아닐까 싶었지만, 그는 가만히 있었다. 겉옷 사이로 삐져나온 그의 귀가 붉어지기 시작했다.

"……별거 아냐."

겨우 그의 입에서 내뱉어진 말은 기어들어 갈 만큼 작은 소리였다.

바람이 앞머리를 쓸고 지나간다. 스완을 바라보니 그의 앞머리가 바람결에 뒤로 넘겨져 있었다. 그게 왠지 귀여운 느낌이 들어서 손을 들어 다시 정돈해줬다. 스완은 갑자기 느껴지는 내 손길에 몸을 굳히더니 곧 한숨을 쉬었다.

그는 얼굴을 가리고 있던 겉옷을 내려놓았다. 그의 예쁜 얼굴이 훤히 드러났다. 노을의 빛이 그의 얼굴을 덮어 그의 붉은 기를 가려주었다. 그는 나를 바라보려다가 다시 얼굴을 팔에 파묻었다.

"그, 슈슈……."

스완은 잠시 가만히 있다가 나에게 웬일로 먼저 말을 건다. 쭈그려 앉아 고개를 팔에 파묻고 있던 그는 고개를 내 반대편으로 돌렸다. 그는 처음 내 이름을 부르곤 한동안 입을 다물었다. 그는 잠시 바람에 따라 흔들리는 풀꽃들을 바라보다가 자연스럽게 입을 열었다.

"나 수상한 사람 아니야."

"뭐?"

분위기를 잡으며 겨우 꺼낸 스완의 말은 굉장히 뜬금없었다. 고개를 갸웃거리며 고개를 돌린 스완을 쳐다보았다.

"너무 경계하지 말아줘."

작은 소리였지만 충분히 들렸다.

스완은 반대편으로 향한 고개를 다시 내 쪽으로 돌렸다. 아직 얼굴은 반쯤 팔에 파묻고 있어서 보이는 것은 오직 예쁘게 빛나는 그의 오색빛 눈동자뿐이었다. 노을 때문에 눈동자의 푸른빛에 주황색이 섞였다.

"나 너한테는 진짜 꼼짝도 못 하니까."

부끄러워하면서도 끝까지 말한 스완이었다. 바람이 한번 거세게 불어 주변에서 나뭇잎 부딪히는 소리가 크게 났다. 나는 바람 때문에 시야를 가리는 주황색 머리카락을 뒤로 넘겼다. 시야가 다시 뚜렷해지자, 입을 비죽 내밀고 그저 앞만 바라보고 있는 스완이 보였다.

나에게 꼼짝도 못 한다는 스완의 말에 나는 내 과거가 더욱 수상해졌다. 내가 혹시 하일리처럼 스완의 약점이라도 잡았나 싶지만 잘 기억나지 않았다. 스완에 관한 영상구나 이미지구 따윈 없었다.

스완은 한번 말을 꺼내고 나니, 부담이 사라진 건지 다시 입을 열었다.

"너 없는 동안 노력 진짜 많이 했어. 이건 칭찬해줘야 해."

이건 내가 모르는 과거 이야기다. 나는 그에게 내 잃어버린 과거가 있다는 것을 확신할 수 있었다. 내가 기억하는 스완은 차갑고 그저 타인처럼 느껴지는 애였다. 남을 깔보는 보석빛 눈동자에, 귀찮음과 짜증이 섞인 말투와 표정. 그게 스완하덴이었다.

상대방은 나와의 추억을 회상하며 기뻐하는데 나만 기억하지 못한다는 건 상당히 실례였지만 나는 괴리감을 지울 수가 없었다.

"일단 미안해. 너는 나와 친했다고 하지만, 솔직히 나는 너랑 친하게 지낸 기억이 없거든."

스완 입장에서 잔인하게 들릴지도 모를 말이다. 그러나 내 짐작이 틀린 게 아니라면 그는 당황하는 나를 이해해줄 것이다.

도서관에서 블란치 가문에 대한 것들을 찾아보다가 우연히 발견한 사실이 있다. 백마법은 육체적인 것뿐만 아니라 정신적인 부분까지 치료할 수 있다고 한다. 정신적인 부분을 치료할 수 있다는 건, 기억에도 손을 댈 수 있다는 뜻 아닐까.

스완하덴은 내 말을 유심히 듣다가 쓸쓸하게 웃으며 대답했다.

"……그렇겠지."

역시 스완은 내가 자신과의 추억을 떠올리지 못하는 것을 이상하게 여기지 않았다. 스완은 연못을 바라보고 있었고, 나도 자연스럽게 그쪽을 바라보며 이야기하고 있었다.

투명한 연못은 예쁘게 지는 해의 색을 담고 있었고, 나는 그것을 바라보며 입을 열었다.

"넌 그 이유를 알고 있는 것 같아."

스완은 멀거니 앞만 바라보고 있었다. 그는 잠시 왼손을 들어 자신의 뒷머리를 긁적인다. 곤란하다는 듯한 표정이었지만 귀는 붉었다.

"네 쪽 보고 싶은데."

"왜 딴소리……."

동문서답을 하는 스완에 나는 고개를 갸웃거리다, 스완이 대화 주제를 바꾸고 싶어 하는 것을 깨닫고 나는 결국 한숨을 쉬었다.

"그럼 보면 되잖아."

"그니까, 그렇게 쉬운데. 망했어 난. 이렇게 눈도 못 마주쳐."

"뭐라는 거야."

스완은 고개를 돌리고는 머리카락을 헤집었다. 망했다고 말하면서도 무척이나 들떠 보였다. 일관성 있는 표정에서 여러 가지 감정을 읽어내는 스스로가 문득 대단하게 느껴졌다.

내 쪽으로 고개를 돌리고 싶다고 했으면서 스완은 계속 앞이나 내 반대편을 쳐다보았다. 스완은 잠시 눈을 감고 한숨을 깊게 쉬었다. 무슨 생각을 하는 건지 그는 한참 말이 없었다. 곧 다음 말이 나올 것을 알고 있었기에 나는 그를 가만히 기다려줬다.

그는 다시 눈을 뜨고 입을 열었다.

"아무리 네가 과거에 있었던 일 알려달라고 해도 이건 역시 못 알려주겠다."

그의 말에 나는 "왜?"라고 답했다.

"그때의 일을 기억해봤자 너한테 좋을 게 하나도 없어. 그리고 몰라도 큰 지장 없는 내용들이고."

스완은 고개를 돌린 상태로 내 뒷머리를 툭, 가볍게 쓰다듬었다.

"넌 현재만 신경 써."

그는 나와 자신의 과거를 말하는 걸 꺼렸다. 그 말을 하는 스완이 왠지 슬퍼 보였기에 나는 더 이상 물어보지 않기로 했다. 스완이 말하고 싶지 않아 하는데 굳이 캐묻고 싶지 않았다. 그의 말대로 그 기억 없이 현재까지 잘 살아왔기 때문이었다. 그만 알고 있는 내 과거를 물어봤던 건 그저 궁금해서였다.

스완은 잠시 머리카락을 헤집더니 다시 내 쪽으로 고개를 돌렸다.

"그러니까 앞으로 꼭 친해지자. 이렇게 자주 말 좀 걸어줘."

예쁘게 웃으며 말하는 스완이었다. 나는 시큰둥하게 말했다.

"네가 먼저 해."

내 말에 스완은 시선을 아래로 꽂으며 입을 비죽 내민다.

"……난 못하니까."

부끄러워서.

그의 목소리가 점점 작아졌다. 귀가 붉어진 스완은 별안간 자리에서 벌떡 일어나더니 다시 겉옷을 눈만 내놓고 얼굴에 둘둘 감았다. 스완의 얼굴이 아까보다 붉은 것 같은 느낌이다.

"이제 곧 점호 시간이니까 가 볼게. 너도 벌점 받기 전에 어서 들어가."

스완의 말을 듣고 하늘을 보니 어느새 어둑어둑해졌다. 오래 얘기한 것 같지는 않은데 시간이 이렇게 많이 흘렀다니.

내가 그에게 손을 흔들자, 그는 대충 고개를 끄덕이곤 남자 기숙사로 들어갔다. 잘 보이지 않았지만 스완은 엄청 기쁜 얼굴로 지나가는 남자애들에게 시비를 거는 것 같았다.

잃어버린 기억

6

잃어버린 기억

깜깜한 밤이었다.

두 명의 작은 여자아이가 침대에 누워 도란도란 이야기를 나누고 있었다.

"슈슈, 나 잠이 안 와……."

분홍색 머리카락에 큰 녹안을 가지고 있는 어린 여자아이가 칭얼거리자, 그 옆의 남자아이처럼 짧은 주황 머리의 다른 여자아이가 그녀의 머리카락을 쓰다듬었다.

얼핏 보면 소년처럼 보이는 주황색 머리카락의 여자아이는 사나워 보이는 눈매를 가지고 있었지만, 가진 눈빛만은 따뜻했다. 이 주황 머리 작은 소녀의 이름은 슈라이나 웨스트였다.

슈라이나는 헤스티아라고 불리는 분홍색 머리카락의 여자아이를 껴안아 줬다. 헤스티아는 슈라이나에게 안겨 다시 칭얼거렸다.

"나 저번에 했던 것처럼 어부바 해줘. 슈슈 말대로 백까지 세기 전에 잠들었단 말이야."

헤스티아의 말에 슈라이나는 고개를 끄덕이며 그녀를 업었다.

어린 나이에 검을 잡은 슈라이나는 다른 여자애들보다 튼튼하고 힘이 셌다. 슈라이나는 헤스티아의 투정이라면 거의 모두 받아줬다. 둘은 친구였지만 슈라이나는 헤스티아를 동생처럼 여겼다.

"대신 100까지 다 셌는데 안자면 포악한 몬스터한테 너 잡아가 달라고 할 거야."

"슈슈! 그런 말 하지마아! 진짜 무섭잖아!"

헤스티아가 슈라이나에게 업혀 슈라이나의 짧은 머리카락을 잡았다. 머리카락이 잡힌 슈라이나는 헤스티아에게 맞아주며 어디 한 번 더 때려보라고 위협하며 웃었다.

슈라이나는 가볍고 작은 헤스티아를 업고 살짝 상체를 숙였다. 큰 짐을 등에 진 할머니같이 슈라이나는 고개와 무릎을 살짝 숙였다. 슈라이나는 마치 아기 요람처럼 헤스티아에게 편안함을 주기 위해 아래위로 살짝 움직였다. 그렇게 헤스티아를 업은 슈라이나는 방을 천천히 걸었다.

슈라이나는 헤스티아의 엉덩이를 살짝 토닥이며 숫자를 셌고 헤스티아는 그녀의 등에 기대 나지막이 들려오는 심장 소리를 들었다. 쿵쿵거리는 심장 소리와 숫자를 세는 나지막한 목소리 덕에 잠이 솔솔 온다.

"하나아, 두우울, 세에엣……."

밤은 고요한데 슈라이나의 목소리만 잔잔히 방을 채웠다.

이건 슈라이나가 8살 내지, 9살이었을 때 그녀가 기억하지 못하는 이야기다.

* * *

어린 슈라이나의 아침은 웨스트 가문의 개인 연무장을 도는 것부터 시작한다.

그녀의 짧은 주황색 머리카락이 거친 바람에 흩날리며 산발이 되어간다. 슈라이나는 황실 기사 중에 최정예로 여겨지는 마법 검사가되고 싶어 그 어린 나이에도 매일 새벽에 일어나 연무장에 나왔다.

슈라이나가 황실의 마법 기사를 목표로 잡은 이유는 단 하나였다. 제국 공무원 중에서 제일 수입이 좋았기 때문이다. 소녀 가장이었던 전생의 기억을 가지고 있는 슈라이나는 안전한 직업을 가지기 위해 어렸을 때부터 애쓰고 있었다.

검술에 가진 재능이 그렇게 뛰어난 편은 아니었지만, 슈라이나는 전생 때부터 유독 부지런하고 착실한 사람이었다. 매일 고된 수련을 통해 조금씩 자신을 발전시켜나갔고 나중엔 마법까지 검술과 섞어 응용하니 실력이 꽤 수준에 올랐다.

아침 바람을 맞으며 연무장을 뛰는 슈라이나의 표정이 오늘따라 유독 험악했다. 삼백안에 인상이 나쁜 슈라이나는 원래 가만히 있어도 화가 났냐는 소리를 많이 들었는데, 그런 그녀가 인상까지 쓰고 있으니 평소보다 더욱 기분이 안 좋아 보였다.

'오늘 블란치 공작이랑 그 아들이 온다고 하니, 슈슈 네가 좀 놀아 줘라.'

슈라이나는 자신의 아버지, 웨스트 남작이 오늘 아침에 말한 내용을 떠올렸다.

"으윽, 곧 걔가 올 것 같은데. 그 재수 없는 놈."

슈라이나는 인상을 쓰며 중얼거린다.

그녀는 블란치 공작가의 소공자를 떠올렸다. 소공자의 이름은 '스완하덴 블란치'로 슈라이나가 정말 기피하고 싶은 사람 중의 한 명이었다.

왜 기피하고 싶냐면, 일단 그의 첫인상이 너무 좋지 않았다. 웨스트 가문과 블란치 가문이 왕래를 시작했을 때, 공작을 따라 스완하덴이 저택에 찾아왔다. 남작은 슈라이나를 내세우며 스완하덴과 대련을 붙였다. 나름 또래 남자애들을 많이 이겨봤던 슈라이나는 자신만만했지만 곧 스완하덴에게 참패하고 말았다.

스완하덴은 가볍게 슈라이나를 이겨놓고 지겹다는 표정을 지었다. 그때 슈라이나를 내려다보던 스완하덴의 시선이 그녀의 뇌리에 단단히 박혔다.

슈라이나는 스완하덴과 마주할 때마다 그의 표정에서 혐오와 지겨움을 읽었다. 비단 자신에게만 보여 주는 표정이 아니라, 그는 모든 사람들을 그런 표정으로 쳐다보았다. 무표정이었지만 동시에 혐오가 짙게 어려 있는 표정. 슈라이나는 그런 스완하덴이 싫었다. 싫기보다는 경계하고 있었다.

그날도 마찬가지였다. 슈라이나가 기초 체력 훈련을 마친 후 검을 잡을 때쯤, 스완하덴이 웨스트가의 연무장에 들어왔다. 스완하덴은 오늘도 기분이 좋지 않아 보였다. 슈라이나는 그와 마주치기 싫어서 방에 들어가고 싶었지만, 괜히 스완을 의식하는 걸 티 내기 싫어 가만히 있었다.

스완하덴은 슈라이나가 봤던 사람들 중에 가장 예뻤다. 머리부터 발끝까지 새하얗고 때가 타지 않은 아름다움이었다. 그러나 아직 어린아이임에도 스완하덴이 보여 주는 눈빛은 그렇게 예쁘지 않았다.

슈라이나는 연무장을 이용하기 시작한 스완하덴을 바라보았다. 평소엔 긴팔을 입었으면서 오늘은 이상하게도 반팔이었다. 날씨가 더워도 긴팔만 고집하는 스완을 이상하게 생각하던 슈라이나는 그가 반소매를 입고 오자 살짝 놀랐다.

드러난 팔과 다리에는 흰 붕대가 칭칭 감겨 있었다. 붕대가 제대로 감기지 않은 부분엔 그의 피부가 여실히 드러났는데 거기에는 상처의 흔적이 남아 있었다. 스완하덴의 몸엔 크고 작은 흉터들이 많았다.

슈라이나는 흉터들에 대해 물어보고 싶었지만, 흉터들을 가리고 있는 것을 보아 민감한 부분임이 분명했다. 그래서 그녀는 잠시 곁눈질로 스완하덴을 지켜만 보고 있었다.

스완하덴은 분명 짜증 나는 아이였지만, 그에게 말 못 할 사정이 있다면 이야기는 달라진다. 슈라이나는 동정하지 않으려고 했지만 저렇게 어린아이가 상처를 달고 다니는 것을 보니 신경을 안 쓰려고 해도 자꾸만 시선이 갔다.

현재까지 스완이 자신에게 말한 단어는 "꺼져" 밖에 없었다. 슈라이나는 자신이 다가가자마자 바로 거부당할 것이 뻔해 일단은 말을 걸기보단 수련에 집중하기로 했다.

'근데 오늘은 상태가 더 안 좋아 보이네.'

곁눈질로 스완하덴을 바라보고 있던 그녀는 입술을 깨물었다. 안 그래도 하얀 피부인데, 오늘은 평소보다 더욱 창백했다. 입술엔 색이 없었고, 검을 내려치는 힘이 저번과 같지 않았다.

그러다가 결국 수련하던 스완하덴이 작은 신음 소리를 냈다.

"으윽……."

스완하덴은 몸을 살짝 수그리며 인상을 썼다. 팔다리를 감은 붕대에서 피가 묻어나오기 시작했다. 분명히 방금까지 상처가 아물어 흉터로 변한 것을 확인했는데, 어느새 흉터는 다시 아물기 전의 상처로 변해 있었다. 벌어진 상처에서 피가 왈칵왈칵 쏟아져 나왔다.

슈라이나는 화들짝 놀라 연무장 구석에 언제나 놓여 있는 응급 상자를 찾았다. 그녀는 붕대와 소독약 그리고 연고를 꺼내 스완하덴에게 달려갔다. 무리하게 움직이지도 않은 것 같은데 갑자기 피는 왜 쏟는 거야. 슈라이나는 인상을 썼다.

스완하덴은 잠시 자신의 손에 묻어나온 피를 바라보았다. 그리고 붉게 물든 붕대를 발견하더니 인상을 더욱 쓴다.

"제기랄."

스완하덴은 나지막이 중얼거렸다. 슈라이나는 그가 "꺼져" 이외에 다른 단어를 말하는 걸 본 적이 없었다. 그러나 지금 막 "꺼져" 이외의 다른 단어가 갱신되었다. 그 단어는 바로 "제기랄"이었다.

슈라이나는 고통스러워 하고 있는 스완에게 조용히 다가갔다. 스완은 묻어나온 피를 자신의 검은색 옷에 닦으며 가까이 다가오는 슈라이나를 바라보며 불쾌하다는 표정을 지었다.

치료해준답시고 상처에 손을 대면 그가 화를 낼 것이 분명해, 손대진 않았다.

'성질 더러운 것 봐.'

슈라이나는 속으로 스완하덴을 욕하면서도 스스로 상처를 치료할 수 있게 새 붕대랑 약을 그에게 던졌다. 스완하덴은 슈라이나가 준 새 붕대와 약들을 바라보며 당장 그녀에게 달려들어 찢어 죽일 듯한 눈빛을 지었다.

약을 줘도 저런 반응인데, 치료까지 하려고 했으면 분명히 엄청 맞았을 거다. 슈라이나는 스완하덴의 징글맞은 반응에 몸을 떨며 다시 수련에 집중했다.

그녀가 준 붕대를 멀거니 바라만 보던 스완은 고맙다는 말없이 붕대를 갈기 시작했다. 상처로 변한 그의 흉터는 슈라이나가 생각한 것보다 심각했다.

스완하덴은 상처 위에 약을 바르지 않고 바로 붕대만 감았다. 신기하게도, 상처는 금방 다시 흉터로 변해 있었다. 스완하덴은 자신이 쓰던 피 묻은 붕대를 주머니에 넣으며 다시 검을 잡고 수련에 매진했다.

"스완하덴 님, 공작님의 업무가 끝나셨습니다. 돌아가시죠."

공작가 쪽 사람 한 명이 스완하덴을 찾아와 그의 이름을 부를 때까지 그의 수련은 계속되었다. 스완하덴은 자신을 부른 사람에게 대충 고개를 끄덕이고는 자신의 물건을 챙겼다.

스완은 연무장을 나가면서 슈라이나에게 다가가 입을 열었다.

"말하고 다니면 죽여버릴 거야."

그의 눈빛이 서슬에 반사된 빛처럼 살벌하게 빛나 무거운 살기를 담았다. 슈라이나는 그의 살기에 눌려 겁먹었지만 겉으로 태연한 척을 해 티는 나지 않았다. 스완하덴은 연무장을 나가며 슈라이나를 밀치고 지나갔다.

도와줬다가 엉덩방아를 찧게 된 슈라이나는 잠시 하늘을 쳐다보며 허탈한 표정을 짓다, 의로웠던 자신을 스스로 칭찬하며 욕설을 삼켰다.

* * *

외로움을 많이 타는 헤스티아는 슈라이나의 집에 거의 매일 찾아와 자고 갔다.

헤스티아는 항상 바쁘게 살아가는 슈라이나를 어렸을 때부터 졸래졸래 따라다녔다. 마법 공부, 검술 수련 등 슈라이나가 뭘 하든지 간에 옆에 붙어 있으려고 했다.

오늘도 마찬가지였다. 헤스티아는 플라위드 백작가의 저택에서 가족들과 있기보단 슈라이나와 같이 있는 것을 택했다. 다행히 두 가문의 저택은 그렇게 멀리 떨어져 있지 않았기 때문에 헤스티아는 부담 없이 자신의 집과 슈라이나의 집을 오고 갈 수 있었다.

아침부터 슈라이나의 집에 찾아온 헤스티아는 그녀의 아침 검술 훈련을 구경했고 점심쯤에는 슈라이나가 읽어 주는 공주님 동화를 듣다가 오후에는 마법 공부를 하겠다는 슈라이나를 따라 도서관으로 이동했다.

헤스티아는 자신이 놀러 왔다고 해서 자신이 해야 할 일을 미루진 않는 슈슈가 마음에 들지 않아 부단히 툴툴거렸다. 그러나 슈라이나가 완고하자, 결국 자신이 한 수 접을 수밖에 없었다.

"슈슈~ 마법 수련해 봤자 소용없다니까? 그런 건 남자들만 하는 거랬어."

헤스티아는 마법서를 꺼내며 연구에 매진하고 있는 슈라이나를 보며 말했다. 슈라이나는 구시대적인 헤스티아의 발언에 무심하게 대꾸했다.

"집중하고 있으니까 말 시키지 마."

슈라이나는 마법진을 그리고 마력을 그 안에 부어 넣기 시작했다. 헤스티아는 마법 공부에 집중하고 있는 슈라이나를 턱을 괴고 바라 보았다. 그리고는 슈라이나에게 계속 말을 걸었다.

"근데 슈슈, 지금 무슨 마법 공부해? 그게 재밌어?"

"아, 공간 마법진이랑 이동 마법진을 엮어서 순간이동 마법진을 만들고 있어."

슈라이나는 마법에 열중하고 있다가 헤스티아가 마법에 관심을 가지자 바로 고개를 들었다. 설마 헤스티아가 마법에 관심이 생긴 건가 해서 심장이 작게 뛰었다.

"내가 마법 가르쳐줄까?"

입꼬리를 귀까지 끌어올린 슈라이나는 무척 기뻐 보였다. 그녀는 자신의 동생 같은 친구가 그 누구보다도 행복했으면 했다. 주변 환 경 눈치 보다가 자신이 하고 싶은 걸 하지 못하는 경우가 생기지 않 길 바랐다.

헤스티아는 슈라이나의 말에 입을 비죽 내밀며 고개를 젓고는 "여자는 그런 거 하는 거 아니라니까."라며 중얼거렸다. 입을 비죽 내민 헤스티아의 머리카락을 몇 번 툭툭 쓰다듬던 슈라이나는 헤스 티아를 위로하듯 가볍게 끌어안았다.

"진짜 하고 싶은 일이 생기면 말해. 마법이든 뭐든 내가 전력을 다 해 도와줄 테니까."

"......."

헤스티아는 슈라이나의 말에 잠시 침묵을 유지하더니 곧 해맑게 웃었다. 그리곤 "그럴 일은 없을 거야." 머리카락을 살짝 긁적거리 며 중얼거렸다.

헤스티아는 다시 마법에 빠져 집중하고 있는 슈라이나를 바라보았다. 뭔가에 집중할 때면 슈라이나는 언제나 인상을 썼다. 뒷머리를 긁적거리며 열중하는 슈라이나의 눈매는 험상궂었지만, 눈빛만은 예쁘게 반짝거린다. 헤스티아는 그런 슈라이나의 모습을 구경하는 것이 언제나 즐거웠다.

"마법은 쓸데없대도! 슈슈 쓸데없는 짓 하지 마!"

헤스티아가 웃음을 지으며 다시 입을 열자, 슈라이나는 평소와 같이 짜증 가득한 목소리로 반박했다.

"그만해라? 좋아서 하는 일에 쓸데없는 게 어딨어."

슈라이나는 집중하고 있는 상태로 언성을 높였다. 헤스티아가 슈라이나의 말에 꺄르륵 하며 웃음을 터뜨렸다. 곧 또 슈라이나의 표정이 재밌다며 더 크게 웃었다.

헤스티아는 콧노래를 흥얼거리며 마법을 공부하는 슈라이나 옆에서 엄마가 하라고 시킨 자수를 놓았다. 슈라이나는 각각 마법진의 수식을 분해하고 합치고 재배열했다. 몇십 분이 흘렀을까, 슈라이나는 장거리를 순식간에 이동할 수 있는 마법진을 완성했다. 마력만 많으면 이 마법진으로 언제든지 장거리를 빠르게 이동할 수 있었다.

"와, 슈슈. 결국 완성했네! 대단하다."

"하하."

슈라이나는 헤스티아의 칭찬에 뒷머리를 긁으며 수줍은 미소를 지었다.

"마법진을 만들었으니 실험도 한번 해볼까?"

"해봐, 해봐!"

장거리 순간이동 마법진은 슈라이나조차도 만들기 버거운 것이었다. 그 때문에 완성했을 때의 그 성취감은 대단했다. 당장 이 마법진을 실행해 보고 싶어 온몸이 근질거렸다.

"그럼 가볍게 우리 집 연무장에 한번 가 볼까?"

"그럼, 나는 연무장에서 슈슈를 기다리고 있을게!"

슈라이나는 저렴한 마법석 하나를 쥐고 자리에서 일어났다. 헤스티아는 장거리 순간이동 마법진에 열의를 쏟고 있는 슈라이나를 위해 그동안 쿠키를 구웠었다. 쿠키를 잔뜩 챙긴 헤스티아는 연무장으로 순간이동할 슈라이나를 맞이하기 위해 그곳으로 뛰어갔다.

슈라이나는 마법진을 빛으로 만든 선으로 변형한 다음 그것을 확대했다. 그 확대한 마법진을 자신의 몸 위로 덮어씌우고는 마법석을 사용했다. 그러자, 순간적으로 빛이 슈라이나를 둘러쌌다가 사라졌다.

"슈슈?"

연무장에 도착한 헤스티아는 슈라이나를 기다렸지만, 그녀는 한참이 지나도 오지 않았다.

슈라이나는 사라지고 없었다.

* * *

"……으윽."

이동 마법을 쓴 슈라이나는 자신이 모르는 장소에 도착하고 말았다. 저번에 연습용으로 비슷한 마법진을 만들었을 땐 완벽하게 동작하길래, 더욱 정교하게 만들어진 이번 마법진도 문제가 없을 줄 알았다.

연무장으로 이동했다면 헤스티아가 기다리고 있을 테지만 헤스티아도 보이지 않았다. 연무장은 빛 마법구가 여기저기 설치되어 있어 환해야 할 텐데, 슈라이나가 있는 장소는 어둡기만 했다.

"······피 냄새."

어두워서 아무것도 보이지 않는 이곳을 가득 채운 건 바로 비릿한 피 냄새였다. 쇠 냄새와 흡사한 이 냄새는 작은 공간 안에서 진동했다. 슈라이나는 생전 이리 짙은 피 냄새를 맡아본 적이 없었다. 긴장감이 자라나 침을 꿀꺽 삼켰다. 어쩌면 자신은 무척 위험한 곳에 굴러들어 온 것일 수도.

슈라이나는 욱신거리는 머리를 붙잡으며 이곳이 어디인지를 파악하기 위해 두리번거렸다. 너무 깜깜해서 잠시 눈살을 찌푸렸다. 곧 어둠에 적응한 슈라이나의 눈에 방안의 사물이 하나둘씩 시야에 들어오기 시작했다.

슈라이나가 굴러들어 온 장소는 누군가의 방이었다. 작고 소박한 침대와 나무로 만든 책상이 보인다. 어둠에 점차 적응하면서 처음에는 물건들의 형태가 보이기 시작했고, 그다음에는 물건들의 색이 보이기 시작했다. 색이 드러났을 때 슈라이나는 놀라서 뒤로 자빠질 수밖에 없었다.

방의 가구들이 피로 뒤덮여 있었기 때문이었다. 슈라이나는 넘어져서 엉덩방아를 찧었다. 그러나 엉덩방아를 찧자마자 슈라이나는 몸을 일으켜 전투 준비를 해야 했다.

"으윽!"

뒤에서 매서운 공격이 날아왔기 때문이었다.

살기를 느낀 슈라이나는 허리춤에서 단검을 빼내 뒤쪽에서 날아오는 공격을 막았다. 그녀에게 날아온 것은 깨진 그릇 조각이었다.

뾰족한 그릇 조각은 충분히 흉기가 될 수 있었다. 막지 못했더라면 크게 다칠 뻔했다.

깨진 그릇 조각을 막자마자 한 아이가 그녀에게 달려들었다. 그녀에게 달려든 아이는 새하얀색과 가까운 은발을 가지고 있었지만, 피로 물들어 붉은색에 가까웠다. 아이는 도망치려던 슈라이나가 꼼짝도 못 하게 바닥 쪽으로 누르고 목에 다른 깨진 그릇 조각을 가져다 대었다. 깨진 조각이 슈라이나의 목 쪽을 누르며 생채기를 냈다.

아이는 슈라이나의 목을 깨진 조각으로 누르며 입을 열었다.

"……뭐야 넌."

남을 깔보는 듯한 익숙한 보석안이 자신을 내려다보았다.

슈라이나는 자신을 위협하고 있는 스완하덴을 마주 바라보았다. 그의 이어지는 공격과 살기에 잠시 당황하다가, 아이의 형체가 달빛에 반사되어 적나라하게 보이자 경악에 젖었다.

스완하덴의 피부 여기저기 처참하게 잘려 있었다. 잘린 상처뿐만이 아니었다. 맞은 상처와 터진 상처와 살이 찢긴 흔적 또한 있었다. 뼈가 뒤틀려 있는 걸 보아 뼈도 온전치 않은 것 같다. 아이는 머리부터 발끝까지 성한 구석 하나 없이 너덜너덜했다. 뼈가 보일 정도의 깊은 상처들도 보인다.

피투성이가 되어 있는 스완하덴을 밀쳐낸 그녀는 항상 들고 다니는 아공간 주머니에 넣어둔 봉투 하나를 꺼냈다. 그리고 급한 대로 봉투 속에 구역질을 하기 시작했다.

"우웨에에엑…… 으윽…… 웨에에엑."

"……."

실례인 걸 알아 구역질을 참아보려고 했지만 참을 수가 없었다.

그의 상처가 심해도 너무 심했던 탓이었다.

스완하덴의 상처들은 절대로 실수로, 혹은 사고로 난 상처가 아니었다. 고의적으로 누가 그의 살을 찢고 자르고, 그의 몸을 부수지 않고서야 저런 상태가 될 수가 없었다. 지금껏 평범한 삶을 살아왔던 슈라이나로서는 당연히 거부감을 느낄 수밖에 없었다.

저런 잔인한 장면을 볼 때마다 자연스럽게 전생의 기억이 떠올랐다. 전생의 부모님이 전신이 찢긴 차가운 시신으로 자신에게 돌아왔을 때의 그 기억. 그때 보았던 시체는 너무 심각하게 훼손되어 있어, 도저히 자신이 좋아하는 그 따뜻한 부모님이라고 생각을 할 수 없었다. 게다가 스완하덴의 상처는 그보다 심각했다.

한참 동안을 구역질했다. 스완하덴은 그런 슈라이나를 차갑게 식은 눈으로 바라보았다.

숨을 깊게 들이쉬었다 내쉬기를 반복하며 겨우 진정한 슈라이나는 스완을 마주 바라보았다. 그는 얼음장보다 더 싸늘했다. 텅 빈 아이의 보석안에는 아무런 감정도 읽을 수 없었다.

"으윽, 미안해. 점심, 저녁때 과식해서 체했나 봐. 네가 갑자기 달려드니까 놀라서 나도 모르게 그만……."

스완하덴의 상처를 보고 구역질을 해버리고 만 것에 엄청난 죄책감을 느꼈던 그녀는 구구절절 변명했다. 최대한 그의 상처를 보지 않으려고 노력했다. 스완하덴의 눈만을 바라보며 입을 열었다. 당황한 나머지 대 공작가의 소공자에게 반말이 튀어나왔다.

슈라이나는 머리를 붙잡으며 최대한 침착하려고 노력했다. 침대, 옷장, 책상 같은 가구들을 보아, 아무래도 이 낯선 곳은 스완하덴의 방인 거겠지. 이 살벌하기 그지없는 남자애는 갑자기 자신의 거처에서 튀어나온 자신을 경계하는 것이고. 어쩌다가 이곳에 왔는지에 대한 설명을 빨리 해야 했다. 그의 경계를 빨리 풀지 않으면 진짜로 죽을 수도.

"여긴 도대체 어디야? 이동 마법진으로 연무장에 가려고 했는데 중간에 오류가 있었나 봐."

"……."

태연한 척하며 한 변명은 스완하덴에게 먹히지 않았다. 그는 텅 빈 눈동자로 고개를 갸웃거리며 그녀를 죽일 기회를 찾았다. 상처 때문에 그의 몸에 힘이 많이 빠진 상태가 아니었다면 당장 죽었을 것이다.

그러나 스완은 슈라이나를 건들지 못했다. 지금 이 순간만큼은 그녀가 그보다 강했기 때문이었다. 슈라이나를 어떻게 할 수 없음을 깨달은 스완은 그녀에게 차가운 눈빛을 보냈다. 당장 꺼지라는 기색이 얼굴에 가득했다.

"마력이 회복할 때까지만 잠시 있을게. 돌아갈 마력이 없어."

"……."

스완은 대놓고 불쾌하다는 표정을 지었다. 하지만 그는 짜증이 나도 반박할 힘이 없었다. 온몸의 기운이라는 기운은 모두 빠져 있는 상태였기 때문이었다. 손의 뼈들도 여러 조각으로 부서져 있고, 온몸에 깊은 상처가 많아서 움직일 때마다 매우 쓰라렸다. 겨우 제정신을 유지할 수 있는 이유는 그의 자연치유 능력 덕분이었다.

슈라이나를 창밖으로 던져버릴까 생각하다가 그럴 힘도 없으니 그냥 내버려 두기로 했다. 그녀의 반응을 보니 정말로 얼떨결에 온 것 같기도 하고. 스완하덴은 슈라이나에게서 몸을 돌리고 바닥에 널브러졌다.

"여기가 네 방인 거야?"

"……."

단순히 자고 싶어서 숨소리가 잠잠해진 것이었으나, 슈라이나는 그가 곧 죽을 것이라 착각하고 말을 걸었다.

"그나저나 너 저녁은 먹었어? 나 쿠키 있는데 줄까?"

"……."

"여기 물은 없는 건가? 너도 그렇고 방도 피투성이인데 닦으면 안 돼?"

"……."

"……너 죽은 거 아니지? 그냥 자는 거지?"

슈라이나는 자신의 눈앞에서 사람이 죽는 게 싫어 그에게 계속 말을 걸었다. 두려움과 당황스러움과 안타까움 등의 감정이 섞여 말이 더욱 많아졌다.

스완하덴은 등을 돌린 채 무심하게 대답했다. 자기 위해 감았던 눈을 살짝 떴다.

"죽기 싫으면 닥치고 있어. 머리 울려."

넴. 슈라이나는 조용히 입을 닫았다. 근데, 어차피 그런 상태로는 날 못 죽이면서. 슈라이나는 작게 중얼거리다가 무릎을 끌어안고 스완하덴의 맞은편에 앉았다. 그리고는 그를 잠자코 바라보았다.

작고 하얀 아이가 피투성이의 등을 보이며 바닥에 누워 있었다. 바닥에 모래와 먼지가 많았기에 그의 상처에 진득하게 달라붙었다. 퍽 쓰라려 보였다. 또, 새우같이 몸을 동그랗게 말아 웅크리고 자는 게 무척 불편해 보였다.

슈라이나는 고민하고 고민했다. 참견할까 말까. 도와줄까 말까. 밀어붙일까 말까. 조용히 있다가 조심스럽게 물어보았다.

"……침대에 누워 있는 게 편하지 않아?"

아직 완전히 잠에 빠진 건 아니었던 건지, 잠시 뒤에 스완의 대답이 이어졌다.

"거기까지 못 가."

"힘이 없어서?"

"……어."

쉿소리가 섞인 목소리로 대답한 그는 피가 섞인 기침을 두어 번한 뒤, 고통스레 숨을 내쉬었다.

"도와줄까?"

"닥쳐."

슈라이나는 계속 도움을 거부하는 스완하덴을 물끄러미 바라보다가 그의 의사를 무시하고 그냥 밀어붙이기로 마음먹었다. 그의 팔이 너덜너덜했기에 슈라이나는 그의 몸통 부분을 붙잡고 그를 일으켜 세웠다. 그를 들어 올리는 데에 힘이 부족하자, 슈라이나는 겨우 채워진 마력을 힘을 불리는 데 사용했다. 예상대로 스완하덴은 발악하며 거부했지만, 곧 포기하고 슈라이나의 도움을 받았다.

슈라이나는 스완하덴을 질질 끌고 침대 쪽으로 이동했다.

"……너 토 냄새나. 역겨워."

스완하덴은 낑낑거리며 자신을 침대 쪽으로 이끄는 슈라이나를 바라보며 입을 열었다.

아까 토를 했기 때문에 토 냄새가 나는 것은 당연했다. 슈라이나는 그의 말에 별로 개의치 않아 하며 맞받아쳤다.

"너는 피랑 진물 냄새나. 역겨워."

스완하덴은 그녀의 말을 잠자코 듣다가 손을 들어 자신의 피를 그녀의 얼굴에 잔뜩 묻혔다. 짓궂은 그의 행동에 슈라이나는 그에게 쏘아붙이려다가 가만히 있기로 했다. 그가 피를 묻히려 손을 가져다 댔을 때, 찢어진 살 조각들이 느껴져 안쓰러웠기 때문이었다.

슈라이나가 스완을 침대 지척까지 끌고 가자, 그는 슈라이나를 옆으로 밀쳤다. 덕분에 슈라이나는 또 엉덩방아를 찧으며 넘어지고 말았다.

스완하덴은 걸레짝이 된 자신의 몸을 침대 위로 던지다시피 누웠다. 피투성이인 스완이 침대 위로 쓰러지자, 침대 시트가 더욱 붉은 색으로 물들었다. 슈라이나는 상처들을 지혈이라도 해야 하지 않을까 걱정이 들어 그에게 물었다.

"붕대 어디 있어?"

"도 넘지 마."

슈라이나는 스완하덴의 말을 들은 척도 하지 않았다. 자신의 윗옷을 찢으려고 옷깃을 잡다가 문득 자신의 아공간 주머니에 여분의 붕대가 있다는 사실을 떠올렸다. 그녀는 주머니에 손을 넣고 붕대를 꺼내다가 소독약도 발견했다.

슈라이나는 붕대와 소독약을 들고 스완하덴에게 다가갔다.

"하지 말라고 했잖아!"

스완하덴은 주변에 잡히는 물건들을 던졌다. 날카로운 물건에서부터 무거운 물건들까지 슈라이나에게 날아온다. 몇 개는 피했지만 몇 개는 그대로 맞고 만 슈라이나는 인상을 썼다. 피가 조금 흘렀으나 치료를 멈추지는 않았다. 슈라이나는 속으로 자신에게 기립 박수

와 칭찬의 말을 보내며 가까스로 험한 말을 삼켰다.

"⋯⋯확실히 내가 너랑 친하지는 않지만, 다 떠나서 상처는 치료하자. 나도 너 치료하기 싫은데 너 지금 손도 제대로 움직일 수 없잖아."

장식품에 맞아 피가 나기 시작하는 머리를 붙잡으며 입을 열었다. 슈라이나의 시선은 스완하덴의 손에 가 있었다. 심한 상처 때문에 손이라는 형태를 겨우 가지고 있었다. 저 상태로 용케 물건들을 던져댔다.

"이딴 상처들은 내일 아침이면 전부 나아. 블란치가의 피엔 자연 치료 능력이 있거든."

스완은 이불로 자신의 상처들을 가리며 낮게 읊조렸다.

확실히 스완하덴의 상처는 아까보다 눈에 띄게 아물고 있는 중이었다. 하지만 빠른 속도로 상처가 아물고 있긴 해도 스완이 가지고 있는 상처가 워낙 깊어서 다 치료되려면 시간이 조금 걸릴 것 같았다.

슈라이나는 한숨을 쉬었다.

"그럼 붕대만이라도 감자. 너도 네 상처 싫어하잖아?"

"⋯⋯."

정곡을 찔렸는지 스완하덴은 조용히 있었다. 슈라이나는 그가 가만히 있을 동안 조심스럽게 다가갔다. 슈라이나를 차가운 눈빛으로 쫓던 그는 누워 있던 상체를 일으켰다.

슈라이나는 스완하덴의 상처를 마저 치료하기 시작했다. 상처가 너무 많아서 소독약은 금방 바닥이 났다. 슈라이나는 뼈도 알아서 제자리를 찾아가 붙는 스완의 엄청난 자연치유력에 깜짝 놀랐지만, 최대한 당황하거나 놀란 티를 내지 않으며 스완의 팔다리에 붕대를 감아줬다.

상처는 전신에 나 있었기에 머리부터 발끝까지 붕대로 칭칭 감아야 했다. 붕대가 부족했기에 피부가 가장 드러나는 곳만 집중적으로 붕대를 감았다. 붕대에는 피가 묻지 않는 것을 보아 이미 새 살이 돋고 있는 것 같았다.

스완은 자신을 치료해주는 슈라이나를 물끄러미 쳐다보았다. 작은 주황색 머리가 자신의 상처를 이리저리 확인하며 열심히 움직인다. 치료가 거의 끝나가는 것 같자, 슈라이나를 밀치고는 슈라이나가 미처 다 감지 못한 붕대를 스스로 감기 시작했다.

"집에 가."

스완하덴은 슈라이나에게 방금 만든 자신의 마법석을 던졌다. 마법석이란 마법사가 자신의 마력을 뭉쳐서 고체화시키면 나오는 돌이다. 강력한 마법사일수록 만드는 마법석의 마력 농도가 짙었다.

스완이 슈라이나에게 준 흰색 빛 마법석안에는 짙은 농도의 마력이 들어 있었다. 슈라이나는 살면서 이토록 짙은 마법석은 본적이 없었기에 깜짝 놀랐다. 이 정도면 집에 돌아가는 것뿐만 아니라 이곳을 두세 번 왕복하는 것도 가능했다.

스완하덴은 슈라이나가 썼던 마법진의 흔적을 찾아내더니 그걸 복원했다. 슈라이나의 손에 쥐어진 마법석에 손을 뻗어 마력을 대거 뽑아낸 후, 마법진을 작동시켰다. 슈라이나의 몸이 흰빛에 감기며 곧 사라지기 시작했다.

"다시 여기 찾아오면 진짜로 찢어버릴 거야."

사라지는 슈라이나를 보며 스완하덴은 살벌하게 입을 열었다.

* * *

집에 돌아온 슈라이나는 그다음 날 저녁에 가방을 쌌다.

호신용 검도 챙겼고, 날아오는 공격을 방어해주는 마법이 부여된 목걸이도 챙겼고, 과일과 쿠키 등 간식도 챙겼다. 그리고 치료 약이랑 붕대도 챙겼다.

슈라이나는 잠시 인상을 쓰다가 빼먹은 게 없나 확인했다. 아, 맞다. 그걸 깜박할 뻔했네. 슈라이나는 어젯밤에 집에 도착하자마자 만든 마법 아이템 또한 챙겼다. 여기엔 피와 관련된 모든 자국을 지워주는 마법이 걸려 있었다.

헤스티아에게도 잘 말해뒀다. 걱정하며 눈물을 쏟는 헤스티아에게 엉뚱한 곳에 떨어졌을 뿐이지 재미있는 시간을 보내고 안전하게 왔다고 전해줬다.

슈라이나는 마법진을 이용해 스완하덴에게 가려고 했다. 그러나 막상 가려니 스완하덴의 말이 떠올랐다.

'다시 여기 찾아오면 진짜로 찢어버릴 거야.'

"어디 한번 죽여보시지."

슈라이나의 팔목과 목과 발목에는 보호 마법과 관련된 액세서리가 주렁주렁 달려 있었다. 스완하덴은 정말로 강했기에 이 정도 준비는 해야 약해진 그를 상대할 수 있었다. 슈라이나는 용감하면서도 은근히 겁이 많았다.

슈라이나는 마법으로 스완하덴의 방에 사람이 몇 명 있는지 확인까지 해가면서 그의 방에 갈 타이밍을 정했다.

오전부터 오후까지 계속 방에 많은 사람들이 오가며 스완하덴과 함께 있다가, 일정 시각 이후부터는 사람들이 그의 방에 오지 않는다는 것을 확인했다. 스완하덴은 저녁쯤 되면 언제나 혼자 방에 갇혀있었다. 슈라이나는 이 시간에 맞춰 스완하덴의 방에 가기로 작정했다.

스완하덴이 오지 말라고 했는데도 슈라이나가 굳이 그곳에 찾아가려는 이유는 단 하나였다. 전생의 어린 동생들이 떠올랐기 때문이었다. 슈라이나는 상처 있는 어린애들에게 약했고, 못 본 척하고 지나칠 수가 없었다. 살벌한 스완하덴이 무서웠지만 그런 그를 못 본 척하는 자신의 모습이 더욱 싫었다. 슈라이나는 상처투성이에 혼자 차가운 방에 남아 있는 스완하덴을 떠올렸다.

"하아. 나 정말 오지랖 넓다. 짜증 나. 아냐, 복 받을 거야 슈슈. 대성할 거야."

슈라이나는 여러모로 망설여지는 마음을 다잡으며 다시 한번 스완하덴의 방으로 이동했다.

한편 스완하덴은 슈라이나가 마법진을 타고 오는 기척을 읽고 검을 잡았다. 그가 슈라이나를 보내면서 죽이겠다는 말은 거짓말이 아니었다. 스완하덴은 슈라이나가 오자마자 빠른 속도로 그녀의 목 부근에 단검을 꽂으려 했지만 철저하게 준비해온 슈라이나 덕분에 공격은 실패하고 말았다. 공격을 피한 슈라이나는 얼굴에 생긴 작은 생채기를 무심하게 매만지고는 스완하덴을 마법으로 묶기 시작했다.

스완하덴은 반항을 더 할 수 있었지만, 순순히 슈라이나의 마법에 붙잡혀 주고는 슈라이나를 째려봤다.

스완하덴의 살기 어린 눈동자를 바라보던 슈라이나는 잠시 뒷머리를 긁적였다.

"음, 안녕."

"······."

"배고프지 않아? 간식 가져왔는데."

"······."

슈라이나는 가방에 손을 넣고 잠시 뒤적거렸다.

"붕대부터 갈고, 같이 놀자."

스완하덴은 그녀에게 재차 주먹을 날렸지만, 온갖 상처를 달고 있었기에 힘이 없어 곧 널브러지고 말았다.

* * *

슈라이나는 그 뒤로도 계속 방에 혼자 있을 스완하덴을 찾아와 붕대도 갈아 주고, 건강한 간식을 가져와 같이 나눠 먹었다. 스완은 처음에 슈라이나가 주는 음식을 거부했지만, 나중에는 슈라이나가 편해지니 뺏어 먹기까지 했다.

슈라이나와 스완하덴은 거의 매일 티격태격 싸웠다. 그러나 스완하덴의 몸은 언제나 너덜너덜한 상태였기에 슈라이나를 온전히 상대할 수가 없었다. 그래서 조금 반항하는 척해주다가 늘 슈라이나에게 져주곤 했다.

"지겨운 새끼. 죽어버렸으면."

스완하덴은 오늘도 찾아와 붕대를 갈아 주는 슈라이나를 보며 입을 열었다. 슈라이나가 가져온 핏자국을 없애주는 마법이 담긴 물건 덕분에 스완하덴은 더 이상 피투성이가 아니었다.

"줘. 내가 할 거야. 건들지 마."

스완하덴은 어느 정도 몸이 회복되자 슈라이나가 감고 있는 붕대를 뺏어서 자기 스스로 치료했다. 또, 슈라이나가 가져온 핏자국을 없애주는 마법 아이템을 부수더니 자기가 알아서 핏자국을 지우기 시작했다.

스완하덴은 매일 찾아오는 슈라이나에게 조금씩 경계를 풀기 시작했다. 아직까진 슈라이나에게 살벌했지만 그래도 예전처럼 죽이려고 달려들진 않았다. 슈라이나가 매일 찾아와서 상처를 돌봐주고 좋은 음식을 챙겨준 덕택인 건지, 스완의 자연치유 능력은 매우 좋아져 있었다.

매일 심한 상처들을 새로 달고 왔지만, 그래도 슈라이나가 오기 전에 어느 정도 회복을 해서 예전보다는 나은 상태였다.

슈라이나는 그에게 있어서 혐오하는 대상이 아닌, 그냥 귀찮은 주황색 아이로 바뀌어 있었다. 스완하덴은 지금까지 모든 사람을 혐오했다. 자신과 관련이 없는 사람이어도 그냥 사람이라면 모두 싫어했다. 그러나 슈라이나가 꾸준히 찾아오며 그와 함께 있어 주자, 슈라이나는 스완하덴에게 유일한 예외가 되었다.

어느 날, 스완하덴은 문득 궁금해져서 슈라이나에게 물어보았다.

"왜 자꾸 오는 건데. 착한 척이라도 하고 싶은 거야?"

스완하덴이 비아냥거리며 묻자, 슈라이나는 상처를 스스로 치료하는 스완하덴을 바라보다가 체스판과 먹거리를 꺼냈다. 과자들과 뜨거운 차를 보기 좋게 세팅하고 체스의 말들을 판 위에 세운 뒤, 승부욕에 불타는 표정으로 입을 열었다.

"난 널 꼭 체스로 이길 거야. 널 만나기 전까진 내가 원탑이었다고."

스완하덴은 슈라이나가 그저 허울 좋은 소리로 둘러대고 있다는 걸 알았다. 슈라이나가 저번에 자신의 상처를 보고 토했을 때 했던 말들도 거짓말이라는 것을 눈치채고 있었다.

그는 왜 슈라이나가 자신에게 상처 입히기 싫어하는지 이해하지 못했다. 자신은 상처받기 위해 태어난 존재였다. 스스로의 상처는 기본이고, 남의 상처 역시도 떠안아야 했다. 모두들 자신에게 상처를 입히고 싶어 했다.

스완하덴은 인상을 썼다.

"솔직하게 말 안 해? 왜 오는 거냐고."

슈라이나는 웬만하면 스완하덴의 질문을 피하려고 했다. 매일 오는 이유는 그저 그가 어리고 불쌍해서였다. 뭐 처음에는 불쌍해서 찾아왔지만, 지금은 스완에게 체스를 한 수 배우러 오고 있었다.

슈라이나는 어떻게 대답할까 생각하다가 스완하덴을 바라보았다.

달빛이 유난히 밝던 밤, 오색 빛 눈동자가 슈라이나를 올곧게 응시했다. 스완하덴은 꾸밈이 있는 것을 정말로 질색하는, 솔직하면서 동시에 타인에게 굉장히 방어적인, 알 것 같으면서도 알 수 없는 아이였다. 슈라이나는 한숨을 쉬고는, 그냥 솔직하게 대답하기로 했다.

"……네가 왜 그렇게 다치는진 난 잘 모르겠어. 네가 싫어하니까 일부러 알아보지도 않았고. 그래도 네가 공작이랑 우리 저택에 오는 시간을 제외하고는 여기 매일 혼자 갇혀 있다는 사실 정도는 알고 있어."

슈라이나는 말하고 나니 왠지 자신이 스토커 같다는 생각이 들었다. 그동안 스완하덴의 뒷조사를 좀 많이 했었지. 스완의 방에 누가 오는지도 알아봤고.

슈라이나는 틱틱대며 진심을 꼬아 말하려다가 상처뿐인 그에게 그러면 안 될 것 같아 솔직히 말했다.

"몸 아파서 서러울 텐데 외롭기까지 하면 너무 슬프잖아. 넌 모르겠지만 적어도 난 그렇거든."

슈라이나는 과자를 입에 하나 넣으며 계속 이어서 말했다.

"사실 결정적인 이유는 내가 상처 많은 어린애한테 조금 약해."

얌전히 슈라이나의 말을 듣고 있던 스완하덴이 인상을 썼다.

"늙은 척하지 마. 지도 꼬맹이 주제에."

스완하덴은 자신을 상처받은 어린애라고 말하는 슈라이나에게 차갑게 식은 표정을 지었다. 그는 그녀의 말을 하나하나 곱씹어보다가 결론을 냈다.

"네가 아무리 말을 돌려도 결국 동정이라는 소리잖아."

"그렇지. 그 단어는 피하려고 했는데 날카롭네. 그런 건 그냥 넘어가 달란 말이야. 그리고 이젠 동정이 아니라 체스를 이기려고 오는 거야."

"그런데 매일 지고."

"……."

스완하덴은 슈라이나의 직설적이면서도 당돌한 말에 피식 웃었다. 웃는다기보다는 비웃음에 가까웠지만, 혐오 가득한 표정보다는 훨씬 괜찮았다. 슈라이나는 비웃음이라도 웃기 시작한 스완하덴을 보며 뿌듯함을 느끼고 있었다.

스완하덴은 슈라이나를 지그시 쳐다보았다. 짧은 주황 머리에 차가워 보이지만 따뜻한 빛을 머금고 있는 주황색 삼백안을 가지고 있는 아이. 매일매일 찾아오는 이 애가 귀찮았지만, 함께여서 즐거울 때도 있었다.

그냥 자신을 가만히 두면 좋겠지만 스완하덴이 예상하기론 그녀는 계속 올 것 같았다. 그리고 스완하덴도 그녀가 싫진 않았다. 그건 지금까지 사람을 혐오하며 벽을 세우던 스완하덴으로선 엄청난 발전이었다.

"너 계속 올 거면 매일 이 시간대에 와. 더 일찍 오면 절대로 안 돼."

그리고 슬슬 슈라이나에게 마음을 열기 시작한 그는 그녀를 위한 경고까지도 해주었다. 슈라이나는 그의 말에 고개를 끄덕였다. 그가 일찍 오지 말라는 이유가 대충 예상이 갔다. 스완하덴을 보러 올 때마다 그의 몸에는 새로운 상처가 생겨 있었다. 뜨거운 피가 흐르는 것을 보아 언제나 자기가 오기 직전까지 학대당하고 있는 게 분명했다.

스완하덴은 그 지옥 같은 시간과 슈라이나와 함께하는 시간을 분리하고 싶어 했다. 슈라이나가 자신이 맞는 모습을 보지 않았으면 했다. 만약 보게 되더라도 공작에게 기억이 지워질 테니, 딱히 상관은 없었지만 여러모로 즐거운 광경은 아니었기 때문에 스완하덴은 슈라이나가 보지 않았으면 했다.

간단한 간식을 먹으며 둘은 체스를 했다.

슈라이나가 처음 이곳에 게임을 가져왔을 때, 스완하덴은 게임에 대해 아무것도 몰랐다. 그러나 스완은 머리가 좋은 건지 대충 룰을 설명해주자, 게임의 전략 같은 걸 스스로 생각해내었고 결국 슈라이나를 이겨버리고 말았다. 카드게임이면 카드게임, 오목이면 오목, 하는 방법만 대충 알려주면 이기지 못하는 게임이 없었다.

슈라이나는 분했다. 검술에서도 지는데 체스에서만큼은 이기고 싶었다. 심지어 요새 스완하덴은 내기까지 걸기 시작했다. 매일 혼자 방에 있으면서 '내기'는 또 어떻게 안 건지 모르겠다. 스완은 특히 사람 골리는 쪽으로 머리가 굉장히 빠르게 돌아가는 것 같았다. 슈라이나는 매번 그의 함정에 빠져 벌칙을 수행해야 했다. 저번엔 스완하덴 앞에서 무음악으로 춤까지 췄었지. 비웃던 스완의 모습이 아직까지 슈라이나의 뇌리에 박혀 있었다.

하지만 슈라이나는 이번 턴에서도 지고 말았다. 몇십 번의 패배 끝에 슈라이나는 인정해야 했다. 이건 남주 버프 중에 하나임이 분명하다는 걸. 자신은 절대로 그를 뛰어넘을 수 없다는 걸. 그렇게라도 자기 합리화를 해야 했다. 슈라이나는 패배에 쓴웃음을 지으며 벌칙 음료를 마셨다.

스완하덴은 슈라이나가 게임 안 한다고 할까 봐 일부러 첫 번째 턴에서 져주는 척하며 복수전을 향한 그녀의 희망을 자극했다. 교묘한 그의 말과 행동에 슈라이나는 몇 번이고 속아 벌칙을 받았다.

슈라이나는 물에 과자와 머핀, 포도주스를 섞어 원샷 했다.

늦은 밤이 되자 슈라이나는 이제 슬슬 집에 가려고 짐을 쌌다. 게임판과 과자 쓰레기들을 정리하고 가방에 모두 넣었다.

슈라이나는 스완하덴이 준 고농축 마법석을 쥐고 손을 흔들었다.

"그럼 친구, 나중에 봅시다."

그녀의 말에 마주 손을 흔들던 스완하덴이 인상을 팍 썼다.

"……친구? 네가 왜 내 친구야?"

"같이 매일 놀고 서로 비밀 알면 친구지. 그걸 친구가 아니면 뭐라고 불러?"

스완하덴은 슈라이나의 말에 눈을 가늘게 떴다.

"난 네 비밀 모르는데. 너만 내 비밀 알잖아."

슈라이나는 스완하덴의 말에 일리가 있다며 고개를 끄덕였다.

"비밀이라…… 그래, 하나 알려줄게. 나 사실 여자애야."

"……?"

"사실 비밀은 아니지만, 네가 날 남자애로 알길래."

슈라이나는 그렇게 스완이 몰랐던 사실 하나를 알려주고 나선 그대로 사라졌다.

슈라이나는 요새 스완하덴의 일 때문에 바빴다. 블란치 가문과 백마법이 수상한 게 한두 가지가 아니어서 많은 시간을 백마법을 공부하는 데에 쏟았다.

슈라이나가 공부에 매진하느라 헤스티아와 잘 못 놀아주게 되자, 헤스티아는 삐지고 말았다. 때문에 슈라이나는 삐진 헤스티아를 달래기 위해 플라위드 가를 찾아갔다.

헤스티아가 자신의 어머니인 플라위드 백작부인과 이야기할 동안 슈라이나는 헤스티아의 방에 가서 그녀를 기다리고 있었다.

슈라이나는 핑크색으로 도배된 헤스티아의 방을 잠시 걸었다. 꽃이 방에 사방팔방에 장식되어 있었다.

슈라이나는 잠시 의자에 앉아 헤스티아를 기다리다가 그녀의 책상 아래에 숨겨진 상당히 낯선 물건을 발견했다. 모든 물건이 핑크색, 공주풍으로 꾸며진 가운데 책상 아래의 물건만이 칙칙한 색을 내고 있었다.

"이게 뭐지……."

슈라이나는 왠지 헤스티아에게 죄짓는 느낌이어서 꺼내보진 않고, 그냥 가까이 다가가서 뭔지 확인하려 했다.

"제국 역사와 현 정치 체제?"

두꺼운 책들이 책상 아래 숨겨져 있었다. 이 책들은 헤스티아가 아버지의 서재에서 몰래 가져온 것이었다. 혹여 저택 내의 사람들에게 들킬까 봐 당당히 꺼내 놓지는 못하고 책상 아래에 숨겨두고 있었다. 헤스티아는 가져온 책의 내용을 이해하진 못했지만, 매일 조금씩 모르는 용어들만 찾아서 외우고 있었다.

슈라이나의 시선은 이어서 책상 위의 헤스티아의 펼쳐진 공책에 꽂혔다. 헤스티아는 삐뚤삐뚤한 글씨로 날마다 제국에 대한 자신의 입장과 생각을 적고 있었다. 읽어보니 내용은 어린아이가 적은 티가 나긴 했지만, 그래도 무슨 생각을 하며 사는진 명확하게 보였다.

슈라이나는 헤스티아에게 속으로 백만 번 사과하며 공책을 조금 읽고 말았다.

[이 모든 건 이기적인 인간들이 만들어낸 지옥의 굴레. 정말 환장하겠다. 젠장맞을, 갈리는 건 왜 항상 난데.]

그녀의 입꼬리가 떨려왔다.

'뭐야 개웃겨.'

슈라이나는 웃음을 멈출 수가 없었다. 항상 어딘가 억눌린 느낌이 들어 어떻게 풀어줘야하나 걱정했는데, 굳이 그러지 않아도 헤스티아는 알아서 잘하고 있었다. 그저 깜찍했다. 저 어린 나이에 혼자서 매일 펜을 잡으며 머리를 굴렸을 생각을 하니 너무 멋있었다.

그러나 슈라이나는 곧 표정을 굳혔다. 글 쓰는 걸 좋아하고, 재능도 있으면서도 연기까지 하며 숨기는 이유는 역시 집안 문제일 것이었다.

슈라이나는 인상을 썼다. 어떻게 하면, 헤스티아가 자신이 하고 싶은 걸 당당하게 할 수 있을까.

"슈, 슈슈! 뭐해?!"

백작부인과 이야기를 마쳤는지 헤스티아가 방 안으로 들어왔다. 숨을 몰아쉬는 걸 보니 뛰어온 것 같았다.

"그냥 너 자수 놓은 거 구경 중."

슈라이나는 시치미를 떼며 책상에서 조금 멀어졌다. 헤스티아는 안도의 한숨을 쉬며 자연스럽게 쿠키 바구니를 펼쳐진 공책 위에 올려놓았다.

"그나저나 슈슈, 왜 요즘 슈슈 집에서 못 자게 하는 거야?"

"너희 부모님 걱정하시잖아."

"음 그런가?"

헤스티아는 잠시 볼을 긁적이다가 슈라이나를 껴안았다.

"그나저나 슈슈! 모처럼 우리 집에 놀러 왔으니까 오늘 우리 집에서 자고 가면 안 돼?"

헤스티아는 최대한 눈동자를 크게 뜨며 볼에 바람을 넣었다. 보통 사람이면 처맞을 애교였지만 헤스티아는 굉장히 귀여웠기 때문에 슈라이나는 흔들렸다.

볼…… 볼살 만져보고 싶다. 슈라이나는 잠시 손가락을 떨다가 이성을 되찾았다.

슈라이나도 헤스티아의 집에서 자고 가고 싶었지만, 스완하덴이 자꾸만 걸렸다. 하루라도 안 찾아가면 애가 죽어 있을 것 같았다.

"다음에 자고 갈게. 다음에."

헤스티아는 자신의 애교가 슈라이나에게 먹히지 않아 삐지고 말았다. 슈라이나는 결국 헤스티아를 풀어주느라 시간을 꽤 허비해야 했다.

* * *

슈라이나는 스완하덴에게 공기놀이라는 것을 가르쳐주기 위해 돌

멩이 5개를 챙겼다. 여느 때와 같이 간식들도 챙기고, 약과 붕대들
도 챙겼다. 어느 순간부터 슈라이나는 호신용 칼이나 보호용 마법
액세서리를 차지 않았다. 스완이 더 이상 목숨을 위협하지 않았기
때문이었다.

슈라이나는 스완하덴의 대견한 모습을 떠올리면서 콧노래를 불
렀다.

"스완 오늘 내가⋯⋯."

그러나 스완하덴의 방에 도착한 슈라이나는 콧노래를 멈출 수밖
에 없었다.

"스완!"

스완하덴이 바닥에 쓰러져서 벽을 긁고 있었기 때문이었다. 부러
진 손톱에는 피가 고여 있었고, 그가 긁은 벽에는 그의 손톱자국이
남아 있었다.

스완하덴은 벽을 잡고 숨을 가쁘게 내쉬며 눈물을 뚝 뚝 흘리고
있었다. 스완은 자신의 몸을 제대로 가누지 못하고 있었다. 스완하
덴은 지금껏 한 번도 고통에 울부짖는 모습을 보여준 적이 없었다.

힘이 없는 듯한 모습은 보여줬어도, 저렇게 진심으로 아파하며 괴
로워한 적은 없었다. 상처투성이여도 언제나 재수 없는 표정과 말투
로 아무렇지도 않게 그녀를 맞이했다. 그런데 오늘은 달랐다. 새 상
처뿐만 아니라 아물었던 흉터에서도 피가 새어 나오고 있었다.

눈물을 뚝뚝 흘리며 스완은 계속 벽을 긁었다.

"흑, 크으⋯⋯ 으윽⋯⋯ 우욱."

스완은 슈라이나가 온 것도 모르고 괴로워하고 있었다. 미처 치료
하지 못한 현재의 상처들과 과거의 상처들이 그의 몸에서 역류하고

있었다. 머리카락과 몸은 스완하덴의 피로 전부 뒤덮여 있었다. 숨을 간헐적으로 헐떡헐떡 내쉬며 스완은 이를 악물었다.

슈라이나가 스완에게 달려가 무너지려고 하는 그를 붙잡자, 벽을 붙잡고 있던 스완하덴은 자신을 껴안은 슈라이나의 등을 세게 쥐었다. 스완의 손톱이 살갗을 파고들어 고통스러웠지만, 슈라이나는 묵묵히 참았다. 스완하덴이 어깨에 이마를 대고 하염없이 눈물을 흘리고 있었기 때문이었다.

스완하덴은 슈라이나에게 매달린 채로 헐떡대면서 하염없이 울었다. 피와 눈물이 섞인 붉은 물이 바닥에 뚝뚝 떨어졌다.

"왜…… 으윽, 흑……."

스완하덴은 숨조차 제대로 쉴 수 없을 정도로 괴로워했다.

"내가 왜…… 내가 왜 이런……."

"스완. 숨 쉬어."

"으, 으으……."

그의 목소리가 떨렸다. 땀과 피 때문에 젖은 머리카락을 뒤로 넘겨주며 슈라이나는 계속 심하게 벌어지는 스완의 상처에 연고를 발랐지만, 소용이 없었다. 스완은 슈라이나의 손길이 아픈 건지 연고를 바르는 그녀의 손을 쳐냈다.

"죽여버리고 싶어…… 다 죽일 거야……."

하지만 방안에 갇힌 스완이 할 수 있는 건 아무것도 없었다. 그는 그저 번개가 자신의 몸을 내리찍는 고통을 느끼며 살기를 내뿜을 뿐이었다.

슈라이나는 살기로 가득 찬 스완하덴의 눈빛을 바라보며 식은땀을 흘렸다. 스완은 곧 깨질 것같이 울었다.

"왜 그렇게 날 상처입히고 싶어 해……?"

"……."

"내 고통엔 관심도 없는 역겨운 사람들을 위해 내가 왜 희생해야 해……."

슈라이나는 스완하덴의 말을 가만히 들어줬다. 고통이 극심해지면서 그는 정신적으로 힘들어하고 있는 것 같았다. 언제나 무표정에 혐오 말고는 감정을 보이지 않는 어린 소년이 고통에 울고 있었다. 눈동자엔 초점이 없었다. 제정신이 아니었다.

"……내가 쓰레기통이랑, 다를 바가 뭐야, 으윽. 모두의 상처를 몸속에 구겨 넣어 걸레짝이 됐어."

스완은 숨 가쁘게 헐떡였다. 더 이상 의식을 잡기 힘든 것 같았다.

"모두 날 이해할 수 있게 내가 다 엉망으로……."

스완하덴이 광기에 젖어갈 무렵, 그는 그 말을 마지막으로 슈라이나에게 안긴 채 기절하고 말았다.

슈라이나는 스완이 기절한 것을 확인하곤, 아무 말 없이 그의 피를 닦은 뒤, 옷을 깨끗하게 만들어주고는 붕대를 새로 갈았다. 그리고 그의 자연치유력을 일시적으로 높여줄 마법도 걸어주었다.

스완이 기절한 사이 그의 전신을 너덜너덜하게 만든 상처들은 스스로 빠르게 치유되고 있었다. 슈라이나는 어느 정도 사람의 형태로 돌아온 스완하덴을 업고 그를 침대에 눕혔다.

스완은 기절한 지 얼마 지나지 않아서 눈을 떴다. 스완하덴은 얌전히 눕혀져 있는 자신을 한번 확인하고, 슈라이나를 한번 쳐다보더니 다시 눈을 감았다.

"……."

그는 한동안 그렇게 자는 척하더니 눈을 번쩍 떴다.

스완하덴은 상처가 어느 정도 치료가 되자 이성을 되찾았다. 그는 자신이 괴로워하는 모습을 남에게 들키는 것이 죽기보다 싫었다. 슈라이나가 자신의 독백을 들었을 거라 생각하니 땅을 파고 들어가고 싶었다. 무슨 말을 했는지 기억도 안 났지만 말이다.

"……."

스완하덴은 깨끗해진 자신의 몸과 붕대를 바라보더니 슈라이나를 향해 고개를 돌렸다.

그는 가끔가다 한 번씩 자신의 마력이 강해지면 '상처의 역류'라는 것을 겪었다. 마력이 넘쳐 흘러 자연치유에 실패한 상처들은 흉터로 자리 잡는다. 그 흉터들은 그의 힘이 불안정해질 때 다시 터지곤 했다. 그래서 그의 몸에는 잔 흉터들이 무척 많을 수밖에 없었다.

스완하덴은 기절하고 깨어나면 자신이 새 상처와 오랜 상처들로 흉한 꼴이 되어 있을 것이라 생각했다. 그러나 예상과 달리 상처는 빠르게 아물었고, 흉터는 붕대로 말끔히 가려져 깨끗했다.

몸에 난 상처와 흉터가 싫었던 그는 항상 붕대와 긴 옷으로 흉터들로 가리고 다녔는데, 그것을 슈라이나가 대신해 준 것이었다. 그는 그녀에게 처음으로 고맙다는 감정을 느꼈으나 당시엔 그 감정의 정체를 몰랐고, 또 어색했기에 입 밖으로 꺼내진 않았다.

"너 어깨 쪽……."

진정한 그는 슈라이나를 바라보다 그녀의 어깨에 난 상처를 발견했다. 슈라이나는 아무것도 아니라며 상처를 가리려고 했지만 스완하덴은 신경질적으로 그 손을 치웠다.

"이거, 나 때문이지."

스완하덴은 슈라이나의 어깨에 살이 흉하게 파여 있는 것을 보고 인상을 썼다. 고마움과 함께 미안한 감정도 그때 처음 느꼈으나 그 정체를 몰라 입을 꾸욱 다물었다.

대신 스완하덴은 슈라이나의 어깨에 손을 올리고 자신의 마력을 집중했다. 그녀의 상처를 치료해주고 싶었다. 그가 먼저 치료해주고 싶은 마음이 든 건 처음이었다.

그러나 슈라이나는 자신의 어깨에 올려진 스완하덴의 손을 쳐냈다.

"하지 마."

"가만히 좀."

"하지 말라고. 너 힐 쓰려고 하잖아."

슈라이나가 완강하게 거부하자 스완하덴은 인상을 썼다.

그렇지 않았으면 좋겠는데, 슈라이나는 아무래도 자신의 가문의 비밀을 알게 된 것 같았다. 자신에게 상처 입히기 싫어하는 슈라이나가 힐을 거부한다는 것은 곧 힐의 의미를 알고 있다는 것이라 봐야 했다. 그는 이마를 짚었다.

"기억 잃고 싶지 않으면 입 다물고 네 상처나 가까이 대."

공작가의 비밀을 알게 되었다는 것을 들키면 비밀에 대한 기억이 삭제되어야 했다. 블란치 공작가는 폐쇄적인 만큼 비밀도 많았고, 새어 나가는 정보도 얼마 없었다. 게다가 지금까지 비인간적인 과정을 통해 백마법사 공작을 배출해왔다. 백마법사는 블란치 공작가 이외의 사람에게서 나오는 게 불가능했기에 이 과정은 더욱 중히 여겨졌다.

스완하덴은 슈라이나가 공작가의 비밀을 알게 되었다고 거의 확신했다. 스완하덴이 억지로 슈라이나를 치료하려 하자, 그녀가 소리쳤다.

"내가 싫다고!"

슈라이나가 치료하려는 그를 밀치자 그는 울컥한 표정을 짓더니 거칠게 머리를 헤집었다.

"어차피 난, 아니 우리 가문은 그런 용도라고!"

슈라이나가 언성을 높이자, 스완하덴도 함께 언성을 높였다. 슈라이나가 스완하덴의 말에 충격을 받은 듯 멍하니 있자, 스완은 재빨리 그녀의 어깨 쪽에 손을 올려놓으며 마력을 쏟아부었다.

[힐]

하얀색 마력이 스완하덴의 손을 타고 슈라이나의 어깨에 맴돌았다. 슈라이나의 상처는 빠르게 아물어서 없어져 갔다.

그리고 그와 동시에 스완의 어깨에 사라진 상처가 새로 생겨났다. 상처는 자연치유 능력에 의해 빠르게 사라졌지만, 슈라이나는 그 모든 과정을 눈으로 목격하고 표정을 굳혔다.

"너 매일 상처투성이인 이유가, 역시……."

스완하덴은 쓸데없이 예리한 슈라이나를 원망했다. 그녀는 너무 많은 것을 알고 있었다. 이러다간 공작이 나서기 전에 자신이 직접 그녀의 기억을 지워야 할 수도 있었다. 스완하덴은 슈라이나를 한번 바라보다가 자신의 인생이 꼬인 걸 깨닫고 눈을 천천히 껌벅였다.

"상처투성이인 이유는 이 망할 자연치유력을 높이기 위해서야. 가문을 이을 만한 후계자는 매일 매질을 당하면서 치유력을 높여가."

"……."

"블란치 가문의 공작들은 거의 반 죽은 사람도 살릴 수 있다고 하잖아. 그게 다 자기들이 매일 반 죽어가면서 자연치유력을 높여와서 그래."

"……."

스완하덴은 순순히 가문의 비밀을 털어놓았다.

블란치 가문의 후계자들은 유년기 때부터 치유력을 높이는 훈련을 받는다. 어느 정도 자연치유력이 쌓이면 남의 상처를 치유하게 되고, 자신의 상처를 치유할 때보다 2배의 고통을 느끼게 된다. 그렇게 시간이 흘러 남의 상처를 고통 없이 치료할 수 있게 되었을 때, 후계자는 비로소 공작의 자리를 물려받게 되는 것이었다.

역대 블란치 공작 중에서는 정신이 온전한 사람이 없었다. 후계자들은 항상 고통에 몸부림치다가 공작 작위를 물려받게 되자마자 전대 공작을 찢어 죽였다. 그렇게 분노와 증오가 대물림 되는 것이었다.

스완하덴은 역대 후계자들 중에서 가장 강력한 마력을 가지고 있었다. 그렇기 때문에 스완이 감당해야 하는 고통은 더욱 컸다. 힘이 셀수록 고통과 매질의 정도가 더욱 심해졌기 때문이었다. 스완은 지금껏 수도 없이 가문에서 파문당하기 위해, 도망치기 위해 노력했다. 지금도 공작가 작위를 받지 않고 있는 것은 그 때문이었다.

스완하덴은 이야기를 모두 털어놓고 나서 슈라이나를 바라보았다. 슈라이나는 충격을 받은 듯 멍하니 허공을 바라보고 있었다. 스완은 슈라이나를 한번 보다가, 자신의 상처를 바라보고 입을 열었다.

"그나저나 너, 내가 기절했을 때 내 자연치유력을 일시적으로 높여준 거 맞지? 보니까 내 마법석으로 백마법에 대해 엄청 연구했을 것 같고."

"……윽."

자신이 여자인 건 눈치 못 챘으면서 이상한 부분에서 예리하다.

스완하덴의 추측은 정확했다. 대충 스완하덴의 상황을 예상한 슈라이나는 그가 준 마법석의 마력을 연구해서 '버프' 마법처럼 일시적으로 그의 자연치유력을 높여 주는 방법을 찾았다. 백마법을 쓰지는 못하지만, 그 특징을 본뜬 마법진은 그릴 수 있었다. 스완하덴에게 여러모로 도움이 되고 싶었던 슈라이나였다.

스완하덴은 이불을 머리끝까지 올려 쓰고 등을 돌렸다. 그리고는 곧 잠들려는 듯 하품을 크게 하며 신경질적으로 말했다.

"그만해."

"……."

"위험을 자초하지 마. 난 너처럼 동정심 따윈 없어서 네가 위험에 빠져도 안 구해줄 거야."

그녀가 자신의 일에 더 깊이 엮이는 것이 싫었다. 스완하덴은 자신도 모르게 걱정이라는 것을 하고 있었다. 괜히 자신을 도와주다 이상한 일에 엮이지 않았으면 했다. 차라리 그녀의 기억을 아예 지워버려서 저택에 돌려보낼까 생각도 해봤다. 자신을 잊고, 얼떨결에 휩쓸린 이 블란치 가문의 일에서 손을 떼게 하는 것이다.

그러나 왠지 내키지 않았다. 그녀가 자신과 보냈던 모든 시간을 잊는다는 게 이유 없이 거부감이 느껴졌다.

슈라이나의 기억을 지우는 걸 계속 망설이던 스완하덴은 기억을 지우는 대신 슈라이나에게 다시는 오지 말라고 반복해서 말하곤 했다.

언제나 말로는 슈라이나를 보며 꺼지라고 하는 스완이었지만 슈라이나와 함께 있는 게 재미있던 건지, 막상 슈라이나가 진짜로 가려고 하면 항상 가지 말라는 표정으로 그녀를 지그시 쳐다보았다.

"슬슬 가 볼게. 잘자, 스완하덴."

이번에도 그랬다. 슈라이나는 스완이 어느 정도 안정을 되찾자, 졸린 건지 하품을 크게 하며 방을 떠나려 했다. 스완은 왠지 모르겠지만 슈라이나가 떠나는 게 썩 내키지 않았다.

떠나려는 슈라이나의 뒷모습을 멀거니 바라보던 그는 입을 열었다.

"잠시만."

"왜."

"잠이 안 와. 좀 더 있어."

슈라이나는 가지 말라는 스완하덴의 말에 마법진을 작동시키는 걸 멈추고 잠시 멀뚱히 서 있더니 그에게 성큼성큼 다가왔다.

"평소에는 빨리 가라고 했으면서 웬일이야."

"몰라. 네 탓이잖아."

붙잡으며 자신을 탓하는 스완하덴에 슈라이나는 고개를 갸웃거렸다.

"이제는 혼자 있는 게 무섭단 말이야."

꽤 어린아이다운 말이었다. 스완하덴은 잔상처가 남아 있는 발가락을 꼼지락거리며 말을 계속했다.

"옛날에는 아파도 내가 등신 같은 집안에 태어나서 어쩔 수 없다고 생각했거든?"

스완하덴은 자신의 움직이는 발가락을 바라보면서 계속 입을 열었다.

"지금은 아픈 게 좀 서럽고, 억울하고, 외로워."

"너, 내가 아는 스완 맞지?"

스완은 대답 대신 슈라이나를 동그란 눈으로 초롱초롱 쳐다보았다. 슈라이나는 스완하덴이 귀여워서 결국 붙잡혀 주고 말았다. 귀엽고 여린 것들에게 약한 그녀였다.

슈라이나는 침대가에 앉아 있다가 추워서 스완하덴의 옆에 누워 이불을 덮었다. 슈라이나가 침대가에 아슬아슬하게 누워 있자, 스완은 오른쪽으로 움직여 자리를 더 마련해줬다. 그녀의 팔을 잡아끌어 안쪽으로 눕게 했다.

침대에 편하게 누운 슈라이나는 잠시 멍하니 있다 스완하덴에게 물었다.

"음, 근데 널 어떻게 재우지?"

"너 여기 들어올 때 콧노래 불렀잖아, 노래 한번 불러봐."

"……그건 또 언제 들은 거야."

헤스티아의 일로 기쁜 나머지 콧노래를 흥얼거렸었는데, 그걸 들은 것 같았다. 슈라이나의 얼굴이 새빨개졌다. 그런 슈라이나를 바라보던 스완하덴은 눈을 감은 채로 입을 열었다.

"자장가."

"……별로 권하진 않아."

"부르면 내 마법석 줄게."

스완하덴의 제안에 슈라이나는 바로 승낙했다. 그의 마법석은 귀하기도 했고, 마력의 힘도 무척 강했기 때문에 고민할 필요가 없었다.

슈라이나가 자신이 아는 자장가를 부르기 시작하자, 잠자코 노래를 듣던 스완하덴은 얼굴을 찡그리며 물었다.

"……성대 찢어졌어? 힐 해줄까?"

슈라이나가 일어나서 집에 가려고 하자, 그는 그녀를 붙잡고 다시 눕혔다.

"계속 불러. 싫진 않아."

스완하덴이 눈을 감으며 그녀의 노래를 기다리자, 슈라이나가 한숨을 쉬며 다시 열창했다.

그러던 중, 슈라이나는 잠에 빠져들었고 스완하덴은 그런 그녀를 한심하게 쳐다보았다. 새근새근 숨소리를 내는 슈라이나의 어깨에 손을 올린 스완은 그녀를 그녀의 방침대로 이동시켰다.

* * *

슈라이나의 아버지 웨스트 남작은 이른 아침 슈라이나를 불렀다. 아침에 블란치 공작이 올 것 같으니 그 아들과 놀아달라고 부탁을 하기 위해서였다.

슈라이나는 스완하덴이 온다는 말에 기뻐했지만, 함께 있던 헤스티아는 달갑지 않은 듯 인상을 썼다.

"슈슈, 스완하덴이면 혹시 그 폐쇄적인 공작가의 후계자 말하는 거지?"

"응, 스뎅 온대. 스완 스뎅."

"스뎅……? 스뎅이 누구야. 설마 스완하덴? 애칭까지 만들 정도로 친한 거야?"

"음…… 아마도. 근데 나만 그렇게 생각할걸?"

헤스티아는 화를 냈다.

"뭐? 심지어 슈슈가 매달리는 입장이야?! 나한테는 안 매달리면서?"

헤스티아가 화를 내자, 슈라이나는 의문 가득한 얼굴로 헤스티아를 쳐다보았다. 그러자, 헤스티아는 아무렇지 않은 듯 표정 관리를 했다.

연무장으로 가자, 스완하덴은 연무장에서 검을 잡고 있었다. 스완은 검은색 긴팔을 입고 드러나는 목 부분에는 붕대를 감고 있었다. 그는 목검을 이리저리 성의 없이 휘두르다가 검으로 바닥에 오리 낙서를 그렸다.

멍하니 연무장을 거닐던 스완하덴은 슈라이나를 발견하자, 성큼성큼 그녀에게 다가가려다 자신을 노려보는 분홍색 덩어리를 발견하고 입을 열었다.

"슈라이나, 얜 뭐 하는 애야?"

"아, 소개할게. 얜 헤스티아라고 해."

"네가 여자면 얜 남자? 장군의 기운이 느껴져."

스완하덴을 견제하고 있던 헤스티아는 생전 처음 듣는 칭찬 아닌 칭찬에 표정을 굳혔다. 슈라이나는 방심하다가 웃음을 터뜨렸다.

슈라이나의 팔을 꼬옥 붙잡은 헤스티아는 스완하덴을 째려보았다.

"슈슈, 쟨 탈락이야. 안 돼."

다짜고짜 탈락 소리를 들은 스완하덴은 귀를 만지며 헤스티아의 도발에 들은 척도 하지 않았다.

스완하덴에게는 아직 여자와 남자의 개념이 없었다. 워낙 오랜 시간 동안 자신의 방에 갇혀 살다 보니 스완으로선 슈라이나가 처음 보는 또래 여자아이였던 것이다.

첫 또래 여자아이가 슈라이나이다 보니, 그는 헤스티아를 남자로 착각하고 있었다. 헤스티아는 드레스를 입고 긴 머리를 가지고 있었지만 스완하덴은 옷과 머리가 성별을 결정하는 요소가 아니라고 슈라이나를 보며 깨달았기에 드레스를 입고 머리카락이 긴 남자도 있다고 생각한 것이었다.

'블란치 공작도 머리카락이 길잖아.'

스완은 헤스티아를 남자라고 결정지었다.

"비도 안 오는데 넌 우산 쓰고 뭐하냐? 앤 나랑 대련해야 하니까 이제 그만 소멸해주겠니."

스완하덴이 양산을 쓰고 있는 헤스티아를 비꼬며 슈라이나를 데리고 가려고 했다. 헤스티아는 울상을 지으며 슈라이나가 껌벅 죽는 자신의 필살 애교를 선보였다.

"슈슈, 정말 애랑 친해? 나랑 더 친한 거 맞지? 얘랑 놀지 마아아……."

코맹맹이 소리를 내며 헤스티아가 슈라이나에게 매달리자, 스완은 역겹다는 표정을 지었다.

"슈라이나, 얘 혹시 어디 아픈 애야? 힐 해야 해?"

슈라이나는 스완하덴에게 뭐라고 말해야 할지 고민하다, 헤스티아의 편을 들어 스완에게 너무 그러지 말라고 했다. 그러자 스완은 슈라이나의 반응에 인상을 썼다.

"너 나랑 더 친해, 얘랑 더 친해?"

스완하덴의 말에 헤스티아는 곧 그의 멱살을 잡을 것 같은 표정으로 그에게 다가갔다. 그러나 헤스티아도 은근히 슈라이나의 답변이 궁금했던 건지, 슈라이나의 얼굴을 보며 가만히 있었다.

슈라이나는 양쪽 모두를 만족시킬 수 있는 답을 고민하다가 결국 도망치고 말았다. 스완하덴은 도망치는 슈라이나를 바라보며 웃다가 인상을 쓰며 목 부근을 만졌다. 목 위에 감은 붕대에서 피가 흘러나오고 있었다. 스완하덴은 몰래 연무장에서 빠져나와 붕대를 갈았다. 상처의 역류 현상이 점점 심해지고 있었다.

* * *

그날은 슈라이나가 헤스티아의 저택에 가서 자고 오는 바람에 스완하덴에게 가지 못한 날이었다. 슈라이나는 플라위드 가의 저택에 있는 도서관에 때마침 정말 필요한 자료가 있어서 헤스티아의 집에서 자고 가기로 했다.

스완하덴에게 오늘은 못가겠다고 연락을 남기자, 아예 오지 말라는 스완의 답변이 왔지만 슈라이나는 그게 그의 진심이 아니라는 것을 알아 그저 웃을 뿐이었다.

스완하덴은 그때도 자연치유력을 높이기 위한 매질을 받았다. 또다시 온몸에 치명상을 입은 병자들의 상처들을 자신의 몸으로 받았다. 피부가 터지고 뼈가 부러져 몸이 피로 너덜너덜해졌다.

스완하덴은 움직이지도 않는 몸을 겨우 이끌고 침대 쪽으로 향했다. 침대에 몸을 뉘니, 침대가 피로 젖어 들어갔다. 너덜너덜해진 온몸을 회복하려니 세포 하나하나가 불타오르는 느낌이었다.

상처투성이인 스완하덴은 전신이 찢겨 아무것도 온전하지 않았다. 숨소리도 일정하지 않았고 종종 피 기침도 했다. 가구도 몇 없어 썰렁한 방에는 피로 뒤덮인 덩어리 하나만 숨 쉬고 있었다.

스완하덴은 잠시 누워서 이제는 끔찍하게 느껴지는 적막을 견뎠다.

'아, 언제 와.'

그는 침대에 누워 몸을 웅크렸다.

'맞다, 오늘 안 온다고 했지.'

예전에는 혼자 방에 남겨지는 게 아무렇지도 않았지만, 이제는 달랐다. 걱정이 담긴 그녀의 무신경한 목소리가 들리지 않으니 불안하고 초조했다. 스완하덴은 이 적막이 너무도 싫었다.

스완하덴은 하염없이 슈라이나를 기다렸다. 분명 그녀가 오지 못한다는 것을 알고 있었지만, 혹시나 하는 마음에 그녀를 기다렸다. 하지만 슈라이나는 오지 않았다. 매질을 당한 후 적막과 쓸쓸함을 채워주던, 붕대를 감으며 조곤조곤 이야기하던 슈라이나는 없었다.

머리가 지끈지끈 아파왔다. 스완은 슈라이나에게 신경을 끄고 잠을 청하려고 했다. 그러나 텅 빈 공간의 고요함이 그를 계속 거슬리게 했다. 스완하덴은 이불을 뒤집어쓰고 은발을 쥐어뜯듯 잡았다. 손가락이 부들부들 떨리고 있었다. 육체보다 정신적으로 더 괴로웠다. 이유 모를 불안함과 답답함이 그를 꾹꾹 눌렀다.

'걘 곧 올 거야. 내일이면, 내일이면 와. 정신 차려. 슈라이나는 올 거야.'

스완은 겨우 하루 슈라이나가 오지 않았다고 이렇게 미칠 것 같은 자신이 한심스러웠다.

스완하덴의 상처가 별안간 벌어지기 시작했다. 새 피부 위에 새 상처가 새겨지고, 상처 위에 상처가 났다. 스완이 고통에 바닥을 구르고 벽을 긁었다. 그가 장식품을 던지자 적막 가득한 방에 소리가 울려 퍼졌다. 하지만 그게 그 아이의 목소리는 아니었다.

눈물과 피를 흘리며 바닥을 뒹구는 스완의 옆에는 아무도 없었다. 깜깜하고 넓은 방에 혼자 웅크린 채 고통에 힘겨워 소리쳤다.

* * *

슈라이나는 헤스티아의 집에 있는 내내 스완하덴이 걱정되었다.

설마 하루 안 갔다고 무슨 일이 있겠어? 라는 생각도 들었지만, 한편으로 매일 치명상을 달고 사는 스완하덴이었기에 불안했다.

슈라이나는 플라위드 백작가의 도서관에서 필요한 자료를 얻은 뒤, 책상에서 엎드려 자는 헤스티아를 깨웠다.

"방에 들어가서 자."

"우웅……? 아, 나 잠들었어?"

슈라이나는 헤스티아의 흘린 침을 닦아주며 고개를 끄덕였다.

헤스티아가 입을 가리고 작게 하품하며 자리에서 일어나자, 슈라이나는 돌아가서 읽을 책 몇 권을 챙기고는 헤스티아와 함께 도서관에서 나왔다.

슈라이나는 한쪽 손에는 책들을 들고, 나머지 한 손으로는 헤스티아의 손을 잡았다. 헤스티아는 걷고 있으면서도 계속 꾸벅꾸벅 졸았다. 작은 분홍색 머리가 졸음을 이기지 못해 계속 아래위로 흔들렸다.

헤스티아가 귀여우면서도 안쓰러워, 들고 있던 책을 아공간 주머니에 잠시 넣어두고는 헤스티아를 업었다. 헤스티아는 슈라이나에게 업히자마자 목을 꼬옥 껴안은 채로 새근새근 잠에 빠져들었다.

헤스티아의 방에 도착한 슈라이나는 헤스티아를 조심스럽게 침대에 눕힌 뒤 굿나잇 키스를 해주고는 아공간 주머니에서 자그마한 선물 박스를 꺼냈다. 선물 박스 안에는 헤스티아의 이름이 새겨진 만년필이 들어 있었다.

슈라이나는 열심히 노력하는 헤스티아에게 조금이라도 도움이 되고 싶었다. 처음에는 대놓고 책을 선물해주려고 했지만, 자신에게 계속 숨기고 싶어 하는 것 같아 포기했다. 아무리 친구라도 그녀의 영역을 함부로 침범할 수는 없는 노릇이었기 때문이었다.

다른 선물을 고민하던 슈라이나는 만년필에 헤스티아의 이름을 새겨 선물하기로 하고, 사비를 들여 고급스러운 만년필을 샀다.

[항상 응원하는 중.]

빈 종이에 작게 끄적인 슈라이나는 쪽지와 선물을 헤스티아의 머리맡에 두고는 자리에서 일어섰다. 스완하덴이 걱정이 되어 확인하러 가야 할 것 같았다. 요새 역류 현상이 심해진 것을 보아 더더욱 그에게 신경이 쓰였다.

슈라이나는 헤스티아의 머리카락을 몇 번 쓰다듬고는 이동 마법진을 이용해 이동했다.

다음 날 아침, 머리맡의 선물을 발견한 헤스티아는 바로 슈라이나를 찾아갔지만, 슈라이나는 그 어디에도 보이지 않았다. 행방불명된 것이었다.

* * *

"스완?"

슈라이나는 스완하덴의 방으로 이동해 그의 이름을 불렀다.

방에 들어가자마자 슈라이나를 맞이하는 건 정적이었다. 방을 두리번거리며 스완하덴을 찾았다. 살짝 늦은 시간이니까, 자고 있지 않을까 생각한 슈라이나는 스완하덴의 침대 쪽을 살폈다.

확실히 침대 쪽에 스완하덴이 있긴 했다. 그러나 평소와 달리 상처가 전혀 아물지 못하고 있었다. 심지어 역류 현상까지 겹쳐 상처들이 배로 그의 몸 위에 새겨져 있었다.

스완하덴은 고통이 너무 극심한 나머지 움직이지도 못하고 피를 뚝뚝 흘리며 침대에 죽은 듯 가만히 누워 있었다. 정신을 잃고 싶었지만 그러지도 못했다.

스완하덴은 초점을 잃은 눈으로 그저 멀거니 천장만 바라보고 있었다. 보석안은 빛을 잃었고, 얼굴에는 어떤 표정도 남아 있지 않았다. 체념한 듯 힘없이 늘어져 공허함만이 가득할 뿐이었다.

슈라이나는 스완하덴을 발견하고 그에게 달려갔다.

"괜찮아? 야, 야! 정신 차려!"

상태가 너무 심각해, 잘못 건드렸다가 상태가 더욱 심각해질 것 같아 섣불리 그를 건드릴 수가 없었다. 슈라이나는 대신 침대와 그의 몸을 적신 피를 없애보려고 했다. 그러나 오늘따라 이상하게도 스완의 상처는 아물지 않았고, 피를 없애고 없애도 자꾸만 흘러나왔다.

스완하덴은 공허한 눈으로 슈라이나를 바라보았다.

"……안 온다며."

말을 겨우 이어가는 스완하덴의 목소리는 쉬어 있었다.

스완하덴은 슈라이나에게 매달리고 싶었지만 그럴 힘조차 남아 있지 않았다. 당장 정신을 잃어도 이상할 것이 없었지만 슈라이나 때문에 겨우 의식을 붙잡고 있었다.

앞으로 자신은 얼마나 더 이 방에서 썩어야 할지 모른다. 슈라이나가 앞으로도 매일 자신을 찾아오리라는 보장도 없었다. 그녀가 찾아오지 않는 날이면 지금처럼 이렇게 폭주하지 않을까. 슈라이나에게 기대면 기댈수록, 그 빈자리가 너무나 커 더 폭주하지는 않을까.

스완하덴은 겨우 몸을 일으켜서 슈라이나 쪽으로 가까이 움직였다. 그리고는 슈라이나의 온기를 느끼고 싶어 그녀의 손을 잡았다.

"······부탁 하나만 하자."

스완하덴은 거의 체념한 상태였다. 미래는 보이지 않았고, 슈라이나가 이곳에 오지 않게 되었을 때, 스완은 그때의 고통을 감당할 자신이 없었다. 그는 문득 자신이 그녀에게 길들었다는 걸 깨달았다.

슈라이나의 손은 피로 뒤덮여 있었다. 스완하덴은 그녀의 손에 묻은 피를 자신의 소매로 닦아보려고 했지만, 계속 흘러나오는 피 때문에 무용지물이었다.

스완하덴은 손을 뻗어 슈라이나의 얼굴을 감싸려다가 피로 뒤덮인 자신의 손을 보고서 뻗었던 손을 거뒀다. 그는 걱정이 가득한 슈라이나의 얼굴을 멀뚱히 바라보다가 입꼬리를 끌어올리고 곧 부서질 듯 웃었다.

"나 좀 죽여 주라."

스완은 슈라이나를 잡은 손에 힘을 주었다.

고통이 그의 전신을 옭아매었다. 죽으려면 상처가 낫지 않는 지금이 최적이었다. 나중에는 자연치유력이 높아져서 죽고 싶어도 죽을 수 없었다. 같은 백마법사가 죽이지 않는 한.

스완은 인상을 쓰면서 말을 겨우 이어갔다.

"네가······ 나보고 친구라고 했잖아. 동정한다고 했잖아. 그러니까 내 고통을 네가 끝내줘."

죽여달라는 스완하덴의 말에 슈라이나는 눈을 동그랗게 떴다. 이윽고 차가워 보이는 주황색 눈동자에서 눈물이 방울방울 흘러내렸다. 슈라이나는 아무 말도 할 수가 없었다.

"너한테 죽는 건 괜찮을 것 같아."

그렇게 말한 스완하덴은 슈라이나의 허리춤에 달려 있는 단검을 꺼냈다. 스완하덴은 이를 악물며 겨우겨우 슈라이나에게 단검을 쥐여 주었다.

"자, 으윽. 제발…… 지금은 치료가 안 되고 있으니까, 이대로 목이 잘리면 난 죽을 거야."

슈라이나는 자신의 손에 쥐어진 단검을 바라보다가, 스완을 바라보았다.

애가 지금 뭐라고 하는 거야. 슈라이나는 장난치지 말라고 말하고 싶었지만 스완이 너무 괴로워 보였기에 입을 다물고 손을 떨었다.

"빨리이…… 여기서 탈출 좀 하자…….''

스완하덴은 단검을 잡은 슈라이나의 손을 잡고 자신의 목 쪽으로 가까이했다. 고통에 숨을 제대로 쉴 수 없었기에 조금 조급한 상태였다.

슈라이나는 그를 바라보다가 이를 악물었다. 이렇게 많은 상처를 짊어지기엔 너무나 어린아이였다. 슈라이나는 힘없이 널브러진 스완의 이마에 자신의 이마를 마주 대었다.

"……싫어."

그렇게 말한 슈라이나는 스완이 쥐여준 단검을 바닥에 떨어뜨렸다.

스완하덴은 자신 때문에 괴로워하는 슈라이나가 생소했다. 그녀를 이해하지 못했다. 아픈 건 자신인데, 괴로워하는 건 그녀였다. 왜, 우는 거야 넌. 스완은 자신을 죽이지 못하는 그녀를 멀거니 바라보았다. 슈라이나는 잠시 울다가 입을 열었다.

"누구 꿈자리 사나워지라고 그런 부탁하는 거야? 나한테 그런 책임 맡기지 말란 말이야."

슈라이나는 입을 열면서 그의 몸 위에 마법진을 그리기 시작했다.

그녀는 그동안 백마법에 대해 많이 연구했다. 헤스티아의 집에서 찾던 자료도 백마법에 관한 것이었다. 슈라이나는 날뛰는 그의 힘과 동반된 상처들을 어떻게 하면 조절할 수 있을지 연구했고, 어느 정도 성과를 얻을 수 있었다.

슈라이나는 마법진을 완성하고 스완하덴을 바라보며 미소를 지었다.

"내가 네 삶을 끝내줄 순 없어도."

이어서 슈라이나가 시동어를 읊었다.

"외롭지 않게 같이 아파해줄 순 있어."

마법진이 정상적으로 작동되며 불규칙적으로 빛을 뿜어내기 시작했다.

슈라이나는 정에 이끌려 쓸데없이 고통을 택한 스스로가 원망스러우면서도 한편으로 대견했다.

인정하고 싶지 않았지만 슈라이나는 스완을 처음 보자마자 그가 마음에 들었다. 안쓰럽기도 했고 여러모로 아끼는 마음이 컸다. 헤스티아 이외에 처음 사귀는 친구여서일지도.

마법진에서 빛이 나며 스완을 감쌌다. 그의 상처가 담긴 불안정한 마력들이 그에게서 빠져나와 그대로 슈라이나에게로 들어왔다.

스완하덴은 자신의 자연치유력이 돌아온 것을 느꼈고, 동시에 고통이 사라지는 것을 경험했다. 그러나 스완의 표정이 밝지 않았다. 오히려 그는 슈라이나의 마법을 보고 경악 어린 표정을 지었다. 동공이 축소되며 얼굴이 일그러졌다. 욕을 한 바가지로 쏟고 싶었지만, 말이 나오지 않았다.

"너……!"

슈라이나는 스완의 날뛰는 마력에 담긴 그의 상처들을 넘겨받았다. 그녀의 손에는 그녀가 직접 만든 마력을 조절해주는 물건이 들려 있었다. 슈라이나는 날뛰는 마력을 자신의 체내에서 진정시킨 뒤 다시 스완하덴에게 넘겨줄 생각이었던 것이다.

스완하덴이 그랬던 것처럼 슈라이나의 몸에도 상처가 나기 시작했다. 살갗이 터지고, 뼈가 부러졌다. 슈라이나는 피를 토하기 시작했다. 자연스레 욕설이 나왔다.

"이런 걸 지금까지 어떻게……."

넌 정말 인간이 아니구나. 이걸 받아내려고 한 나도 돌았고. 슈라이나는 사라져 가는 의식을 겨우 붙잡아가며 피를 바닥에 뱉었다.

"미친놈아, 뭐해! 돌려줘. 너 죽어!"

스완하덴은 점점 상처투성이로 변하는 슈라이나를 껴안았다. 텅 비어 있던 그의 얼굴에 갑자기 여러 복합적인 감정이 피어올랐다. 당황, 절망, 경악 등등 생소한 감정들이 용솟음치면서 스완하덴의 두 눈에서 눈물이 흘러내렸다.

자신은 괜찮아지고 있었지만, 반대로 슈라이나의 몸은 피범벅이 되어가고 있었다.

스완은 미칠 것만 같았다. 계속 터지는 상처들을 막아보려고 했지만 무용지물이었다.

"괴로운 건 나여야만 하는데…… 왜 네가!"

슈라이나에게 소리쳤지만 이미 그녀는 의식을 잃은 상태였다.

스완하덴은 계속 덜덜 떨리던 손으로 그녀의 어깨를 붙잡고 말을 걸었지만, 의식이 없는 슈라이나는 그저 고개를 떨굴 뿐이었다. 그의 심장이 불안함에 요동쳤다.

"넌 도대체…… 왜……."

스완하덴의 시야가 눈물 때문에 일그러졌다. 슈라이나의 형체도 일그러졌다. 그는 자신의 이불로 슈라이나의 피를 닦아보려고 했지만, 피가 멈추지 않았다. 스완은 그녀의 몸을 자신의 이불로 감은 뒤, 겨우 정신을 붙잡고 그녀에게 힐을 써보려고 했다. 새하얀 이불에도 붉은 피가 번져갔다.

"왜 치료가 안 돼!"

다급해진 스완하덴은 슈라이나를 껴안은 채로 계속 힐을 퍼부어 보았지만 슈라이나는 점점 악화되어 갔다. 자신의 품에서 힘없이 널브러진 슈라이나의 모습을 내려다보았다. 심한 매질을 당할 때나, 목이 떨어져 나간 사람의 상처를 받아낼 때도 이렇게까지 두렵진 않았다.

그러나 스완은 지금이 지독히도 두려웠다.

그녀의 따뜻했던 몸이 차가워져 간다. 마력과 함께 넘어간 자연치유력 때문에 쉽게 죽지는 않을 테지만, 스완하덴은 그녀가 꼭 당장 죽을 것만 같았다.

그의 엉킨 마력을 가져간 슈라이나 때문에 힐은 불가능했다. 슈라이나가 무슨 마법을 쓴지라도 알았다면 방법이 있을 터였지만, 그녀가 그린 마법진은 일반 계열 마법과 백마법의 특징을 엮어 만든 괴상한 형태였다.

이렇게나 무력감을 느낀 건 처음이었다. 몸이 아플 때 보다 훨씬 더 무거운 아픔이 자신을 짓눌렀다. 스완하덴은 자신이 평생 증오해 온 '힐'을 이토록 쓰고 싶어 할 줄은 몰랐다. 그것도 남을 위해 말이다. 쓰고 싶어 미칠 것 같았다.

슈라이나를 안으며 불안함에 몸을 떨던 스완하덴은 방법을 생각해내기 위해 애썼다. 그녀가 더 피로 물들기 전에, 빨리 막아야 했다.

스완하덴은 그녀를 치료할 수 있는 한 인물을 떠올렸다.

'……공작.'

블란치 공작이라면 그녀를 상처입히고 있는 마력을 다시 자신에게 옮길 수 있을 것이다. 스완은 자신의 아버지인 블란치 공작을 떠올리자마자 그녀를 데리고 방에서 나가려고 했다.

그러나 스완하덴은 자신의 두 다리를 붙잡고 있는 족쇄를 풀 힘이 없었다. 스완은 급한 마음에 남아 있는 마력으로 억지로 뼈를 부수어 족쇄에서 빠져나왔다. 다행히 자연치유력이 상당히 높아져 있어서 부러진 뼈는 얼마 지나지 않아 제자리를 되찾았다.

스완하덴은 그녀를 껴안고 공작의 침실로 뛰어갔다. 늦은 밤이었지만 침실엔 공작이 없었다. 스완은 인상을 쓰며 그의 집무실로 뛰어갔다.

스완하덴은 자신의 아버지와 대화를 한 적이 없었다. 웨스트 가문에 방문했을 때만 봐서 얼굴만 서로 아는 정도였다. 가족이라고는 하지만 거의 타인과 마찬가지였다.

후계자를 교육하는 건 공작이 아닌 다른 고용인들이었다. 후계자를 교육하는 사람들은 따로 있었기에 공작과 후계자는 접점이 없었다.

역대 블란치 가주들은 어린 시절의 증오를 후계자들에게 풀었지만, 이번 공작은 그러지 않았기 때문에 스완과 공작의 접점은 더욱 없었다. 블란치 가문에서 부자가 서로 얼굴을 보며 이야기할 때라곤, 아들이 공작가 작위를 물려받기 위해 아버지를 죽이려고 찾아올 때 정도였다.

현재 블란치 공작, 율리넬 블란치는 늦은 밤까지 집무실에서 일 처리를 하다가 잠시 졸고 있었다. 블란치 공작은 중년의 나이였지만, 치료 능력 때문인 건지 노화 속도가 느려 청년에 가까운 미모였다.

긴 은발 머리를 하나로 따서 어깨에 늘어뜨린 그는 스완하덴과 비슷한 예쁜 외모였지만 청순하고 학자 풍의 분위기를 내뿜고 있었다. 그리고 그의 몸에도 스완만큼은 아니었지만 청소년 때 미처 없애지 못한 잔상처가 있었다.

블란치 가문은 주로 치료 마법을 담당했기에 검을 잡은 스완은 굉장히 이례적인 케이스였다. 스완과는 다르게 율리넬은 오직 백마법에만 치중되어 있었다.

율리넬 블란치는 잠시 졸다가 일어나서 다시 일을 하기 시작했다.

그러나 갑자기 문을 박차고 들어온 한 피투성이 소년과 소녀 때문에 그는 곧 서류에서 손을 뗄 수밖에 없었다.

"……?"

말 한 번도 섞지 않은 자신의 아들이 울면서 방에 들어왔다. 자신의 아들을 이런 식으로 볼 것이라곤 예상하지 못했기 때문에 율리넬은 조금 당황스러웠다.

스완하덴은 주황색 머리카락에 피투성이인 애를 껴안고 울었다.

"공작! 애 좀 봐줘! 애 좀 살려줘!"

"너, 어떻게……."

"공작 작위 이어받을 테니까, 더 이상 안 도망칠 테니까! 제발!"

율리넬은 갑자기 들이닥친 스완하덴을 보며 잠시 멀거니 서서 인상을 썼다. 이게 무슨 상황인지에 대해 생각해 보려다가 일단 치료가 급해 보이는 여자아이에게로 가까이 다가갔다.

스완하덴이 여기까지 찾아 올라온 것도 당황스러운데, 그의 품에는 웬 피투성이 여자아이가 안겨져 있었다. 심지어 그 여자아이는 율리넬에게 익숙한 아이였다. 자신이 요새 업무 때문에 자주 들리는 웨스트 남작 가문의 영애였다.

"……애가 왜 여기 있는 거지."

상황판단이 잘되지 않았지만 일단 저 주황 머리 여자애가 여기 있으면 안 되는 존재라는 건 알았다. 몸을 떨며 불안해하는 스완하덴을 한번 바라본 율리넬은 슈라이나를 넘겨받았다. 그리고는 상처투성이가 된 슈라이나를 소파에 눕혔다.

율리넬은 순순히 슈라이나를 치료하면서. 그녀가 특이한 마법을 사용한 것을 알고는 적잖이 놀랐다. 백마법과 일반 계열 마법을 엮어 만든 마법진이 슈라이나를 감싸고 있었다. 백마력을 조절해 주는 동시에 자연치유력을 높여 주는 마법진이었다. 마법진을 변형한 방법이 무척이나 독특하고, 독창적이어서 잠시 놀랐다.

율리넬은 슈라이나가 자신의 몸에 엮은 마법진을 풀어서 그 안의 마력들을 확인했다. 날뛰던 스완하덴의 마력은 어느덧 잠잠해져 있었다. 율리넬은 그 잠잠해진 마력을 다시 스완에게 돌려줬다. 안정된 마력이었기에 스완하덴은 부작용 없이 마력을 흡수할 수 있었다.

치료를 마친 율리넬은 자신의 체력이 고갈되어가는 것을 느꼈다. 왜 남작 영애가 여기에 있으며, 왜 피투성이가 됐는지 그 이유를 듣기보다 빨리 밀린 서류를 처리하고 한숨 자고 싶었다.

"기억을 지워야 할 텐데……."

율리넬은 누워 있는 슈라이나를 바라보며 중얼거렸다.

저 조그만 웨스트 남작 영애는 너무도 많은 비밀을 알고 있었다. 물론 율리넬은 가문이 망하던지 말던 지 관심이 없었기에 슈라이나가 비밀을 퍼뜨리고 다닌다고 해도 상관없었지만, 일이 귀찮아지는 게 싫었다. 오늘도 야근인데, 비밀이 퍼지면 야근하는 날이 더더욱 많아질 게 분명했다. 골치야.

율리넬은 슈라이나의 피를 조심스럽게 닦고 있는 스완하덴에게 물어봤다.

"네가 기억 없앨래? 추억은 남겨도 좋아. 힐에 관한 것만 없애."

처음 나눠보는 부자간의 대화였다.

율리넬은 스완하덴의 대답을 듣지도 않고 다시 자리에 앉아 서류를 작성하기 시작했다.

스완하덴은 슈라이나를 껴안다가 그녀의 얼굴을 바라보았다. 그녀는 자신이 방금 무슨 짓을 저질렀는지도 모르는 듯한 표정으로 눈을 감고 있었다. 상태를 대충 확인해 보니 이제 상처는 모두 아물었고, 마력을 회복할 때까지 휴식을 취하면 되었다.

기억을 없애야 한다니…… 결국 해야만 하나.

스완하덴은 슈라이나가 자신을 보자마자 구역질을 하던 때를 떠올렸다. 그녀는 이런 것에 원래 익숙하지 않았던 순진한 애였다. 게다가 자신 때문에 몸에 쉴 새 없이 상처도 생기고 목숨의 위협도 받았다. 여러모로 질렸을 것이 분명했다.

슈라이나와 추억은 남겨 둘까 생각하던 스완은 고개를 저었다.

"……추억은 남기지 않을 거야."

스완하덴은 결국 직접 슈라이나의 기억에 손을 대기로 했다. 정신 계열 마법은 익숙하지 않았지만 스완하덴은 슈라이나의 머리에 손을 없고 마력을 부었다. 그러자 그녀의 정신 속 공간이 눈앞에 펼쳐졌다.

정신 속 세계는 사람마다 다르지만 대충 비슷하다. 깊이를 알 수 없는 수면 위에 수많은 기억의 등들이 떠다닌다. 등에는 기억이 담겨 있었는데, 기억에 얽힌 감정에 따라 등의 색도 정해졌다.

스완하덴은 슈라이나와 자신과의 추억이 담긴 등을 찾아내 그 불을 꺼 수면 속으로 집어넣었다. 추억 하나하나를 없애며 스완은 인상을 썼다. 당장 그만두고 싶었지만 슈라이나가 좋은 기억만 가지고 있었으면 하는 마음 때문에 멈추진 않았다.

기억을 지우는 중간에 스완하덴은 실수로 핑크색 덩어리와 관련된 최근의 등도 같이 꺼버리고 말았다. 스완하덴은 자신이 잘못 지운 기억에 대해 잠시 고민하다가 그냥 넘어가기로 했다.

블란치 가문은 정신적인 아픔도 치료해줄 수 있었기에 스완하덴은 그녀가 혹시 정신적으로 아파하고 있는 건 없나 확인해봤다. 그러다 그는 하늘 높이 떠있는 짙붉은 와인색 등을 발견했다.

수없이 많은 와인색 등이 서로 꽁꽁 묶여 있었다. 와인색은 정말 처절하고 죽고 싶을 정도로 괴로웠던 기억을 뜻하는 색이었다. 스완하덴은 슈라이나가 좋은 집에서 행복하고 천진난만하게 자라왔을 줄 알았기에 인상을 썼다.

그는 슈라이나에게 이런 큰 정신적인 상처가 있었나 의아해하면서 그 부분에 더 가까이 힘을 펼쳐보았다. 그 순간, 스완하덴의 힘이 전생의 기억과 엮인 그녀의 상처를 조금 건드리고 말았다.

스완하덴은 머릿속에 검은색 머리카락에 눈 밑에 점이 있는 여자아이가 잠시 보이다가 곧 사라졌다. 슈라이나의 상처는 접근하려는 그의 힘을 바로 튕겨냈지만, 스완하덴은 짧게나마 그녀의 상처를 읽고 말았다.

"……."

스완하덴은 멍하니 서서 입을 다물지 못했다. 슈라이나의 과거를 제대로 읽진 못했지만, 그때의 감정이 스완에게 동화되었던 것이었다. 스완하덴은 슈라이나가 느꼈던 감정을 느끼며 인상을 썼다. 무슨 일이 있었길래, 이런 감정을 슈라이나가 느꼈던 것일까.

슈라이나의 기억을 좀 더 자세히 읽고 싶었지만 이내 포기했다. 아픔을 치료해준답시고 그 상처가 묶인 기억을 들쑤시다간 큰일 날 수도 있었다.

스완하덴은 고른 숨소리를 내는 슈라이나의 머리카락을 뒤로 넘겨주었다. 힐을 반복해서 썼기 때문에 슈라이나의 몸에 났던 상처는 이미 사라진 상태였다.

스완하덴은 슈라이나가 잠에 빠져 있다는 것을 알고 있었지만, 불안해서 미칠 것 같았다. 상처 때문에 괴로워하던 슈라이나의 모습이 아직도 머릿속에서 잊히지 않았기 때문이었다. 그녀가 자신 때문에 피로 물들기 시작했을 때는 머리가 새하얘지면서 심장이 불안과 절망으로 터질 것 같았다.

* * *

슈라이나는 완전히 회복할 때까지 공작가에서 묵게 되었다. 블란치 가문의 저택은 크기에 비해 사람이 적어서 널린 게 빈방이었다.

스완하덴이 공작가를 물려받는다는 것을 약속하자, 율리넬은 후계자 관리인에게 말해 스완이 족쇄에서 벗어날 수 있도록 해주었다. 그는 매일 후계자 수업을 끝내고 바로 슈라이나가 있는 방으로 찾아갔다.

슈라이나 덕에 자연 치료 능력이 높아진 스완은 이젠 치명상도 어느 정도 빠르게 회복이 가능했다. 물론 아픈 건 여전했지만 스완하덴은 더 이상 자신의 고통엔 신경 쓰지 않았다.

스완하덴은 눈을 감고 아직도 의식이 없는 슈라이나를 바라보며 안절부절못했다. 매일같이 찾아와서 힐을 퍼붓고 있는데도 슈라이나는 꼼짝도 하지 않았다.

매일 일에 치여 바쁘게 사는 공작, 율리넬도 몇 번 슈라이나를 찾아왔다. 스완하덴이 슈라이나가 일어나지 않는다고 난리를 부리는 통에 하는 수 없이 상태를 확인해야만 했다.

"괜찮다니까."

슈라이나를 확인한 율리넬은 기가 찬 표정으로 스완하덴에게 말했다.

"그럼 왜 안 일어나."

"네가 부담스러워서겠지."

율리넬은 매일같이 슈라이나에게 붙어 있는 스완하덴을 보며 인상을 썼다.

스완하덴은 슈라이나에게 깊게 빠져 있었다. 아직 어려 연애감정은 아니겠지만, 저 아이라면 사족을 못 쓰고 있는 상태였다. 율리넬은 자신의 가문에서 저런 애가 나올 줄은 상상도 못 했기에 무척 당황스러웠다.

블란치 가문 사람들은 사랑이 없기로 유명했다. 부모와 자식 간의 정은 물론이고, 아내와의 사랑도 없었다. 가문 사람들 모두 정신이 피폐해져서 사랑할 정신머리가 없었던 것이다. 때문에 율리넬은 이런 스완하덴의 낯선 모습에 소름이 돋았다.

율리넬은 서둘러 방을 떠나려다가 잠시 걸음을 멈췄다. 그는 고개를 돌리고 스완하덴을 바라보며 입을 열었다.

"벌써 자연치유력이 어느 정도 경지에 도달했다고 관리인에게 들었어. 앞으로 몇 달만 더 그 방에서 썩으면 1단계는 끝나겠군?"

"……."

"난 16살 때 겨우 그 방에서 나왔는데. 부러운 새끼."

"말린 명태같이 비실비실한 스스로를 탓해."

"흥, 네가 이상한 거라고. 블란치 쓰레기들 중에서 너 같은 애는 없었어."

퍽 저급하고 가벼운 말투로 대화가 오고 갔다. 자신의 아들과 대화하니 율리넬은 기분이 이상했다. 마치 금기를 어기는 듯한 기분이었다. 블란치 가문에서 아버지와 아들은 대체로 원수 사이였으니까.

"방에서 나오고 순례만 다녀오면 공작이 될 수 있는 자격이 주어진다. 그건 알고 있지?"

"순례? 전쟁터 돌아다니면서 힐하고 다니는 거?"

"그래, 보통 순례라면 10년은 족히 잡아야 하지만, 넌 2~3년이면 충분할 거다."

율리넬은 스완하덴을 노려보며 입을 열었다. 생각해 보면 진짜로 복 받은 재능이었다. 자신이 순례를 끝내고 공작자리를 차지했을 땐 이미 20대 중반이었다.

"빨리 갔다 오면 저 아이가 다닐 예정인 아카데미든 뭐든 보내줄 테니까, 공작 좀 빨리 돼라."

야근에서 벗어나게, 좀 빨리 죽여달라고. 율리넬은 뒤이어 중얼거렸다. 스완하덴은 슈라이나의 손을 꼬옥 잡은 채, 나가려는 율리넬을 바라보며 입을 열었다.

"전부터 궁금했는데, 왜 웨스트가에 데려간 거야? 보통 후계자는 계속 방에만 있잖아. 게다가 검술 수업도 네가 넣은 거라며."

"난 전대 블란치 공작을 분해해서 죽였어. 그 새끼는 날 방안에 가두고 한 번도 꺼내주지 않으면서 자기가 직접 치유력 수업을 진행했지. 내 청소년기 내내."

"그래서?"

"바람 좀 쐬게 해주면 날 덜 아프게 죽이지 않을까 싶어서 그랬다. 검술을 가르친 이유는 깔끔하게 목만 따라고 가르친 거고."

"와아, 엄살쟁이."

스완하덴은 방을 나가는 율리넬을 바라보며 어이없다는 말투로 중얼거렸다.

슈라이나는 스완의 간호로 금방 의식을 되찾을 수 있었다. 정신이 든 슈라이나는 그와의 추억을 하나도 기억하지 못했다. 처음 봤을 때처럼 자신을 경계하는 슈라이나를 바라보며 스완은 쓰게 웃었다.

그는 슈라이나를 다시 잠재우고 그녀를 방에 데려다줬다. 그리고 작별 인사로 슈라이나의 이마에 가벼운 뽀뽀를 했다.

* * *

스완하덴은 그 뒤로 몇 달 동안 방에만 갇힌 채로 자연치유력을 최대치까지 올리기 위해 노력했다. 그리곤 바로 순례를 떠났기 때문에 그가 슈라이나를 만날 일은 없었다.

스완하덴은 자신의 아픔을 나누려고 한 유일한 친구인 슈라이나를 떠올리며 아픈 시간을 견뎌냈다. 옛날부터 그는 자신에게 치료를 요구하는 사람들이 역겨워 그들을 증오했었지만, 자신을 이해하고 진심으로 공감해주는 사람이 한 명이라도 있다고 생각하자, 그들을 향한 혐오감이 빠르게 가라앉았다.

그렇게 그는 치명상을 치료해야 하는 전쟁터에서도 묵묵히 고통을 견뎌냈다. 슈라이나를 조금이라도 더 빨리 보려면 더 아프고, 더 많이 괴로워야 했기 때문이었다.

그렇게 스완하덴은 슈라이나를 당당히 만날 수 있을 때까지 고통을 참고, 참고 또 참으며 기다렸다.

* * *

슈라이나의 기억이 사라진 뒤, 혼자 남은 스완하덴은 슈라이나가 몹시 그리웠다. 다 포기하고 슈라이나를 데리고 도망치고 싶었지만 그러면 끝이 좋지 않을 거라는 것을 알고 있었다.

이제 아픔보다 외로운 것이 더 싫었기에 고통스러운 수업이 끝나면 아픈 몸을 이끌고 언제나 율리넬 공작을 찾아갔다. 슈라이나의 일 때문에 한 번 말을 섞은 이후로 대화가 점점 많아진 블란치 부자였다. 스완하덴은 혼자 있을 때마다 계속 피어나는 슈라이나에 대한 그리움을 율리넬 공작을 통해 풀었다. 그를 화나게 하면 할수록 스트레스가 풀리는 것 같았기 때문이었다.

"나이 콧구멍으로 처먹었죠? 고작 9살한테 지면 어떡해요?"

스완하덴은 피투성이인 몸으로 슈라이나가 알려준 카드 게임을 하고 있었다. 처음엔 손가락이 꺾여서 카드를 잘 못 잡았지만 몇 분이 흐르자 괜찮아졌다.

스완하덴은 요즘 도덕과 윤리를 공부하고 있었었다. 슈라이나를 다시 만나게 되면 그녀에게 인성이 훌륭한 신사의 이미지를 심어주기 위해서였다. 책에서 노인을 공경하라는 말이 적혀 있어서 스완하덴은 율리넬에게 존댓말을 쓰기 시작했고, 율리넬은 처음에는 그런 스완하덴을 경계했지만 지금은 그러려니 하고 있었다.

스완하덴에게 카드 게임을 n번째 진 율리넬이 인상을 쓰며 머리를 부여잡았다.

"으윽, 다시 해!"

"서류는요?"

"몰라, 야근해! 밤새!"

율리넬은 스완하덴에게 게임을 배우고 있었다. 오락을 모르고 자란 건 율리넬도 마찬가지였다. 율리넬은 각종 게임의 짜릿함과 아찔함에 흠뻑 매료되고 말았다. 서류는 언제나 뒷전이었지만 더욱 뒷전이 되어버리고 말았다.

율리넬은 점점 쌓여 가는 서류를 보며 인상을 썼지만, 그에겐 자신의 아들을 이기는 게 더 중요했다.

"근데 이게 다 그 남작 영애가 가르쳐준 거라고?"

"네, 뭐."

"너보다 잘하겠네."

"그렇진 않아요. 슈슈가 머리는 좋은데 의외로 순진한 구석이 있어서 절 이기진 못해요."

"호오, 그럼 네가 봤을 때 남작 영애랑 내가 붙으면 누가 이겨?"

카드 게임을 하면서 두 사람은 계속 대화를 나누었다. 율리넬의 질문에 스완하덴은 자신의 마지막 패를 선보이고는 깔끔하게 게임을 끝낸 뒤, 입을 열었다.

"그 옆을 지나가는 저요."

자신의 n번째 패배에 율리넬은 표정을 구겼다.

"야, 너 또! 으아악! 너 때문에 일이 손에 안 잡힐 것 같잖아!"

"원래 안 잡혔잖아요."

슬슬 잠이 오기 시작하자 스완하덴은 카드를 챙기고 자리에서 일어났다. 율리넬이 한 판 더하자고 했지만 스완하덴은 산처럼 쌓인 서류의 양을 손가락을 가리키며 비웃었다.

스완하덴은 항상 피투성이인 상태로 집무실에 들렀지만, 게임이 끝날 때면 말끔해진 상태로 집무실을 나서곤 했다. 스완하덴은 아무렇지 않게 집무실에 있는 율리넬의 옷장을 열어 깨끗한 옷으로 갈아입었다.

율리넬은 처음에 이러한 스완의 황당한 행동에 어이가 없었지만, 지금은 자신의 물건을 마음대로 다 쓰라고 내버려 두고 있었다. 오히려 스완의 몸에 맞는 깨끗한 옷 몇 벌을 옷장에 가져다 놓기까지 했다.

율리넬은 다시 방으로 돌아가려는 스완하덴을 바라보다가 입을 열었다.

"스완, 너 다른 귀족들의 파티에 가 볼 생각은 있냐?"

"네?"

"다른 네 또래 애들이랑 만나볼 생각이 있냐고."

"슈라이나?"

"아니, 넌 왜 틈만 나면 슈라이나 타령이야. 걔 말고 황태자나, 저기 건너편에 사는 드보아스 영식이나 그런 애들 말이야."

스완하덴은 율리넬에 말에 인상을 썼다. 방에서 나가게 해준 것만으로도 솔직히 좀 놀라운데, 자신을 세상에 아예 노출시키겠다는 율리넬의 말이 좀 낯설었다.

"일하다가 맛이 갔구나……."

스완하덴은 걱정스러운 표정을 지으며 그를 쳐다봤다.

율리넬은 그런 스완하덴의 반응을 무시하며 계속 말했다.

"황궁에서 고위 귀족들만 초청해서 파티를 연다고 초대장이 왔어. 아카데미에 가면 어차피 만나게 되는 아이들이니 미리 안면은 익히는 게 좋잖아?"

"슈라이나도 와요?"

"안 와. 수도권 귀족 중에 후작 이상만 참여 가능하다고 들었어."

슈라이나가 오지 않는다는 소리에 스완하덴은 파티에 대한 흥미가 식었지만, 방에 처박혀 있는 것보다 나은 것 같아 참석하기로 했다.

스완하덴은 율리넬에게 야근 수고하라며 커피를 한 잔 타주고는 방문을 열고 나갔다.

율리넬은 그런 스완하덴의 뒷모습을 바라보며 살짝 경계했으나 이내 스완이 타준 커피를 한 모금 들이켰다. 간장과 비슷한 맛이 나는 검은색 양념장이었다. 짠 것도 짠데, 스완하덴이 매운 향신료도 첨가한 듯, 입안이 얼얼했다. 율리넬은 입에 머금었던 액체를 바로 뱉었다.

스완하덴은 방을 나간 척하면서 방문 사이로 그 광경을 몰래 지켜보고 있었다. 캑캑거리며 자신을 욕하는 율리넬을 몰래 바라보던 그는 순간 율리넬과 눈이 마주쳤다.

"잘 자요, 아버지."

눈이 마주치자마자 자신에게 쌍욕을 날리는 율리넬을 멀뚱멀뚱 쳐다보던 스완하덴이 작게 중얼거리고는 조용히 문을 닫았다.

* * *

왕실에서 주최하는 파티에 참석한 고위 귀족들은 자신을 알리고 자 돌아다니며 인사하기에 바빴다. 왕실에서 주최한 파티인 만큼 파 티장은 매우 화려하고 웅장했다. 화려한 샹들리에가 천장에 달려 있 고 붉은색 카페트가 바닥을 덮고 있었다.

율리넬과 스완하덴도 이 파티에 참석했다.

"파티는 처음인데, 뭘 하면 되는 거예요?"

"그냥 귀찮은 일만 만들지 마."

공작은 마른세수를 하며 스완의 질문에 대충 답해줬다. 그는 어 기적거리는 걸음으로 다른 귀족들에게 걸어갔다. 율리넬도 스완하 덴과 마찬가지로 매일 혼자 있다 보니 파티에 익숙하지 않았던 것 이다.

스완하덴은 매일 힘들어하면서도 인생을 열심히 사는 율리넬을 한심하게 바라보았다.

율리넬은 업무 관련된 일을 상의하기 위해 드보아스 후작, 란티야 드보아스를 찾고 있었다. 란티야 드보아스는 짧은 금발 머리카락을 깔끔하게 뒤로 넘긴 냉미남으로, 파티에서 제공해 주는 간식을 종류 별로 챙겨 먹고 있었다. 란티야 후작의 옆에는 스완하덴의 또래의 남자아이 한 명이 두꺼운 책을 들고 서 있었다.

드보아스 후작 옆에 서 있는 남자아이는 코리 드보아스로, 허리까 지 내려오는 긴 금발 머리카락에 사나운 초록색 눈을 가지고 있었다. 파티에는 관심이 없는 듯 그는 자신이 가져온 마법 책에만 시선을 두고 있었다. 공적인 자리에서 책 읽는 건 예의가 아니라고 꾸중을 들은 탓에 처음에는 몰래 책을 읽었지만, 조금 시간이 지나자 대놓고 읽었다.

"공작, 오랜만이군. 얼굴 보기가 왜 이렇게 힘드나?"

란티야는 먹던 쿠키를 내려놓고 반갑게 율리넬을 맞이했다.

"그냥 일이 좀 많았다."

란티야 드보아스는 율리넬과 다른 블란치 가문 사람들이 상당히 폐쇄적인 사람들이라는 것을 알고 있었기 때문에 얼굴을 자주 비추지 않은 것에 대해 더 이상 캐묻지 않았다.

란티야는 본격적으로 율리넬과 업무 이야기를 하려다 스완하덴 쪽으로 시선을 돌렸다. 율리넬과 비슷하게 생겼지만 전혀 다른 분위기의 예쁜 아이가 자신을 물끄러미 바라보고 있었다.

란티야는 스완하덴을 가리키며 율리넬에게 물어보았다.

"아, 공작이 드디어 아들을 공개할 생각이 들었나 보군. 그 옆에 있는 아이가 자네의 아들이 맞나?"

"아들? 아, 그래. 아들이 맞지. 이름은 스완하덴이다."

란티야는 어색하게 자신의 아들을 소개하는 율리넬을 바라보며 미소를 짓고는 자신의 옆에서 계속 책에 시선을 두고 있는 코리의 어깨에 손을 올렸다.

"코리, 여기까지 와서 책 보지 말고."

란티야가 코리의 마법 책을 뺐었다. 코리는 바로 손을 뻗었지만 란티야는 마법 책을 잡은 손을 높게 들어 코리가 못 잡게 했다.

"안 돼에……."

팔을 허우적거리며 닿지 않는 책을 미련스럽게 쳐다보는 코리였다. 까치발까지 들며 란티야에게서 책을 뺏어보려고 했지만 닿지 않았다. 란티야는 코리를 바라보다가 스완하덴 쪽으로 시선을 돌렸다.

"스완하덴, 이 녀석은 내 아들인데 네 나이 정도 된단다. 네 아버지랑 이야기를 나눌 동안 같이 있어 주겠니? 왕궁 밖에 정원이 있던데 산책이라도 같이 하고 있으렴."

란티야는 율리넬과 이야기하기 위해 두 아이를 내보냈다. 코리는 마법 책을 결국 포기하고 이미 밖으로 나가고 있는 스완하덴의 뒤를 쫓았다.

코리와 스완하덴은 대화를 한마디도 하지 않은 채 산책길을 걸었다. 서로에 대해 신경을 아예 쓰지 않았기에 대화를 나누지 않아도 불편한 느낌이 없었다. 그들은 정말 시키는 대로 산책만 했다.

스완하덴과 코리는 걷다가 산책로의 벤치를 발견하곤 약속이라도 한 듯 벤치에 동시에 다가가 앉았다. 산책로의 벤치는 오랜 시간 동안 햇빛에 노출되어 있었기 때문에 따뜻했다. 스완하덴과 코리는 벤치에 앉아 말없이 일광욕을 하기 시작했다. 스완하덴은 오랜만에 맞는 햇볕이 따뜻해서 좋았고, 코리는 그냥 햇볕이 따뜻해서 졸렸다.

코리는 졸음이 오자 감고 있던 눈을 뜨며 별안간 자신의 아공간 주머니에서 뭔가를 찾더니 당근이 그려져 있는 담요 하나를 꺼냈다. 그리곤 당근 담요를 덮은 채 눈을 감으려 하다가 문득 옆에 앉아 있는 남자아이를 쳐다보았다. 은발에 예쁘게 생긴 아이가 눈을 감고 잠에 빠지려고 하고 있었다.

코리는 아공간 주머니에 손을 넣고 양배추 담요를 꺼냈다. 그는 스완하덴의 얼굴 위로 양배추 담요를 던졌다.

"자면 추워져. 이거 덮고 자."

그렇게 말한 코리는 얼마 지나지 않아 바로 잠에 빠지고 말았다. 스완하덴은 자신의 얼굴을 덮은 양배추 담요를 보다 옆에서 자고 있는 코리를 바라보았다.

코리는 불편하게 웅크려서 자고 있었다. 스완하덴은 파티가 끝날 때까지 자고 싶었지만, 벤치가 너무 불편해 잠에 들 수가 없어 코리를 흔들어 깨웠다.

"야, 우리 잘 거면 현명하게 자자."

스완하덴은 자고 있는 코리를 툭툭 치며 그를 깨웠다.

"……?"

스완하덴은 벤치를 좀 더 부드럽게 만들자고 제안했다. 스완과 코리는 힘을 합쳐 마법으로 벤치를 말랑하고, 푹신하게 만든 뒤, 만족한 듯 햇빛 아래에서 바로 잠에 빠져들었다.

한편, 파티에서 사람들에게 시달리다 연회장을 몰래 빠져나온 제국의 황태자도 산책로를 걷고 있었다. 긴 검은색 머리카락을 하나로 묶고 검을 허리춤에 찬 황태자, 하일리 오르드 이아네스는 산책하다가 왕궁 벤치에서 노숙하고 있는 아이 두 명을 발견했다.

"얘네들은 왜 여기서 자고 있는 거지."

하일리는 기가 찬 표정으로 귀족 노숙자 두 명을 바라보며 걷다 발밑의 계단을 미처 보지 못했고, 그대로 계단을 구르고 말았다. 그 순간 하일리는 치명적인 실수를 저질렀다. 넘어지면서 그가 차고 있던 검이 스완하덴을 향해 날아간 것이었다.

모처럼 슈라이나 꿈을 꾸고 있던 스완하덴은 잠에서 깨고 말았다. 그것도 이제 막 아카데미에서 슈라이나와 만나려던 참에 현실로 돌아오게 된 것이었다.

스완하덴은 살기 어린 눈동자로 자신을 건드린 물건을 확인하고 그 주인을 바라보았다. 스완하덴의 시야에 넘어진 하일리가 담겼다.

그리고, 악마가 깨어났다.

* * *

스완하덴은 결국 자연치유력의 최고치를 찍은 뒤, 공작가를 이어 받기 위해 순례를 떠나게 되었다.

그의 자연치유력은 이제 치명상을 입어도 바로 치유할 수 있을 정도였고, 그 외의 상처들은 그에게 고통조차 주지 못했다. 고통을 느끼기도 전에 바로 치유가 되는 것이다.

스완하덴은 순례를 떠나기 전에 주황색 머리카락의 소년과 거래를 하나 했다. 자신이 순례를 떠난 동안 슈라이나에게 무슨 일이 생길까 봐 걱정스러웠던 스완하덴은 주황 머리 소년, 이브네스에게 주기적으로 제국과 아카데미에 대한 정보를 요청한 것이었다.

대놓고 슈라이나의 정보를 달라고 하면 수상해 보일 테니, 스완하덴은 중간중간 1학년 옐로우반에 대한 정보를 추가로 요청했다.

슈라이나는 학교에서 꽤 유명인사였기에 이브네스가 준 서류에는 슈라이나가 자주 나왔다. 검술을 제외한 모든 과목 수석에, 동아리 실적도 엄청났다.

스완하덴은 자신이 공격을 해도 계속 다가오던 슈라이나를 떠올렸다. 참 독했었지. 그런 독기로 못할 것이 없다고 생각했기에 놀라진 않았다.

스완하덴은 순례를 떠나 전쟁터를 누비며 남들의 상처를 자신의 몸으로 받아내며 치료했다. 남의 치명상을 치료하는 것은 자연치유로 자신의 상처를 치료하는 것보다 배는 아팠다. 스완하덴은 몸이 잘리고, 동강 나 몇 번이고 고통에 소리를 질렀지만, 슈라이나를 떠올리며 견뎌냈다.

스완하덴에게는 슈라이나와의 추억이 담긴 물건이 딱 하나 있었다. 그것은 바로 자신과 슈라이나가 함께 찍은 사진이 담긴 마법구였다.

게임에서 계속 져서 우울한 슈라이나를 위해 스완하덴이 일부러 게임을 져준 적이 있었다. 슈라이나는 자신의 승리를 기념하자며 사진 기억 마법석에 그 순간의 모습을 찍었고, 스완하덴에게 사진구를 줬었다.

자신의 피가 범벅인 싸늘한 방에서도, 피가 튀기는 전쟁터에서도 스완하덴은 사진구를 하염없이 보고, 보고 또 봤다. 사진구 속 짧은 주황색 머리카락의 무뚝뚝하지만 따뜻한 소녀가 보고 싶었다. 그녀를 못 본 지도 벌써 몇 년이라 얼굴이 가물가물해질 법도 했지만 스완하덴은 매일 사진구를 꺼내 보며 그녀의 얼굴을 되새겼다.

아카데미에 돌아가면 그녀에게 웃으며 인사할 것이다. 다시 친구가 될 것이고, 예전과 같이 체스를 하며 재미있게 놀 수 있을 것이다. 잘은 모르겠지만 여자아이라고 하니 결혼도 할 수 있다. 자신이 공작가를 물려받게 되면 슈라이나가 쾌적하게 지낼 수 있도록 뒤엎을 거다. 방해가 된다면 멸문시키면 그만이고.

스완하덴은 어떻게 해서라도 슈라이나랑 계속 같이 있고 싶었다.

그러던 어느 날, 스완이 매일 같은 사진구를 꺼내 보는 것을 이상하게 여긴 병사들 중 한 명이 그에게 물어보았다.

"너 매일 뭘 그렇게 보는 거냐."

그는 용병 출신 병사여서 소공자인 스완하덴에게도 말투가 거칠었다.

"슈라이나요."

현재 스완은 슈라이나를 만나기 전에 인성이나 바로잡자는 마음으로 자신의 성격을 고치고 있었다.

저번 파티에서 헤스티아는 스완하덴에게 인성 파탄이라고 하며 슈라이나 근처로 얼씬도 하지 말라고 했다. 분했던 스완하덴은 그 뒤로 도덕에 관한 책이나 인성을 개발할 수 있는 지침서를 읽었고, 자신보다 나이가 많은 사람들에게 무조건 존댓말을 썼다.

그가 실천하고 있는 건 노인 공경이었다. 여기에는 율리넬 공작과 이브네스도 포함되었다.

병사는 스완의 사진구 속의 슈라이나를 바라보았다.

"엥? 이름은 여자애 같은네, 남자애네?"

"저도 그런 줄 알았는데, 자기 입으로 여자라고 했어요."

스완은 슈라이나를 머릿속에 떠올려 보았다. 머리가 짧고 바지를 입고 있어 확실히 소년 같은 느낌이었다. 그러고 보면 그녀의 삼백안도 한몫했지.

"그…… 그래? 아무튼, 왜 그렇게 애틋하게 보고 있냐? 네 가족인 거야?"

"아직은 아니지만, 그렇게 되었으면 좋겠네요."

스완하덴은 목표는 슈라이나와 같이 있는 것뿐이었다. 슈라이나와 같이 있을 수만 있다면 결혼도 할 생각이었다. 스완하덴은 몇 년째 같은 사진구만 보며 이 지긋지긋한 순례와 고통이 끝나기만을 기다리고 있었다.

"아직으은? 뭐야. 그럼 가족은 아닌 거고. 헉, 설마 꼬맹이 주제에 벌써 결혼 상대를 정한 거야? 이런 인상 나쁘고 선머슴 같은 애가 뭐가 예쁘다고…… 미안하지만, 완전 별론데? 내가 눈……."

스완하덴은 병사의 말을 듣다 자신도 모르게 손에 힘이 들어갔고, 들고 있던 사과를 산산조각 내버리고 말았다. 병사는 신나게 말하다가 날카로운 살기에 곧 몸을 굳혔다.

스완하덴은 살짝 웃으면서 입을 열었다. 그의 보석안에는 냉기만 돌고 있었다.

"혀를 뒤틀어버리기 전에 닥쳐요."

병사는 결국 "슈라이나 만세!"를 외치며 스완의 말에 순종할 때까지 바닥을 구르며 세뇌 교육을 받아야만 했다.

스완하덴은 엎드려뻗쳐 자세를 하고 있는 병사의 등 위에 앉아 슈라이나를 떠올려 보았다.

확실히 병사의 말처럼 슈라이나가 예쁜 건 아니었다. 하지만 스완하덴은 그녀가 어떻게 생겼든지 상관없었다. 설령 먼 미래에 슈라이나가 자신보다 커져 우락부락한 근육을 달고 와도 상관이 없었다. 실수로 매부리코가 되어도 괜찮았다. 성별이나 외모를 떠나서 슈라이나라는 존재 자체가 자신에게 큰 의미였기 때문이었다.

슈라이나는 미쳐가는 자신을 유일하게 똑바로 봐주고, 같이 아파해주며, 친구로 다가와 준 존재였다.

어느새 자신의 마음속에는 씨앗 하나가 자라고 있었다. 처음엔 이 물감에 불쾌하기만 했지만, 그 씨앗은 자신도 모르는 사이에 깊게 뿌리내려 버렸다. 게다가 언젠가부터는 자신도 감당하기 힘든 거대한 감정의 열매가 맺어 있었다. 이젠 이 관계를 끊으려면 자신도 뿌리째 뽑혀야 했다.

눈만 감아도 슈라이나가 생각난다. 자신에게 선물로 남은 추억들이 계속 떠오른다. 매정한 척 굴려고 노력하는 말투, 자신을 바라볼 때의 눈빛, 가끔 보여 주는 맑은 웃음. 안 좋은 구석이 없어 스완은 계속 추억을 꺼내 보며 삭막한 전쟁터 속을 누볐다.

스완하덴은 오랜 시간 고통에 시달리면서도 매일같이 슈라이나를 그리워하며 기다렸다. 시간이 지나면 마음도 식는 법인데, 스완의 마음은 그리움과 함께 점점 더 자라났다.

팔과 다리를 바들바들 떨며 괴로워하는 병사의 등 위에 앉은 채로 스완하덴은 입을 열었다.

"그냥 좋은 거예요. 슈라이나가."

스완은 한숨을 쉬었다.

+

소공자의 극성

공작가를 잇기 위한 지긋지긋한 순례가 비로소 끝났다. 공작이 될
수 있는 모든 자격을 갖춰 지금 당장 공작이 되어도 문제가 없었지
만, 나에겐 공작 작위를 잇는 것보다 더욱 중요한 일이 남아 있었다.

그것은 바로 아우그란 아카데미 입학.

사실 입학보단 아카데미에 다니고 있는 한 여자애가 더 중요했다.

슈라이나 웨스트, 그녀를 드디어 만날 수 있게 된 것이다. 무려 7
년을 슈라이나만 그리워하며 보냈다. 기억을 지운 이후로 한 번도
그녀를 본 적이 없었다. 중간에 몰래 보러 갈까 생각했었지만, 만약
일이 끝나기도 전에 슈라이나의 얼굴을 보게 된다면 참을 수 없게
될 것 같아 자제했었다. 아마 순례고 뭐고 다 내팽개치고 슈라이나
를 납치해서 도망갔었을 수도. 그땐 정말로 힘들었으니까 말이다.

난 입학하기 1년 전부터 들떠서 아카데미 쪽에 연락해 기숙사 방
을 신청했다. 공작이라는 지위가 그래도 제국 내에서 상당한 건지,
입학하지 않아도 짐을 넣을 수 있게 해줬다. 또, 아카데미 편입 시험
따위 보지 않아도 그냥 바로 입학이었다.

현재 나는 짐을 챙겨서 기숙사로 옮기고 있는 중이었다. 룸메이트가 누구인지는 아직 확인은 못 했지만 딱히 누가 되어도 상관은 없었다. 신경도 안 쓸 테니까. 근데 굳이 같이 방을 쓰게 된다면 하일리같이 놀려먹기 좋은 애와 되었으면 좋겠다는 생각은 있었다.

그나저나 슈라이나를 못 본 지 벌써 7년이라니.

사진구 속의 슈라이나는 귀를 겨우 넘는 짧은 주황색 머리카락에 사나워 보이는 삼백안을 가지고 있었다. 젖살로 인해 볼은 탱탱했고, 나이 또래에 비해 덩치가 조금 있었다. 아마도 나와 비슷했던 것 같다.

'7년이나 지났으니 슈라이나도 많이 변했겠지?'

나는 변했을 슈라이나의 모습을 상상해 보았다. 아무래도 검을 잡던 아이였으니 기본적으로 체격이 있을 것 같았다. 게다가 은근히 잘 먹었으니까 살집도 있을 것 같고. 머리는 슈라이나의 게으른 성격에 계속 단발일 것 같고. 덩치도 어렸을 땐 큰 편이었으니 나와 비슷하거나 조금 더 컸을 수도 있겠다.

어린 슈라이나를 바탕으로 현재의 슈라이나를 상상해 보니 웬 건장한 남학생의 이미지가 그려졌다. 짧은 주황색 머리에 근육이 충만한 덩치 있는 미소년……? 아니다. 슈라이나는 자기 입으로 여자애라고 했으니 미소녀겠지. 주황색 머리에 근육이 충만한 미소녀.

어찌 변했건 그냥 빨리 보고 싶었다. 그나저나 뭐라고 말 걸면서 다가가지? 한 번도 남에게 치근덕대본 적이 없어서 모르겠다. 다른 사람들은 모두 하찮고 만만하게 보였으니까.

나는 여러모로 머리를 굴리다가 결론을 냈다. '오랜만이네'로 가자. 첫 만남의 기억은 안 지웠으니까. 그녀는 여전히 날 소꿉친구로 여길 것이다. 소꿉친구라는 명분이 있으면 아무래도 날 쉽게 받아들이지 않을까?

"아 그래, 슈슈는 연애 안 한다고 했지?"

"그렇지."

잠시 생각하고 있는 사이, 저 앞에서 여자애들의 목소리가 들려왔다. 나는 왠지 익숙한 목소리에 고개를 들어 저 멀리서 다가오고 있는 여자애들을 바라보았다.

"왜?"

"솔직히 그냥 못 할 것 같아서. 그냥 나 혼자 잘 먹고 잘살려고."

분홍색 덩어리가 물어보자 그 옆의 주황색 여자아이가 조소를 띠며 입을 열었다. 순간 익숙한 목소리가 내 시선을 확 끌었고, 나는 익숙한 다홍색 눈동자를 발견하곤 멈칫할 수밖에 없었다.

"슈…… 라이나?"

모든 사고가 정지되었다. 저 아이는 슈라이나가 확실했다. 하찮은 덩어리들 사이에서 확 두드러지는 주황색 머리카락의 소녀.

나는 못 본 사이에 많이 변한 슈라이나를 멍하니 바라보았다. 도자기 인형이 걸어 다니고 있었다. 저건 사람이 아니라 요정이었다. 골격이 작아 아담한 느낌이 강했다. 곱슬거리는 주황색 머리카락이 바람결에 따라 부드럽게 살랑거린다. 나른해 보이는 다홍색 눈동자가 몽환적이었다. 옆에 있는 핑크색 덩어리의 이야기를 들으며 살짝 지은 미소가 정말로 예뻤다.

소년의 느낌이 강했던 아이는 여러모로 성숙해 있었다. 짧은 다리와 작은 발로 귀엽게 총총 걸어 다니는 슈라이나를 보자니 가슴이 뛰었다.

문제는 내 예상에서 너무 벗어났다는 것이었다. 전체적인 느낌은 예전에 내가 알던 그 아이와 비슷했지만, 예상했던 체형이나 모습과 너무 달라 저 아이가 그 애가 맞나 한참 의심해야 했다.

한동안 정신을 차릴 수가 없었다. 재잘거리는 슈라이나에게서 시선을 뗄 수가 없었다. 다정한 다홍색 눈이 웃으면서 부드럽게 휘었다.

잠시만, 저게 진짜 사람이야? 진짜야? 뭐야? 무슨 이게…… 뭐야, 왜…… 어……. 진짜 미쳤나 봐. 어떻게 저게 사람이야. 나 감히 저런 사람이랑 결혼하려고 생각했던 거야? 미친 건가. 왜 저렇게 변해 있는 거야? 아니 왜 저렇게…… 어떻게 저런…… 진짜야?

심장이 미친 듯이 뛰었다. 큰일 났다. 머리가 새하얗다. 뭐가 어떻게 되어가는지 모르겠다. 소꿉친구가 잠시 안 본 사이에 폭풍 성장해서 요정이 되어 있었다. 저건 여신이다.

내가 멍하니 바라보고 있자, 슈라이나는 내 시선을 눈치챘는지 내쪽으로 눈을 돌리려고 했다. 눈까지 마주치면 미칠 것 같아서 나는 바로 고개를 숙였다. 나 제대로 걷고 있는 거 맞지? 숨도 제대로 못 쉬고 있는 것 같은데.

그러다가 실수로 핑크색 덩어리와 부딪치고 말았다. 저 덩어리 이름이 헤스 뭐시기였던가? 나는 당장 슈라이나에게서 도망치고 싶었지만, 덩어리와 부딪쳐 넘어지는 바람에 그럴 수가 없었다. 난 작게 욕설을 내뱉었다.

슈라이나가 바닥에 널브러진 내 짐들을 줍기 시작했다. 나는 내옆 시야로 보이는 그녀의 움직임과 작은 손에 미칠 것같이 심장이 뛰었다. 너무 오랜 시간 그리워한 탓인 건지, 아니면 슈라이나가 너무도 예쁘게 변한 탓인 건지, 아니면 둘 다인 건지 잘 모르겠지만 나는 슈라이나와 같이 서 있기조차 힘들었다. 너무 행복하고 영광스러우면서도 이상하게도 떨렸다. 솔직히 슈라이나가 바로 옆에 있다는 사실을 믿기가 힘들었다.

나는 정신없이 그녀가 건네주는 물건들을 챙겨 들었다. 그리곤 바로 도망치려다가 나는 첫 만남을 제대로 장식하기 위해 말을 한번 걸어 보기로 하곤, 고개를 숙인 상태로 말할 내용을 생각해 보았다.

'일단, 오랜만이라고 물건 주워줘서 고맙다고 할까.'

하지만 막상 말을 걸려고 하니 왠지 혀가 꼬이는 것 같고, 자꾸만 몸이 떨려 왔다. 등신같이 뭐 하는 거야. 다리 떨지 말라고. 손 떨지 마.

나는 진정하기 위해 숨을 깊게 들이마셨다. 그리고 다시 고개를 들고 슈라이나를 바라보려고 했지만 실패했다. 하는 수 없이 나는 분홍색 덩어리를 향한 채로, 슈라이나를 옆 시야로 힐끔힐끔 바라보며 말을 걸었다.

"오랜만이네?"

다행히 떨지는 않았다. 분홍색 덩어리를 바라보며 웃는 게 기분이 역겨웠지만 그래도 그 옆의 슈라이나를 마주하며 입을 열 수가 있어서 좋았다. 분홍색 덩어리의 표정이 썩어 들어갔지만 상관없었다. 덩어리 옆의 주황색이 내 기분을 좋게 만들었으니까. 난 그 말을 하고 슈라이나를 지나쳐 걸어갔다.

심장이 미친 듯이 뛰었다. 나는 짐을 든 채로 잠시 걷다가, 조금 빨리 걷다가, 나중엔 전력 질주했다. 그리고 또 넘어지고 말았다. 스스로가 한심했지만 어쩔 수 없었다. 슈라이나의 미모는 반칙이었으니까. 귀엽고, 예쁘고, 앙증맞고. 그녀는 이미 사람 수준을 넘은 상태였다. 미칠 것 같았다.

그나저나 나 어쩌지.

뒤늦게 슈라이나와 친해지려는 자신의 계획이 걱정되기 시작했다. 온갖 고민을 하며 기숙사로 오니, 옷들이 담긴 박스가 복도 구석 초라하게 널브러져 있었다. 룸메이트인 이브네스가 내 짐을 모두 방 밖으로 빼놓은 것 같았다.

나는 그의 환영식에 기쁘게 대꾸해주기로 했다.

'넌 죽었다 이 새끼야.'

* * *

나는 일단 그녀의 정보를 모으기로 했다. 그녀에게 직접 물어보고 싶었지만, 도저히 물어볼 수가 없었다. 눈이 마주치기가 무서웠다. 심정지가 우려된다.

정보를 모으는 중에 슈라이나의 흑역사라고 지칭되는 영상구들이 학생들 사이에서 돌고 있다는 것을 알게 되었다. 나는 겸사겸사 그 물건들을 모아 모두 부쉈다.

그 영상구들 중에는 그녀가 노래를 부르는 것을 촬영한 영상구가 있었는데, 유쾌하기도 했지만 한편으론 슈라이나가 민망했을 거라 생각하니 불쾌했다. 심지어 이게 학생들 사이에 돌고 있으니 더욱. 나는 슈라이나를 욕보이고 그녀를 깐 애들을 모두 족쳤다.

한편, 나는 그녀랑 가까워질 수 있도록 노력을 아끼지 않았다. 난 매일 옐로우반에 찾아갔다. 그리고 슈슈를 쳐다보는 연습을 했다. 매일 이렇게 슈라이나의 미친 외모에 노출이 된다면 언젠가는 똑바로 마주해도 괜찮아지는 날이 오지 않을까 싶었기 때문이었다. 근데 정말 그런 날이 올까. 모르겠다 난.

검술반에서도 슈라이나는 빛이 났다. 저렇게 앙증맞은 애가 검을 크게 휘두르며 박력 있게 움직이니 그게 그렇게 놀라울 수가 없었다. 옛날에 봤을 때 보다 더 실력이 늘어 있었다.

그녀의 성장에는 하일리의 역할이 큰 것 같았다. 매일같이 엄청난 근육 훈련을 하는데 그 때문인지, 슈라이나는 여자임에도 묵직하고 날카로운 움직임을 보이고 있었다.

마음 같아서는 슈라이나에게 검술을 가르쳐준답시고 그녀의 옆에서 알짱거리는 하일리를 연못에 빠트리고 직접 슈라이나의 상대를 하고 싶었지만, 그랬다간 심장이 터져 죽을 것 같았다. 그래도 행복하겠지.

나는 대신 다른 블루반 검술부 아이들을 상대하며 내 울분을 풀었다. 겨우 만났는데, 왜 나는 당당하게 다가가지 못할까.

어째서 저렇게 변한 거냐고. 누가 말도 못 걸 정도로 예뻐지라고 했어. 툴툴거리며 슈라이나에게 따지고 싶었지만, 그러지 못하는 게 답답했다. 오랜만에 같이 체스도 하고 싶었는데 체스 말을 움직일 때마다 손을 바들바들 떨 것 같아서 못하겠다. 엄청 꼴사납겠지. 그러다가 눈이 마주치면…… 나는 죽을 것이다. 그래도 행복하겠지.

계속 슈라이나의 주변을 맴돌았는데도 눈 한 번 마주치지도, 말 한 번 걸지도 못했다. 나도 내가 왜 이러는지 모르겠다. 여태껏 이랬던 적이 없었는데. 7년 동안 뭐한 거지? 나는 개선이 필요하다고 느꼈다.

나는 이브네스의 서랍에 있는 '여자 꼬시는 법'이라는 제목의 책을 꺼내 읽었다. 이브네스가 귀부인들 상대로 거래를 할 때 참고용으로 읽는 책이라고 한다. 대충 책을 읽어보니 이상한 내용들이 많앉다. 눈도 못 마주치는 내가 할 수 있는 것이 하나도 없었다. 그나마 다행인 것은 책을 읽다 보니 슈라이나를 직접 보지 않아도 시도해 볼 수 있는 방법을 찾았다는 것이었다.

나는 그녀에게 편지를 쓰기 위해 펜을 꺼내 들었다. 그러나 나는 곧 쓴 편지를 모두 종이학으로 만들어버릴 수밖에 없었다. 편지를 쓰는 데도 손이 떨려 제대로 쓸 수 없었기 때문이었다.

그러던 어느 날, 단계별로 그녀에게 접근하려던 내 계획은 갑자기 종점을 맞이하고 말았다. 실기 시험 때 힘들어 보이는 슈라이나를 데리고 학교로 돌아가는 중에 그녀가 발을 헛디뎌서 내 위로 넘어져버린 것이었다.

나에게 안긴 슈라이나는 생각한 것보다 훨씬 작고 가늘어 품에 쏙 들어왔다. 슈라이나가 변한 것처럼 나도 크긴 한 건지 어렸을 땐 덩치가 비슷했던 슈라이나가 몹시 작아 보였다. 어쩌다 그녀의 허리를 감싸게 되었는데 정말 가늘었다. 뭔가 위험한 듯한 느낌이 들어서 나는 재빨리 그녀의 허리에서 손을 뗐다.

가까이 다가온 슈라이나는 상큼한 과일 냄새가 났다. 숨소리가 들릴 정도의 가까운 거리였다. 그 상태로 그녀와 눈이 마주쳤다. 다홍색의 나른한 눈동자가 나를 쳐다보았다. 살짝 놀란 듯 그녀의 눈동자가 커져 있었다.

숨을 쉴 수가 없었다. 슈라이나가 나를 보고 인지하고 있다는 사실이 신기하고 설렌다. 내가 슈라이나를 보고 있는 것처럼, 슈라이나도 나를 보고 있었다. 몇 년 동안 꿈이나 사진에서만 슈라이나를 봤었는데, 실제라는 걸 인지하니 더욱 미칠 것 같았다.

가까이에서 본 슈라이나는 말할 것도 없이 너무 예뻤다. 왠지 뭔가를 부수고 싶은 기분이 들어 나는 손에 잡히는 대로 잔디를 뽑았다. 얼굴이 너무 가까워서 죽고만 싶었다. 근데 이렇게 죽어도 별로 여한은 없을 것 같다. 예전에 슈라이나한테 죽여달라고 한 적이 있었던 것 같은데 이런 식으로 죽여준다면 굉장히 기쁠 것 같다. 평생 이렇게 있고 싶다는 생각이 들면서도 한편으로 참기가 힘들어 무척 괴로웠다. 어떻게 해야 할지 몰라 전전긍긍하고 있는데, 슈라이나가 갑자기 내 품에서 기절했다.

여러모로 사람을 하늘 끝까지 들어 올렸다가 지하 깊은 곳까지 내동댕이치는 그녀였다. 축 늘어진 슈라이나를 바라보니 예전 상처 가득한 채로 의식이 없던 어린 슈라이나가 자연스럽게 떠올랐다. 피가 한순간에 차갑게 식으며 그때 느꼈던 두려움과 절망이 다시금 가슴 깊은 곳에서 솟아오르기 시작했다.

난 그 무엇보다도 슈라이나가 아프지 않은 걸 바란다. 그녀의 기억을 지운 것도, 내가 중간에 그녀를 찾아가지 않은 것도, 슈라이나가 아파하지 않았으면 해서였다. 그녀와 친해지고 싶어서 다가가고 있었지만, 만약 내가 그녀를 아프게 한다면 당장 물러서 줄 생각이었다. 그녀가 아플 때마다 예전에 보았던 그 차갑고 상처투성이였던 그녀의 모습이 떠올라 넌더리가 났으니까.

슈라이나가 쓰러진 이후로, 나는 슈라이나의 건강을 위해 항상 그녀에게 물약을 챙겨줬다. 하지만 슈라이나는 내가 준 물약을 되팔려고 했다. 확실히 내가 만든 최상급 회복 물약은 귀해서 판다면 꽤 짭짤하게 돈을 벌 수 있을 테지만, 나는 그녀가 돈보다 자신의 건강부터 챙겼으면 했다.

슈라이나는 작고 귀여웠지만 나는 그녀가 살이 좀 많이 쪘으면 좋겠다. 가는 팔다리를 볼 때면 언젠가 부러지지 않을까 싶어 한숨이 나온다. 물론 살이 찐다고 건강해지는 건 아니지만 살이 찐다면 지방이라는 보호층이 더 두꺼워지니 어떻게 보면 더 안전해지는 게 아닐까. 코리도 나랑 비슷한 생각을 가지고 있는지 요새 슈라이나를 열심히 먹이고 있다. 그나저나 코리랑 슈라이나랑 친해 보이는데 코리도 견제해야 하나.

순례만 끝나면 슈라이나와 친해지는 건 누워서 떡 먹기인 줄 알았는데 마음대로 되는 게 하나도 없다. 한숨만 나올 뿐이다.

* * *

블루반에서 슈라이나의 얼굴을 그리며 쉬는 시간을 보내고 있었는데 누군가 내 이름을 불렀다.

"스완하덴?"

누군가 했더니 오늘따라 저기압인 분홍색 덩어리, 헤스 뭐였더라. 헤스티아? 헤스티아였다. 헤스티아가 반을 찾아오자 다른 남학생들이 술렁이기 시작한다. 볼을 붉히면서 좋아하는 애들도 있었고, 휘파람을 부는 애도 있었다.

헤스티아는 어렸을 때 슈라이나를 따라 종종 연무장에 찾아왔었다. 아무것도 안 하면서 그냥 슈라이나를 바라보며 생글생글 웃는 것이 마음에 안 들던 아이였다.

어렸을 때, 슈라이나와 내가 연무장에 있을 때마다 항상 헤스티아가 중간에 껴들어 방해했다. 슈라이나의 기억이 사라진 이후로, 헤스티아는 나를 의심했고, 몹시 싫어했다. 물론 사실이지만 말이다.

슈라이나가 기억이 없어진 후, 헤스티아와 귀족들의 파티에서 만

난 적이 몇 번 있었다. 그때마다 헤스티아는 내 인성이 안 좋다느니 이상한 헛소리를 지껄였었다. 헤스티아가 말하고 싶은 결론은 언제나 하나였다. 슈라이나한테서 떨어져라. 하지만 그건 내가 하고 싶은 말이었다.

"잠깐만 나 좀 보자."

"나 바쁜 거 안 보여?"

난 무려 슈라이나의 머리카락 부분을 그리고 있었다. 이게 제일 어려운 부분이었다. 헤스티아는 내가 그리고 있는 그림에 잠깐 시선을 두더니 인상을 폈다.

"슈슈의 머리카락은 중요하니까 다 그릴 때까지 기다려줄게."

"왜 기다리는 건데. 난 너한테 쓸 시간 없어."

헤스티아는 분한 표정을 짓더니 곧 내 뒷덜미를 잡고 질질 끌기 시작했다. 나는 공책을 잡고 계속 그림을 그렸다. 놓으라고 말하는 것보다 슈라이나 그림을 완성시키는 게 더 중요했기 때문이었다. 오늘의 부적이 될 그림이었다.

헤스티아는 큰 녹색 눈으로 나를 째려보았다. 저런 표정으로 헤스티아가 할 소리는 뻔했다. 슈슈에게서 떨어지라는 소리겠지.

"레드반에 패트릭이 슈라이나가 좋대."

"……?"

그러나 오늘은 웬일로 다른 주제를 꺼냈다. 나는 처음으로 헤스티아의 말에 경청했다.

패트릭이라면 나도 잘 알고 있다. 레드반 검술부 톱으로, 머리카락을 매일 무스로 세우고 다니는 콧대 높은 애였다. 콧대 높은 애를 짓밟을 때면 기분이 좋아 나도 요새 패트릭을 눈여겨보고 있었다.

"걔, 여자애들을 함부로 대한다고 소문이 자자한 애란 말이야."

"……"

패트릭은 소문이 좋지 않았다. 나도 그에 대한 소문은 익히 들어 알고 있었다. 재미로 한 번씩 여자애들을 찔러본 뒤 평가해서 남자 애들에게 안 좋게 소문을 퍼뜨리는 악질이었다. 그런데 그 애가 슈라이나에게 관심을 두고 있다고 한다. 나는 지금 눈도 못 쳐다봐서 안달인데, 걔는 한번 찔러보려고 하는 것이다.

"슈라이나 보고 저런 애는 은근 쉽다고 자기가 고백하면 넘어올 거래. 그리고 고작 남작 영애니 막 다뤄도 괜찮다고 하더라."

"……"

"난 네 인성을 믿어. 족쳐주라."

헤스티아는 자기가 나섰다가 나중에 떼어내기 힘들 것 같아 나에게 맡긴다고 했다.

헤스티아와 같이 나도 저기압이 되었다. 나는 내 서랍을 열어 수많은 무기를 눈에 담았다. 전쟁터를 돌아다니다 보니 여러 가지 무기들을 보게 되었고, 결국은 컬렉션이 생겼는데 나는 무기 중에서 링, 철퇴 등등 제일 위협적인 것들 위주로 집어 들었다. 패트릭은 검술부의 톱인 만큼 공격을 요리조리 잘 피해 다닐 테니, 속박용 도구도 필요하려나?

나는 날 기다리는 헤스티아를 바라보며 웃었다.

"앞장서."

'육도윤회'를 돌게 해주겠어.

소꿉친구는 싫습니다

7

소꿉친구는 싫습니다

다음 수업 때 사용할 책을 한 아름 안고 나는 분주한 학생들 사이를 민첩하게 지나갔다. 그러다 문득 스완하덴과 마주쳐 손을 흔들었다.

"안녕."

"……."

지나가는 길에 인사하니 자신의 수업 교실로 가던 스완하덴이 잠시 고개를 옆으로 돌리고 그대로 무시…… 하는 줄 알았으나, 아주 미세하게 고개를 끄덕이며 불량스럽게 인사를 받았다. 먼저 말 좀 걸어달라고 했으면서, 저렇게 도도하게 나오다니 역시 소공자다.

오전 반 수업은 언제나 헤스티아와 함께 다녔기에 내가 스완과 마주칠 때마다 헤스티아도 옆에 있었다. 헤스티아는 스완을 스쳐 지나가며 동그란 눈을 아주 얇게 만들었다. 고운 미간에 주름이 졌다.

"슈슈, 스완하덴이랑 언제 친해진 거야. 안 친하지? 친해진 거 아니지이?"

"음, 몰라. 그런가."

"왜 슈슈가 먼저 인사해?"

"걔가 인사하면서 지내자고 그랬거든."

가방끈이 자꾸 흘러내려 한 번 들썩이며 올려 멨다. 헤스티아는 내 말에 눈동자를 도록 굴리며 구겨진 미간 주름에 주름을 더하다, 입을 비죽 내밀었다.

"스완하덴 블란치가 자기 보면 인사하라고 했어? 참 웃긴다."

"응? 어감이 좀 이상하지만, 응."

"뭐야, 걔 왜 갑질해~? 받아주지 마아. 으으으."

헤스티아가 저렇게 빈정거리는 건 처음 봤다. 참 어지간히 스완하덴을 싫어하는 것 같다. 나는 분개하는 헤스티아를 바라보다 피식 미소를 지었다.

스완에게 말을 걸거나 손을 흔들 때면 헤스티아의 눈빛이 먹이를 사냥하는 독수리의 것처럼 아주 날카로워진다. 옆에서 보는 내가 다 따가웠다.

헤스티아는 스완하덴 앞에서만 내가 보지 못한 표정을 자주 보여준다. 스완하덴이 종종 지을 법한 역겹다는 표정이나 질색하는 표정을 헤스티아에게서 발견할 때면 언제나 당황스러웠다. 항상 웃거나 수줍어하던 애였는데.

"헤스티아?"

그녀의 분위기가 북극의 날씨보다 더 얼음장 같아지길래 고개를 갸웃거리며 그녀의 이름을 불렀다. 그러자, 헤스티아는 눈을 동그랗게 뜨고 표정 관리를 했다. 내가 쳐다보자 그녀는 이를 훤히 보이며 따사로운 봄 햇살 같은 웃음을 지었다.

"왜에?"

요새 사춘기인 건지, 헤스티아의 성격이 조금씩 변하고 있었다. 가끔가다가 거친 욕설을 중얼거리는 광경도 몇 번 목격했다. 그러나 이상하리만치 위화감이 없어 변했다기보단 원래 그녀의 성격인 것 같은 느낌이다. 스완하덴이 편입한 이후로 눈에 띄게 살벌해졌으니 스완하덴이 원인인 건가. 그래도 전보다 위축된 모습이 사라진 걸 보면 바뀐 헤스티아를 좋게 받아들여야 할 것 같다.

"아……. 생각할수록 불쾌하네. 스완 새끼. 이유 없이 불쾌한 새끼. 또라이 새끼."

생각에 잠긴 헤스티아는 나에게서 좀 떨어져 엷은 미소를 유지한 채 나지막한 목소리로 중얼거렸다. 헤스티아를 좀 뚫어지게 쳐다보자 작게 중얼거리던 그녀는 놀라며 입을 손으로 막았다.

"……요새 별일 없는 거 맞지?"

너무 갑작스럽게 변한 헤스티아가 적응이 되지 않았던 나는 걱정스레 물어보았다.

* * *

요새 헤스티아가 의도치 않게 보여 주는 새로운 모습들에 나는 나도 모르게 멍하니 깊은 생각에 빠지곤 했다. 검술 시간임에도 말이다. 시선을 땅에 꽂고 무감각하게 검을 휘둘렀다. 수천 번을 넘게 해 몸에 아주 익숙해진 동작이었기에 크게 상관은 없었다.

헤스티아에 대한 생각은 하일리와 대련할 때까지 이어져 하마터면 하일리의 공격을 맞을 뻔했다. 그제야 나는 정신을 차리고 검술 수업에 집중했다.

"얘들아, 수업은 여기까지다! 모두 해산!"

검술 선생님의 목소리가 우렁차게 연무장을 울렸다. 아이들은 모두 열심히 검을 휘두르다가 선생님의 목소리에 일제히 움직임을 멈추었다. 방금까지 기합 소리로 가득 찼던 연무장은 어느새 아이들의 수다 소리로 가득 채워져 갔다.

검술부 아이들은 가져온 수건으로 땀을 닦으며 물을 마셨다. 나 또한 하일리와의 대련을 멈추고 숨을 골랐다. 힘들어서 갈비뼈 쪽이 아려왔다. 땀에 번들거리는 얼굴을 손으로 쓸고 나는 하일리 쪽으로 손을 뻗었다. 하일리는 가까이 있는 물병을 집어 나에게 던졌다.

마법을 걸어둬서 물은 얼음장같이 차가웠다. 찬물을 벌컥벌컥 들이켜 머리가 아파 올 때쯤 물병을 입에서 떼어 냈다. 그리곤 바닥에 널브러져 있는 수건을 집어 그 위에 남은 물을 뿌렸다.

"얍."

나는 익숙하게 그 적셔진 수건을 하일리의 얼굴로 던졌다. 그러면 하일리는 익숙하다는 듯 내가 던진 수건을 얼굴로 받았다. 척! 하며 축축한 수건이 땀으로 흥건한 그의 얼굴을 감쌌다. 아주 야무지게 감쌌다. 수건에 얼굴이 가려져도 이목구비의 실루엣이 보였다. 항상 하는 한심한 장난이었지만 매번 웃겨서 동시에 낄낄거렸다.

하일리도 수건 하나에 물을 뿌리고 내 쪽으로 던졌다. 나도 그처럼 익숙하게 얼굴로 수건을 받았다. 착 하며 수건이 내 얼굴에 달라붙었다. 청량함이 내 얼굴을 감쌌다. 은행 에어컨과 견줄 만한 시원함이다.

"저기 슈라이나, 나 할 말 있는데……."

하일리랑 서로 낄낄거리며 놀고 있는데, 웬 검술부 남학생이 바지

엉덩이 주머니에 손을 푹 찔러넣고 엉거주춤 다가왔다. 부끄러워하며 시선을 아래로 꽂은 이 남학생은 조용한 목소리로 입을 열었다.

하일리와 나는 동시에 이 남학생을 바라보았다. 남학생의 손에는 편지 하나가 들려 있었다. 내 앞에서 몸을 비비 꼬는 남학생을 보며 하일리가 옆에서 눈을 동그랗게 떴다.

"저기…… 이거…….."

남학생은 나에게 하트가 그려져 있는 편지를 내밀었다. 그는 나에게 편지를 주고 재빨리 뒷짐을 지는 척하더니 바지 뒷주머니에 손을 꽂았다. 이 광경을 지켜보던 하일리의 눈이 더 커졌다.

"슈슈, 너 은근 인기가 많군."

하일리가 눈을 가늘게 뜨며 나를 쿡쿡 찔렀다. 나는 하지 말라는 뜻으로 그의 손가락을 꺾을 듯 쥐다가 쓸데없이 뼈가 튼튼한 하일리에겐 위협도 되지 않자 그냥 놓아주었다. 남학생은 하일리의 말을 듣고 소스라치게 놀라더니 바로 뒷말을 꺼냈다.

"미안하지만, 슈슈…… 네가 아니라…… 그, 네 친구 헤스티아에게 줘."

은근한 명령조로 부탁을 하는 남학생이었다. 익숙한 상황이었기에 나는 귓구멍을 후볐다. 한 손으로 편지를 낚아채며 남학생이 준 편지의 겉 부분에 적힌 '헤스티아 플라워드'를 확인했다. 이 편지가 도대체 몇 번째더라. 예전에도 헤스티아에게 러브레터를 전해달라는 애가 참 많았지만, 학교에 들어와서는 더욱 많아졌다. 아마 이게 18번째가 아닐까 싶다. 십팔 번째?

하일리는 남학생이 헤스티아에게 보낼 편지를 나에게 부탁하자 표정이 미묘하게 변했다. 내가 뭐라고 말하기 전에 하일리가 먼저 불퉁한 표정을 지으며 선수를 쳤다.

"왜 네가 직접 안 전하고?"

하일리가 퉁명스레 말하자 남학생은 조금 굳은 표정을 지었다.

"그, 내가 부끄러워서. 용기도 없고. 슈라이나는 다른 남자애들 것
도 자주 전해줬잖아? 치사하게 나오지 말고 내 것도 전해줘."

차마 하일리의 말은 반박하지 못하겠는지, 남학생은 만만해 보이
는 나를 바라보며 답했다.

굉장히 불편한 듯 팔짱을 끼며 상황을 지켜보던 하일리가 얼굴을
내 쪽에 가까이 대며 속삭였다.

"슈라이나, 왜 너에 대한 취급이 시원찮나?"

"제 취급이 뭔가요."

"모르겠다, 그냥 자존심 상할 것 같다."

"어렸을 때부터 이런 일 많이 맡아서, 별로."

고작 이런 것에 자존심을 두지는 않는다. 어릴 때 서로 좋아한다고
생각하던 남자아이에게 헤스티아 고백 편지를 전해달라는 부탁을
들은 뒤, 한 번 크게 깨지고 나서 나는 나를 내려놓은 지 오래였다.

"이런 일이 많았다고? 네 건 받은 적 있나? 너도 꽤 있을 것 같은데."

"제발 입 좀 다물어주셨으면."

"미안하다, 없나 보군. 그래도 매력은 있으니 많을 줄 알았다."

"근육은 많아요."

힐끔거리며 내 눈치를 살핀 하일리는 볼을 잠시 긁적였다.

"그나저나 쟤랑 친하나."

"아뇨."

하일리는 계속 그 남학생을 노려보며 나에게 속삭였다. 내가 아니

라고 하자 하일리는 더욱 불편한 표정을 지었다.

　남학생은 아까부터 계속 자신 빼놓고 속닥거리기만 하는 우리 둘을 불편하게 바라보았다. 아, 정정한다. 나에게만 불편한 시선을 보냈다. 남학생이 내 승낙을 기다리며 지루하게 서 있다가 참다못해 내 시선을 끌기 위해 억지 기침을 했다.

　하일리와 나는 속닥거리는 걸 멈추고 남학생을 쳐다보았다. 하일리는 내 손에서 편지를 뺏더니 편지를 꼬옥 쥐었다. 아까 젖은 수건 가지고 장난치느라 손이 젖었던 탓에 편지에는 물 얼룩이 많이 생겼다. 하일리는 편지를 살짝 구기고선 남학생의 겉옷 주머니에 꽂아 넣었다.

　"못났구나 너. 보는 내가 불쾌하다."

　붉은색 눈동자가 꽤 사납게 빛나며 남학생에게 꽂혔다. 와. 아무리 그래도 남의 러브레터를 막 구기다니. 가만 보면 하일리 성격도 그렇게 좋은 편은 아닌 것 같다. 피폐 소설의 남주여서 그런가.

　잠시만. 가만히 생각해 보니 하일리도 나한테 이어달라고 부탁했었지. 지금 사랑의 라이벌 생겼다고 견제하는 건가? 웃긴다 너. 먼저 방귀 뀐 놈이 또 뀌고 앉아 있네.

　"이런 귀찮고 짜증 나는 일을 부탁하려면 적어도 태도는 바로 해야 하지 않나? 슈슈가 좀 작고 인상이 좋지 않고 성격이 더러우니 만만해 보이나? 당연히 해줄 거라 생각했나 보군. 양손 가득 간식을 들고 와서 부탁해도 모자랄망정 아주 뻔뻔하네."

　"죽을래요?"

　나를 변호해주는 듯싶더니 말 중간중간에 스파이가 숨어 있다. 작고 인상이 안 좋아? 성격 더러워? 도끼눈을 뜨고 하일리를 노려보자 하일리가 수줍게 웃었다.

그래도 나름 제국의 황태자에다 검술 천재인 하일리가 몰아붙이자 남학생이 잔뜩 쫄았다. 그는 나를 원망스러운 눈으로 쳐다보곤 하일리에게 사과했다. 조금 어이가 없었지만, 이런 일이 처음은 아니었기에 크게 신경 쓰진 않았다.

러브레터를 나에게 건네는 사람들은 예쁘고 품행이 단정한 헤스티아를 어려워했고, 상대적으로 함께 다니는 나를 만만히 보는 경향이 있었다. 다 그런 것은 아니었지만 대체로 그랬다. 내가 사나운 인상이긴 해도 지위가 낮고, 슬프지만 그렇게 예쁘진 않아 다가가기 쉬웠을 테니까. 게다가 헤스티아 옆에 있다 보니 더더욱 쉬워 보이는 게 아닐까 싶다. 게다가 검술부 내의 내 이미지도 똥쟁이로 찍혀버려서 말이지.

헤스티아에게 쩔쩔매는 애들이 딱해서 몇 번 편지 전해줬더니 다들 나를 오작교로 안다. 그저 로맨스 소설을 좋아하는 편이고, 언제나 남 연애 이야기는 흥미진진해서 가만히 놔두고 있었을 뿐인데. ……물론 원작 공식 오작교가 맞기도 하지만.

편지를 전하지 못해 아쉽고 분한 건지 남학생은 주머니에 손을 넣고 자신이 쓴 편지를 쥐었다.

탁, 타탁.

돌연히 철끼리 맞부딪히는 집게 소리가 들려오더니 어디선가 스완하덴이 등장했다. 스완하덴은 편입하자마자 기물 파손으로 징계를 먹어 형광색 조끼를 입고 교내 봉사 중이었는데, 마침 그의 손엔 쓰레기 집게가 들려 있었다.

돌연히 나타난 스완하덴은 남학생의 뒷주머니에 꽂혀있던 편지를 집게로 낚아채서 남학생의 입에 집어넣었다.

"쓰레기는 쓰레기통에."

그리고 하일리의 물통을 뺏어 그 남학생의 입에 물을 흘려 편지와 같이 씹게 했다.

스완하덴은 내 눈치를 보더니 작위적이지만 싱그러운 웃음을 지었다. 그리고는 집게로 하일리의 수건을 집어 남학생이 입 쪽에 흘린 물들을 상냥하게 닦아주고는 그대로 수건을 쓰레받기에 넣었다.

그제야 유유히 사라지는 스완하덴이었다. 너무 자연스럽게 끼어들어서 위화감도 느끼지 못했다. 그러고 보니 하일리는 스완하덴에 비해 정말 많이 착한 편인 듯하다.

좀 무례하긴 하지만, 나에게 편지 하나 전해달라고 부탁한 것뿐인데 왜 저렇게 과민반응하는 거지? 하일리는 친해서 그렇다 쳐도 스완은 좀 아리송하다. 아니, 얜 그냥 존재 자체가 아리송하다.

나는 걸어가는 스완하덴의 등을 바라보다가 캑캑거리며 편지를 뱉으려고 하는 남학생을 바라보았다. 하일리는 그런 남학생을 짜게 식은 눈으로 바라볼 뿐이었다.

하일리는 내 양어깨를 잡고 돌리더니 남학생을 뒤로한 채, 나를 이끌고 길을 나섰다.

"사랑의 라이벌이라고 견제하는 거예요?"

"아니, 그냥 좀 울컥했을 뿐이다. 쟤가 널 완전히 무시하지 않나. 얼마나 비교당해 왔으면 너는 그걸 당연하게 받아들이고 있고. 쟤가 널 무시하니 기분이 나빴다. 날 이긴 널."

내가 다 무시당하는 느낌이다. 하일리는 입을 비죽 내밀며 투덜거렸다.

이야, 그 말 좀 감동이다.

"기사가 목표라, 앞으로도 이렇게 무시당할 일이 많을 텐데 일일이 발끈하면 골치 아파요."

"내가 대신 화내주겠다. 다시 불러올까?"

나는 피식 웃으며 고개를 저었다. 그나저나 하일리는 나에게 진 걸 부정하더니, 지금은 사방팔방 자랑하고 다녔다. 자기가 진 게 자랑인가 보다.

보통 패배를 수치스러워하는 게 정상일 텐데, 지금은 패배를 성장의 흔적으로 여기며 당당한 기록으로 여기고 있었다.

하일리는 패배를 자랑스러워하며 자신이 전보다 이만큼 성장했다는 걸 항상 나에게 보여줬다. 해맑게 웃으며 실력이 늘게 된 건 모두 내 덕분이라며 자랑하는 모습이 퍽 귀여웠다.

요새는 하일리의 대견스러운 모습도 수집 중이었는데, 꼭 육아 앨범을 만드는 기분이다. 하일리와 나란히 걸으며 식당 쪽으로 향하자니 그가 곧 입을 열었다.

"그나저나 쟤를 보니까 나도 너에게 꽤 많은 실례를 범했었군. 저번부터 말하고 싶었는데, 헤스티아와 이어주지 않아도 된다."

"네?"

"검이 더 재미있다. 소드마스터가 코앞인데 굳이 다른 데에 신경 쓰고 싶지 않아."

아무래도 내가 하일리의 연애 플래그를 아주 제대로 꺾어버린 듯하다. 연애보단 자신의 일을 택한 황태자의 모습에 나는 죄책감을 느끼지 않았다. 하나도 안 느꼈다. 아싸. 부담감 줄었다.

"재수 없네요 황태자님은. 앞으로 더욱 재수 없으셔서 꼭 소드마

스터 되시고. 힘과 권력 모두 가진 황제 폐하가 되셔서 부디 저를 잘
봐주십사…….”

“푸핫, 알겠다. 걱정하지 마라. 네 실력이면 내 도움 없이도 제1
기사단에 들어갈 테니까. 네가 검술은 부족한 면이 많아도 마법 실
력이 기가 막히게 보완해주니 내가 봤을 때 정상에 오를 수 있을
거다.”

“와싸.”

하일리와 나는 핫핫 소리를 내며 같이 웃었다. 역시 이래서 원원
할 수 있는 친구가 좋은 것이다. 보장된 미래가 있으니 참 행복하고
든든하다. 하하. 나는 하일리와 어깨동무를 하려고 했지만 팔이 짧
아서 도무지 하일리의 어깨에 손이 닿지 않았다. 그래서 까치발을
들어 머리카락을 잡았다.

조금 걷다가 식당에 가까워지자 맛있는 음식 냄새가 코를 찔렀다.

하일리와 나는 동시에 밥을 위해 뛰기 시작했다.

* * *

유독 바람이 많이 부는 날이어서 식사 후 연무장을 조금 더 도니
먼지투성이가 되었다. 샤워를 하며 먼지를 모두 씻었다. 밖으로 나
오니 가짜 머리카락을 만지작거리며 머리를 땋는 다양한 방법을 연
구하는 헤이즐이 보였다.

머리카락을 예쁘게 올려 묶은 헤이즐이 내가 화장실에서 나오자
마자 화색을 띠며 입을 열었다.

“슈슈! 이 머리 모양 어때? 이번에 미용 잡지에 실을 건데, 예쁘지!”

헤이즐은 가짜 머리카락을 가지고 이리저리 꼬아 꽈배기와 흡사

한 꽃 모양을 만들었다. 그리고 그 모양을 올려 머리에 고정시켰다.

"예뻐요."

수건을 머리 위에 올려놓고 탈탈 털며 대답했다. 물기에 축 늘어진 앞머리가 시야를 가려 조금 흐릿하게 보였다. 앞머리를 뒤로 넘기고 눈썹 한쪽을 치켜떴다. 헤이즐이 보여준 헤어 샘플을 다시 자세히 본 뒤 고개를 끄덕였다.

"예쁘네요. 잘 어울려요."

잘 어울린다고 말하자 헤이즐이 함박웃음을 지으며 자신의 옆자리를 팡팡 쳤다. 그리고 자신의 침대 아래를 뒤적거리더니 머리카락 정리 도구함을 꺼냈다.

"슈슈 너도 이 머리 해볼래? 우리 가문 소유의 기업에서 발행하는 잡지의 모델이 되어 보는 게 어때?"

신난 듯한 헤이즐에게 미소를 지어주고는 잠시 고민했다. 솔직히 이런 청순한 스타일의 헤어는 나보다 헤스티아가 더 잘 어울릴 것 같다. 워낙 청초한 이미지여서 말이다. 헤스티아 머리 색과 눈 색도 꽃과 잘 어울리고.

"저보다 제 친구 중에 헤스티아라고 있는데 불러올까요? 이 머리카락은 저보다 헤스티아가 더 잘 어울릴 것 같아요. 좋은 모델이 될 거예요."

헤이즐은 잠시 헤스티아가 누구인지 떠올리더니, 완벽한 모델을 찾았다며 기뻐했다. 그러나 헤이즐은 머리카락의 모델로 나를 포기하진 못한 건지 다른 머리카락 모양을 제시했다. 옆머리를 다 밀고 위에만 동그랗게 머리카락을 남겨놓는 스타일이었다. 농담인 걸 알았지만 나는 두 번 강조하며 거절했다.

나는 헤스티아를 부르려고 그녀의 기숙사 방에 찾아갔다. 헤스티아의 룸메이트는 시니어 4학년이어서 방에 잘 들어오지 않았다. 때문에 거의 헤스티아 혼자 방을 쓴다고 해도 과언이 아니었다.

내가 방에 들어가니 헤스티아가 침대에 누워 있다가 벌떡 일어나 내 앞으로 뛰어왔다. 문을 열었을 때는 울상을 짓고 있었는데 내 쪽으로 고개를 돌리자마자 다시 활짝 핀 미소를 지었다. 마치 퇴근길에 치킨 사 올 부모님을 기다리던 아이처럼 나에게 달려왔다. 헤스티아의 손에는 편지들이 몇 개 쥐어져 있었다.

"슈슈! 내가 먼저 찾아가려고 했는데! 슈슈가 먼저 찾아왔네?"

헤스티아는 양팔을 벌려 나를 꼬옥 끌어안았다. 하도 기운차게 끌어안아서 내 발이 땅에서 떨어지기 시작하기에 나는 헤스의 등을 톡톡 쳤다. 키 큰 거 자랑하냐. 내려놔 주라. 내 머리에 자신의 얼굴을 부비던 헤스티아는 내 불퉁한 표정을 발견하더니 청량한 웃음소리를 내며 유쾌하게 웃었다.

"그나저나 슈슈. 이것들 좀 읽어볼래?"

"네 러브레터 아니야? 내가 읽어도 되는 거야?"

"응, 슈슈는 상관없어. 히히."

헤스티아는 내 앞에 여러 개의 편지들을 내밀었다. 웃으면서 말하는 헤스티아의 표정은 왠지 지쳐 있었다. 나는 다짜고짜 편지를 읽어보라고 하는 헤스티아를 바라보다 편지들을 받아 읽기 시작했다. 편지들은 남학생들이 준 것으로 아까 나에게 찾아왔던 그 남학생의 것도 보였다. 결국 새로 써서 헤스티아에게 직접 준 것 같았다.

"……."

침침한 눈으로 거뭇한 글자들을 훑고 난 뒤,

"······아침마다 스쳐 지나가는 너는 그 어떤 여자들보다 섹시했어. 살짝 달라붙는 교복을 입은 네 모습이 너무 좋아. 네 생각만 하면 하루 종일 미칠 것 같아. 밤에 잠도 오지 않아. 네가 날 이렇게 만들었어."

아주 작게 그 내용을 중얼거려보았다.

편지의 내용들은 주로 사랑을 고백하는 내용이었지만 그렇게 순수하지만은 않았다. 절로 인상이 찌푸려졌다.

[너의 가문을 매입해서라도 널 가지고 말 거야. 그때 가서 널 실컷 귀여워해 줄게.]

이어서 다른 편지를 읽어내려가는데 피가 머리에 쏠려 눈의 실핏줄이 모두 터지는 느낌이었다.

이번엔 집착이 잔뜩 묻어 있는 편지였다. 널 가둬버릴 거라는 둥, 먼저 유혹한 네가 잘못했다는 둥, 별의별 말이 다 쓰여 있었다.

난 그동안 편지를 읽지 않고 전달하기만 해서 이런 내용을 잘 몰랐다. 하도 하일리랑 코리 같은 애들과 어울리다 보니 다른 애들은 순수할 줄 알았다.

[얼굴만 예쁘지 머리가 비었잖아. 도도한 척 굴지 마. 어차피 아카데미 졸업하고 바로 결혼할 거면 우리 가문에 돈이 꽤 많으니 나랑······.]

"누구야 얜."

헤스티아는 어깨를 으쓱였다. 이름이 적혀 있지 않은 편지 중에는 헤스티아를 좋아하다 못해 애증 가득한 내용도 있었다. 헤스티아 말론 사물함을 열어보면 주기적으로 이런 편지가 들어 있다고 한다.

순수한 고백의 말들이 담긴 편지는 제외하고 역겨운 내용들이 담긴 편지를 골라 헤스티아 앞에 내밀었다.

"이 편지들, 다 내가 가져가도 돼?"

"응? 응. 근데 왜에?"

교내 마법 도구들의 기록을 싹 다 뒤져서 역추적할 거다. 못 찾으면 지문을 감지하는 마법 도구를 만들어서라도 찾아내고 말겠어.

헤스티아를 이상한 단어들로 정의 내린 범인들을 잡아내면 그 아이의 기록을 싹 다 뒤진 뒤 약점들을 모아 교내에 뿌려 공개 망신 주고, 개인적으로 화가 나니 따로 불러 대련 신청하고, 스완하덴까지 동원해서 싹을 밟아버릴 거다.

"……대신 버려줄게."

방대한 계획을 짜느라 잠시 멍하니 서 있었다. 큰 눈을 껌벅이며 의아한 표정을 짓는 헤스티아에게 짧게 대답해준 뒤, 나는 편지를 주머니 속에 구겨 넣었다.

헤스티아는 입꼬리를 억지로 끌어올리며 웃고 있었다. 표정에선 깊은 쓸쓸함이 느껴졌다. 그녀는 가늘고 긴 손을 뻗어 다시 나를 꼬옥 껴안았다.

"어딜 가도 집에 있는 기분이야. 역겨워."

그녀가 내 머리 위에서 숨을 내쉬자 울음이 느껴졌다. 살짝 떨리는 목소리로 작게 혼잣말한 헤스티아는 역겹다는 단어를 쓰자마자 흠칫하곤 입술을 꽈악 깨물었다. 그리고선 내 어깨에 자신의 얼굴을 부비적거렸다. 이건 헤스티아가 어렸을 때부터 위로받고 싶을 때마다 나오는 습관이었기에 나는 손을 들어 그녀를 토닥여줬다.

"슈슈. 내가 꽃 같은 존재래. 하나같이 다 나를 꼭 꺾어버린대. 어머니가 꽃꽂이하며 집에 전시해놓은 관상용 꽃들 같은 건가?"

떨리는 목소리 때문에 그녀의 발음이 뭉개졌지만 잘 들렸다. 손을 높게 뻗어 그녀의 앞머리를 쓸어 넘겨주며 한숨을 쉬었다.

"꽃 같은 미모는 맞아도 꽃 같은 존재는 아니야. 우리 카림도 예쁘게 생겨서 종종 꽃 같다는 소리를 듣는걸. 다른 의미는 쓸데없이 생각할 필요가 없어."

"……."

"그나저나 널 꺾겠다는 말을 한 애가 누구야? 사람한테 꺾겠다는 표현을 쓰다니. 데려와. 목 꺾어버리게."

분노가 속에서 울컥 올라와 숨이 거칠어졌다. 호흡이 빨라지는데 헤스티아가 날 너무 세게 껴안아서 숨 쉬는 데에 문제가 생겼다. 그녀를 잠시 떼어 놓고 손을 잡았다.

"기분 전환하러 가자."

나는 표정에 먹구름이 잔뜩 껴 우울해 보이는 헤스티아를 데리고 내 기숙사 방으로 돌아갔다. 헤이즐이 왜 이렇게 늦게 왔냐며 구시렁거리길래 사정을 설명해줬다. 그러자, 헤스티아에게 있었던 일들을 알게 된 헤이즐은 헤스티아의 머리카락을 예쁘게 따주면서 상상을 초월하는 상스러운 단어들을 내뱉었다.

헤스티아는 헤이즐의 욕을 들으며 즐겁다는 표정을 짓더니 헤이즐의 쌍욕을 조용히 따라 했다. 아기가 옹알이로 엄마의 말을 따라 하며 언어를 배우는 듯한 모습에 나는 조용히 헤스티아의 귀를 막았다.

예쁘게 머리카락을 땋은 헤스티아는 헤이즐과 합세해 내 머리카락을 만져주기 시작했다. 한 갈래로 땋기도 하고, 여러 갈래로 땋기도 하고. 나와 헤스티아는 헤이즐의 잡지에 실을 새로운 헤어스타일을 고민했다. 우리는 이유 없이 예쁘게 치장하고는 이번에 새로 나온 사진 저장기로 사진을 찍었다.

그렇게 정신없이 놀던 우리는 같은 방에서 곯아떨어졌다. 늦게까지 놀다 보니 다음 날 다 같이 늦잠을 자버리고 말았다. 벌떡 일어나 허둥지둥 등교 준비를 하는데 돌연 헤이즐이 이마를 짚으며 웃음을 터뜨렸다.

"푸하하, 하하! 슈슈! 캬캬, 캑."

베개를 챙기고 자신의 방으로 뛰어가려던 헤스티아도 멈춰 서서 나를 멀거니 쳐다보았다.

"……안 돼에 잠시만."

아침부터 둘이 배를 잡고 크게 웃음을 터뜨리며 시끄럽게 굴었다. 바닥을 구를 때까지 웃길래 인상을 썼다. 뭐지? 아침부터 다들 맛이 갔다. 곧 있으면 지각인데 빨리 준비 안 하고 뭐 하는 거야. 나에게 매달리며 웃기 시작하는 둘을 떨쳐 내고 재빨리 눈곱을 닦아내기 위해 화장실로 향했다.

그리고 거울을 보자마자 나는 집어 든 칫솔을 떨어뜨리고 말았다.

"밥…… 밥 아저씨."

거대한 주황색 브로콜리가 거울에 비쳤다.

* * *

어제 머리카락을 땋고 자서 내 머리카락은 산발이었다. 답도 없는 까치집에 감히 빗질을 할 엄두가 나지 않았다. 늦잠만 자지 않았더라면 물이라도 끼얹었겠지만, 지각하기 일보 직전이었기에 나는 머리에 신경 쓸 틈도 없이 기숙사를 뛰쳐나와야 했다.

안 그래도 곱슬거리는 머리카락 때문에 주황색 털 뭉치라는 소리를 듣는 나인데, 이젠 그냥 주황 털 그 자체가 되어버렸다. 어느 정도였냐면 곱슬거리는 머리카락이 내 얼굴 쪽으로 자신의 영역을 확장해 내 시야를 가릴 정도였다.

"워후."

"축…… 축하해. 드디어 키가 컸구나."

애들이 내 머리카락을 볼 때마다 크게 감탄했다. 걸을 때마다 이목이 집중되었다. 가방으로 붕 뜬 머리카락을 가려보았지만 무용지물이었다. 하필이면 재킷이나 조끼를 챙겨입지 못하고 바로 기숙사에서 쫓겨나와 가려볼 방도가 없었다.

코리의 담요를 빌려 머리카락을 가려보기 위해 그린반으로 향했다. 그린반으로 가는 길에도 애들이 자꾸 내 쪽을 힐끔힐끔 쳐다본다. 안 보는 척하다가 내가 지나가면 바로 고개를 돌려 내 머리카락을 본다. 뒤에서 사자라는 단어가 계속 들려왔다.

부끄러움에 고개를 숙이고 빨리 걷다가 나는 누군가와 부딪히고 말았다. 앞을 보지 않은 탓이었다. 나와 부딪힌 사람은 내 어깨를 감싸고 넘어질 뻔한 나를 가까스로 붙잡아 줬다.

나와 부딪힌 사람은 때마침 나를 보러 2학년 층으로 놀러 온 이브네스였다. 이브네스는 내 얼굴을 멀뚱멀뚱 쳐다보더니 입꼬리 한쪽을 들어 올렸다.

"오늘 머리 진짜 귀엽다."

"……."

이브네스는 더욱 탱글탱글해진 컬을 보며 감탄했다. 그는 조심스러운 손길로 내 부푼 머리카락을 만졌다. 애완동물 대하듯 쓰다듬자, 머리가 더욱 헝클어지기 시작해서 나는 정색한 채 눈을 시퍼렇게 뜨며 이브를 위협했다. 이브는 내 날이 선 시선에 옅은 미소를 지었다.

"너 보고 싶어서 내려왔는데, 지금 안 내려왔으면 섭섭할 뻔했네."

"……진심으로 죽고 싶다."

시선을 아래로 꽂은 채 나는 작게 중얼거렸다.

"이 머리 진짜 마음에 드는데 계속 이런 머리하면 안 돼?"

이브네스는 내 옷깃을 잡아끌고 자연스럽게 끌어안았다. 내 머리 위로 자신의 턱을 올리려다가 얼굴이 내 머리카락에 파묻혀 실종되자 이브가 놀라 얼굴을 떼어 냈다. 그리곤 비웃음 어린 웃음소리를 내며 가슴 깊이 우러나온 감탄사를 내뱉었다.

이브네스는 종종 나를 찾아 2학년 층으로 왔다. 시니어가 된 이브네스의 교실은 내 교실과 굉장히 멀었지만 꿋꿋이 찾아왔다. 덕분에 이브와 사귀는 거 아니냐는 소리를 귀 따갑게 들었었지. 우려했던 것처럼 헛소문이 아카데미 내부에 퍼질 뻔했다.

그러나 소문이 퍼지기 전에 스완하덴이 소리 없이 나타나 나를 보러 놀러 온 이브의 멱살을 잡고 시니어 건물로 던져 놓아 불상사를 막을 수 있었다.

하도 스완에게 시달려서 그런지 주니어 건물로 온 이브네스는 잠시 두리번거리며 사방을 경계했다.

"다행히 오늘은 없는 것 같네."

"스완이요?"

"어. 그 블란치."

이브네스는 날 껴안은 채 계속 스완하덴이 주위에 있나 없나 살펴보았다. 그러나 말 끝나기가 무섭게 뒤에서 목소리가 들려왔다.

"형 지금 뭐 해요?"

뒤를 돌아보니 스완하덴이 눈을 동그랗게 뜨고 고개를 갸웃거리고 있었다. 순진무구한 표정이었지만 눈동자에선 뼈를 꿰뚫을 기세로 강한 살기가 느껴졌다.

"젠장……."

돌연히 등장한 스완하덴을 발견한 이브네스는 나를 놓아주고 아쉬운 표정을 지우지 못한 채 등을 돌렸다. 스완하덴은 밝게 웃고 있었지만, 그 어느 때 보다 더 살벌했다. 분명 저번에 아카데미 측에서 스완에게 경고를 하며 무기들을 다 압수해 갔을 텐데 그의 손에는 검열이 필요한 온갖 위험한 것들이 들려 있었다.

이브네스가 무서운 속도로 쫓아오는 스완을 피하려고 창문 밖으로 뛰어내렸지만, 창문 뛰기는 스완하덴의 전문이어서 통하지 않았다. 마치 액션 영화를 보는 것 같았다. 건강한 거 너무 티 내고 다닌다.

이브는 쫓기면서 스완하덴에게 뭐라고 소리쳤고 스완은 그의 말에 더욱 살벌한 표정을 지으면서 달렸다. 둘은 서로 웃으면서 추격전을 펼쳤다. 쿵짝이 너무 잘 맞는 거 아냐? 아주 재미있게 논다.

이브에게서 자유로워지자마자 나는 그린반으로 달려갔다. 빨리 이 부끄러운 머리를 세상으로부터 차단해야 한다.

"슈라이나…… 머리카락 상태가 왜 그런가. 풉…… 크흑. 푸흡. 아. 크큭. 하, 잠시만. 푸흐윽."

하일리가 담요를 구하기 위해 그린반으로 찾아온 나를 발견하자

마자 얼굴이 아주 새빨개지다 못해 귀까지 붉어졌고 웃음을 크게 터
뜨렸다.

책상에 걸터앉아 아침으로 나온 사과를 먹던 코리는 창문 쪽으로
걸어가 창문을 열고 잠시 바람을 맞으며 그 상태로 가만히 있었다.
그의 등이 잘게 떨리고 있었다. 자세히 보니 코리도 곧 무너질 것처
럼 같이 웃고 있었다.

"……슈슈 혹시 머리카락에 물건 수납도 될까?"

코리는 창문 밖을 한참 쳐다보다가 숨을 고르고선 다시 나를 쳐다
보았다. 코리는 주머니에 손을 넣고 작은 초콜릿을 꺼냈다. 조심스
럽게 손을 뻗는 와중에도 웃음을 참느라 필사적인 표정을 지었다.

"미쳤……."

하지만 내 예상과 달리 초콜릿이 안정적으로 내 머리카락에 수납
되자 코리는 다시 조용히 창문 밖으로 시선을 돌려 창틀을 붙잡고
몸을 힘들게 가눴다. 하일리도 내 머리카락에 덮여 초콜릿이 사라진
것을 보고 감탄하며 크게 웃음을 터뜨렸다.

나는 목적이었던 코리의 담요를 빼앗아 머리에 싸맸다. 얼굴이
새빨갛게 물들여지다 못해 손까지 붉어진 나는 온종일 도망 다녀야
했다.

"슈슈, 머리카락에 초콜릿 몇 개까지 가능한지 실험해 보면 안 되
나? 제발. 부탁이다. 한 번만. 황명이다. 아 제발."

하일리가 피폐 소설의 남주답게 질척거렸기 때문이었다.

* * *

오후 검술 수업에 가기 전, 나는 옷을 갈아입기 위해 여자 탈의실

이 있는 건물로 향했다.

탈의실 바깥에서도 학생들의 떠드는 목소리가 많이 들려왔다.

작년까지만 해도 탈의실을 이용하는 여학생은 나하고 정말 소수의 몇 명밖에 없었다. 하지만 갈수록 여학생들이 다양한 전공을 선택하기 시작했고, 현재 탈의실 안은 많은 학생들로 북적거렸다.

내가 처음 검술부에 들어왔을 때 여성이 검을 잡는다는 건 아주 조금 이상하게 바라봐질 수 있는 일이었지만 몇 년 사이 사회가 빠르게 바뀌어서 기사가 된 여성의 비율이 많이 높아지고 있는 추세였다.

전생에 살던 곳과 비교하면 여기는 참 기이한 세상이다. 마법 덕분에 기술의 발전 속도가 전생과 비교할 수 없이 빨랐다. 말을 타고 다니던 게 엊그제 같은데 갑자기 자동차 비슷한 탈 것을 금방 뚝딱 개발해버려서 그걸 타고 다닌다. 이젠 황실 마법 연구실에서 하늘을 나는 탈 것도 개발 중이라고 한다.

사람들은 그런 빠른 발전에 혼란스러워하는 것 같으면서도 빠르게 상황에 맞춰 생각을 바꿔가고 있었다. 전보다 자신의 생각을 마법을 통해 더 쉽고 빠르게 퍼트릴 수 있게 된 것이 원인 같다. 이곳 세계는 문화, 복장 등등 여러 면에서 전생의 세상과 흡사하게 바뀌고 있었으니까.

물론 나도 이 발전에 일조했다고 할 수 있다. 내 마법 물품이 퍼진 후부터 발전이 더욱 빨라졌으니까.

'이러다가 금방 스마트폰도 나오는 거 아니야?'

아직 중세적인 느낌이 남아 있는데 스마트폰이라니. 완전 밸런스 붕괴……

연무복으로 갈아입고 나는 사물함을 닫으면서 피식 미소 지었다. 차라리 내가 선수를 쳐서 개발하는 것도 나쁘지 않았다. 통신구, 사진구, 녹음구 등등 수백 개의 마법진을 농축시켜 모두 합치는 거지. 괜찮은데? 물론 그 많은 마법진을 하나로 합치는 방법은 조금 고민해 볼 필요가 있었지만 불가능한 일은 아니었다.

아니다. 그래도 나는 마법 검사로 기사단에 들어가는 게 더 좋다. 기술 발전으로 인해 기사라는 직업의 매력이 많이 사라지고 있다는 말이 있었지만, 그건 오직 지방 기사에게만 해당하는 말이었다.

황실 기사가 되면 개인 작위도 주어지고 나라의 혜택을 받을 수 있는 게 정말 많다. 게다가 요새 전쟁도 별로 없어서 일하는 것에 비해 봉급을 많이 받는다며 꿀 직업으로 여겨지고 있었다. 황실 기사단이 제국의 홍보대사로 성격이 바뀌어 가는 것 같기도 하고.

마른 수건을 목에 걸치고 탈의실을 나가려는데 내 뒷 사물함 쪽에서 여자애들 여럿의 목소리가 들려왔다. 사물함에 가려 여자애들의 얼굴은 보이지 않았다.

"아, 맞다. 그래서 그 우리 검술부에 슈라이나 있잖아."

"슈라이나 웨스트? 아, 저번에 우리 몬스터 토벌 도와줬던 애?"

나가려다가 머리카락이 사물함에 걸려 인상을 썼다. 망할 머리카락이 오늘 날 너무 고생시킨다. 아직까지도 머리가 털 뭉치처럼 한 덩어리로 뭉쳐 있었다. 지독히도 머리가 엉켜 있어서 만지기가 무서웠다.

조심스럽게 손을 뻗어 엉킨 부분을 만져보다가 탄식했다. 제기랄. 이거 완전 제대로 엉켰잖아.

"걔 저번에 몬스터 토벌 후에 쓰러졌다더라. 우리 앞에선 엄청 멀쩡했으면서. 스완하덴 님께 안겨 왔다나?"

"솔직히 처음에는 그렇게 안 느꼈는데 여러모로 수상하단 말이지. 슈라이나 걔, 은근히 남학생들이랑 많이 붙어 있단 말이야. 검술 시간에도 하일리 님이랑 같이 있고. 동아리 시간엔 코리 님까지. 아, 시니어의 이브네스도 있다. 장난 아니야."

머리카락이 날 너무 고생시킨다. 이거 진짜 왜 풀면 풀수록 더 엉키는 거지. 큐브 퍼즐을 푸는 기분이다. 엉킨 머리카락 부분을 뽑을까 생각하다가 침착하게 인내심을 가지며 풀기로 했다.

"야, 슈슈가 부러우면 부럽다고 해. 우리 이런 이야기 하지 말자. 불편해. 슈라이나가 저번에 우리 도와줬잖아?"

"하기야, 생각해 보면 걔는 생긴 게 사나워도 검술이라든지 마법이라든지 잘하는 게 많아서 자연스럽게 사람이 꼬이는 것 같기도."

"아니, 그런 것보다 걔랑 붙어 다니는 애 때문일걸. 분홍색 머리 있잖아. 어엄청 예쁜 애. 걔가 옆에 있으니까 남자애들이 어떻게라도 접점을 만들어보려고 슈라이나를 이용하는 거겠지. 항상 러브레터 대신 전해주더라."

"와…… 그러네. 생각지도 못했다. 슈라이나 여러모로 진짜 불쌍하다. 자신보다 잘난 애랑 계속 비교당해야 하니까."

눈물 없이 볼 수 없는 머리카락과의 긴 사투 끝에 드디어 머리카락 엉킨 걸 풀 수 있었다. 휴, 다행이었다. 머리카락이 조금 많이 뜯긴 것 같지만 해피 엔딩이니 넘어가도록 하자.

"근데 걔 친구 이름이…… 아. 헤스티아였나?"

슬슬 나가려 몸을 틀었는데 헤스티아의 이름이 들리자 잠시 멈추었다. 내 이야기를 하다가 주제가 어느새 헤스티아 쪽으로 넘어간 듯싶었다. 왠지 듣기 싫은 소리가 나올 것 같아 빨리 자리를 피하고 싫었지만, 나갈 수가 없었다. 뒷골이 조이는 듯한 느낌이 싫어서 눈을 부릅떴다. 혀로 건조한 입술을 한 번 훑었다.

"헤실헤실 웃는 애 있잖아. 인기 진짜 많은 애. 걔가 진짜배기 여우지."

"······그런가?"

"헤스티아 저번에 남자애들 앞에서 눈웃음치는 거 봤어? 게다가 동아리랑 전공 선택한 걸 보면 그냥 신부 수업받는 거랑 다름이 없던데? 걔는 아카데미에서 우리처럼 배우려고 온 게 아니라 그저 남자 잡으려고 왔을걸."

조용히 사물함 뒤편에서 여자애들의 말을 가만히 듣고 있자니 미간 사이에 주름이 잡혔다. 방금까지 나갈까 말까 고민했었지만, 저 말소리를 듣고 있자니 화가 나서 사물함 뒤편에 아예 자리를 잡았다.

헤스티아를 그런 식으로 평가하는 게 너무 싫었다. 물론 그들에겐 그렇게 보였겠지만 그게 그녀의 전부는 아니었다. 헤스티아는 자신과 타협이 되는 선 안에서 최선을 다했다. 마법 계열 이외의 수업에서는 낙제를 한 적이 한 번도 없었다.

그리고 헤스티아가 결혼, 남자 이야기를 많이 하는 건 사실이지만 그녀와 가까이 지내는 사람은 알 것이다. 헤스는 보이는 것과 달리 그런 데에 관심을 크게 두지 않고 있었다. 오히려 그것 때문에 고통받고 질려 하는 느낌이랄까.

"저번에 헤스티아가 슈라이나한테 한 말 들었어?"

"응?"

"여자는 조신해야 하느니, 그래서 검을 잡으면 안 된다느니. 아주 그냥 우리 할머니가 말할 법한 내용만 내뱉고 앉아 있잖아. 근데 엄청 웃긴 건 남자애들이 그걸 듣고 막 좋아하는 거 있지."

깔깔거리는 소리가 탈의실 내에 울려 퍼진다. 슬슬 짜증이 나기 시작했다. 나는 손톱으로 검의 겉 부분을 긁고만 있었다. 머리카락이 계속 얼굴을 찌르듯 덮어 땀이 났다. 콧잔등에서 땀이 나 손가락으로 거칠게 훔쳤다. 심기가 매우 불편하다.

"얼굴 예쁘고 몸매 좋으면 솔직히 남자애들한텐 인기는 많겠지만, 그저 보기 좋기 때문이잖아? 속된 말로 관상용 꽃 같은 느낌 아니야? 푸핫, 진짜 왜 그렇게 산대. 머리가 텅텅 빈 것 같아."

문득 그 말에 헤스티아의 모습이 뇌리를 스쳐 지나갔다. 어제의 일이 문득 떠오른 것이다. 답답함에 질린 목소리로 중얼거리던 진심 섞인 말들. 최대한 내 앞에서 자신을 티 내지 않으려 웃었지만 애써 올린 입꼬리가 잘게 떨리고 있어 처연했다.

나는 항상 객관적으로 상황을 바라보려고 노력하는 편이지만, 지금 상황에선 감정이 이성을 압도했다. 이성이 감정에게 자신이 앉고 있던 자리를 양보해 준 것이다. 헤스티아의 험담을 들으면서 나는 계속 속으로 헤스티아를 변호해주기 바빴다. 그러나 다른 사람의 입을 통해 또 그녀가 정의 내려지자 나는 덜컥 숨을 쉴 수 없었다.

내 안에 팽팽한 무언가가 끊기는 게 느껴지고 들끓어 오르던 분노가 갑자기 새벽 호수의 수면처럼 고요해지는 듯싶었다. 나는 발을 뒤로 크게 빼고 철로 만들어진 사물함의 문 쪽으로 내리꽂았다.

콰아앙-. 공사 현장에서 실수로 철 기둥을 떨어뜨릴 때처럼 요란한 소리가 사방을 울렸다. 시끌벅적 떠들며 헤스티아에 대해 평가를 하던 갑자기 들려온 소음에 어깨를 움츠렸다.

나는 검을 챙겨 들고 목소리가 들리는 쪽으로 걸음을 옮겼다. 내 사물함 뒤편에는 다른 사물함들과 옷 갈아입을 수 있는 공간이 있었고 수다의 주인공들이 거기에서 옷을 갈아입고 있었다.

얼굴을 하나하나 눈에 담았다. 하나같이 당황한 표정이었다. 자세히 보니 저번에 내가 몬스터 토벌 때 도와준 애들이었다. 잡담을 하고 있던 애들은 눈을 껌뻑이며 그대로 얼어붙어 있었다. 한 명이 슬그머니 자리에서 빠져나가려고 하자 나는 들고 있던 검을 그 근처 바닥에 던져 길을 막았다.

"슈라이나. 너 머리카락……."

"야, 안 돼. 언급하지 마. 분위기 파악 좀 해라."

갑작스러운 내 등장에 화들짝 놀라 침을 삼키던 아이들이 눈동자를 굴려 내 머리카락 쪽을 바라보았다. 아무 말 없이 그냥 그들을 바라보기만 하자 서로 눈치만 보던 그들이 입을 열며 황급히 아무 말이나 꺼내기 시작했다.

"슈라이나! 우, 우린 널 욕한 게 아니라…… 그게……!"

한숨을 깊게 내쉬며 손톱을 만지던 나는 미간을 찌푸렸다.

"재미있는 이야기 중인가 봐."

"……네 이야기는 절대 아니었어. 진짜야!"

"알아. 헤스티아 이야기하고 있지 않았어?"

터벅터벅 느리게 걸어가 그들 앞에 섰다. 땅에 떨어뜨렸던 검을 다시 잡아 올리고 거기에 몸을 조금 기댔다. 표정 관리가 되지 않을 것 같아 잠시 고개를 숙인 나는 심호흡을 한 뒤 다시 고개를 비스듬히 들어 올렸다.

"헤스티아가 어떤 삶을 살던 그게 너희들과 뭔 상관일까."

심장이 찢어질 듯 아픈 걸 보니 나 자신이 상처받은 것 같았다. 얘네들이 헤스티아를 제대로 오해하고 있는 걸 지적해주고 싶어 입이 근질거렸다.

"관상용 꽃이라고 말했던 사람 누구였어?"

조용한 목소리로 말했다. 여자애 중에는 내 시선을 피하는 애들도 있었고 당황하면서 멀뚱멀뚱 쳐다보는 애들도 있었다. 그러나 아무도 입을 열어 내 말에 답해주지 않았다.

화가 난 나는 재차 물어보았다.

"누구였냐니까?"

언성을 높이는데 문득 목이 잠겨 있다는 걸 깨달았다. 하일리가 밖에서 기다리고 있었던 건지 "슈슈?" 하며 내 이름을 부르는 소리가 들린다.

목소리를 높이자 당황하고 있던 아이들이 하나둘씩 인상을 쓰기 시작한다.

"참나, 네 욕 한 것도 아닌데 왜 화를 내는 거야."

목소리를 들어보니, 아까 대화에서 계속 이상한 바람을 불어넣던 애였다. 그 애의 얼굴을 확인하고 나는 그녀가 왜 그런 말을 했는지 조금은 납득했다. 이사벨 트이슬. 좋아하는 사람이 달마다 바뀌는 것으로 아주 유명하다.

그녀는 자신이 좋아했던 사람들 중 하일리를 가장 오래 좋아했었다. 그래서 하일리가 헤스티아를 좋아한다는 소문을 듣자마자 정신적 충격에 빠져 한동안 집에서 나오지 못했었지. 그 일 이후로 이사벨은 검술부에 들어왔다.

이사벨이 일어나서 빈정거리자 옆에 있던 친구가 그녀의 소매를 잡았다.

"이사벨, 우리 잘한 거 없으니까 좀 가만히 있어."

"왜? 근데 우리가 틀린 말한 거 있어? 난 솔직히 우리가 했던 말 헤스티아가 들어도 상관없고, 슈라이나 네가 들어도 상관없어. 난 당당한데? 사실이잖아?"

성깔이 있어 보이는 이사벨이라는 여자애가 내 앞으로 다가오더니 나를 거만한 시선으로 내려다보았다. 키가 작은 건 이래서 불편하다. 나는 이사벨의 목 쪽의 옷을 잡아 아래로 내려 시선을 맞췄다. 이사벨은 내 힘에 속절없이 당겨져 나와 시선을 마주할 수밖에 없었다.

내 시선에 이사벨은 그 거만했던 시선을 거두고 살짝 겁을 먹은 표정을 지었다. 지금 내 표정이 어떤지는 몰라도 일단 좋은 표정은 아닐 것이다.

"……."

"뭐, 뭔데."

가만히 그녀를 말없이 쳐다보자 이사벨이 말을 살짝 더듬으며 억지로 입꼬리를 올렸다. 최대한 태연한 척하려고 발광하고 있는 것처럼 보인다.

나는 시선을 돌려 이사벨을 제외한 나머지 애들을 한 번씩 쳐다보았다. 그리고 시선을 다시 이사벨에게 두고 고개를 갸웃거렸다.

"헤스티아가 머리가 비었다고 말하는 넌 꽉 차 있나 봐."

대련을 신청하고 싶은 마음이 굴뚝같았지만, 주먹만 꽈악 쥐었다. 아직 때가 아니었다. 대신 눈썹 한쪽을 들어 올리며 비아냥거리며 물어보았다. 나에게 겁을 먹어 자존심이 상해 있던 이사벨은 인상을 찌푸렸다.

"적어도 너, 너랑 헤스티아보단!"

분했는지 이사벨은 새빨갛게 붉은 얼굴로 침을 튀기며 대답했다.

이사벨의 친구들이 수석 앞에서 양심 없게 그런 소릴 하냐며 웅성거렸다. 이사벨의 숨소리가 더욱 거칠어졌다. 열이 머리끝까지 오른 이사벨은 말을 바로 하지 못하고 잠시 눈동자만 굴리며 생각에 잠겼다가 꽤 좋은 비난거리를 떠올렸는지 입을 열었다.

"그래도 넌 좋게 평가했는데 헤스티아만도 못하네. 슈라이나. 헤스티아랑 잘 어울린다? 둘이 하는 짓이 아주 똑같아."

이사벨은 회심의 반격이라는 듯 위풍당당하게 말하고 손을 허리 위에 올려놓았다. 무슨 말로 이사벨을 비난할까 하던 차에 그녀의 말이 들려오자, 나는 인상을 썼다.

의중은 알았지만, 오히려 나에겐 칭찬처럼 들린다. 입꼬리 한쪽을 비틀어 올리며 고개를 기울였다.

"고맙다?"

이사벨은 크게 헛웃음을 짓더니 제 머리카락을 마구 흐트러뜨렸다. 아까까진 살짝 떨며 무서워하는 기색을 보이더니 분노에 사로잡혀 두려움을 까먹은 것 같다.

"으아아악!"

이사벨은 내 말을 듣고 손을 뻗어 내 머리카락을 쥐었다. 갑작스러운 공격에 조금 당황했지만 머리를 잡힌 게 불쾌해서 나는 머리를 획 뒤로 빼 이사벨이 머리카락을 뽑게 내버려 두었다. 이사벨은 내 뽑힌 머리카락 뭉치를 들고 황당한 표정을 지었다.

그래, 싸움은 쟤가 먼저 걸었지? 좋았어. 일이 잘 풀린다. 그거 잘 들고 있어라 이사벨. 내 뽑힌 머리카락이 나중에 내가 교무실에 끌려가게 될 때 나를 변호해 줄 것이다. 이브한테 엄청 억울한 척하는 연기 알려달라고 해야겠다.

하일리는 밖에서 우당탕하며 싸우는 소리를 듣고 결국 선생님들을 불렀다. 하일리가 말리지 않았더라면 나는 끝까지 갔을 것이다. 내 머리에 생긴 땜빵을 보며 하일리는 웃지 않고 조용히 내가 코리에게서 뺏은 오렌지 담요를 덮어 주었다.

하일리는 이사벨에게 뭐라 말하려고 하다가 나보다 상태가 훨씬 좋지 않다는 걸 깨달았는지 그냥 가만히 있었다. 그리곤 내 어깨를 두들기더니 힘내라는 말만 조용히 남기고 떠났다.

결국, 난 오후 수업을 건너뛰고 말았다. 난생처음으로 교무실에 불려가 징계도 먹었다. 다행히 처참하게 뽑힌 머리카락들이 이사벨이 먼저 싸움을 건 증거가 되어줘서 처벌 수위는 생각보다 높지 않았다.

기숙사로 돌아가는 길에 유리창에 내 모습이 비쳤다.

"……어떻게 해."

헤스티아를 욕보인 애들에게 복수를 해줘서 후련했지만, 한편으로 드러난 내 두피도 후련했다.

* * *

나는 징계 때문에 한동안 하교 후 쉬는 시간마다 무조건 기숙사에 가 있어야 했다.

오늘은 식당에 가서 밥도 못 먹었다. 사감 선생님께서 직접 가져다주며 여기 있으라고 했다. 솔직히 기숙사 안도 재미있는 게 많았기에 나는 이게 처벌 같지도 않았다. 머리카락을 희생하며 얻어낸 솜방망이 처벌이 참 좋다.

생각을 조금 바꿔보면 밥도 가져다주고, 완전 룸서비스잖아?

식사를 마치고 잠시 기숙사 안을 걸었다. 학생들은 모두 식당에서 밥을 먹고 있을 시간이어서 기숙사는 마냥 조용했다. 뚜벅이는 내 발걸음 소리만이 복도에 자그맣게 울렸다.

복도 벽에 걸린 그림과 액자에 걸린 사진들을 보고 있자니 복도 저 끝에 자리 잡은 노란색 문이 눈에 들어왔다. 헤스티아의 방이었기에 나는 그쪽으로 다가가 문 앞을 서성였다.

물론 헤스는 지금 밥을 먹고 있었기에 기숙사 내에 없을 확률이 높았지만 혹시 몰라 그녀의 방문을 열어 보았다.

"헤스티아아."

넓고 깨끗한 기숙사 안은 사람 한 명 없어 싸늘한 느낌까지 들었다. 나는 헤스티아가 방에 없다는 것을 깨닫고 도로 방을 나가려다가 헤스티아의 책상 위에 펼쳐진 공책을 발견했다. 공책 위에는 왠지 익숙한 펜이 끼워져 있었다.

주인 없는 방에 들어가는 게 실례인 줄은 알지만, 나는 헤스티아의 책상 쪽으로 다가가는 것을 멈출 수가 없었다. 책상 위의 훤히 펼쳐진 공책을 눈으로 대충 훑은 나는 손을 더듬으며 앞의 의자를 짚어 몸을 좀 기댔다. 페이지의 왼쪽 위에서 오른쪽 아래로 눈동자 움직이며 거뭇한 글씨를 눈에 담았다.

"뭔데 너……."

가슴을 치고 올라오는 울컥함에 눈물이 나올 것 같았다.

*　*　*

어두움에 익숙해지면 시야도 점점 뚜렷해지는 것처럼, 어스름했던 기억이 점점 선명해졌다. 나는 이 펜과 공책을 분명히 기억하고 있었다.

왜 까먹은 건지는 모르겠다. 지금까지 나는 헤스티아가 자신이 원하는 대로 사는 것이 아닌, 집안에 이끌려 사는 것 같아 안타깝기만 했었다. 하지만 나는 사라진 기억 때문에 헤스티아를 줄곧 오해하고 있었던 것이다.

내가 잊어버렸던 부분은 그저 집안의 이미지에 맞춰 살던 헤스티아가 몰래 방구석에서 키워 왔었던 원대한 목표와 야망을 들켰던 부분이었다.

공책의 틈 사이에 껴 있던 이 만년필을 살 때가 얼핏 기억이 난다. 직접 상점을 찾아가서 헤스티아의 이름을 새겨달라고 부탁했었지. 돈을 모아서 필기감이 좋은 만년필로 샀던 것 같다.

나는 흠집이 많이 난 헤스티아의 만년필을 만지작거리면서 공책을 바라보았다.

헤스티아가 권태로움을 숨기지 못했던 이유는 자신의 성격과 맞지 않은 행동을 강요받았기 때문이었다. 지금까지 그녀가 보여줬던 모습들은 집안 환경에 배척받지 않기 위해 어쩔 수 없이 만들어낸 일종의 자기방어였다. 그래서 그렇게 갑갑해 보였던 것이다.

생각해 보면 언젠가부터 헤스티아의 오른손 중지 가운데 부분에는 굳은살이 깊게 박여 있었다. 따라주지 않는 환경 속에서도 이를 악물면서 펜을 잡았던 것이다.

[오르드 제국이 하나의 제국으로 자리 잡기까지 너무도 많은 생명이 희생당하고 짓밟혔다. 존경받아야 마땅할 높은 존재의 분노를 입은 채 제국은 건국되었고 개국에 영향을 끼친 가문들은 기필코 화를 입을 것이라 한다. 그 불안함을 바탕으로 제국은……]

공책에는 예쁜 글씨로 제국의 역사와 자신의 생각이 잘 정리되어 있었다. 다른 페이지를 넘겨보았다.

너무 자세히 읽으면 실례일 것 같아 대충 눈으로 훑어보니 주로 제국 내에서의 여성의 입지를 단단히 하여 하나의 인재로 받아들여야 한다는 내용이었다. 그뿐만 아니라 현재의 정치 판도의 분석과 어떻게 개선해야 자신의 뜻을 이룰지에 대한 설명도 적혀 있었다.

살짝만 읽으려고 했는데 헤스티아의 글 쓰는 실력이 대단해서 계속 읽게 되었다. 왠지 아주 익숙한 필체였다.

글은 대체로 분석과 자신의 생각을 적은 글이었지만 흡입력이 대단했다. 설명도 무척 잘해놨고, 관련 기사들도 함께 덧붙여 자신의 주장을 강화했다. 헤스티아가 반대하는 파들의 주장에 대해서도 개연성 있게 반박을 서술하고 있어 더 짜임새 있고 더욱 설득력 있는 글이었다.

어렸을 때 이 비슷한 공책을 봤었을 땐 솔직히 정말 형편없었는데……. 헤스티아는 매일 혼자 이렇게 글을 쓰면서 자신을 울분과 생각을 풀고 있었던 것이다. 자신의 생각을 논리 있게 풀어내 흥미를 이끌고 그걸 남에게 설득시키는 능력이 아주 대단했다.

나는 그동안 혼자 글을 쓰며 꿈을 키웠을 헤스티아가 안타깝고 대견해서 눈물이 나올 것 같았다. 혼자서 이렇게 뭔가를 꾸준히 한다는 것은 정말로 어려운 일이었으니까.

정말로 내가 아쉽다고 생각한 건, 헤스티아가 키운 이 대단한 능력이 이 공책 안에서만 활약하고 있다는 것이었다. 이 글들이 공개가 된다면 분명 많은 사람들에게 동기 부여를 해줄 수 있을 것 같았다. 신문에 작게라도 헤스티아의 글들이 나게 된다면 정말 좋을 텐데.

이렇게 빛나는 재능을 가진 헤스티아가 왜 머리가 빈 건데.

헤스티아는 절대로 남의 손아귀에서 놀아줄 인재가 아니었다. 오히려 반대면 모를까. 이런 능력을 썩히려고 하니 헤스티아의 속이 곪는 게 당연했다. 나는 헤스티아의 글들을 계속 읽으면서 감탄하고 있었다. 그러다 불현듯 한 페이지에서 멈췄다.

[답답하다…….]

공책 한쪽에 드문드문하게 가득 채운 글씨가 보였다. 졸렸던 건지 글씨는 마치 지렁이 같았다.

[근데 무서워…….]

무서워. 무서워.

무섭다는 말이 답답하다는 말보다 더 많이 적혀 있었다.

[그래도 슈슈가 있으니까…… 내 옆에 계속 있을 테니까…….]

돌연히 큰 문소리가 났다. 콰앙! 하며 분노가 느껴지는 강한 소리였다. 이윽고 짜증이 가득 섞인 앙칼진 목소리 또한 들렸다. 문소리에 이어 매우 우렁찬 소리였다.

"미친놈들! 감히 슈슈를 욕보인 것도 모자라 머리카락을 뽑아?!"

결이 좋아 넘실거리는 분홍색 머리카락을 가진 소녀가 깔깔 웃으며 방으로 들어왔다. 얼굴과 몸이 엉망인 헤스티아였다. 그녀의 손에는 누군가의 머리카락이 색별로 쥐어져 있었다.

긴 생머리의 머리카락이 내 것처럼 산발이 되었고, 여기저기 손톱 생채기가 나 있었다. 밥 먹으러 간 줄 알았는데 누군가와 담판 짓고 온 모습이었다.

헤스티아의 성난 목소리와 모습을 보고 잠시 그녀가 맞나 의심했다. 저렇게 크게 소리치며 욕하며 화를 내는 건 또 처음 본다. 다행히 나는 현재 헤스티아의 침대 뒤 구석 공간에 있었다. 헤스티아는 나를 발견하지 못한 채 계속 애꿎은 벽만 치며 분노를 표출했다.

"한 명, 한 명 머리카락을 모두 밀어서 산에 처넣은 다음 도를 닦게 해야 하는데!"

헤스티아의 입에서 흘러오는 거센 말투와 욕설이 믿기지 않아 눈을 비비고 다시 헤스티아를 바라보았다. 헤스티아에게서 스완하덴의 향기가 났다. 스완하덴이 좀 더 흥분한 버전이었다.

엄청난 언어 파괴력을 자랑하는 헤스티아를 조용히 바라보고 있자니 헤스티아가 왜 스완을 싫어하는지 알 것 같았다. 물론 스완보다 헤스티아가 더 착한 것 같지만 일단 동족 혐오…… 이지 않을까 추측됐다.

"아, 확 열이 올라. 슈슈가 나에게 열등감? 불쌍하다고? 동태 눈깔에 성질이 더럽다? 또 그 짜증 나는 스완하덴을 불러야 하나? 말해 버려? 확 이브네스한테도 꼰질러? 페어 맺어? 동맹 맺어? 으아아악! 짜증나! 대체 슈슈를 뭐라고 생각하는 거야!"

헤스티아는 바닥에 떨어진 쿠션을 발로 강하게 차다가 헛발질해서 넘어질 뻔했다. 주먹으로 세게 쥐고 떨어진 쿠션을 퍽퍽 치다가 난리를 피운다. 씩씩거리면서 쿠션을 방 이곳저곳 내동댕이친다. 내 쪽까지 몇 번 쿠션이 날아왔다. 쿠션에 누구를 대입하고 있는 건지 계속 쌍욕을 내뱉으며 주먹을 날렸다.

헤스티아의 주먹은 그렇게 강하진 않았지만 그래도 눈빛만은 사람 한 명 죽일 것 같았다.

"헤스티아, 뭐해?"

웅크리고 있던 나는 허리를 펴고 쿠션을 치고 있는 헤스티아에게 말을 걸었다. 나갈 타이밍을 도저히 잡을 수 없어서 그냥 당당해지기로 했다. 숨어 있다는 걸 들키게 된다면 더욱 어색한 장면이 펼쳐질 것 같았다.

헤스티아는 분노의 주먹질을 하다가 나와 시선이 딱 마주쳤다. 그녀의 초록색 눈동자가 지진이 난 듯 아주 빠르게 흔들렸다.

"아, 어? 어. 음? 슈슈……? 언제부터…… 아니, 그게."

헤스티아는 주먹을 든 그 상태로 굳어버렸다. 고개를 돌려 자신의 주먹을 바라보던 헤스티아는 그대로 쿠션을 수십 번 팡팡 치며 시선을 아래로 꽂았다.

"아, 그, 그게 쿠션에 진드기가 있는 것 같아서 털고 있었어!"

아무렇지 않은 척 말했지만, 그녀의 목소리는 잘게 떨리고 있었다. 그녀는 고개를 푹 숙이고서 얼굴을 나에게 보이지 않으려 했다. 분홍색 머리카락이 앞으로 쏟아졌고 붉게 달아오른 귀가 그 사이로 튀어나왔다.

"뭐, 욕할 수도 있지."

내 말을 듣더니 헤스티아는 눈썹을 팔자로 만들었다. 혼란스러워 시선을 어디에다 둘지 모른 채 인상을 쓰더니 곧 고개를 저었다.

헤스티아는 쿠션을 침대로 던져놓고 내 쪽으로 천천히 걸어왔다. 쓸쓸한 빛이 도는 눈빛이 내 얼굴에 한 번 닿았다가 곧 시원해 보이는 내 두피 쪽에 닿았다. 다시 눈동자가 커진 헤스티아는 재빨리 자신의 서랍에서 약상자를 꺼냈다.

"슈슈…… 많이 아팠지…… 괜찮아? 애들이랑 머리채 잡고 싸웠다며……."

"……아 부끄러워. 말하지 마."

이성을 잃고 저지른 행동이 하나하나 떠올라 수치스러워졌다. 내가 나 스스로를 통제할 수 없었던 것 같아 더욱 부끄러웠다. 막판 가선 그냥 개싸움이었다. 서로 할퀴고 발로 차고 난리도 아니었다. 물론 주먹이나 검은 쓰지 않았다. 폭력보단 욕설과 유치한 발언들이 더 많이 오고 간 가벼운 어린애 싸움이었다.

"슈슈우…… 슈슈 몸에 상처가 난 게 화나…… 짜증 나."

"쌍방이야."

"몰라. 걔네는 내 알 바 아니야."

헤스티아는 상황이 어떻고 간에 무조건 내 편이었다. 헤스티아는 언제나 내가 하는 말이면 무조건 믿었고, 내가 하는 모든 일에 믿음을 보였다. 절대 내가 잘못했다고 하는 일이 없었다.

헤스티아는 연고를 내 머리에 톡톡 바르다가 곧 얼굴을 새빨갛게 붉혔다. 개미만 한 목소리가 뒤에서 들려왔다.

"그, 슈슈. 방금 내 모습은 잊어줘……."

"화끈하더라."

"아, 아, 아니야아…… 방금은 슈슈가 욕먹고 다쳤다니까 나도 모르게…… 아깐 내가 아니었어어……."

헤스티아는 방금 욕하면서 들어온 모습을 들켰다는 게 수치스러운 듯했다. 괜찮다. 여러모로 신선하고 새로웠다.

"아, 아깐 그게 네가 아니야?"

"으…… 으응."

"그럼 네가 생각하는 진짜 너는 뭔데?"

"……그."

글쎄.

헤스티아는 이것저것 물어보는 나를 바라보며 인상을 썼다.

아까까진 울분 때문에 씩씩거리더니 갑자기 눈동자에 초점이 사라졌다. 기계적으로 손을 뻗으며 내 머리에 연고를 발랐다.

헤스티아도 모르는 사이 연고를 바르는 그녀의 손에 힘이 들어가서 나는 윽, 하며 신음 소리를 내었다.

"앗, 따. 앗 따가 헤스티아. 따가 따가."

생각에 잠겼는지 멍하니 연고를 바르고 있던 헤스티아가 내 목소리에 화들짝 놀라 손을 거뒀다. 재차 미안하다고 사과한 헤스티아는 내 두피에 입바람을 불어넣었지만, 더 따가워서 그녀를 밀어냈다.

여름이라고 시원한 건 좋지만 이건 아니지. 나중에 도서관에 들어가서 발모에 관한 마법이나 찾아봐야겠다.

"나 좀 잘 건데, 너도 잘래?"

마음이 심란하고 싱숭생숭할 땐 잠을 자며 잊는 게 최고지.

연고는 그만하면 됐다고 거절한 뒤, 자연스럽게 헤스티아의 침대로 기어 들어가 누웠다. 점호 시간 전까지 잘 생각이었다.

내가 침대에 눕자 헤스티아도 떨어진 쿠션을 줍고 졸래졸래 따라와서 내 옆에 누웠다. 나를 꼬옥 껴안고서 어깨에 자신의 얼굴을 올렸다. 헤스티아의 얼굴이 아주 가까이서 보였다. 입을 굳게 다물고 인상을 살포시 쓰고 있는 것이 무척 심란해 보인다.

자고 싶었는데 헤스티아가 뚫어지게 쳐다보고 있어서 잠을 잘 수가 없었다.

이렇게 누워 있으니 문득 어렸을 때가 떠올랐다. 헤스티아는 어렸을 때부터 나를 졸래졸래 잘 따랐었지. 그녀는 항상 나를 언니나 엄마 보듯 바라봤다. 엄지를 쪽쪽 빨며 내 옷자락을 쥐고 내가 어딜 가든 따라왔다. 그 때문인지 언젠가부터 헤스티아가 자연스레 동생처럼 느껴졌다.

어린 헤스티아에게 손가락을 내밀 때마다 작은 손으로 수줍게 꼬옥 쥐는 장면이 문득 내 머릿속을 스쳐 지나갔다. 나는 손을 뻗어 헤스티아의 머리카락을 뒤로 넘겼다.

"내가 항상 널 가족처럼 생각하는 거 알지."

눈을 감으며 뜬금없이 내뱉은 말에, 헤스티아가 고개를 살짝 들었다. 나는 실눈을 뜨고 헤스티아를 마주 바라보았다. 푸시시 웃으며 다시 내 어깨에 얼굴을 올려놓은 그녀가 고개를 작게 끄덕였다.

"……알아."

"넌 날 어떻게 생각해."

헤스티아는 질문에 오래 고민하지 않고 바로 입을 열었다.

"슈슈는 멋있고, 대단하고. 존경스럽고, 완벽하고…… 여러모로 부럽고."

오늘따라 웬일로 솔직하다. 맨날 내가 하는 일마다 옳지 않다며 깎아내리기 바빴는데. 요새 바뀌어 가는 것 같더니 내뱉는 말들도 달라졌다.

헤스티아를 볼 때마다 항상 느끼는 것들이 있었다. 그건 헤스티아가 나를 너무 맹목적으로 바라보고 의지한다는 것이다.

어렸을 때부터 나는 그녀에게 불리한 일이나 상황이 생기면 개입해서 해결해줬다. 그럴 때마다 헤스티아는 대단하다는 듯이 나를 반짝거리는 눈으로 쳐다보았었고.

"난 대단한 사람이 아니야, 헤스티아."

헤스티아는 나라는 사람에게 숨고 있었다. 나를 통해 보상받지 못한 자신의 노력을 위로받았고, 자신을 드러내게 될 때 날아올 화살들을 내 등 뒤에 숨어 피하고 싶어 했다. 연기까지 하며 말이다.

그러면서 그녀는 남몰래 꿈꾸고 있었다. 그만큼 헤스티아는 나를 믿고 의지하며 기대고 있었다. 내가 다 막아줄 수 있는 대단한 사람인 줄 알고.

"나도 어리고, 유치하고, 감정적이고, 때로는 한심하고 바보 같은 선택을 하기도 해. 그래서 솔직히 무서워."

그 말을 들은 헤스티아가 발가락을 꼼지락거리다가 고개를 저었다.

"……아니야. 너는 안 그래."

나는 헤스티아의 어깨에 손을 올리고 토닥였다.

"네가 날 의지하고 있는 만큼 나도 책임감을 느끼고 있어."

"……."

"근데 난 네가 생각하는 사람이 아니란 말이야."

아까 여자애들이 헤스티아를 욕했던 것이 떠올랐다.

확실히 헤스티아가 계속 연기하는 이상, 남들의 눈에는 그녀가 여우에다 머리가 빈 애로 보일 수도 있다. 물론 그렇다 하더라도 말하는 그 애의 싹수를 봐서는 확실히 처맞을 법했지만.

여하튼 나는 책임을 느끼고 있었다. 헤스티아가 나에게 계속 의지하며 자신의 모습을 감추려는 이유는 내가 헤스티아의 잠재력과 재능을 너무 낮게 본 것이 아닐까 싶어서.

내가 그녀를 일일이 챙겨주려 하다 보니 그게 헤스티아의 성장에 방해가 된 것이 아닐까 하고.

"있잖아, 헤스티아. 나는 네가 이루고 싶어 하는 꿈을 대신 이뤄줄 수 없어. 너랑 나랑은 서로 바라보고 있는 게 다르거든."

나는 헤스티아의 야망을 안다. 그저 내 의식주만 해결하면 만사 오케이인 저렴한 나와 다르게 헤스티아는 좀 더 스케일이 크게 제국을 뒤흔들고 싶어 했다.

아까 공책을 읽으며 깨달았다. 그리고 그것은 단순히 어린애의 막연한 목표가 아니란 걸. 그녀는 세밀하면서도 치밀하게 계획을 짠 상태였다. 두렵고 무서워서 실행에만 옮기지 않았을 뿐. 그리고 언젠가 내가 대신 이뤄줄 거라 믿었으므로.

그리고 그 노력과 실천이 헤스티아가 모르는 자신의 그릇이었다. 나는 그 그릇을 절대로 채워줄 수 없었다. 똑같이 공부하고 자라난다고 해도 서로 만족의 의미도 다르고 바라는 것도 다르기 때문에 헤스티아가 나에게만 맞춰 산다면 절대로 자신의 만족을 채울 수 없을 것이다.

"내가 너한테 네가 생각하는 '진짜 너'가 뭐냐고 물어봤었지?"

졸음 따윈 날아간 지 오래였다. 나는 헤스티아의 혼란스러워하는 눈동자를 바라보며 머리카락을 애정 어린 손으로 부단히 쓰다듬어 줬다. 전생에서 동생들에게 해주듯 말이다.

"나도 사실 그걸 못 찾고 있어. 살다 보니 내가 생각하는 '자신'이 계속 바뀌어서 말이야. 추구하는 바도 바뀌고. 그래서 계속 스스로 찾아 나갈 수밖에 없는 거야."

인상을 쓰며 혼잣말하듯 작게 말했다. 참고로 아직까진 내 목표는 공무원이다. 황실 소속 제1 기사단의 마법 검사. 일정한 고액의 수입이 들어오고 아주 좋다. 내가 추구하는 것은 간단하고 저렴하다. 헤스티아와 다르게 말이다.

"네가 나한테 매이지 않았으면 좋겠어. 난 너와 달리 굉장히 나만을 위해 살고 싶은 사람이기 때문에 네 바람을 이뤄줄 능력이 없거든. 나중에 후회하기 전에 너 스스로 찾아 나가 봐. 나한테 배신감을 느끼기 전에."

"……."

"헤스티아, 나도 여러모로 부족해서 옆에서 지지해주고 의지할 수 있는 사람이 필요해. 난 그게 네가 됐으면 좋겠어."

"……슈슈가 나한테 의지를?"

가뜩이나 큰 헤스티아의 눈동자가 흥분했는지 더욱 커졌다. 나는 고개를 조용히 끄덕였다.

헤스티아는 내 등을 쫓을 만한 인물이 아니었다. 치졸한 나와 다르게 헤스티아는 꿈도 컸다.

이쯤 되면 내가 무슨 소리를 하고 싶은 건지 잘 모르겠다. 열심히 헤스티아에게 자립하라고 말했는데 내 진심이 전해졌으려나.

"응원한다고 했었지?"

나는 가만히 생각에 잠긴 헤스티아의 이마에 입을 맞추며 누웠던 상체를 일으켰다. 침대 근처의 책상 위에 손을 뻗어 내가 옛날에 헤스티아에게 준 펜을 잡았다. 그리고 그 펜을 누워 있는 헤스티아의 손에 쥐여줬다.

"자, 다시 선물하는 거야."

말하다 보니 슬슬 점호 시간에 다다랐기에 난 침대에서 일어섰다. 헤이즐이 방에서 나를 기다리고 있을 것이다.

내가 나가려고 하자, 헤스티아가 펜을 꼬옥 쥐고 나에게 달려와 그대로 매달리듯 껴안았다. 헤스티아는 입술을 달싹이며 힘들게 말을 이었다.

"슈슈…… 난 네 곁을 벗어나기가 너무 무서워. 너처럼 당당해지는 게 무섭단 말이야…… 그냥 나 이대로 살면 안 되는 거야? 계속 아무것도 모르는 것처럼 어리광만 부리면 안 돼?"

방울방울 흘리는 눈물은 투명하고 푸르렀다. 손을 위쪽으로 뻗어 유리구슬 같은 눈물들을 엄지로 쓱쓱 닦아내고 강경하게 말하려고 노력했다.

대신 앞으로 그녀 스스로 풀어야 하는 숙제들이 무서운 일이 아닌 즐거운 일이라는 걸 알려주고 싶어 눈꼬리를 휘어 다정히 웃었다.

"나한테 물어 봤자 난 해줄 말이 없어. 네 선택이니까."

차가운 손잡이를 잡아 방문을 열고 조용히 닫으며 그녀에게 잘 자라는 말을 남겼다. 좁아지는 문틈 사이로 보였던 헤스티아의 눈빛이 잊히지 않는다. 마치 막 나는 법을 터득해 하늘로 날개를 펼치기 시작한 아기 독수리의 것처럼 강경하면서 묵직하게 빛났다.

* * *

그다음 날, 나는 인기 스타가 되어 있었다.

인기 스타보다는 화제의 중심이 되어 있었지만 말이다. 내가 제일 싫어하는 화제의 중심.

물건을 차며 그들을 위협하지 않고 조용히 대화와 욕으로 풀 수도 있었을 것이다. 하지만 순간 울컥해버려서 걔네들을 너무 신나게 패버렸다. 슈라이나, 조용히 산다면서 아주 매를 번다.

이제 별명 중에 싸움닭도 생기지 않았을까 조심히 추측해 본다.

하필 그때 머리카락이 사물함에 걸려서 말이야.

헤스티아가 예쁜 이상, 질투하고 뒷담화를 하는 사람이 분명 생길 수밖에 없을 텐데 말이다.

이따금 남자애들도 예쁜 헤스티아를 질투해 구설수를 만든 적도 있었으니 말 다 했다. 화를 내는 건 당연하지만 아직 검술 초보인 약자를 상대로 그런 격렬한 싸움은 조금 아니었던 것 같다. 근데 나도 이사벨한테 많이 맞았다고.

'이렇게 혈기를 못 감추는 걸 보면 나도 청춘인 건지······.'

헉, 방금 한 생각이 너무 거지 같아서 머리를 움켜잡았다. 생각뿐이었지만 소름이 오소소 돋아서 혼자 소리를 빽 질렀다. 뭐라는 거야! 하일리에게 옮아서 나도 중2병인가. 이 모든 건 하일리 때문이다.

난 아무도 없을 교실을 기대하며 아침 일찍 옐로반 교실로 향했다. 그러나 내 예상을 깨고 옐로반에는 사람들이 여럿 있었다. 헤스티아와 그리고 어제 나와 한판 했던 검술부 여자애들이었다.

나는 놀라운 광경을 보고 있었다. 헤스티아가 무려 그 여자애들에게서 사과를 받아내고 있었다. 심지어 성격이 더러운 이사벨에게서도 말이다. 왜인진 모르겠지만 검술부 여자애들의 머리에는 나처럼 땜빵이 하나씩 나 있었다.

무슨 말을 하는지는 잘 들리지는 않지만 잘 풀린 것 같다. 서로 미워하는 듯한 표정이 아니었다. 훈훈한 모습을 보니 갑자기 내 땜빵이 시려 오기 시작했다.

몰래 이 광경을 지켜보고 있던 나는 검술부 여자애 중 한 명과 눈이 마주쳤다. 이어 나를 향해 손짓하길래 나는 발걸음을 옮겨 그쪽 무리에게 다가갔다.

헤스티아를 제외하고 검술부 여자아이들의 머리에 모두 땜빵이 있어서 솔직히 조금 웃겼다. 모여 있으니 더 웃긴 것 같다. 이로써 2학년의 모든 검술부 여학생들은 땜빵을 가지고 있는 것이었다. 통일감 있고 좋았다.

난 어제 이사벨이 나서는 걸 막은 검술부 여자애에게 물어봤다.

"넌 머리 왜 그래. 그래도 네 머리카락은 지켜준 것 같은데."

내 말에 그 여자아이는 조용히 헤스티아를 쳐다보았다. 내가 헤스티아를 쳐다보니 헤스티아는 평소와 같이 푸시시 웃으며 백치 미소를 보일 뿐이었다. 여자애들은 그런 헤스티아가 가증스럽다는 듯 표정을 구겼다.

헤스티아는 나를 바라보다가 옆에 앉아 있는 이사벨의 옆구리를 찔렀나. 이사벨이 헤스티아를 노려보며 입을 비죽 내밀었다.

"그…… 어제는 너희가 너무 부러워서 그런 거니까! 너희는 우리 학년에서 제일 잘나가잖아!"

"부러우면 너도 나가. 외출증 끊는 법 알잖아."

"그 잘 나간다는 게 아니잖아! 으으윽."

"잘나간다니 그런 유치한 소리 좀 하지 마. 우으윽."

이사벨과 나는 수치스러움에 곧 무너질 것 같은 표정을 짓고는 마른세수를 했다.

"슈라이나 네 욕을 한 건 미안해. 넌 네 욕은 신경도 안 쓰는 것 같지만 말이야. 다 잘하는 네가 질투 나고, 그 옆에 예쁜 헤스티아도 짜증 나고. 하일리 님 같은 분들이 널 아끼는 것도 엄청 부러웠고."

다른 아이들도 인상을 쓰며 나에게 사과했다.

근데 왜 내게 사과하는지 모르겠다. 솔직히 내 욕은 얼마 나오지도 않았고, 최대 피해자는 헤스티아였는데 말이다. 내가 오기 전에 알아서 서로 푼 건가 싶다.

솔직히 아직 상황 판단이 되지 않았다. 이게 무슨 일이야.

이사벨은 나에게 사과를 하더니 헤스티아를 홱 쳐다보았다.

"이익, 근데 헤스티아 네가 머리가 빈 건 사실이야! 너 진짜 짜증 난다고!"

헤스티아는 내 눈치를 보며 웃는 채로 이사벨의 등을 세게 한번 쳤다. 쫘악, 하며 등에서 아주 찰진 소리가 났다.

이사벨은 따끔거리는 등을 만지며 헤스티아를 노려보며 한숨을 쉬더니 다시 나를 바라보고 입을 열었다.

"사실, 어제 슈라이나 너랑 그렇게 싸우고 마음이 편하진 않았어. 여기 여자애들 대부분 너를 동경해서 검술부에 지원했거든. 네가 너무 잘나다 보니까 나중엔 동경이 질투로 바뀌었지만 말이야."

"이사벨 너는 황태자 때문에 지원했잖아."

"득츠. 아니야. 반반이야."

분명 헤스티아의 일로 싸웠는데, 이사벨은 나를 욕한 이유를 설명하고 있었다. 이게 무슨 일이래. 신경도 쓰고 있지 않은 일을 굳이 다시 짚어가며 말이다.

헤스티아가 잠잠히 이사벨의 이야기를 듣다가 그녀의 멱살을 잡았다.

"네가 슈슈를 아무리 동경해도 슈슈는 내 거야. 난 슈슈 거고."

헤스티아는 표정을 구기며 이사벨에게 성질을 냈다. 저런 헤스티아의 모습은 처음 본다. 나는 손을 들어 다소곳이 입을 가렸다. 어머.

이사벨은 헤스티아의 급작스러운 태세 전환에 소름이 끼치는 듯 몸을 떨었다.

"알았어, 알았다고! 이 이중인격자야! 너희 우정에 내가 진짜 치가 떨린다!"

무슨 일이 일어났는지 아직까지는 잘 모르겠지만 헤스티아가 잘 마무리한 것 같다. 같은 검술부 여자애들은 나를 돌아가면서 한 번씩 껴안더니 내 욕을 하고 때려서 미안하다고 한마디씩 남겼다. 다들 사과하는 분위기기에, 일단 나도 미안하다고 했다.

아직도 혼란스러웠다. 최대 피해자인 줄 알았던 헤스티아는 여자애들을 부리고 있었고, 뭣 때문에 싸운 건지도 망각한 것 같은 검술부 여자애들은 나에게 사과를 하고 있었다.

뭔진 모르겠지만, 좋게 받아들이면 되는 거 맞지?

헤스티아는 검술부 여자애들이 자신을 욕했다는 걸 알고 있는 듯한 눈치였고, 직접 잘 푼 것 같았다.

"나 발모 마법 아는데, 땜빵에서 벗어날 사람~?"

어쨌건 난 일이 잘 마무리된 기념으로 자비를 베풀기로 했다.

내 말에 검술부 여자애들이 나를 번쩍 들어 올리며 섬기기 시작했다. 가마도 태워줬다.

성원에 힘입어 나는 모두에게 자비를 베풀기로 했다. 높은 곳에 앉아 아래를 내려다보며 애들의 두피를 확인했다. 괜히 찔려 보여 그들의 두피를 찰싹찰싹 치던 나는 욕을 한 번 먹고 나서야 야심 차게 마법진을 그렸다.

성장 마법진을 아래에 깔고 그 위에 생물 마법 중 머리카락에 해당되는 수식을 추가해 그려 넣었다. 그리곤 마력을 집어넣고 여자아이들의 두피에 마법을 부여했다.

그러나 마법진을 그리는 도중 잠시 딴생각을 하는 바람에 마법진에 오류가 난 것 같았다.

"야, 이게 뭐야! 브로콜리이이?"

"으꺄아아악!"

땜빵이 있는 부분에 브로콜리가 자라고 만 것이다.

나는 바닥에 바로 내동댕이쳐졌고 살기 위해 도망쳤다. 뒤에서 암흑의 브로콜리 군대가 쫓아오고 있었다.

* * *

검술부 여자아이들의 머리에 브로콜리를 자라게 해버린 뒤 나는 그들에게 사죄를 해야 했다. 나는 내 머리에 자란 브로콜리를 뽑으며 "야, 공짜 브로콜리잖아. 감사히 여겨."라고 말했다가 뽑은 자리에서 피가 솟구쳐 아이들의 걱정과 한심한 눈초리를 받아야 했다.

다행히 나중에 제대로 된 발모 마법을 구현함으로써 아이들의 화를 피할 수 있었다. 여하튼 헤스티아는 검술부 여자애들 사건 이후로 차츰차츰 변해가기 시작했다.

갑자기 확 180도 바뀐 모습은 아니었지만, 점점 나에게 새로운 모습들을 보여 주기 시작했다. 하루하루가 다르게 성격이 음, 왈가닥…… 아니다. 활기차게 변해가는 것 같다.

저번에 내가 자립하라고 했던 말이 헤스티아에게 와닿은 것일까? 아니면 원래 바뀌는 과정 중에 있다가 나와 그 검술부 애들의 싸움이 그 속도를 가속시키는 방아쇠가 된 것일까?

원인은 잘 모르겠지만 여하튼 헤스티아는 변하고 있었다. 변한다고 해도, 다른 애들에게 보여지는 모습이 변하는 거지, 내가 봤을 때 헤스티아는 예전과 비슷했다.

여전히 애교가 많았고, 내게 찡찡대며 귀여워 보이고 싶어 하는 것 같다. 예전에는 그게 헤스티아의 성격인 줄 알았건만, 최근에는 좀 생각이 다르다. 아무래도 내가 귀여운 것에 약하다는 것을 알고 일부러 그러는 것 같았다.

그래도 뭐, 활기차게 변한 헤스티아를 보면 기분이 좋다.

"아침 일찍 뭐해?"

"슈슈!"

헤스티아와 같이 등교하려고 아침 일찍 방으로 가니 헤스티아는 책을 펴고 공부 중이었다. 헤스티아가 공부하고 있는 과목은 내가 제일 싫어하는 제국 역사학이다. 웩.

헤스티아는 어디서 동기 부여가 됐는지는 모르겠지만 요새 공부에도 열이 오른 것 같다. 물론 마법 기초학이나 단순 연산 같은 과목은 전혀 손을 대지 않는 헤스티아였지만 그래도 역사나 제국어 등등 문과 계열 과목들은 나보다도 열심히 한다. 이 속도로는 조만간 나를 뛰어넘지 않을까 조심스럽게 예상해 본다.

역사학은 가르치는 선생님께서 재미없게 수업하셔서 그런지 열심히 할 생각을 안 한다. 그래서 내가 언제나 쉽게 1등 자리를 차지할 수 있었는데, 아무래도 이번 시험에는 헤스티아에게 1등 자리를 넘겨야 할 것 같은 느낌이다. 더불어 제국어도 살짝 위험했다. 나는 전 과목 1등이라는 타이틀이 좋았기 때문에 긴장할 수밖에 없었다.

"진짜 장난 아니다······."

나는 헤스티아의 꼼꼼하고 잘 정리된 노트 필기를 보며 중얼거렸다. 헤스티아는 가방을 싸다가 내 중얼거림을 듣고 부드러운 미소를 지었다.

"그치? 나 이번에 역사학이랑 제국어는 슈슈 넘을 수 있을 것 같아."

"······."

가끔 헤스티아는 이렇게 날 도발하기도 했다.

그녀는 내 승부 욕에 불을 지폈고 동기 부여가 확실히 되었다.

"헤스티아, 우리 이번에 내기해볼래?"

"슈슈랑 내가 내기?"

"어."

나는 헤스티아에게 성적 내기를 제안했다. 헤스티아는 내가 내기를 제안하자 굉장히 기쁘고 영광스럽다는 표정을 잠시 짓다가 세차게 고개를 끄덕였다.

내기 과목은 헤스티아가 자신 있어 하는 제국 역사학과 제국어로 정했다. 내기 보상은 진부하게 지는 사람이 이기는 사람 쪽 소원 한 가지를 들어주는 것이었다.

대충 내뱉은 소원이었지만 헤스티아는 굉장히 만족스러워했다.

나는 헤스티아가 머리가 좋은 걸 알고 있기 때문에 추가 조건을 붙였다.

"대신 소원을 더 들어달라는 소원은 빌지 않기다."

"······치."

역시 그럴 작정은 있던 것인지 헤스티아는 혀를 쯧, 차며 아쉬워하는 표정을 지었다. 역시 헤스티아는 절대로 만만히 볼 상대가 아니었다.

소설 속에서 헤스티아의 성격을 한번 생각해 보았다. 소설에서는 헤스티아가 이렇게 자기를 발전시키는 것에 목말라 한다는 언급이 없었다. 헤스티아는 조용했으며 자주 웃었고, 소설 속에서도 조신한 성격이었던 걸로 기억이 난다. 소설 속에서의 헤스티아는 가끔가다가 이해할 수 없는 불같은 성격을 보여줬는데, 그 괴리감이 난 슬슬 이해가 가기 시작했다.

여하튼 시험 성적 내기를 시작한 이후로 헤스티아는 엄청 독해졌다. 안 그래도 독해졌다는 느낌이 있었는데 거기에 얹어서 훨씬 더 독해졌다.

내기를 시작한 이후, 헤스티아와 함께 등교하려고 아침 일찍 기숙사에 찾아가면 헤스티아는 없었다. 내기 이후 헤스티아 방의 모습도 살짝 달라졌는데, 헤스티아의 책상과 침대 쪽에 뭔가를 메모한 종이가 덕지덕지 붙어 있었다. 종이에는 날마다 새로 배우는 중요 용어와 외워야 할 위인 이름 등등 수업에서 배운 내용들이 적혀 있었다.

교실에 가니 헤스티아가 책을 펴놓고 공부하고 있었다. 잠을 설친 건지, 헤스티아의 눈가에는 정말 크고 어두운 다크서클이 생겨나 있었다. 피부도 살짝 푸석푸석해진 것 같기도 하다. 미용에 목을 매달던 헤스티아가 변하고 있었다.

나 한 번 이기겠다고 저리 열심히 하다니.

헤스티아가 열심히 하는 모습을 보니 나도 왠지 열심히 해야 할 것 같은 기분이 들었다. 제국 역사학과 제국어는 내가 중요하게 여기는 과목이 아닌데도 말이다.

내기를 했으니 순순히 질 수야 없지.

"슈슈? 역사학 선생님께서 괴롭히셔?"

내가 요새 코피를 흘리면서까지 문과 쪽 과목을 공부하자, 헤이즐이 의아한 표정으로 물어본다. 나는 그런 게 아니라고 말했지만 헤이즐은 의심스러운 표정을 지었다.

역사학 선생님도 요새 헤스티아와 내가 눈에 불을 켜고 공부하자 맛있는 간식까지 챙겨주시며 우리를 응원하고 계셨다. 언제나 수업이 재미가 없다고 무시당하던 선생님은 우리 둘이 수업 때마다 열의를 보여 주자 감동을 한 듯싶었다.

아무튼, 책상에 앉아 열심히 공부를 하고 있는데 헤스티아가 내 방에 들어와 나에게 종이 뭉치들을 줬다.

방에 들어온 헤스티아의 몰골은 장난이 아니었다. 다크서클은 심해져 있고 자주 쓰지 않던 안경이 코 밑까지 내려와 있었다. 살짝 코리의 느낌이 났다. 그런데 워낙 헤스티아가 예뻐서 그런지, 저렇게 망가졌음에도 이상하지 않았다. 오히려 다크서클 때문에 퇴폐미가 나는 것 같다.

헤스티아는 내 방에 와서 자신이 직접 정리한 역사학 참고 자료를 내 책상 위에 놔뒀다. 나는 헤스티아가 정리한 종이 뭉치를 받고 헤스티아에게 내가 정리한 역사학 자료를 나눠줬다.

우리는 내기를 한다고 해서 도와줬으면 도와줬지, 서로를 견제하지 않았다.

사실, 나는 견제를 하려고 했으나 헤스티아가 적극적으로 역사학을 물어보며 도와달라고 하니까 내기임에도 도와줄 수밖에 없었다. 그런데 오히려 도와주면서 내가 배우는 게 많았다. 헤스티아가 내 오류를 짚어주기도 했고 말하면서 이해가 잘 가지 않았던 부분도 이해가 됐다.

내가 도움이 된다고 고맙다고 말할 때면 헤스티아는 씨익 입꼬리를 끌어올리며 침침한 웃음을 지었다. 공부하느라 피곤한 탓인지 헤스티아의 백치 웃음은 어느새 졸음이 가득한 침침한 웃음으로 바뀌어 있었다.

헤스티아와 하교 후에 매일같이 하던 키 크는 스트레칭은 헤스티아가 공부에 전념하면서 더는 하지 않게 되었다. 대신 우리는 매일같이 도서관에 박혀서 저녁 점호 시간 전까지 공부만 했다.

수업이 끝나면 나는 담요와 커피, 공부할 것들을 챙기고 매일 도서관으로 향했다. 헤스티아는 이제 나보다 더 많은 역사 상식과 언어 실력을 가지고 있었다. 도서관에서 공부할 때면 헤스티아는 내 언어 쪽 부분을 보충해 줬고, 나는 헤스티아의 마법 기초, 연산 등등 이과 쪽 부분을 보충해 줬다.

코리는 요새 도서관을 자주 찾는 나와 헤스티아를 보며 감탄했다.

"너희 진짜 아파 보여. 쉬엄쉬엄해."

마법 관련 서적을 고르던 코리가 걱정스러운 표정으로 말을 걸었다. 금발의 부스스한 머리카락을 가볍게 묶은 코리는 내 얼굴을 바라보고서 표정을 굳혔다. 그는 잠시 들고 있던 책을 내려놓고 도서관 사서에게 걸어갔다. 사서와 잠시 이야기하던 코리는 그에게 자를 얻어냈고 내 앞에 우뚝 섰다.

코리가 투명색 자를 들고 내 얼굴 쪽으로 조심히 가져다 대자 나는 고개를 갸웃거렸다.

"잠시 움직이지 말아봐."

코리가 내 뒷머리를 조심스럽게 받쳐 고정시켰다. 고개를 살짝 숙이느라 어깨까지 내려온 그의 금발이 앞쪽으로 살짝 쏠렸다.

그는 고개를 비스듬히 기울인 채 진지한 표정으로 얼굴을 들이밀며 뭔가를 확인했다. 그리고 다시 그 투명 자를 내 얼굴에 똑바로 가져다 대며 내 얼굴을 바라보았다.

뭐지, 지금 얼굴 크기 재는 건가. 의문이 들어 그에게 뭐 하는 거냐고 물어보자, 그는 대답해주지 않고 혼자 "심각해……." 하며 중얼거렸다. 그 작은 중얼거림을 들은 나는 표정을 와락 구겼다. 내 얼굴 크기가 심각하다는 건가.

코리는 투명색 자를 정확히 내 눈 밑에 가져다 댔다. 눈 밑이 자 때문에 차가웠다. 얼마 지나지 않아 코리는 투명색 자를 자신의 교복 앞주머니에 넣더니 한숨을 쉬며 입을 열었다. 의사 선생님처럼 전문적인 느낌으로.

"3.45 센티미터."

"뭔데."

"네 다크서클 길이야."

"그런 걸 왜 재."

"……다크서클 길이로 날 이긴 사람은 꼭 쓰러졌거든."

코리는 자신의 다크서클 길이가 3cm 정도 된다고 했다.

불길한 미신 같은 소리를 하길래 나는 자를 들고 헤스티아에게 다가가 그녀의 다크서클을 재보았다. 와. 4cm다.

조금 충격을 받은 나는 창문에 비치는 나와 헤스티아의 모습을 바라보았다. 헤스티아와 나는 둘 다 눈 아래 새까만 그림자를 달고 있었다. 대충 묶은 머리카락은 정돈되지 않아 산발이었고 그동안 밥도 잘 못 챙겨 먹어서 핼쑥했다.

코리의 걱정 어린 말이 일리가 있어 나는 그저 허탈하게 웃었다.

공부하는 우리를 계속 불퉁한 시선으로 지켜만 보던 코리는 결국 도서관 파티에 끼게 되었다. 작은 스터디 그룹이 생긴 것이다. 코리가 같이 공부하게 된 이유는 간단했다.

"저번처럼 코피 흘리기만 해봐."

감시역이었다.

저번에 내가 코피를 쏟는 것을 본 코리는 무리하는 우리를 막기 위해 스터디에 동참했다.

코리는 스터디에 동참한 뒤부터 평소엔 손도 대지 않던 역사학을 공부하기 시작했다. 물론 내가 코리보고 하라고 했다.

코리는 마법 이외에는 관심이 없기에 역사학을 공부하는 것에 깊이 고민하더니 알겠다고 했다. 아무래도 코리는 문과 쪽 계열은 아니었던 건지, 역사학 책을 펴고 뚫어져라 쳐다보더니 곧 크게 고개를 돌리며 졸기 시작했다.

그래서 코리는 역사학 대신 글씨 연습을 시작했다. 워낙 글씨가 알아보기 힘든 코리였던지라, 시험을 칠 때마다 항상 글씨 때문에 몇 문제 더 틀렸다.

코리는 빈 공책에 과일 이름들을 하나씩 반복해서 예쁘게 적으려고 노력했다. 인상을 쓰며 열심히 '오렌지'라는 글자를 반복해서 적는 코리였다.

코리는 문과 쪽 계열 과목은 도와줄 수 없었지만 대신 이과 쪽 계열은 나보다 훨씬 깊게 알고 있어서 크게 도움이 되었다. 글씨가 더러워 필기 공책은 별 도움이 안 됐지만, 설명을 조곤조곤 잘해줬기 때문에 이해를 쉽게 할 수 있었다. 헤스티아도 코리의 설명을 듣고 난 뒤부터 마법 원리에 대한 이해도가 한층 더 깊어진 것 같았다.

헤스티아는 스터디에 들어온 코리에게 말을 잘 걸지 않았다. 오히려 코리를 가끔 째려보거나 견제하는 듯한 인상을 받았다. 그래도 나중엔 코리가 자신의 성장에 크게 도움이 되자 건방진 말투로 말을 걸곤 했다.

"솔직히 넌 첫인상이 더러워서 마음에 안 들었는데. 괜찮다 너?"

"……칭찬이야 욕이야."

"그래도 슈슈랑 제일 친한 건 나야."

그러면 코리는 어이가 없다는 표정을 지었다. 그리고 곰곰이 생각하더니 코리는 손가락으로 자신의 귀 쪽 피어싱을 가리키며 입을 열었다.

"이거 슈슈가 직접 만들어 준 거야."

그리고 코리는 옆에 앉아 있는 내 어깨 쪽에 자신의 팔을 친근하게 걸치고 내 귀에 달려 있는 오렌지 피어스를 가리켰다. 얼떨결에 코리와 밀착하게 됐는데 그에게서 달달한 냄새가 났다.

"이건 내가 만들어서 줬고."

코리는 어깨동무를 한 채, 내 머리에 자신의 머리를 툭 기대더니 헤스티아를 바라보며 살짝 미소를 짓는다.

"넌?"

코리의 도발에 헤스티아는 인상을 썼다. 그의 말에 헤스티아는 내가 준 만년필을 꺼내려다가 도로 집어넣었다.

헤스티아와 난 우정을 기린 물건을 교환한 적이 없었기 때문이었다. 내가 일방적으로 줬지 헤스티아가 뭘 해준 적은 없었다. 아, 아니다. 헤스티아는 자신이 고마울 때 나에게 쿠키를 많이 줬긴 줬다.

헤스티아는 나와 코리의 피어스가 부러운 건지 인상을 쓰며 내 귀 쪽을 뚫어지게 쳐다보았다.

"크윽…… 슈슈우……."

헤스티아는 분한 표정을 지우지 못하며 내게 팔짱을 꼈다.

"나랑도 꼭 하자아……."

칭얼거림이 계속되었다. 흡사 가지고 싶은 물건이 있는 어린아이가 부모에게 매달리는 모습과 비슷했다.

나는 액세서리를 맞추는 건 나중에 시험 끝나고 하자고 했다. 그러자 헤스티아는 당장 뭔가를 맞추고 싶어 했지만 내기가 더 중요했던 건지, 공부를 미루며 상점가에 가자고 조르진 않았다.

그렇게 매일같이 열심히 공부하다 보니 시간이 훌쩍 흘러갔다. 중간고사 시험을 쳤고, 성적도 나왔다. 그리고 결과적으로 내기는 나의 승리로 끝났다.

왜 이겼냐면, 헤스티아는 한 번도 작정하고 공부한 적이 없었기 때문에 시험 직전 긴장을 해버렸고, 시험 치는 중간에 몸이 아프기 시작했다. 책상에 머리를 박고 끙끙거릴 정도였다.

헤스티아는 시험을 보는 둥 마는 둥 치다가 결국 시험이 끝나자마자 실려 나갔다. 나는 다행히 코리의 다크서클과 0.45센티미터밖에 차이가 나지 않아서 가까스로 건강을 건진 것 같다.

아파서 실려 간 헤스티아는 '시크베이'에 배정이 되고 말았고, 그녀는 뒤늦게 성적표를 보며 쓰게 웃었다.

헤스티아는 점심 식사를 앞에 두고 한숨을 푹 쉬었다.

"슈슈, 네 말대로 인생은 만만한 게 아니더라."

"헛소리 말고 밥이나 먹어."

헤스티아는 빵을 갈기갈기 찢어 수프에 넣어 휘젓더니 먹지는 않고 장난만 쳤다. 그렇게 열심히 했는데 시험을 망치다니……. 나는 왠지 마음이 아팠다.

무리한 것은 헤스티아뿐만이 아니었다. 헤스티아가 잠도 안 자면서 공부하길래, 나도 요새 공부에 불이 붙어 잠을 잘 못 잤다. 코리가 동아리 시간에 억지로 재우려고 했지만 나는 계속 공부만 했다.

평소라면 헤스티아에게 몸이 먼저니 관리 잘하라고 말했겠지만, 그놈의 내기가 뭔지 잠시 동안만 참으면 된다는 생각에 몸을 혹사하고 말았다. 헤스티아도 그렇고, 나도 그렇고 시험이 끝나자 여러모로 만신창이였다.

헤스티아가 밥을 먹지 않고 분한 표정으로 눈만 깜박이고 있자, 나는 주머니에서 종이 2장을 꺼냈다. 이게 위로가 될진 모르겠지만 난 일단 그 종이를 헤스티아에게 보여줬다.

헤스티아에게 보여준 건 내 성적표였다. 저번 중간고사의 성적표와 이번 중간고사의 성적표 2장.

"이것 봐."

"……?"

"선생님 코멘트랑 내 성적을 봐."

"오…… 슈슈 많이 발전했네!"

헤스티아는 내 성적을 보며 깜짝 놀라했다. 예전에는 선생님의 코멘트에 '태도 불량'이라는 말이 많이 적혀 있었는데 지금은 칭찬이 많이 보였다. 그뿐만 아니라 성적도 저번보다 크게 올라 있었다. 성실성도 점수에 조금 반영이 되었는데 그 성실도의 점수가 많이 오른 것이다.

 난 내 두 개의 성적을 비교하며 "역시 슈슈는 대단하구나!"라며 칭찬하는 헤스티아를 쓰다듬었다.

 "네 덕분이야, 헤스티아. 정말로 고마워."

 헤스티아는 내 말을 듣고 눈동자를 동그랗게 떴다. 그리고 쑥스럽다는 표정을 짓더니 몸을 비비 꼰다. 헤스티아는 헤헤, 기분 좋은 미소를 지었다.

 헤스티아는 숟가락을 들어 수프를 한입 떠서 입에 넣었다. 나는 침울했다가 내 한마디에 즐거운 표정을 짓는 헤스티아를 바라보며 미소가 지어졌다.

 헤스티아는 흥얼거리기 시작하다가 돌연 무언가 떠오른 건지 입을 열었다.

 "그나저나, 슈슈. 네가 내기 이겼는데 소원이 뭐야?"

 "글쎄, 만수무강."

 "아니이. 내가 들어줄 수 있는 거 말이야."

 확실히 내기는 내가 이겼으니 소원을 하나 말해야 했다.

 솔직히 방금은 조금 뺐지만, 헤스티아에게 소원 하나 빌려고 열심히 준비했다. 만약 이긴다면 무슨 소원을 빌까, 열심히 생각했다. 정확히 저번 주부터 준비했다.

 "아무거나 말해도 돼?"

 "응!"

 내 말에 헤스티아는 시험 후 피곤함에 쩔은 미소를 지어줬고, 나도 마주 웃었다. 내 웃음도 헤스티아의 웃음과 별반 다를 게 없을 것 같다.

나는 가방에서 종이들이 아주 **빽빽**하게 들어 있는 두꺼운 폴더를 꺼냈다.

"여기."

침대에 던졌더니 무거워서 이불이 쑥 꺼졌다. 눈을 동그랗게 뜬 헤스티아는 폴더를 잡아들고 나를 쳐다보았다.

"……이게 다 뭐야?"

"다음 학기 신문부 동아리 신청서."

"동아리 신청서?"

"여기에 들어가서 우리 동아리 홍보 좀 해줘. 아직도 인원이 2명이야."

소원은 한 가지라고 했지만 나는 원하는 게 많았다. 제국의 주요 가문의 자세한 설명과 지지 정당의 내용을 담은 제본 책, 그리고 역사 관련 여러 책들을 꺼내 헤스티아 앞에 펼쳐 놓았다.

"이건 네가 개인적으로 읽어줬으면 하는 서적들. 읽고 비평 글 좀 써줘."

"뭐?"

"네 필력이라면 신문사에 비싸게 팔 수 있어. 돈 좀 벌어서 같이 디저트 가게 모든 메뉴 싹쓸이해 보자. 아, 근데 이러면 소원이 2갠가? 너도 하나 말해."

공책에 있던 글을 읽었다는 말에 헤스티아는 얼굴이 엄청 붉어지더니 곧 앞에 있는 책들과 종이들을 보고 고개를 숙였다.

"진짜 슈슈는……."

헤스의 하얗고 섬세한 손이 잘게 떨리며 베이지색의 학교 이불 시트를 구겼다.

"진짜, 너는…… 한결같구나."

헤스티아는 내가 준 것들을 파일로 쌓아 꼬옥 껴안았다. 그리고 자신의 옆에 놔두더니 나중에 시간 날 때 꼭 읽겠다고 한다.

"나도 소원 하나 말하라고 했지? 그럼 굳이 거절하지 않을게."

"저번에 하자고 한 드래곤 문신만 아니면 돼."

"……피. 이번에 말할 소원은 그거 아냐."

헤스티아는 식사 그릇을 옆으로 치우고 손가락을 꼼지락거렸다. 잠시 옆을 힐끔힐끔 쳐다보면서 말하기 주저하는 것처럼 보였다.

헤스티아는 얼굴을 이불 시트에 묻고 한참을 끙끙거렸다. 분홍색 긴 머리카락이 그녀의 얼굴을 가려 표정이 잘 보이지 않았다. 계속 마른세수만 부단히 하고 있다. 한참을 이불을 가지고 장난치며 바스락거렸다. 소원 하나 말하기가 참 어려워 보인다.

그렇게 한참을 주저하던 헤스티아는 손으로 얼굴을 가린 채 곧 조그만 목소리로 입을 열었다.

"나 싫어져도, 질려도 절대 떠나지 마."

건조한 스펀지를 비틀어 쥐어짜 겨우 나온 한 방울처럼 겨우 나온 그녀의 목소리가 건조한 것 같으나 잔뜩 잠겨 있었다. 자신의 얼굴을 가린 흰 손가락 사이로 보이는 헤스티아의 초록색 눈에는 눈물이 그렁그렁했다.

울고 싶어 하는 헤스티아를 바라보며 나는 꼬옥 껴안아 줬다. 나는 불안함에 살짝 몸을 떠는 헤스티아의 등을 토닥여줬다.

"시크베이에서 나오면 같이 목걸이나 맞추러 가자."

"……응."

헤스티아를 한참 토닥여 주던 나는 잠시 머리가 아찔하더니 코피를 쏠고 그대로 쓰러졌다. 0.45 센티미터의 저주가 발동한 것이다.

나와 헤스티아는 사이좋게 시크베이에서 같이 요양하다가 퇴원하자마자 목걸이를 맞추러 갔다.

소꿉친구의 사정

슈슈의 권유로 나는 학교 신문부에 들어가기로 했다. 신문부는 큰 동아리였기 때문에 들어가려면 자기소개를 2장 정도 적어야 했다.

나는 자기소개서를 쓰기 앞서 턱을 괴고 잠시 생각에 빠졌다. 나는 그동안 내가 살아온 과정을 떠올려 보았다.

어릴 때 어머니는 내 머리카락을 자주 빗겨 주셨다. 어머니의 빗질은 언제나 아팠다.

"헤스티아. 넌 항상 예쁘고, 얌전해야 한다."

"어, 어머니! 아파요!"

누가 어머니의 손길이 부드럽다고 했는가. 그녀의 손길은 부드러운 손길이 아닌 억세고 배려 없는 손길이었다. 머리카락이 모두 뜯길 것 같아 신음을 내보았지만, 어머니는 듣지 않았다. 오직 같은 말만 내뱉을 뿐이었다.

"헤스티아, 넌 예뻐야 한다."

"헤스티아, 넌 얌전해야 한다."

매일 밤 머리카락을 빗겨 주시는 어머니의 표정은 한없이 공허했다. 삶의 동력을 잃어버린 사람처럼 텅 빈 표정을 지은 채, 나에게 한 없이 되풀이하며 말하곤 했다.

"여자는 사랑받아야 해. 그러려면 우린 항상 수그려야 하는 거야. 우리는 예뻐야 하고 사랑받아야만 가치 있는 존재가 되는 거야. 남편의 자랑이 되고, 그래야…… 그래야……."

어머니는 곧 화가 난 얼굴로 물건을 바닥에 던지기 시작했다. 신경질을 내기 시작하는 어머니의 모습을 바라보며 나는 두 손을 무릎위에 올려놓고 잠잠히 있었다.

그리곤 화장대에 올려져 있는 빗을 들며 나는 천천히 내 머리카락을 빗었다. 같은 말을 반복하며 난리를 부리는 어머니의 모습에 나는 얌전한 아이가 되겠다고, 사랑받을 수 있도록 노력하겠다고 외치며 어머니를 진정시켰다. 그렇게 어머니를 달래고 나면 어머니는 나를 바라보며 조용히 눈물을 흘리셨다.

어릴 때부터 지금까지 우리 집에선 언제나 아버지가 왕이었다. 자존심이 세고 모든 것이 자기 뜻과 입맛대로 움직여야 하는 우리 아버지는 항상 우리 식구들을 쥐락펴락하고 싶어 했다.

아버지는 돈 없는 집안에서 태어났지만, 무척 아름다운 어머니와 결혼했고 팔려오듯 결혼한 어머니가 자신에게 순종적이길 바랐다. 그러나 어머니는 자신감에 넘치는 사람이었고, 그게 아버지의 심기를 불편하게 만들었다. 나는 두 분 사이의 일은 잘 모르지만, 시녀의 이야기를 들어보면 어머니는 신혼 초와 많이 바뀌었다고 한다.

나는 유년기부터 지금까지 매일같이 어머니의 반복되는 말을 듣고 자랐다. 어머니는 아버지가 자신을 취급하는 것과 똑같이 나를 취급했다. 내가 관심이 있어 하는 것들은 모두 하찮은 것들로 여겼으며, 나를 그저 예쁜 인형으로밖에 보려 하지 않았다.

집 안에서의 나의 가치는 없었다. 나이가 차면 시집을 가게 되는 예쁜 아이일 뿐이었다. 때문에 내 인생의 목표는 그저 결혼이었고, 남편을 잘 섬기고 그런 것들일 수밖에 없었다. 내가 순종적이고 조신하게 행동하면 아버지는 칭찬해줬고, 어머니도 씁쓸한 표정을 지으며 안심하는 표정을 지으셨다.

어린 나는 허울뿐인 부모님의 사랑을 받으며 조금은 기뻤던 것 같다. 그러나 한편으론 나를 결혼을 위한 물건 취급하는 집안을 여러모로 숨 막혀 했다. 나도 생각이 있고 입이 있었다. 인정받고 싶고, 어제보다 좀 더 나아지고 싶었으며 내가 해 보고 싶은 것들을 마음껏 해 보고 싶었다.

그렇게 답답한 내 인생에서 유일한 낙은 슈라이나였다.

기억이 없는 아기 때도 종종 만났다고 들었지만, 내가 기억하는 첫 슈라이나는 내가 4~5살 때쯤이었던 것 같다. 짧은 주황색 머리카락에 무관심하고 사나운 삼백안이 특징인 소녀였다.

서로의 존재를 인지하게 되었을 때부터 우리는 친구였다. 어릴 적부터 자주 붙어 다니다 보니 점점 친해지게 된 것 같고. 나중에는 집까지 서로 종종 찾아가며 놀았다.

나는 슈라이나에게 종종 어머니가 나에게 뱉은 말을 그대로 내뱉었다. 난 우리 집안 사람들과 판이한 슈라이나의 행동들을 지적했다.

처음에는 솔직히 자유분방한 느낌의 슈라이나가 별로였던 것 같다. 솔직히 어릴 때부터 여러모로 똑똑했던 슈라이나에게 질투에 가까운 감정을 많이 느꼈다.

여자는 결혼을 위한 존재고 후계자를 낳기 위한 도구다. 우리에게 다른 꿈은 필요가 없었다. 내가 그렇게 말할 때면 슈라이나는 인상을 쓰며 귀를 후볐다. 무슨 헛소리냐는 얼굴이었다.

"여자든 남자든 어차피 끝은 똑같이 송장인데 뭘 복잡하게 그런 걸 신경 써. 자기가 하고 싶은 거 하면 되는 거지."

그러면서 어머니가 했던 말들을 간단하게 매듭짓는 그녀였다.

계속 우리는 우주에서 바라보면 먼지 조각이라고, 대단하지만 하찮다고 뭐라고 하는데 슈라이나의 말을 듣다 보면 정말 내가 고민하고 있는 것들이 사소해지는 것 같았다.

자신의 능력을 키우는데 정말 성별이 중요할까, 왜 나는 어머니의 말들에 얽매여 내 관심을 모두 옆으로 치우고 결혼이 정답이라고 생각하고 있는 걸까.

나는 슈라이나와 같이 지내면서 생각이 조금씩 바뀌기 시작했고, 점차 그녀를 동경하기 시작했다.

슈라이나는 검을 잡으면서 마법을 배우는 등 하고 싶은 거 다 하면서 자신의 처지를 전혀 신경 쓰지 않았다. 남작 영애라서 새로운 것들을 한다는 데에 압박이 있을 텐데도 전혀 신경 쓰지 않았다.

오히려 슈라이나는 일취월장한 실력을 보여줌으로써 여러모로 반대했던 주변인들이 그녀의 실력을 인정할 수밖에 없도록 했다. 그녀는 행동으로 자신은 다르다는 것을 보여 주고 있었다. 슈라이나는 사람들에게 실력으로 인정을 받고 있었고 그게 내가 꿈꾸는 나의 모습이어서 너무 멋있고 부러웠다.

나도 저렇게 당당해지고 싶었다. 슈라이나처럼 사람들이 내 노력과 실력을 보고 나를 인정해줬으면 한다. 그러나 언제나 한결같은 집에 들어오면 그런 내 욕망이 차갑게 식어버린다. 나는 여러모로 무서웠다.

　내가 슈라이나처럼 내가 좋아하는 것들을 하기 시작한다면 아마 나는 집에서 쫓겨날 것이었다. 부모님은 순종적이고 예쁜 내 모습을 좋아했지만, 한편으로 나 자체를 사랑하기도 하는 것 같았다. 나는 그런 가족이 미운 동시에 좋았다.

　나는 슈라이나를 내 도피처로 삼았다. 감히 내가 시도할 수 없는 일들을 이뤄내는 슈라이나를 바라보며 대리만족을 느꼈다. 슈라이나가 계속 성장했으면 좋겠다. 방해받지 않고 무럭무럭 성장해 모두들 그녀를 우러러봤으면……

　그러다 보면 내 인식과 시선을 서서히 바꾼 거처럼 언젠가 여자에 대한 제국의 인식을 바꿔주지 않을까 싶었다.

　내가 슈라이나를 정말로 좋아하는 이유는 그녀의 능력 때문만은 아니었다. 그녀는 나를 유일하게 제대로 봐주는 사람이었다. 슈라이나는 아무도 신경 쓰지 않았던 내 관심과 흥미를 물어보고 언제나 적극적으로 도와주려고 했다. 내가 나 스스로 도구 취급을 하면 화를 내었고, 내가 언제나 듣고 싶었던 말들을 해줬다. 귀찮아하면서도 꿋꿋이 말해줬다.

　하고 싶은 것들을 해라.

　개소리 그만해라.

　언제나 응원한다.

　나의 가치를 인정해주는 말들을 내 우상인 슈라이나에게 들을 때면 나도 모르게 가슴 깊은 곳에서 울렁거림이 느껴졌다. 그래서 일부러 슈라이나가 싫어할 법한 말들을 반복해서 내뱉은 것 같다.

　나는 이 울렁거림이 좋았고, 존중받고 있다는 느낌이 좋았다. 귀찮다는 듯 차가운 말들을 많이 내뱉기도 한 슈라이나였지만 그녀는 본질적으로 정말 따뜻한 사람이었다.

슈라이나가 나를 친동생 보듯 바라봤기 때문에 나는 일부러 어리게 굴었다. 내가 투정을 부릴 때면 슈라이나는 내 행동에 조금 더 관대해졌다. 슈라이나는 내가 그녀를 다른 남자애들에게 뺏기기 싫어 일부러 방해한다는 것을 눈치챘으면서도 그냥 넘어가 줬다. 슈라이나에게 정말로 미안했지만 나는 계속 나는 '어리니까 괜찮아'라고 생각하며 자기 합리화했다.

나는 슈라이나에게 남자가 생기는 것이 너무 싫었다. 애인이 생겨 나와 멀어질 수도 있다는 가정도 싫었고, 슈라이나가 혹여 애인 때문에 자신의 꿈을 못 이뤄 내 어머니처럼 되는 것이 아닌가 걱정도 많이 했었다. 날 똑바로 봐주는 슈라이나가 없으면 난 다시 무가치한 물건으로 돌아갈 테니까.

슈라이나를 뺏기기 싫어 그녀가 관심 있어 하는 남자애들을 뺏으면서 죄책감과 불안함 속에서 살았다. 그러나 내가 이런 행동들을 반복하니 슈라이나는 아예 연애를 포기한 것 같다. 미안한 마음이 들었지만 조금은 기쁘기도 하다.

나는 집안에서 시키는 대로 얌전하게 살았다. 그건 하나의 족쇄였고 내가 진짜로 하고 싶은 대로 산다는 것은 금기와 다름없었다. 그래서 난 오랜 시간 동안 슈라이나의 옆에 붙어서 나 자신을 숨기고 그녀에게 말로 위로를 받으며 몰래 내 꿈을 키워갔다.

아카데미로 가서 여러 아이들과 마주해 대화를 나눠보니, 사회는 여전히 남자가 우선이었지만 내가 생각했던 것보다 개방적으로 변해 있다는 것을 깨달았다. 다 그런 줄 알았더니, 우리 집안이 유독 극

성인 것이었다.

나는 그럼에도 집에서 그랬던 것처럼 항상 조신하게 행동했다. 몸 깊숙이 박힌 습관이 쉽게 고쳐지지 않는 것이다. 뭔가 말을 하려고 하면 심장이 벌렁거렸고 나를 드러내게 되면 나를 향할 타인의 시선이 두려웠다. 어머니 말대로 뭔가 큰일이 벌어질 것 같았다.

나는 포장된 내 모습을 욕하는 여자애들을 별로 신경 쓰지 않았다. 내가 일부러 자처해서 욕을 얻어먹는 거니까 상관없었다. 나는 그저 슈라이나가 날 어떻게 생각하는지가 중요했다. 슈라이나는 내가 어떤 모습이든지 신경을 쓰지 않는 것 같았기 때문에 나는 굳이 용기를 내어 스스로를 드러내지 않았다.

그러나 집 안에서 나와 아카데미에서 슈라이나와 매일 마주하면서 대화하다 보니 나도 모르게 가식적인 모습이 점점 사라지고 있었다. 그걸 나도 느끼고 있었고, 슈라이나도 그런 내 모습을 눈치챈 것 같다. 하지만 아직 어리광부리고 싶었던 나는 슈라이나 앞에서는 좀 더 연기했다. 아직까지도 난 슈라이나의 달래는 듯한 목소리와 위로가 너무 좋았기 때문이었다.

계속 생각이 바뀌고 가식적인 모습을 유지하기가 힘들어질수록 나는 점점 예쁜 관상용 인형 취급을 견딜 수 없게 되었다. 언제나 잘 받아오던 러브레터도 그저 인상만 찌푸려지고, 내 얼굴과 몸매를 보며 좋은 아내가 될 거라는 말도 최근 들어 눈물 날 정도로 지겹기 시작했다.

난 결국 참고 숨다가 슈라이나에게 내 진짜 모습을 제대로 들켜버리고 말았다.

저번에 슈라이나에게 전해줄 것이 있어서 그녀가 있을 여자 탈의

실로 향했었다. 거기서 슈라이나의 욕을 하기 시작한 여자애들을 보며 나는 분노를 참을 수가 없었다. 슈라이나는 가만히 자신의 욕을 듣고 있다가 여자애들이 내 욕을 하기 시작하자 당장 뛰쳐나가 화를 냈다.

화를 내는 슈라이나를 바라보며 나는 감동을 했다가 어떤 여자애가 슈라이나의 머리채를 잡고 뜯자, 눈이 뒤집힐 뻔했다. 하지만 내가 여기서 나서 봤자, 슈라이나에게 방해만 될 것 같아 밖에서 슈라이나를 기다리는 황태자와 같이 선생님을 불러왔다.

나는 선생님께 잔뜩 혼나고 나온 검술부 여자애들을 바라보다가 슈슈의 땜빵이 떠올라 나도 모르게 시비를 걸고 말았다. 나는 그들의 머리카락을 잔뜩 뽑았고, 만신창이가 된 채 방으로 들어왔다. 그럼에도 그들이 슈라이나에게 했던 모욕적인 말들이 떠올라 분이 풀리지 않았다.

기숙사에 들어와 쿠션에 화풀이를 하고 있으려니 슈라이나가 갑자기 방 어디선가에서 뛰어나왔다. 분명히 당황스러웠을 게 분명함에도 슈라이나는 태연한 표정으로 날 상대했다.

싸우고 들어온 슈라이나는 여러모로 심란해 보였다. 나를 언제나 생각해주는 슈라이나는 분명히 내 욕을 듣고 기분이 좋지 않았을 것이다. 정말 날 아껴주니까 말이다.

같이 누워서 대화를 나눴다. 슈라이나는 나를 토닥여 주면서 이제 그만 자신에게서 벗어나라고 한다. 그리고 망할 스완하덴 때문에 내게 선물했다는 사실을 잊어버렸던 그 만년필을 다시 쥐여 주었다. 다시 선물한다면서 말이다.

"헤스티아, 나도 여러모로 부족해서 옆에서 지지해주고 의지할 수 있는 사람이 필요해. 난 그게 네가 됐으면 좋겠어."

슈라이나는 미소를 지으며 입을 열었다. 내가 그동안 뭘 했다고 저런 믿음을 보여 주는지 모르겠다.

나는 슈라이나의 말에 머리를 한 대 얻어맞은 것 같았다.

확실히 언제까지나 슈라이나와 나의 이런 관계는 오래갈 순 없을 것이다. 그녀도 그녀의 삶이 있기 때문이었다. 내가 그녀를 붙잡고 늘어지는 건 아마 딱 아카데미까지일 것이다. 그 뒤로는 슈라이나도 자신의 인생을 살 것이고, 나는 안일하게 살다가 억지로 결혼을 하게 되겠지.

요새 생활이 너무 평화로워서 내 처지를 망각하고 있었다. 나는 슈라이나와 언제까지 함께 할 수 없었다. 성인이 된다면 슈라이나가 황실 기사단에 들어가 이제 접점도 사라질 것이다.

게다가 슈라이나의 말대로 난 그동안 그녀가 나의 염원을 이뤄줄 것이라고 생각하고 있었다. 그러나 그건 정말 내 이기적인 생각이었다. 그녀가 뛰어나다고 해서 나와 같은 소망을 품고 있을 리가 없었다.

슈라이나에게 의지하지 않을 생각을 하니 처음엔 괴로웠고 동시에 압박감도 있었다. 하지만 동시에 내가 슈라이나에게 힘이 될 수도 있다는 생각이 들자 기분이 묘했다. 존경하는 슈라이나가 나를 믿고, 나에게 도움을 구한다니……. 생각만으로도 무척 기분이 좋았다.

나는 그 말을 듣고 처음으로 슈라이나에게 도움이 되기 위해 검술부 여자애들이 슈라이나를 욕한 것에 대해 사과하게끔 만들었다. 슈라이나는 얼떨떨한 표정으로 그 모든 사과를 받아들였다. 자기도 미안하다고 하며 말이다.

그런데 한편으론 내 잠재력이 슈라이나가 생각했던 것보다 많지 않으면 어떻게 하지. 슈라이나가 실망하는 게 아닌가 걱정이 되었다. 그리고 본래의 내 모습을 보여 주면 슈라이나에게 거부당하지 않을까 걱정되었다.

어머니가 날 밀어낸 것처럼, 슈라이나도 내 본모습을 알게 되면 밀어내지 않을까? 막상 변한 내 모습을 보고 슈슈가 질려 하면 어떻게 하지?

사실 난 성격이 그다지 좋지 못했다. 저번에는 스완과 비슷하다는 심한 모욕을 듣기까지 했다. 요새 스완한데도 성격 고치려고 무척이나 노력하던데, 나도 그래야 하는 건가 고민도 된다.

그래서 난 소원까지 걸며 슈라이나에게 부탁했다. 실망하지 말아 달라고, 날 떠나지 말아 달라고. 슈라이나는 당연한 걸 소원으로 말한다며 웃었지만 사실 나에게 이 문제는 너무 중요했다.

계속 감춰왔던 본 성격을 드러내는 건 쉬운 일이 아니었다. 그러나 슈라이나는 내가 계속 새로운 모습을 보여줘도 한결같았다. 무심한 말투로 날 잘 챙겨줬고 언제나 언니 같은 모습을 보여줬다. 아, 최근엔 나에게 도움도 요청하기도 했다. 자신이 쓴 에세이를 들고 와 평가를 해달라고 말이다.

슈라이나의 변하지 않은 모습에 나는 조금 더 용기를 내어 어머니와 대화를 나눠보고 싶었다. 변하고 싶었지만 계속 마음 깊숙한 곳에 어머니가 걸렸다. 조신해야 해. 예뻐야 해. 그게 다야. 넌 가치가 없는 존재야. 계속 귀에다 반복적으로 말하던 어머니의 말이 떠올랐다.

비록 거절을 하시더라도 나를 부정한 어머니에게 나를 당당히 드러내고 싶었다. 그녀의 말에 처음으로 부정하고 싶어졌다.

최근에 난 여러모로 마음을 단단히 먹고 집에 돌아가 어머니와 진지하게 대화해 보았다. 여러 대화를 해 보았지만, 어머니는 기가 찬다는 표정밖에 짓지 않았다. 어머니는 처음으로 반항을 하는 내 모습에 얼굴을 일그러뜨렸다.

"어머니, 세상이 바뀌었어요. 이젠 좀 당당해져도 괜찮아요."

"세상이 바뀐다고 해도, 시선이 바뀐다고 해도 네 아버지가 바뀌는 건 아니잖니."

그리고 난 그 말에 아무 말도 할 수 없었다. 사회가 바뀌어 남자들이 여자들이 바라보는 시선이 달라진다고 해도, 사회에서 우리를 하나의 인재로 받아들인다고 해도 내 아버지는 변하지 않을 것이다.

고착되어버린 생각은 바뀌지 않을 것이다. 성별과 지위와 환경을 모두 떠나 아버지라는 인간 자체는 변하지 않을 것이다. 저 오만하고 이기적이고 자존심이 강한 인간.

확실히 여러모로 사회가 개선되면서 괜찮은 남자들이 많아질지언정, 우리 아버지는 여전히 어머니를 하나의 사람으로 여기지 않을 것이다. 그런 인간이었기 때문이었다.

아버지는 자신의 오랜 생각 습관을 바꾸기에 너무 완고했고 나이가 많았다. 옛 사회 체제가 아버지라는 인간을 만들어낸 것이었다.

"그럼, 적어도……."

"……."

"적어도 어머니 같은 사람들을 제가 도울 수 있게 해줘요. 후대에는 모두가 능력으로 인정받을 수 있는 환경을 만들고 싶어요."

어머니는 나를 보며 묘한 표정을 지으셨다.

"어머니가 바라는 딸이 되지 못해서 죄송해요. 이해는 바라지 않아요. 그냥 통보하려고 왔습니다."

가족의 그늘에서 벗어나겠다는 의미였다.

어머니는 잠시 머리를 짚더니 한숨을 쉬셨다. 잠시 얼굴을 손에 묻고 어머니는 조용히 눈물을 흘리셨다. 나중에는 흐느껴서 우셨다.

넌, 너를 이해해주는 남편을 꼭 만나라.

그리고 그게 어머니의 처음이자, 마지막 조언이었고 충고였다. 어머니는 나를 꼴도 보기 싫다고 말했다. 최대한 아버지와 자신의 눈에 띄지 말라고 말하면서 말이다. 아카데미를 졸업하면 바로 집을 떠나라고 하셨다.

나는 어머니의 말을 새겨들었다. 아버지를 보면 반발심이 생겨 목소리를 높일 것 같아 일부러 아버지를 피해 다녔고, 내 얼굴을 보기 껄끄러워하는 어머니를 위해 숨어다녔다.

어차피 요새는 거의 아카데미에 있으니까 별로 상관은 없었다.

한번 터지니 여기저기 다 터지는 기분이다. 슈슈와의 관계도, 학교에서의 전공과 학업 방향도, 집안에서 내 위치도 조금씩 정리가 되어가고 있었다.

스스로 정리를 하면서 나는 그동안 내가 얼마나 겁쟁이였는지 깨달았다. 진작에 슈슈에게 모든 걸 다 털어놓고 어머니에 대한 두려움과 미련을 떨쳤다면 난 조금 더 일찍 행복해졌을 수 있지 않았을까. 이 홀가분한 기분을 더 일찍 느낄 수 있지 않았을까. 슈라이나를 좀 더 도와줄 수 있지 않았을까.

나는 만년필을 돌리며 입을 비죽 내밀었다. 확실히 저지르지 않고는 결과를 알 수 없는 일들이 많았다.

그나저나 다시 본론으로 돌아와서 신문부 자기소개서에 뭐라고 적지. 내 유년기부터 현재까지 구구절절 설명을 늘어놓을까? 아니면 내가 뭘 할 수 있는지에 대한 설명 위주로 적을까?

여러 가지를 생각하며 머리를 싸매고 있자니, 갑자기 방안으로 슈슈가 들어왔다. 슈슈는 검술부 훈련을 막 끝내고 돌아와서 땀범벅이었다. 주황색에 곱슬거리는 슈슈의 머리카락은 앙증맞게 위로 높게 묶여 있었다. 드러난 이마에는 땀이 송골송골 맺혀 있었다.

슈슈는 방문을 열고 잠시 두리번거리더니 나에게 시선을 고정했다.

"헤스티아, 밖에서 어떤 남자애가 너 기다려."

"……."

"역시 마음에 안 드는 애지? 쫓아내 줄게."

슈슈는 내가 대답을 미처 마치기 전에 바로 방문을 닫고 나갔다. 나중에 안 것이지만 날 불러낸 그 남자애는 소문이 좀 좋지 않은 애였다. 심지어 집착기마저 있는 아이라고 한다. 나는 나쁜 사람일 것 같은 남자애들을 바로 잘라내는 슈라이나를 바라보며 나도 모르게 미소를 지었다.

그나저나 우리 슈라이나도 연애를 한번 해 보긴 해 봐야 하지 않을까. 이러다가 나 때문에 평생 남자 손도 한 번 못 잡아 볼 것 같았다. 물론 슈슈가 연애를 하지 않는다면 나야 엄청 기쁜 일이지만, 어린 시절 때 슈슈가 좋아하는 남자애들을 가로챈 것이 자꾸만 마음에 걸렸다.

문제는 우리 슈슈와 어울리는 남자가 세상에 존재하지 않는다는 것이었다. 게다가 슈라이나는 남자 보는 눈이 굉장히 낮았고, 자신을 좋아해 주는 사람이면 모두 받아줄 것 같았다. 그래서 걱정이었다. 슈라이나는 연애 눈치도 없어서 돌직구 고백이 아니면 알아먹지도 못했다.

심지어 슈슈는 누군가와 사귀면 남친에게 딱 호구 잡히기 좋을 성격이었다. 슈라이나 성격에 첫 남자가 생기면 엄청 챙겨 주고 퍼주겠지. 자신의 영역에 들어왔다고 생각하는 사람에겐 정말 잘해주니까. 안 그런 척하지만 슈라이나는 항상 자신의 생각을 먼저 말하기보단 이해를 먼저 하려고 하는 애였다. 서로 맞춰가는 걸 좋아했다.

난 슈라이나가 남자에게 이용당해 마음이 너덜너덜해지는 장면을 상상해 보았다. 아직 사귀지도 않았는데 괜히 펜을 잡은 손에 힘이 들어갔다. 가정일 뿐이지만 너무 화가 났다.

단순히 사귀는 거라면 좋은 사람을 찾아서 밀어줘도 괜찮지 않을까 생각해본다. 일단 그녀랑 친한 남자 사람들 중 후보를 떠올려 보았다. 하일리, 코리, 이브네스, 스완하덴이 그녀에게 호감을 가지고 있는 것 같다. 펜을 빙글빙글 돌리며 턱을 괴었다.

일단 하일리는 황태자이고, 요새 성숙해지고 있어 일단 보류다.

코리는 사람이 참 괜찮은 것 같지만, 그래도 슈슈가 아까우니 보류다.

이브네스는 말을 섞은 적은 없는 것 같지만 슈슈에게 자꾸 붙어 있으려 하니 보류다. 아니, 붙어 있는 건 난가?

스완하덴, 너는 그냥 아웃이야. 넌 후보도 아니라고. 보류도 아까운 새끼.

난 스완하덴이 슈라이나에게 품고 있는 감정을 알았다. 그 감정은 엄청 컸다. 그래서 마음에 들지 않았다.

정정한다. 그냥 스완하덴이 마음에 들지 않았다.

얼굴만 예쁘지, 인상도 나쁘고 상처투성이에 딱 봐도 사연 남 같왔다. 사연 남은 나중에 집착 캐릭터로 바뀔 수 있어서 별로다. 슈라 이나에게 집착할 수 있는 사람이 있다면 그것은 나뿐이다. 집착하는 사람이 두 명 이상이 되면 슈슈가 못 견딜 것이다.

슈슈에게 미안하지만 아직 연애는 허락해줄 수 없을 것 같다. 인성이 좋고 능력 좋고 겸손해서 슈슈를 섬길 줄 아는 드래곤이 나올 때까지 슈슈 너는 연애 보류다.

나는 인상을 썼다. 아니다. 그런 드래곤도 슈슈에겐 부족한 것 같다. 아, 모르겠다. 그냥 연애 안 하면 안 되나.

뜻밖의 침입

8

뜻밖의 침입

저번 내기 이후로 헤스티아는 변했다.

1년이 지난 지금, 현재 헤스티아의 모습을 보면 다른 사람이라고 해도 이상할 것이 없었다. 2학년 내내 엄청난 성장을 보여 주더니 3학년의 끝을 바라보고 있는 지금, 헤스티아는 자신의 능력을 이용하여 학교 내에서 엄청난 권력을 쥐고 있었다. 하고 싶은 걸 마음대로 하고 살기로 마음먹은 지 얼마나 되었다고 이런 결과를 만들어 냈는지 모르겠다.

아카데미 신문 지면에 게시될 글을 쓰던 헤스티아는 교수님의 눈에 띄어 전문적으로 글을 배우기 시작했고, 안 그래도 엄청난 필력을 가지고 있었던 헤스티아는 더욱 성장해 욕이 나올 정도로 엄청난 필력을 가지게 되었다. 욕이 나올 정도의 필력이 어느 정도인지 굳이 설명하자면 나도 잘 모르겠다. 그냥 잘 쓴다. 그냥 잘 쓴다는데 더 설명이 필요해?

여하튼 헤스티아가 학교 내에서 권력을 가지게 된 이유는 그녀를 지원해주는 교수님의 덕이 컸다. 영향력이 큰 교수님께서 헤스티아를 지지하자, 그 교수님을 추종하는 사람들이 헤스티아의 글에 많은 관심을 가지기 시작한 것이었다.

쏟아지는 관심은 계속 커졌고, 어느새 아카데미 과반수 이상의 교사들이 헤스티아의 활동을 지지해줬다. 그러다 보니 헤스티아가 우리 아카데미의 실세가 되어버린 것이다.

예를 들면 신문 기사에 화장실 위생에 관한 글을 쓰면 얼마 안 있어 화장실이 전보다 더 깨끗해졌고, 아카데미 불량아의 문제점에 관한 글을 쓰면 스완하덴의 처벌 정도가 가중되었다.

헤스티아는 자신이 얻은 권력 아닌 권력을 악용하지 않고 아카데미가 좀 더 좋은 교육 시설이 될 수 있게끔 힘을 썼다. 환경이나 학교 내 분위기를 향상시키는 일 말이다. 최대한 많은 학생들에게 도움이 될 수 있도록 노력하는 것 같았다.

불이 붙자마자 그냥 아주 세차게 타오르는 헤스티아를 보며 나는 뿌듯했다.

[〈학생 특집〉 슈라이나 웨스트. 그녀의 매력을 파헤쳐 보자!]

……이런 거 적을 때 빼고.

헤스티아는 잘 나가다가 가끔 황당한 기사를 적을 때가 있었다. 신문을 붙잡은 내 손이 부들부들 떨려 왔다. 저번엔 검술부 특집으로 내 검법에 관한 설명이 나오더니 그다음엔 동아리 특집으로 마법진 조작부에 대한 설명이, 그리고 언젠가는 알뜰왕인가 저축왕 특집으로 내가 신문에 실린 적이 있었다. 그리고 이번엔 아예 학생 특집으로 내가 등장했다.

아카데미 신문의 특집 기사는 대체로 학생들의 제보를 밑거름으로 나온다. 누군진 몰라도 계속 나를 제보하는 인간들이 있다.

"슈니발렌 특집은 없나. 자료도 많은데 또 신청할까? 근데 헤스티아 더 이상 제보 안 받는다던데. 자기도 슈슈 특집으로 쓰고 싶은 거 많다고."

"아 그건, 네가 대충 작성하고 신문부 쟝보스한테 가면 된다. 편집도 해주고 신문에 작게 올려준다고 해서 나도 검술부 특집 제2탄 신청 넣었다."

게시판 앞에 서서 신문 특집 기사를 읽고 있는데 뒤에서 익숙한 목소리들이 들려왔다. 굳이 누구인지 확인하지 않아도 코리와 하일리였다. 지금 마주치면 오늘 기사 내용 가지고 놀릴 것 같아 재빨리 신문 뒤로 얼굴을 숨겼다.

"하나, 둘, 셋, 넷, 다섯. 맞게 왔네."

게시판으로 다가온 코리는 자신의 이름 앞으로 온 신문을 챙겼다. 나는 코리의 이름 앞으로 신문이 한 무더기로 쌓여 있어 당황했다. 어차피 똑같은 내용일 텐데 굳이 저렇게 많이 신청할 필요가 있나.

"항상 궁금했던 건데, 왜 똑같은 신문을 그렇게 많이 시키나?"

"하나는 전시하고, 하나는 읽고, 하나는 보관하고, 나머지는 앞에 세 개가 훼손되면 대체용. 이번에 슈니발렌 특집 내면 영업용으로 더 주문하려고. 근데 하일리 너는 뭐가 그렇게 많아?"

신문을 많이 시킨 건 비단 코리뿐만이 아니었다. 하일리의 이름 앞으로도 같은 내용의 신문이 두세 부 배달되었다.

"하나는 읽기용, 다른 하나는 놀리기 용, 나머지는 슈라이나가 찢어버렸을 때를 대비한 여분 신문이다."

얼굴에 만연한 미소를 띤 채 하일리도 신문을 구겨지지 않게 잡앉다. 그의 표정에는 어떤 말로 날 도발할지 궁리하는 기색이 아주 뚜렷이 보인다.

잠시 신문을 펼쳐 든 하일리는 앞부분은 읽지도 않고 특집 기사 코너로 페이지를 돌렸다. 기사를 주욱 읽기 시작하더니 신문에 발행된, 멍청하게 나온 내 사진을 보며 낄낄거렸다.

"다음 특집이 기대되지 않나? 내가 직접 작성한 기사가 나온다고! 헤스티아가 퇴고 후 바로 편집해서 실어준다고 했다. 슈슈는 내가 자신을 칭찬하는 걸 극도로 싫어하니 기사에 칭찬만 빼곡히 적었다. 하하! 수치스러움에 죽어 나가겠지."

"……왜지. 하일리 너 되게 안쓰러워 보여."

코리가 픽 웃으며 하일리를 애잔하게 바라보았다. 구겨진 신문은 손을 뗐는데도 여전히 구겨져 있었다.

나는 내 얼굴을 가린 신문을 네 번 접은 뒤, 게시판 옆 벤치에서 일어났다.

"……나 제보한 범인이 너희들이었구나?"

세균이 증식하는 것처럼 어느 순간부터 신문이 나로 도배되기 시작하더라니…… 너희들 짓이렷다? 이를 뿌득뿌득 갈며 뒤에서 그들의 어깨를 잡고 살기를 흩뿌렸다. 내가 돌연히 튀어나오자 그들은 깜짝 놀란 듯 눈을 동그랗게 떴다.

그들이 한가득 안고 있는 신문들에 문득 시선이 꽂혔다. 아까 저게 다 놀리는 용도라고 했지? 영업 용도도 놀리는 용도와 별반 다를 게 없고.

"없애자. 내놔."

나는 입꼬리를 바짝 올리고는 손가락 끝을 허공에 휘저으며 마법진을 그렸다.

"안 돼! 슈슈, 이것만은! 너 너무 잘 나왔단 말이다!"

"으앗, 안 돼."

불 마법진을 그리며 그들이 산 신문들을 모두 불사르려고 하자, 하일리와 코리가 동시에 몸을 돌리고 뛰었다.

가는 길에 자신의 교복 와이셔츠를 꾸물꾸물 벗은 코리가 그걸로 신문을 소중히 감쌌다. 그리곤 흰 티를 입은 채 다시 열심히 뛰기 시작했다.

코리가 저렇게 열심히 뛰는 건 처음 보네.

하일리도 코리의 모습을 보더니 똑같이 재킷을 벗어 신문을 감싸 사수하고는 발 빠르게 사라졌다. 코리가 워프 마법을 쓴 게 틀림없었다. 고개를 돌리며 그들의 행방을 쫓는데 게시판 근처로 걸어온 이브가 보였다.

[독점 판매 및 공급 계약서_아우그란 아카데미_인쇄업체]

손에 들고 있는 종이의 제목을 확인하고 나는 믿을 수 없어 눈을 비볐다. 등에 소름이 쫘악 돋았다. 뭔 일인가 싶어 이브를 쫓아가니 다행히 스완하덴이 이브에게 그 종이를 뺏어 불태웠다.

태워지는 와중에 이브는 사본을 빼돌렸는데 그건 스완도 마찬가지였다. 멀리서 지켜보던 난 눈을 한 번 비비고는 잠시 멍하니 있다가 한숨을 깊게 내쉬고는 매점으로 향했다. 우유를 사 먹었다.

* * *

황실 제3 기사단 면접 및 테스트 공고가 오늘 아침에 떴다. 일단 연습 삼아 한번 시험을 봐 볼까 싶었지만 아직 나이가 차지 않아 절망했다. 그래도 무려 아우그란 아카데미 학생이고, 주니어 3학년 정도 되었으니 자격이 될 줄 알았는데.

"슈 누나, 거기 앉아서 뭐해?"

기사단 면접 공고가 뜬 걸 보고 자극을 받아 평소보다 더 열심히 검을 잡았다. 검술 수업이 끝나고 나 혼자 쉬고 있으니, 돌연 누군가가 말을 걸어왔다.

눈을 살짝 들어 말을 건 사람을 확인해 보니 내 동생 카림 웨스트였다. 벤치에 앉아 있는 나를 발견한 카림은 눈동자를 빛내며 맑게 웃었다. 나와 똑같은 다홍색 눈이 나를 응시하고 있었다.

카림은 내가 3학년이 되자마자 1학년으로 아카데미에 입학했다.

나하고 하룬이 아카데미로 떠나고 집에 없자, 카림은 자기도 누나랑 형 따라서 아카데미에 가고 싶다고 2년 전부터 노래를 불렀었다. 방학이 끝나고 개학할 때마다 내 치맛자락을 붙잡으며 가지 말라고 울고불고했던 게 엊그제 같은데 벌써 아카데미에 입학하다니.

나는 졸음에 감긴 눈을 겨우 뜨고 카림에게 손짓해서 옆에 앉으라고 했다. 카림은 내가 가까이 오라고 하자 엄청 기쁜 표정을 지으며 내 옆에 바짝 붙어 앉았다.

카림이 옆에 앉자 나는 자연스럽게 팔을 들어 카림의 어깨에 팔을 올리고 살짝 껴안듯 끌어당겼다. 그리고 카림의 작은 머리통에 내 머리를 기댔다.

"누나, 졸린 거야? 방에 들어가서 자!"

카림이 큰 다홍색 눈을 깜박이며 나를 바라보았다. 너무 공부만 하는 게 아니냐고 걱정스럽게 내 상태를 물어보기까지 한다. 나는 카림의 말에 대답하지 않고 그냥 머리만 부비적거렸다.

카림은 그런 내 행동에 수줍은 미소를 지으며 그냥 자기 머리에
기대서 자라고 한다. 어깨는 안된다고 한다. 카림의 키가 아직 작으
니 내가 카림의 어깨에 기대게 된다면 등이 굽을 것이라며 말이다.

나는 카림의 머리에 내 머리를 기댄 채 불어오는 바람을 맞았다.
가을이어서 그런지 바람이 선선한 게 마음에 들었다. 그렇게 잠시
카림과 힐링 타임을 보내고 있는데 카림이 불현듯 검지를 들어 누
군가를 가리켰다.

"우와아. 스완 형이다. 뭐하고 계신 거지?"

눈도 좋은 우리 카림은 저 멀리 학교 언덕 쪽에 있는 스완하덴을
발견해 가리켰다. 스완하덴은 코리의 것으로 보이는 두꺼운 마법
책을 들고 인상을 찌푸리고 서 있었다. 새로운 마법을 시도하려는
것인지 온몸에는 흰색 마력이 감돌고 있었고, 그 마력은 스완의 옆
에 있는 사람에게 향했다.

살짝 보니 부양 마법을 하려고 하는 것 같다. 백마법 계열의 마력
은 일반 계열의 마력보다 훨씬 불안정해서 일반 계열 마법을 사용
하기 어렵다고 한다. 그러나 스완하덴이 저렇게 부양 마법을 하는
걸 보니 컨트롤 능력이 정말 대단한 것 같았다.

'근데 백마법에 관한 지식은 따로 공부한 적이 없는데, 어떻게 알
고 있는 거지?'

살짝 위화감이 들었지만 어디 지나가면서 본 내용이겠거니 하며
신경 쓰지 않기로 했다. 여하튼 스완하덴은 엄청난 마력 컨트롤을
보여 주며 같은 블루반 학생을 부양 마법으로 들어 올려 움직였다.

그 학생은 스완의 이름을 부르며 욕을 고래고래 지르기 시작했지
만 스완은 들은 척도 하지 않았다. 그저 즐겁다는 듯 사악한 미소만

지을 뿐이었다. 나는 그 광경을 멀거니 바라보다가 카림에게 물어보았다. 카림이 방금 스완하덴을 엄청 친근감 있게 부르지 않았나?

"카림, 스완이랑 친해?"

내 말에 스완을 쳐다보던 카림이 잠시 눈동자를 굴렸다. 대답이 바로 나오지 않는 걸 보니 그렇게 친한 건 아닌 것 같다.

카림은 조금 뒤에 입을 열었다.

"으음…… 그냥 엄청 잘해줘. 여러모로 잘해주는 것 같아. 저번에 기숙사 룸메이트 형이 나보고 자기 이불 정리하라고 시켰거든? 근데 지나가던 스완 형이 그걸 보고 음……."

"……?"

"아니야. 거기까지만 말할게. 누나, 스완 형 건드리면 절대로 안 돼? 정말 존경스럽게 무서운 형이야. 저 형 좋은데 무서워. 평소엔 표정 없이 무뚝뚝하다가 나만 보면 싱긋 웃어."

나한테도 그런다. 1년 전 스완이 왔을 때부터 우리는 꼬박꼬박 인사를 했다. 그때마다 스완은 얼굴을 펴고 웃었는데 살짝 무서웠다. 그냥 아무것도 모르는 상태에선 정말 천사의 미소였지만 그를 알고 그의 미소를 보면 과연 천사일까 싶다.

카림은 스완하덴을 싫어하는 건 아니라고 하더니, 입을 우물거리며 잠시 뜸을 들이다 재차 입을 열었다.

"친구들이 나 엄청 부러워해. 형들이 많이 챙겨준다고. 코리 형도 잘 챙겨주고 하일리 형도 잘 챙겨주고. 아, 가끔 시니어 스쿨의 이브네스 형도 나 챙겨줘. 저번에 그 형이 나한테 작은 강아지 인형을 줬어. 흔들면 소리도 난다?"

"딸랑이 인형?"

"응, 나를 엄청 어리게 보시나 봐."

우리 동생 인기 폭발이었다. 그들도 내 동생의 귀여움을 알아차린 것 같다. 그렇지, 우리 카림의 귀여움은 우주 최강이다. 못 알아보는 사람이 이상하다.

카림이 스완 쪽을 계속 멀거니 바라보았다. 스완은 현재 마법으로 공중에 띄운 그 블루반 학생을 큰 나무의 가지 위에 올려놓고 팔짱을 끼고 있었다. 학생은 나무 위에 앉아 벌벌 떨면서 육두문자를 날렸지만, 스완은 비웃으면서 여러 마법들을 몇 차례 더 시도하기 시작했다. 카림은 스완의 그 모습을 바라보더니 깊게 한숨을 쉬었다.

"근데 스완 형은 정말 마법 잘하네, 부럽다. 나는 검술이나 마법도 잘 못 하고……."

"우리 카림은 똑똑하니까 괜찮아. 펜이 칼보다 강하다는 말이 있잖아."

"……."

"……누나가 미안하다."

왠지 침울해 보이는 카림에게 위로를 해주려고 했지만, 솔직히 아직까지는 칼이 펜보다 강한 것 같다.

근데 요새 가면 갈수록 펜의 힘이 세지니까 괜찮다고 카림.

내 말이 위로가 되지 않는지 카림은 계속 침울해 보이는 낯빛이었다. 카림은 몸이 약한 편이어서 함부로 운동을 할 수 없었다. 검을 잡다가 기침이 나왔고, 마력도 많이 없었던 카림은 간단한 마법을 쓰는 데에도 힘들어했다.

근데 카림은 머리 하나는 비상했다. 어린 나이에 우리 집 재정의 많은 부분을 담당하고 있었기 때문이었다. 전생의 기억도 없이 그렇게 똑똑하다니 대단했다.

카림은 아마 현재 사춘기일 것이다. 그래서 친구들을 부러워하는 것일 테지. 아무래도 반에서 마법이나 검을 잘하면 친구들을 끌어 모으기 쉬우니까. 공부 쪽에만 재능이 있는 카림은 자신을 샌님이 라고 부르는 걸 몹시 싫어했다.

카림은 자신의 반에 있는 코리의 동생 때문에 더욱 침울할 것이 다. 올해 입학한 코리의 동생과 카림은 라이벌이었는데, 코리의 동 생은 공부는 물론, 마법과 검 모두 조금씩 할 수 있다고 하니까 말 이다.

비록 코리 같은 마법 사기캐는 아니었지만, 마법하고 검 둘 다 평 균 이상은 할 줄 안다고 한다.

"카림은 검이랑 마법 중에 하나를 잘할 수 있으면 뭘 선택할 거야?"

나는 문득 궁금해져서 카림에게 물어보았다.

"마법!"

"왜? 고민도 안 하네."

"마법으로 하늘을 날아다니고 싶어! 완전 신이 날 것 같아! 저번 에 코리 형이 나 공중에 띄워줬는데 진짜 재미있었어!"

카림은 흥분하면서 말했다. 정말 재미있었나 보다.

"나도 내 마음대로 슝슝 날 수 있으면 진짜 좋을 텐데…… 피."

그러나 곧바로 다시 침울해지는 카림이었다.

사실 하늘을 나는 부양 마법이나 플라이 마법은 굉장히 많은 마 력과 고난도의 마법진을 요구해서 마법을 쓸 수 있다고 해도 다 시 도할 수 있는 마법은 아니었다. 근데 마법에 대해 잘 모르는 카림은 마냥 부러워하고 있었다.

아마, 마법은 핑계고 그냥 하늘을 날고 싶어 하는 것 같다.

걱정 마, 카림. 마법을 못 쓰는 네가 하늘을 마음대로 날 수 있게 해줄게. 나는 자리에서 일어나 동아리실로 가서 부품들을 챙겼다.

* * *

나는 기숙사 방에 들어가자마자 카림을 위한 마법 물품을 만들기 시작했다. 이른 오후쯤에 만들기 시작한 마법 물품은 밤이 되어서야 완성할 수 있었다.

"좋았어."

나는 내가 만든 역작을 바라보며 감탄했다. 만든 마법 물품은 빗자루 형태였지만 앉기 불편할 카림을 위해 안장도 달았다. 나는 만화나 영화에서 마녀들과 마법사들이 하늘을 나는 데에 쓰던 빗자루를 본떠 만들었다.

사실 이건 내가 동경하던 것이다. 언젠가 꼭 빗자루로 하늘을 날고 싶었지만, 시간이 없어 만드는 것을 뒤로 미루고 있었다. 난 그 마법 빗자루를 만드는 게 오늘이 될 줄은 몰랐다.

난 부품들을 정리하고 시간을 바라보았다. 현재는 곧 소등을 할 시간으로, 아주 깜깜한 한밤중이었다. 난 당장 나가서 이 마법 빗자루를 실험해 보기로 했다. 낮이 될 때까지 기다렸다 실험을 하게 되면 사람들의 이목을 너무 많이 끌 것 같으니까. 하려면 지금 이 시간이 딱 좋은 것 같다. 게다가 야간 빗자루 운전이라니, 어렸을 때 보던 TV 속 마녀 같아서 설렌다고. 오프닝 나올 때 마녀들은 꼭 한번 초승달을 지나치며 윙크했다. 카메라를 의식하면서 말이다. 나도 만화 주인공 표정을 짓고 싶었다.

'유치하지만 해 보고 싶단 말이야.'

나는 하늘을 나는 빗자루를 들고 기숙사를 빠져나왔다.

마법진을 자유자재로 다룰 줄 아는 내가 기숙사를 빠져나오는 것은 누워서 떡 먹기였다. 아니, 누워서 떡 먹으면 체하므로 누워서 TV 보기였다. 나는 아무에게도 의심받지 않고 학교의 넓은 공터 쪽으로 이동했다.

정말 아무도 밖에 나와 있지 않아 나 홀로 덩그러니 넓은 공터에 서 있었다. 이 시간은 분명 학생들이 하나둘씩 방에 불을 끄고 잠에 들 시간이었으니 밖에 누가 없는 게 당연했다.

달빛이 내 머리 위로 쏟아지고 있었고 학교의 시설과 가꿔놓은 정원이 너무 예뻐서 굉장히 감성적인 기분이 들었다. 밤에 바라보는 학교의 야경은 정말로 절경이었다. 나는 연신 감탄을 하며 빗자루를 잡았다. 이 빗자루를 실험해 볼 차례였다.

잘 되면 좋겠는데. 나는 작게 빌며 빗자루의 앞부분에 내가 작게 파놓은 구멍에 언젠가 코리에게 받은 마법석을 집어넣었다. 빗자루에 마법석을 끼우자, 빗자루에 내가 부여한 마법진이 발동하기 시작하더니 곧 빛을 발하기 시작했다.

내가 빗자루의 안장에 앉고 중심을 슬슬 잡기 시작하자 빗자루는 자신의 몸체를 점점 허공에 띄우기 시작했다.

"어…… 어어어…… 엇."

나는 빗자루가 점점 하늘로 높게 올라가면 올라갈수록 당황했다.

내가 한 가지 간과한 것이 있었다. TV에선 마녀들이 슝슝 빗자루를 잘 타고 다녀서 몰랐는데 이거 은근히 중심 잡기가 어려웠다. 연습이 굉장히 필요했던 것이다. 나는 불안한 자세로 계속 바닥에서 멀어지는 빗자루의 중심을 최대한 유지하려고 했다. 살짝 무서워지기 시작했다. 아무래도 카림에게 이것을 넘겨줄 때는 중심 마법이나 낙하 마법 몇 개를 더 추가로 부여해서 줘야 할 것 같다.

이제 어느 정도 바닥에서 떨어지자 나는 침을 삼키며 그다음 단계로 넘어가려고 했다. 이제 내 의도대로 이 빗자루가 날아줄 것인지 확인이 필요했다. 나는 내 마력을 조금 많이 사용해서 빗자루에서 떨어지지 않도록 마법을 걸었다.

이제 꽤 안정감이 생기자 나는 좀 과감하게 움직였다. 왼쪽으로 틀어 날아보기도 하고 오른쪽으로도 틀어 날아보기도 했다.

"이, 이야아……."

빗자루가 내 의도대로 잘 움직여 주길래 환호성을 작게 내질렀다. 크게는 못 질렀다. 부끄러웠기에.

볼 쪽이 살짝 뜨거워질 정도로 신이 났다. 입술을 약하게 깨물고 코를 찡그렸다. 그러나 즐거움은 얼마 가지 않았다. 강한 바람이 불어온 것이었다. 거세게 불어온 바람에 내 균형이 흔들었다. 처음엔 조금 휘청이다가 그다음엔 감각을 아예 잃고 난리가 났다.

나는 그만 뒤집어지고 말았다. 원래는 떨어져야 정상이겠지만 내가 빗자루와 내 몸을 붙어 있게 하는 마법을 아까 추가로 부여했기 때문에 그냥 뒤집히기만 했다.

그러나 문제는 뒤집힌 게 아니었다.

문제는 바로 겁에 질려 당황한 나 자신이었다.

"으어어어…… 어어어……. 안…… 으……."

빗자루는 내 의지대로 움직였지만, 뒤집어져 균형감각을 잃게 된 나머지 빗자루가 내 정확한 방향 의지를 읽지 못했다. 그래서 빗자루가 위아래로 제멋대로 움직이기 시작한 것이다.

와, 난 죽었다. 이런 변수를 생각하지 못한 내가 바보였다.

나는 자기 멋대로 움직이려 하는 빗자루를 최대한 진정시키려고 노력했지만 내 스스로가 진정이 되지 않았기에 무리였다. 빗자루는 아까부터 너무 격하게 하늘을 날고 있어서 멀미가 났다.

위아래로 움직이던 빗자루는 돌연 내가 여기서 벗어나고 싶다는 생각을 하자마자 동시에 직진하기 시작했다. 나는 빗자루에 거꾸로 매달린 상태로 구역질을 애써 참았다.

빗자루가 향하고 있는 것은 건물 쪽이었는데 그게 남자 기숙사였다. 빗자루는 점점 남자 기숙사 쪽으로 가까워지더니 난 결국 창문을 부수고 한 기숙사 방에 무단 침입을 해버리고 말았다.

와장창! 유리창이 깨지는 소리가 났다.

나는 창문을 뚫고 건물에 들어서자마자 내가 빗자루와 떨어지지 않게 걸어뒀던 마법을 해제했다. 분리가 되자마자 빗자루는 얌전해졌고, 나는 누군가의 방에서 두세 번 정도 구르고 나서 벽에 부딪혔다. 나는 거꾸로 곤두박질쳐서 이 세상이 뒤집혀서 보였다. 왠지 머리에서 뜨끈뜨끈한 무언가가 흐르는 게 피이지 않을까 싶다.

일단 나는 내가 살아있음에 감사했다. 쿨럭, 슈슈. 앞으로는 새로운 일을 시작할 때 안전장치로 코리를 부르고 시도하자. 정말 위험할 뻔했다.

그나저나 남자 기숙사에 무단 침입했으니 일단 징계와 처벌은 피할 수 없을 것 같다. 제기랄.

나는 뒤집혀 보여서 여기가 누구 방인지는 잘 보이지 않았다. 그래서 난 뒤집힌 몸을 제대로 하고 앞을 바라보았다. 잠에서 깨어난 스완하덴과 작은 불을 켜고 책상에 앉아 서류를 처리하는 이브가 보였다. 둘은 놀란 표정으로 날 멀뚱멀뚱 쳐다보고 있었다. 여긴 스완과 이브의 기숙사인 것 같았다.

"조, 좋은 밤."

나는 피를 토하며 인사했다.

사감 선생님께서 내가 피운 소란에 이쪽으로 오시기 시작했다. 방 밖에서 발걸음 소리가 점점 커졌다. 나는 놀란 표정의 스완하덴과 이브네스를 바라보았다.

스완하덴의 머리에는 양 모양 안대가 씌워져 있었고 막 자다 일어났는지 평소엔 가지런한 머리가 산발이었다. 스완하덴은 잠옷이 따로 없는지 그냥 검은색 반팔을 입고 있었다.

이브네스는 이제 막 샤워하고 나와 나시 비슷한 옷을 입고 있었는데, 머리카락이 젖은 상태로 책상에 앉아 서류를 보고 있었다. 평소와 같이 머리카락을 묶은 상태가 아니라 길게 늘어뜨리고 있었다. 비녀는 펜을 넣는 통에 꽂혀 있었다.

굴러들어오면서 실수로 혀를 세게 깨물었는지 내 입안에 피가 가득했다. 스완하덴은 갑작스러운 난입에 당황해하다가 내 입에서 피가 흐르자 곧바로 표정을 굳혔다.

그 둘은 갑자기 튀어나온 나에게 할 말이 많아 보였지만, 동시에 너무 놀라 할 말을 잃은 듯했다. 나 같아도 그랬을 듯.

"블루 301호! 무슨 소란이냐!"

방문 밖에서 사감 선생님의 성난 목소리와 발걸음 소리가 들린다. 쿵쿵쿵 하며 울리는 작은 발걸음 소리는 점점 커져 쾅쾅쾅과 비슷한 소리가 났다. 남자 기숙사 사감 선생님께서 살집이 어느 정도 있다고 들었는데 그게 발걸음 소리에 영향을 주는 것 같다.

스완하덴과 이브네스는 사감 선생님의 목소리에 나를 바라보다가 서로를 쳐다보았다. 그리고 그들은 동시에 자기 침대의 이불을 가져와 나에게 덮었다. 그리고는 동시에 나를 껴안았다.

스완과 이브는 고꾸라져서 벽에 내동댕이쳐진 나를 바로 해주고 이불을 덮었다. 그들이 나를 숨기려고 양옆에서 껴안다 보니 밖에서 보면 이브와 스완이 껴안고 있는 것처럼 보였다.

나를 자신들의 품속으로 숨기자마자 사감 선생님이 들어오셨다. 사감 선생님께선 잠시 개판이 된 방안을 보고 인상을 쓰더니 방문 앞에 적혀진 스완하덴의 이름을 보고 납득했다. 사감 선생님은 이브와 스완을 바라보며 불쾌함이 가득한 목소리로 입을 열었다.

"……너희 부둥켜안고 뭐하니."

이불 틈 사이로 사감 선생님의 뱃살이 보인다.

나는 왠지 들킬 것 같아 사감 선생님을 지켜보는 것은 그만두기로 했다. 상황을 살피면 더 들킬 위험이 컸다. 나는 사감 선생님의 시야에 잡히지 않기 위해 좀 더 안으로 파고들었다.

몸을 최대한 작게 만들어 이불 아래로 숨었다. 내 귀가 스완의 가슴 쪽에 가까이 있었는데 스완의 심장이 정말 빠르게 뛰고 있었다. 보니까 스완은 나처럼 들킬까 봐 잔뜩 긴장한 것 같았고, 이브네스는 내가 밀착하자 이때다 싶은지 나를 더욱 꼬옥 껴안았다.

스완은 나를 껴안고 힐을 시전했다. 깨문 혀와 부딪히면서 난 타박상 등이 모두 완치되었다.

이브의 젖은 긴 머리가 내 옷을 조금 축축하게 만들었다. 반면 이제 막 자다 일어난 스완하덴의 몸은 굉장히 따뜻했다. 스완의 이불과 이브의 이불이 겹쳐지니 이브의 샴푸 냄새와 스완 특유의 비누 냄새가 섞였다. 이렇게 이불에 파묻혀 이 둘에게 둘러싸이니, 왠지 어렸을 때 헤스티아와 하던 잠옷 파티가 떠올랐다.

사감 선생님은 다행히 내 존재를 눈치 못 채고 있었다. 스완하덴은 왜 이브네스와 방구석에서 부둥켜안고 있냐는 질문에 입을 열었다.

"보시다시피 아까 이브 형이랑 좀 심하게 싸워서요."

이브네스가 스완의 말을 듣고 이어 말했다.

"화해 중입니다."

사감 선생님이 그 둘의 말을 듣고 어이없다는 말투로 입을 열었다.

"매일 못 죽여 안달인 너희가 화해 포옹?"

사감 선생님이 수상하다는 듯 눈살을 찌푸렸다. 방안을 둘러보시던 사감 선생님은 돌연 내가 타고 온 빗자루를 손가락으로 가리켰다.

"아, 저 안장 달린 빗자루는 뭐야?"

"이브 형의 빗자루 컬렉션 중의 하나요."

이브가 청소 변태인 걸 아는 사감 선생님은 고개를 끄덕이곤 "별의별 빗자루가 존재하는군." 하고 중얼거렸다.

사감 선생님은 빗자루에게 시선을 떼고 다시 부둥켜안고 있는 이브와 스완을 바라보았다.

"근데 진짜 너희 싸우다가 눈이라도 맞았어? 왜 계속 붙어 있는 거야?"

사감 선생님의 말에 스완 쪽에서 엄청난 살기와 마력이 퍼져 나왔다. 이브네스도 만만치 않게 불쾌해하고 있는 것 같다.

"알았다. 알았다고. 불타는 너희를 방해 안 할 테니까 그만 껴안고 어서 자. 나중에 기숙사 수리 신청 양식 받아가고.”

사감 선생님은 이 둘을 은연중에 무서워하고 있었는지, 부리나케 방을 나갔다. 그나저나 사감 선생님의 반응을 보니 기숙사 방이 엉망진창이 된 것이 한두 번이 아닌 모양이다. 창문이 망가져 있는데 별 잔소리도 안 하고 오히려 태연하게 받아들인다. 포옹은 당황스러워하신 것 같지만 싸우고 물건을 부순 것은 익숙하게 바라보신다.

너희 그동안 얼마나 깽판을 치고 다닌 거야.

나는 잠시 이불 속에 있다가 고개를 들고 방안을 살펴보았다. 솔직히 남의 방에 오는 건 언제나 흥미롭고 재미있었다. 방안은 그 사람의 성격을 나타낸다고 하잖아.

이브 쪽 구역은 엄청 깔끔하게 정리되어 있었다. 책상 위에도 딱 서류와 펜을 넣는 통 그 두 개밖에 없었다. 서랍에 꽂혀 있는 책들도 크기별로 분류되어 꽂혀 있었다. 이브의 책상에는 이번에 분양받은 주황색 작은 강아지 마법 그림 종이가 몇 장 붙어 있었다.

반대로 스완 쪽 구역을 바라보았다. 스완도 깔끔하게 사는 편인 것 같다. 책꽂이에는 도덕에 관련된 책들이 꽂혀 있었다. 대부분 갈색인 책들 가운데 유난히 눈에 띄는 분홍색 책이 하나 있었다. 제목은 ‘그 여자를 사로잡는 방법’이라는 책이었다.

서랍에는 체스, 카드 등 온갖 게임들과 무기가 종류별로 전시되어 있었다. 철구, 철퇴, 링 모양 무기, 표창 등등 참 종류가 많다. 책상 위에는 색연필과 낙서가 그려져 있는 종이가 가득했다. 스완하덴의 낙서는 대부분 주황색 털 뭉치였다. 심지어 엄청 정성 들여 그린 것이 보인다. 난 저게 몬스터 종류 중의 하나인가 곰곰이 생각해보았다.

선생님이 나가시자마자 스완하덴은 재빨리 일어났고 이브네스는 나를 자신의 품으로 완전히 끌어당겼다. 이제 막 샤워를 마친 이브네스가 껴안자 굉장히 좋은 냄새가 났다. 물기에 젖어 축 늘어진 앞머리 사이로 이브의 나른한 은안이 보인다.

이브네스는 다소곳이 입꼬리를 끌어올리며 내 얼굴에 자신의 얼굴을 가까이 가져다 대었다. 머리카락이 살짝 젖어 있어서 평소보다 색스러웠다. 내 얼굴을 가린 주황색 머리카락을 손으로 치워주며 이브네스는 돌연 걱정스러운 표정을 지었다.

"무슨 일이길래 창문을 뚫고 온 거야? 위험하잖아. 나를 보려고 온 건 아닌 것 같고."

이브가 날 껴안자, 뒤에서 누군가 날 이브와 떨어뜨렸다.

스완하덴은 자신의 이불로 나를 둘둘 감싸 이브네스에게서 떨어뜨린 뒤, 양손으로 날 안아 올리고는 발로 이브네스를 밟으려고 했다. 이브네스는 스완하덴의 공격을 예상하고 옆으로 피했다.

"슈슈 오염시키지 좀 마세요. 손 잘라버릴 거예요."

얼마나 이브를 싫어하면 그를 병균 취급한다. 애초에 스완하덴이 좋게 생각하거나 평가하는 사람이 있나 생각해 보았는데 없다. 문득 그가 대단하다는 생각이 들었다.

그나저나 스완이랑 인사하는 것 이외에 이렇게 가까이 있는 건 1년 전 몬스터 토벌 이후로 처음이었다. 스완은 평소엔 잘 아는 척 안하면서 가끔가다 한 번씩 훅 들어오는 것 같다. 다시 말해 가끔가다 한 번씩 엄청 친한 척한다. 물론 친해지자곤 했지만 서로 소중히 여길 만큼 친한 건 아닌 것 같은데 말이지.

나는 스완하덴을 바라보았다. 이브를 째려보고 있는 스완의 머리에는 귀여운 양 모양 안대가 씌워져 있었고 덕분에 끈 사이로 튀어 나온 머리카락이 산발이었다.

스완하덴은 볼 때마다 저 안대를 쓰고 있었지.

하필이면 양 모양이어서 순해 보이는 느낌까지 들었다. 처음에 안 대나 셔츠로 매번 눈을 가리고 다니다가 지금은 안 가리고 다니는 게 조금 아쉬웠다. 조오금 귀여웠는데. 코리도 자주 저 안대를 빌렸 던 게 떠올랐다.

내가 스완을 멀뚱멀뚱 쳐다보자, 스완도 시선을 나에게 돌렸다. 스완하덴은 그래도 처음과 다르게 내 눈을 똑바로 바라봐줬다.

"……괜찮아? 아프게 왜 창문을 부수고 들어오는 거야. 누구한테 공격받은 건 아니지?"

그가 걱정스럽게 물어보았다.

1년 만에 하는 대화여서 어색했다. 나는 잠시 그를 멀뚱멀뚱 쳐다 보다가 스완에게 자초지종을 설명해 주었다. 옆에서 이브도 집중하 며 내 이야기를 들었다.

나는 하늘을 날고 싶어 하는 동생을 위해 마법 아이템을 만들어 그걸 시험해 보려다가 사고가 났다고, 아주 간략하게 말했다.

진짜냐고 물어보는 두 사람을 향해 고개를 작게 끄덕이자 그 둘 은 한숨을 쉬었다. 나를 이불로 둘둘 감싸고 안아 들고 있는 스완하 덴을 멀거니 바라보았다. 그냥 보이길래 보고 있었다.

"……."

스완하덴은 내 시선에 조금은 부담스러워졌는지, 자기 머리에 씌 워져 있는 양 안대를 벗어 나에게 씌웠다. 시야가 갑작스럽게 어두 워졌다.

"그나저나 슈슈가 여기 있다는 걸 들키면 징계받을 텐데. 소문도 안 좋게 퍼질 거고."

시야가 깜깜해져서 아무것도 보이지 않는데 이브의 목소리가 들려왔다.

"스완, 마법사인 네가 뭐 좀 해봐. 코리처럼 모습 바꾸는 마법 못 해? 아. 슈슈, 혹시 모습 바꾸는 마법 쓸 수 있어?"

이브는 나에게 다가와서 물어보았다.

모습을 바꾸는 마법을 쓸 수 있냐고? 물론 쓸 수는 있지만 아까 폭주하는 빗자루를 잠재우느라 마력을 다 써버렸다. 또 빗자루에서 떨어지지 않으려고 마법을 계속 때려 붓느라 마지막 남은 마력 한 톨까지 바닥이 났다고.

"못 해요. 아까 마력을 다 써 버렸어요."

이브는 내 말을 듣고 빠르게 납득했다.

"스완, 마법석 좀 만들어봐."

"저 일주일 동안 징계 먹었잖아요."

짤랑짤랑 소리가 나는 걸 보니 스완이 팔을 들어 올려 이브에게 팔찌들을 보여준 것 같다.

하기야 스완은 틈만 나면 징계를 먹었다. 이번에도 학교 기물 파손으로 징계를 먹었다고 들었다. 징계는 각각 사람마다 받는 게 다르다. 처음엔 소공자인 스완하덴에게 수치를 주기 위해 청소를 시켰다가 별로 효과가 없어 처벌 방법을 바꿨다고 한다. 스완하덴은 어디로 튈지 모르는 공 같았기에 학교 측에서 마력 사용을 제한하는 팔찌를 채운 것이다.

마법석을 만드는 것은 정말 마력이 높은 타고난 소수만 할 수 있었다. 마법석을 만들려면 고에너지를 한 번에 압축할 수 있어야 하는데, 마력 제한 팔찌를 차게 된다면 마력을 집중해서 모을 수 없으므로 불가능했다. 참고로 난 마력이 별로 없어서 마법석을 못 만든다.

이브는 다른 대안을 떠올렸다. 몰래 기숙사에서 나가려면 여러모로 마법을 쓸 수 있는 사람이 필요했다. 그리고 우리의 머릿속에 딱 떠오르는 한 사람이 있었다.

코리.

"코리가 몇 층 몇 호더라."

"그건 제가 잘 알아요. 저희 바로 밑층에 있거든요."

이브네스는 스완하덴의 말에 잘됐다며 고개를 끄덕였다. 스완하덴과 이브네스는 창문을 통해서 코리와 하일리의 기숙사 방에 쳐들어가자고 의견을 모았다. 문을 열고 일반 길로 가게 된다면 여러모로 들킬 위험이 컸다.

"근데 그렇게 이불로 칭칭 감고 얼굴만 내놓으니까 애벌레 같다."

이브는 나지막이 웃으며 내 눈을 가린 안대를 위로 올려 씌워줬다. 앞머리가 안대 덕분에 뒤로 넘겨졌다. 다시 시야가 확보되자 이브의 얼굴이 보인다.

이브는 손을 뻗어 이불 밖으로 튀어나온 내 주황색 머리카락을 이불 속으로 쏙쏙 집어넣었다.

"잠시만요…… 뭐해요?"

동공과 함께 목소리가 떨려 왔다.

앞머리와 옆머리를 모두 이불 속으로 집어넣으니 이불 밖으로 튀어나온 건 딱 내 얼굴 그 자체였다. 헤어밴드로 얼굴을 고정시키면 얼굴에 잔머리 하나 없이 매끄러워지는 것처럼. 그 상태로 이불 밖으로 얼굴을 내밀고 있으니 지금 내 모습이 가관일 것이다.

"……아니, 잠시만. 거울……. 아니, 머리카락 다시 빼요."

갑자기 부끄러워졌다. 삶은 달걀의 단면 노른자 부분에 내 얼굴에 대입해 보았다. 지금 내 모습이 그 꼴이다. 이불에서 벗어나려고 발버둥 쳤다. 발톱에서부터 스멀스멀 부끄러움이 올라왔다.

그러나 스완하덴이 때마침 내가 벗어나지 못하도록 마법을 걸었다. 무슨 마법이냐면 몸을 엄청 편안하게 만드는 마법이었다.

"……으윽."

게다가 스완이 안은 자세가 너무 편해서 옴짝달싹 못 하고 있었다. 마치 한겨울에 따뜻한 이불 속에 들어가 귤을 까먹는 기분이었다. 벗어나기 싫었다. 노곤노곤했다.

백마법은 참 신기하단 말이야. 포근한 게 기분 좋다. 경직했던 몸을 늘어뜨렸다. 앗, 이러면 안 되는데. 편하긴 해도 조금 수치스럽단 말야. 아아아.

조금만 더 가만히 있어 주기로 했다. 스완도 딱히 날 놓아줄 생각은 없어 보인다. 나는 속으로 십 초를 세었다. 딱 10이 채워졌을 때 내려달라고 하는 거야.

결국 60초를 세고 스완을 바라보며 입을 열었다.

"슬슬 내려줘."

"다쳤잖아. 좀 쉬어."

"좋았어."

이를 악물고 고개를 들며 편안함에 반항하려다가 더 쉬라는 말에 의지는 꺾였고 다시 등에 얼굴을 기대 빠르게 늘어졌다. 아아 뭔 짓을 한 거냐. 편하잖아. 움직이기 싫잖아. 노곤노곤하잖아.

내가 가만히 있자 스완하덴은 나라는 거대한 누에고치를 등에 업었다. 나는 참고로 팔도 이불 밖으로 안 빼고 있었는데, 그가 날 어떻게 업었냐면 그가 자신과 나를 이상한 긴 천으로 꽁꽁 묶은 것이었다. 그는 그리고 마법을 걸어 내가 자신의 등에서 떨어지지 않게 했다. 스완의 등에 붙어 껌딱지가 된 것이다.

……뭐지. 굉장히 부끄러운데.

이브네스가 내 모습에 입꼬리를 매만졌다. 그러다가 스완에 등에 딱 붙은 나를 바라보더니 입을 열었다.

"……슈슈 나한테 넘겨, 스완."

"네."

스완하덴은 이브의 말에 알겠다며 내 마법 빗자루를 그에게 던졌다. 이브는 마법 빗자루를 받더니 얼굴에 물음표를 띄웠다.

스완이 아래층으로 가려고 베란다 쪽으로 향하자, 나는 우연히 창문에 비친 내 모습을 발견했다.

뭐랄까. 이 모습은 굉장히,

"하찮다……."

내가 발버둥 치자, 스완하덴이 다시 내가 알 수 없는 백마법 중 하나를 걸어서 내 몸을 편안하게 만들었다. 아…… 안 돼……. 아…… 편안해진다…… 움직일 수 없어진다아…… 평생 이렇게 있고 싶어진다아…….

나 자신을 내려놓은 나는 편안함을 택했다. 몸에 힘을 준 걸 다시 빼며 액체 괴물처럼 널브러졌다. 눈앞에 스완의 뒤통수가 바로 보였다. 그렇게 춥지도 덥지도 않은데 그의 귀가 아주 붉어 신기했다.

스완하덴은 퍽 민첩하게 움직였다. 그는 난간을 잡고 몸을 한 번 크게 반동을 줘서 움직이더니 그대로 아래층 베란다로 침입했다. 나를 업고도 이런 움직임을 보인 스완하덴이 굉장했다. 이런 짓을 한두 번 해본 솜씨가 아니다.

스완하덴은 하일리와 코리의 기숙사 베란다 창문을 몇 번 두들겼다. 한참 반응이 없자 스완은 자신의 앞길을 막는 창문을 부숴버렸다. 와장창 소리가 나며 방에 들어가는 새로운 입구가 생겼다. 스완하덴의 과격함에 그저 웃음만 나올 뿐이었다.

"스완, 소란을 피우면 사감 선생님 오시지 않아?"

"2층 기숙사 선생님은 귀찮아서 방에 잘 안 들어오셔. 3년 내내 점호만 하신 분이시거든."

스완하덴은 방으로 들어가며 내 말에 답해줬다. 어느새 스완을 따라 베란다에 도착한 이브네스가 스완을 바라보며 인상을 썼다.

"스완하덴, 너 말투 왜 이렇게 곱냐?"

"닥쳐."

닥쳐 라고 말한 스완하덴은 잠시 멈칫하더니, 아차- 말조심, 이라고 중얼거렸다.

* * *

코리와 하일리의 기숙사로 들어갔을 때 그 둘은 곤히 자고 있었다. 괜히 나 때문에 얌전히 자고 있는 애들을 깨우게 돼서 마음이 좋지 않았다. 내가 알아서 돌아가겠다고 말해봤지만 스완과 이브는 듣지 않았다.

코리와 하일리의 기숙사는 스완과 이브의 기숙사와 많이 달랐다. 스완과 이브의 방은 무척 깔끔했지만, 코리와 하일리의 방은 적당히 어질러져 있었다. 물론 심한 건 아니었다. 그 또래 남자애들이 어지르는 것보단 깨끗했다. 사람 사는 분위기가 확 나는 방이었다.

방 안의 하일리 쪽 구역은 딱히 큰 특징은 없었다. 그냥 책꽂이에 교과서가 꽂혀 있었고 책상 위에는 하다 만 학교 과제가 어질러져 있었다. 검술에 관한 서적도 발견할 수 있었는데 자주 보는 건지 책꽂이엔 꽂혀 있진 않고 책상 위에 차곡차곡 쌓여 있었다.

하일리가 검을 좋아하다 보니 침대 옆 벽에는 단검, 레이피어, 망고슈 등등 진열되어 있었다. 스완하덴처럼 언제나 쓸 수 있게 진열한 것보단 구경하려고 진열한 느낌이 컸다.

사실 방에 들어오자마자 눈에 바로 들어오는 건 하일리 쪽 구역보단 코리 쪽 구역이었다. 아이고 코리야. 나는 작게 중얼거렸다.

코리 쪽 구역은 조금 어지러웠다. 하나하나 따져보면 깨끗하다고 할 수 있었지만, 코리가 물건 배치를 잘못해서 그런지 산만한 느낌이 났다.

코리의 침대와 책상 주변에는 그가 그린 것으로 추정되는 마법진 낙서가 덕지덕지 붙어 있었다. 바닥 쪽에는 실패한 마법진과 탄 자국이 남아 있었다. 가구에는 코리가 아카데미에 와서 만든 마법 아이템들이 주렁주렁 걸려 있었다. 주로 자신의 마법석을 이용한 아이템들이어서 그런지 그의 마력색인 금색이 아주 번쩍번쩍했다.

코리는 자신이 자주 보는 '오늘의 마법' 책 구간부터 신간을 모두 버리지 않고 차곡차곡 모아 침대 옆에 쌓아뒀다. '오늘의 마법'에서 슈니발렌이 나오는 부분은 예쁘게 오려 마법진이 더덕더덕 붙어 있는 벽에 같이 붙어 있었다.

코리는 마법 아이템들에게 둘러싸여 자고 있었다. 양배추 그림 이불에 푹 파묻혀 자고 있던 그는 찬바람 때문에 잠에서 깨어났다.

"추워어……."

코리는 마른세수를 하며 자리에서 일어났다. 이불로 몸을 둘둘 감으며 인상을 쓰다가 곁눈질로 창문 쪽을 바라보았다. 창문이 부서져 있자, 그는 입을 멍하니 벌리고 멍을 때리더니 스완과 이브를 졸린 눈으로 한 번씩 바라보고 고개를 갸우뚱거렸다.

"……뭐지."

코리가 하품을 크게 하고 어기적어기적 침대에서 일어나 걸었다. 잘 떠지지 않는 눈을 비비며 스완에게 가까이 다가갔다.

하일리 또한 방에 인기척이 느껴지자 잠에서 깨어났다. 그의 검은색 머리카락이 산발이었다. 하일리는 잠시 멍하니 부서진 창문 쪽을 바라보다가 "꿈이구나." 하며 다시 잠에 빠지려고 했다. 그러나 스완하덴과 눈이 마주친 하일리는 표정을 굳히며 상체를 일으켰다.

하일리는 확실하게 잠에서 깨어난 것 같다. 눈이 아주 똘망똘망했다. 정신 차린 하일리는 방금 막 일어나서 눈이 침침한 코리를 위해 안경을 찾아줬다. 인상을 팍 쓰며 바닥과 침대 부근을 더듬고 있었기 때문이었다. 안경은 바닥에 널브러져 있었기에 하일리가 아니었다면 코리는 자기 안경을 밟았을 것이다.

떠지지 않는 눈을 계속 비비며 코리는 고맙다는 말과 함께 안경을 거꾸로 썼다. 쓴 안경이 불편하자, 코리는 제대로 안경을 고쳐 썼다. 그러나 고쳐 쓴 안경마저 살짝 비뚤어져 있었다.

갑작스럽게 등장한 스완하덴과 이브네스 그리고 번데기에 코리와 하일리는 당황했지만 상대가 스완하덴이다 보니 그러려니 하는 눈치였다.

코리는 이불로 몸을 감은 채 터벅터벅 걷다가 인상을 쓰며 스완하덴의 등 뒤를 바라보았다.

"뒤에 번데기 뭐야?"

안 그래도 코리의 허스키한 목소리가 자다 깨서 그런지 더욱 갈라져 있었다.

나는 스완하덴의 등 뒤에서 부끄러워 얼굴을 가리고 숨어 있었다. 코리가 나를 알아보지 못하자, 나는 스완의 등 뒤에 숨겨뒀던 얼굴을 빼꼼 내밀었다.

"……나야."

코리는 돌연히 툭 튀어나온 동그란 내 얼굴을 보고 눈을 크게 떴다.

그저 이불 무더기인 줄 알았을 것이다. 뜬금없는 인물이 얼굴에 잔머리 하나 없이 이불 속에 파묻혀 나타나니 크게 당황하는 게 무리도 아니었다. 그래도 입까지 벌리며 저렇게 놀랄 것까진 아닌 것 같은데.

곧 그 둘은 폭소하기 시작했다. 하일리가 배를 잡으며 크게 웃음소리를 내며 웃었다. 코리는 바로 몸을 돌리고 바닥에 쓰러질 듯 무너지더니 몸을 작게 떨었다.

웃겨 죽으려 하는 그들의 모습을 바라보고 있자니 좀 씁쓸한 미소가 지어졌다. 안락함에 잠시 까먹은 수치스러움이 스멀스멀 올라오기 시작했다. 그…… 그렇게 심각한가. 편안함 때문에 잊고 있었던 내 모습이 또 떠올랐다. 괜히 기죽었다.

"내 모습이 그렇게 웃겨?"

"아니, 예뻐."

인상을 팍 쓴 채 스완에게 물어보자 스완이 고개를 돌려 날 힐끔 바라보곤 무심하게 말했다.

나는 그의 말에 잠시 뒤에 창에 비친 내 모습을 바라보았다. 사람 얼굴을 가진 성질 더럽게 생긴 동태 눈깔의 애벌레가 보였다. 이제 반어법을 이용해서 사람을 괴롭히는 것 같다.

얼굴 쪽에 계속 열이 오르는 게 느껴져 고개를 숙여 얼굴을 가렸다. 얼굴이 굉장히 붉어져 있을 것이다. 그럼 더 나아가 붉은 애벌레 같을 수도. 아니다, 오랑우탄?

더 크게 웃을 수도 있었다. 나는 슬슬 발버둥 치려고 했지만, 이 상태가 너무 편했다. 스완하덴의 신종 괴롭힘이 분명하다. 나오려고 하면 너무 몸이 편해졌다.

코리는 부들부들 떨며 얼굴을 감춘 내 쪽으로 다가왔다.

"번데기야, 이쪽 한 번만 또 봐줘."

나는 물론 보지 않고 한숨을 깊게 쉬며 코리의 반대편으로 고개를 돌렸다. 확실히 잠에서 깬 듯 얼굴을 가리고 쭈그려서 웃고 있는 코리가 보였다. 하일리도 침대를 쾅쾅 치며 엄청 웃고 있다.

코리가 내 얼굴 가까이 있는 스완의 어깨를 잡고 몸을 부들부들 떨며 계속 웃었다. 곧 저러다 쓰러지는 게 아닌지.

"아 어떡해, 너무 귀엽다."

······하찮아서 귀여운 건 절대 사양이다.

코리의 말에 나는 한숨과 함께 인상을 쓰며 팍 썼다. 눈을 가늘게 뜨자 코리는 미안하다고 말하면서도 부단히 웃음을 터뜨렸다. 내 이불에 감싸진 머리통을 만져보려고 양손을 들어 올렸다가 곧 내가 기분 나빠하고 있다는 걸 안 코리는 손을 거뒀다.

"······그만 웃고 이거 좀."

내 말에 코리는 살짝 망설이는 듯싶더니 알겠다며 스완이 걸은 마법을 풀려고 했다. 몸을 편안하게 하는 안락 마법과 그의 등에 껌딱지처럼 붙어 있게 하는 마법이 나에게 걸려 있었다. 코리가 마법을 해제하려고 하자 모두 아쉬운 기색을 보였다.

일단 코리는 스완의 등에서 떨어지지 않게 해주는 마법을 먼저 풀어줬다. 나를 조심스레 받아 안은 그는 쿠션을 쌓아놓은 방구석에 나를 내려놓았다.

코리는 스완이 걸어놓은 마법 때문에 내가 이 이불을 벗어나지 못하고 있다는 것을 알고 있었다. 때문에 그는 이 안락 마법 또한 풀어주려고 했다.

"아, 잠시만. 조금만 더 이렇게 있을래."

코리는 내 말에 흔쾌히 손을 거뒀다.

코리랑 하일리는 자신의 쿠션들과 이불을 끌고 와서 내가 있는 자리를 더욱 안락하게 만들었다. 나는 쿠션과 이불 산에 갇히고 말았다.

이브는 갑작스러운 우리의 등장에 의아해하고 있는 코리와 하일리를 위해 자초지종을 간략히 설명했다. 처음에 웃던 그들은 이브의 말을 듣고 나에게 한두 마디씩 잔소리를 하기 시작한다. 나는 그저 고개를 끄덕였다.

나를 가운데에 두고 모두 옹기종기 모여 앉아 나를 어떻게 여자 기숙사로 돌려보낼지 의견을 나누기 시작했다. 나를 남자로 만들어 일단 여기서 하룻밤을 재우고, 내일 아침 일찍 남자 교복을 입혀 돌려보내자는 말도 있었고 그냥 후다닥 뛰어서 몰래 나가자는 말도 있었다.

코리는 모두의 생각을 잠자코 듣고 있다가 입을 열었다.

"날아서 들어왔으면 다시 날아서 가면 되잖아."

코리는 마력이 굉장히 많았기에 나를 다시 플라이 마법으로 기숙사로 돌려보내는 것이 가능했다. 코리가 말한 방법이 제일 깔끔하고 간단했기에 모두가 동의했다.

코리는 마법으로 나를 들어 올렸다. 나는 그 모습에 데자뷔를 느꼈다. 저번에도 코리가 나를 담요로 감싸 마법으로 들어 올렸던 적이 있지 않았나? 그러나 그때는 담요가 얼굴까지 가리고 있어서 별로 부끄럽지는 않았던 것 같다.

코리는 혹시 내가 나는 중에 떨어질까 봐 부양 마법을 이중으로 걸었다. 나한테 한 번 걸고, 나를 감싸고 있는 이불에 한 번 걸고. 그 덕분에 이불을 풀고 싶어도 풀 수가 없었다. 나는 누에고치 모습 그대로 하일리와 코리의 방을 빠져나가 하늘을 날았다. 이불을 풀 수 없다는 것을 깨달았을 때는 이미 나는 방을 벗어나서 내 기숙사 쪽으로 이동 중이었다.

"잠시만! 야! 이불! 야! 안 돼! 잠시만!"

수치가 도를 넘자 이제 안락함이 느껴지지 않았다. 빗자루를 타고 간지나게 밤하늘을 날았다가 애벌레가 되어 돌아가고 있는 중이었다.

현재 내가 어떤 모습으로 보일지 별로 상상하고 싶지 않았다. 분명 엄청 추하겠지. 밤하늘 한가운데에 하얀 애벌레가 허공에서 꿈틀거리는 것처럼 보일 것이다. 버둥거리면 거미줄에 걸린 번데기처럼 보일 것이고.

나는 바둥바둥거리며 원망을 담은 눈으로 네 명이 있는 쪽을 쳐다보았다. 누군진 몰라도 손을 흔들어주고 있었다. 쓸데없이 다정하다. 다정하지 마.

내가 이불의 부양 마법을 풀어달라고 소리를 치자, 코리는 잘 들리지 않는 건지 인상을 썼다. 스완하덴이 코리에게 뭔가를 중얼거리자, 코리가 고개를 끄덕이며 나에게 과자 봉지를 보냈다.

코리는 엄청난 컨트롤로 날아가고 있는 내 입에 과자를 넣어줬다.

"아니야! 이거 아니라고!"

내가 소리쳤지만 들리지 않는 것 같다. 우리가 하도 소란을 피워 잠에서 깬 몇몇 아이들이 베란다 쪽으로 나오려고 했지만 그때마다 스완하덴이 빠르게 그 아이들을 기절시켜 다시 꿈나라로 보냈다.

나는 멘탈을 놓고 잠시 밤하늘을 쳐다보았다. 밤하늘에는 보름달이 예쁘게 떠 있었다. 티비 프로그램에 나오는 마녀들처럼 빗자루를 타고 보름달을 지나치며 자아도취 해 보고 싶었지만 현재 내 꼬락서니는…….

"……ET에 가까운데."

나를 지나치는 보름달을 바라보며 허탈하게 웃었다.

* * *

나는 카림에게 하늘을 날 수 있게 해주는 마법 아이템을 다시 만들어서 줬다. 모든 변수들을 겪어본 나는 그걸 토대로 안정성이 보장된 마법 빗자루를 만들었다.

카림은 그걸 받고 신이 나서 하늘을 날아다녔다. 수줍은 얼굴로 나에게 고맙다고 연신 말하면서 굉장히 기뻐하는 카림이었다.

"네가 즐거우니 됐어……."

귀여운 카림을 바라보며 나는 또다시 허탈하게 웃었다.

스쿨 엔드 파티

9

스쿨 엔드 파티

3학년의 끝이 보이고 있었다. 이제 조금 있으면 주니어도 끝이었다. 시간이 흐르면서 나무들은 푸른 옷과 붉은 옷을 벗었고, 이젠 아예 홀라당 다 벗어버렸다.

날씨가 쌀쌀해졌다. 차가운 칼바람이 목덜미에 닿으면 나도 모르게 어깨를 움츠리게 된다. 나는 날이 가면 갈수록 추워지는 날씨에 교복 안에 따뜻한 내복을 몇 겹 더 껴입었다. 그러나 추운 것은 여전했다.

숨을 내쉬니 하얀 입김이 나왔다. 하늘을 바라보면 곧 눈이 올 것 같이 하얀 먹구름으로 가득 차 있었다. 나는 고개를 위로 올리고 하늘을 바라보며 시린 손을 겨드랑이에 껴 넣었다.

"자기! 나 추워……."

"으힛, 내 품으로 들어와! 내가 따뜻하게 해줄게."

하늘을 바라보고 걷고 있는 내 왼쪽에는 커플 한 쌍이 서로 부둥켜안고 체온을 나누고 있었다.

"후후. 그대, 내 오늘 그대를 위해 선물을 하나 들고 왔다."

"따뜻한 목도리네? 고마워라!"

내 오른쪽에는 다른 커플이 있었다. 그 커플은 서로 선물을 교환하며 훈훈한 시간을 보내고 있었다.

이상했다. 이상하게도 짜증이 나기 시작한다. 원래 커플들을 보면 아무런 감흥이 없었던 것 같은데 이상하게도 요새 자주 울컥한다. 괜히 붙어 있는 걸 보면 그 사이로 들어가 갈라놓고 싶은 마음이다.

원래 안 이랬단 말이야. 원래 오히려 응원해주던 쪽이었던 것 같지만 이상하게도 그들을 볼 때마다 뱃속 깊은 곳에서 뭔가 부글부글 끓어 올라온다. 아려온다, 진짜로.

추우면 춥다고 붙어 있고, 더우면 덥다고 붙어 있는다. 요새 제국 내의 연애 활동이 자유로워지면서 풍기도 동시에 문란해지고 있었다. 내가 입학할 때까지만 해도 학교에서 사귀는 커플들은 소수였지만, 지금은 과반수 이상이 연애 중이다.

가끔 헤스티아와 산책을 하다 보면 저 산책로 구석에서 진한 스킨십을 하는 커플들도 가끔 보였다. 서로가 전부인 것처럼 쭈압쭈압 소리를 내고 있는 그들을 바라보면 나는 나도 모르게 검을 쥐게 되었다.

저번에 이브가 그런 분통 터진 내 모습을 보고 "부러우면 내가 해줄까?" 하며 변태 같은 발언을 내뱉었다. 나는 오만상을 지었고 이브가 가까이 다가오려 하자 스완이 그를 낚아챘었지. 나이가 들면 들수록 왜 더욱 능글거린다. 이브, 징그러. 이젠 안 귀엽다.

그나저나 전생과 후생 합쳐서 거의 아줌마 나이인데, 연애는 한 번 정도 해봐도 되지 않을까?

내가 생각하는 연애는 단순히 스킨십을 많이 하는 게 아니었다. 서로 더 아껴주고 위해주는 그런 연애를 하고 싶었다. 근데 나에게도 사람이 올까 모르겠다. 그 흔한 고백조차 한 번도 받아보지 못했다.

이쯤 되면 내가 매력이 없는 건가 심각하게 고민이 된다. 물론 내가 헤스티아보단 여러모로 많이 뒤떨어지는 건 사실이지만 그래도 흔하고 착한 남자 한 명 정도는 날 좋아해 줄 수 있다고 생각한다.

결론이 나왔다. '지나가는 흔한 남자 1' 마저도 안 꼬일 만큼 내가 매력이 없는 것 같다. 친구만 정말 많았다. 제기랄. 그래, 사실 사랑보단 의리지. 눈물이 흐를 것 같아 계속 하늘을 바라보았다. 그래도 전생 때보단 나았다. 전생 때는 가족밖에 없었으니까.

그나저나 이번 주니어 파티 때 파트너가 없어 걱정이었다.

주니어와 시니어가 끝날 때쯤에는 언제나 크게 '스쿨 엔드 파티'를 한다. 한 스쿨을 끝냈다는 기념으로 학교에서 크게 여는 파티였는데 그때 아이들은 모두 예쁘게 꽃단장하고 마음에 드는 파트너를 한 명 골라서 춤도 추고 좋은 시간을 보낸다.

보통 이 '스쿨 엔드 파티'가 시작되기 일주일 전에 남자애들이 여자애들에게 파트너 신청을 한다. 그리고 이것 때문에 아이들 사이에서 누가 가장 신청을 많이 받는지에 대해 묘한 신경전이 생긴다.

그 이유는 보통 파트너 신청을 가장 많이 받은 여자아이가 '아우그란 여왕'이라는 타이틀을 얻게 될 확률이 높았기 때문이었다. 그 타이틀은 학생들의 투표를 통해 결정되는데, 그것을 얻게 되면 일단 학교 내에서 인지도가 대폭 상승했다. 그렇기에 많은 아이들이 그것을 노리고 있었다.

미안하지만, 내가 봤을 땐 헤스티아가 아우그란 여왕 후보 중 원탑이다. 우리 헤스티아가 '아우그란 여왕'의 왕관을 받았으면 좋겠다. 헤스티아가 아니면 누가 여왕이라는 칭호를 얻겠어? 일단 외적으로는 퍼펙트하고 성격은 음. 화끈하고……?

그래. 우리 헤스티아, 참 화끈하지.

커플들이 널린 산책로를 걷다가 중간에 하일리를 만났다. 하일리가 이번에 새로 검을 구해왔는지 나에게 자랑했다. 열의에 띤 표정으로 검 자랑을 늘어놓던 그는 주변을 한 번 바라보더니 이상함을 눈치챘다. 죄다 커플들밖에 없었다.

"여기서 대련하자."

그는 넘쳐나는 커플들이 불쾌한지 인상을 쓰더니 새로 산 검을 꺼내 들었다. 때마침 나도 허리춤에 검을 차고 있어서 흔쾌히 대련을 승낙했다.

챙, 창, 치칙, 챙! 검이 서로 부딪히며 날카로운 소리를 냈다.

"너만 보면 막 입꼬리가 주체가 안 돼."

"전우! 그렇게 왼쪽으로 빠지지 말고 오른발을 디뎌라!"

"나도 네가 너무 좋아~."

"이얍! 오오, 좋은 공격인데요? 좋았어, 그렇게 하세요!"

"나만 바라보게 만들고……."

"슈라이나! 그렇게 방어하면 손목 나간다! 조심해라."

"……."

"감사합니다. 그런데 방심하면 안 돼죠!"

"……."

으으리이!

우리는 스킨십을 찐하게 하는 커플들을 배경 삼아 대련했다. 나와 하일리 덕분에 커플들의 야릇한 분위기가 흐려졌다. 사랑을 속삭이는 커플들 사이에서 우리는 의리를 열심히 외쳤다.

커플들은 기합을 우렁차게 외치며 이곳저곳 활보하는 우리를 째려보았다. 하지만 우리는 전혀 신경 쓰지 않았다. 땀을 삘뻘 흘리며 승리에 헤벌쭉 웃을 뿐이었다.

커플들은 우리를 미친놈 취급하며 바라보더니 자리를 떴다. 하일리도 나와 같이 커플들을 몰아내고 싶었던 게 분명했다. 우리는 주먹을 콩 치고 사라지는 커플들을 뿌듯하게 바라보았다.

와하핫. 정의의 승리다.

나는 건조하게 중얼거리다가 문득 내가 하일리 주니어 1학년 때를 닮아가는 것 같아 인상을 썼다. 제엔장.

* * *

파티가 시작되기 일주일 전이었다. 모든 것이 내 예상대로 흘러가고 있었다.

여자아이들은 모두 파트너 신청을 한 번씩은 받았다. 서로 파트너에게 받은 장미꽃을 자랑하기 바빴다. 나와 같은 검술부인 이사벨도 보니까 그린반의 어떤 남자아이에게 파트너 신청을 받아 헤벌쭉 웃음을 짓고 있었다. 이사벨의 손에는 예쁜 장미꽃이 들려 있었다. 저 반응을 보니 하일리는 그냥 포기한 것 같다.

물론 난 예상대로 한 개도 받지 못했다. 난 내가 파트너 신청을 먼저 해야 하나 잠시 고민했다. 근데 나는 괜히 파트너 만들려고 아무에게나 파트너 신청했다가 이상한 소문이 퍼질 것 같아 안 하고 있었다. 파트너가 없으면 없는 대로 가는 거다.

군이 파트너가 없어도 상관없다고 하지만 파트너 없이 가면 소위 말하는 아웃사이더임을 증명하는 것이었다. 괜찮다. 나는 찐따가 아닌 적이 없었다. 새삼스레 아닌 척하는 것도 웃기다. 하하하. 인생은 즐겁다.

나는 문득 시선을 돌려 헤스티아를 바라보았다. 헤스티아는 남자아이들에게 둘러싸여 있었다. 책상 위에는 편지와 꽃다발이 산처럼 쌓여 있었고 내가 다가가기 힘들 정도로 남자아이들이 주위에 죽치고 있었다. 정말 실로 엄청난 인기였다.

나는 헤스티아에게 내 노트를 전해주려고 손을 뻗다가 헤스티아 추종자들 중 한 명에게 밀쳐졌다. 나는 결국, 뒤로 몇 발자국 밀려나고 말았고 그 남자아이는 날 밀어놓고 사과도 하지 않은 채 나를 내려보았다. "저 주꾸미는 뭐야?" 하며 중얼거린 남자아이는 곧 나에게 신경을 끄고 헤스티아의 환심을 사기 위해 말을 걸기 시작했다.

헤스티아는 남자아이들을 무시한 채 얌전히 책만 읽고 있었다. 내가 저번에 선물한 사일런스 마법이 걸린 목걸이 덕분에 헤스티아는 파트너를 같이 하자며 밀어붙이는 남학생들의 목소리 사이에서 아무렇지 않게 책을 읽을 수 있었다.

헤스티아는 나를 쳐다보며 엄지를 척 들었다. '이거 효과가 좋아.'라며 입 모양으로 나에게 감사를 전하는 헤스티아를 향해, 나도 엄지를 치켜세워줬다.

아아. 그나저나 좀 슬프다. 로맨스 판타지 소설에 나온 것처럼 파트너랑 춤 한 번 춰보고 싶었다. 놀이동산 안내원 춤은 많이 춰 봤어도 사교계 춤은 많이 춰본 적이 없어서 조금 어색했지만 말이다. 카림이랑 춤을 춰볼까 생각하다가 1학년은 파티에서 제외된다는 것을 깨닫고 곧 생각을 접었다. 우리 오라버니는 굳이 주니어 파티에 참석하지 않을 것 같고.

나는 한숨을 쉬며 화장실에 가려고 옐로반을 나섰다.

"……?"

반을 나서니 옐로반 바로 밖에 익숙한 남학생 세 명이 벽에 기대고 복도 바닥에 앉아 있었다.

코리, 하일리, 스완하덴 이 3명이 서로 뭔가가 불편하다는 표정으로 밖에 앉아 있었다. 하일리는 쭈그려서 앉아 있었고 코리와 스완은 다리를 쭈욱 펴고 바닥에 앉아 있다.

무슨 상황인 건지 모르겠지만 3명 모두 곤란하다는 표정이었다. 각자 3명의 손에는 꽃이 들려 있었다. 하일리는 장미꽃, 코리는 사탕이 들어 있는 꽃, 그리고 스완은 자신의 몸보다 2배가량은 큰 거대한 장미꽃 꽃다발을 들고 왔다. 나는 그들이 들고 온 꽃들을 보고 대충 짐작했다. 아무래도 그들은 파트너 신청을 하러 온 것 같다.

생각해 보면 다들 헤스티아에게 관심이 있다고 나에게 말한 적이 있었다. 스완은 행동으로 표현했고. 다들 좋아하는 감정이 많이 사그라들었다고 해도 막상 파트너 신청 때가 되니 헤스티아랑 가고 싶겠지.

파트너를 신청하러 왔는데 표정을 좋지 않을 걸 보니 좀 안쓰러웠다. 헤스티아의 인기가 넘을 수 없는 벽이라는 것을 깨닫고 포기한 거겠지. 남주들인데 왜 이렇게 애잔해. 불쌍한 것들.

내가 밖으로 나오자 코리가 고개를 돌려 나를 바라보았다. 코리는 자신들을 멀뚱멀뚱 쳐다보는 내 팔을 잡고 자신들 쪽으로 끌어당겼다. 그래서 나도 어쩌다 보니 심기가 불편해 보이는 이 3명의 파티에 끼어들게 되었다.

코리는 내가 자신의 옆에 앉자 입을 열었다.

"슈슈, 심각한 문제가 생겼어."

진지하게 입을 여는 코리를 바라보며 나는 고개를 비스듬히 기울였다.

"문제가 뭔데?"

나는 물어보며 하일리의 장미꽃들 중 하나를 뺏어서 하일리의 귀에 꽂았다. 스완하덴은 이 상황에 그저 자신이 가져온 엄청난 크기의 꽃다발만 멀거니 쳐다보고 있었다.

"……문제가 뭐냐면."

코리가 이제 막 입을 열고 문제를 말하려고 할 때였다.

저기 멀리서 이브가 우리 반 쪽으로 다가왔다. 이브의 교복 앞주머니에 황금색 빛이 나는 장미꽃이 꽂혀 있었다. 이브는 후배들의 인사를 대충 받으며 누군가를 찾는 듯 두리번거렸다.

이브는 복도 바닥에 쪼그려 앉아 있는 나를 발견하고 곧 작은 미소를 지으며 나를 일으켜 세워주려고 했다. 이브가 나를 일으켜 세우자 내 옆에 앉은 세 명의 이목이 이브에게 꽂힌다. 이브는 그 시선들에도 아무렇지 않다는 표정을 지으며 나에게 말을 걸었다.

"슈슈, 내가 너의 파트……."

그러나 이브의 말은 딱 거기까지였다.

스완하덴과 하일리가 자신들의 꽃을 이브에게 던졌다. 심지어 스완하덴의 꽃다발은 자신의 키보다 한 뼘은 더 커서 그걸 이브에게 후려치자 그는 크게 타격을 입고 몇 발자국 물러날 수밖에 없었다. 코리도 자리에서 일어나 이브에게 꽃 사탕을 물렸다. 말을 하지 말라는 표시였다.

"형, 시간이 많으신가 봐요. 시니어면 굳이 주니어 파티에 참석 안 해도 되잖아요?"

그렇게 말한 스완하덴은 이브의 장미꽃을 한 손으로 뭉갰다. 이브는 사탕을 우물우물 먹다가 입을 열었다.

"근데 슈슈가 이……."

이번엔 코리가 이브가 더 말을 못 잇게 했다. 코리는 뒷머리를 긁적이며 마법으로 이브의 말을 막았다. 그리고 하일리가 마지막으로 나섰다. 힘이 제일 센 하일리는 짐작했다는 듯이 허탈한 표정을 짓는 이브네스를 번쩍 들었다. 그렇게 이브는 3명에게 이끌려 퇴장했다. 내가 끌려가는 이브를 바라보며 손을 흔들자 이브는 먹고 있던 사탕을 흔들었다.

고개를 돌리자 복도 바닥에 스완이 흘린 꽃들로 천지였다.

나는 장미꽃들을 카펫 삼아 화장실로 향했다.

* * *

난 결국 파티에 혼자 가게 됐다.

예상한 일이었기에 괜찮았다. 그저 이사벨이 내가 파트너 신청을 못 받은 것을 알고 깐족거린 게 짜증이 좀 날 뿐이었다. 이사벨 앞에서 목을 우두둑 풀자 그녀는 잠잠해졌다.

파티에 참석하기 전 여자아이들은 뷰티 살롱에도 가고, 드레스도 구입하고 난리가 났는데 나만 혼자 여유롭다.

저번에 어머니가 사 주신 아직 개봉도 안 한 화장품을 꺼내 보았다. 대충 얼굴에 흰 분을 바르고 입에 붉은 칠을 했다. 눈 화장도 하려니 답이 없어서 그냥 내버려 뒀다.

파티 때 입고 갈 드레스를 확인하는데 드레스보단 검술복이 더 많았다. 한참 옷장을 뒤적이다 나는 겨우 드레스 몇 벌을 찾아냈다. 주황색, 형광색 드레스가 있었는데 밝은 게 좋으니 형광색 드레스를 집었다.

날씨가 추우니 드레스 위에 간단한 갈색 외투를 걸쳤다. 아, 우리 시녀 리다가 짜 준 초록색 목도리도 챙겨야지. 때마침 손도 시려 장갑도 꼈다. 교복 말고 오랜만에 드레스를 입으니 조금 어색하지만 잠시 동안만 입는 거니 기꺼이 참아줄 수 있었다.

나 혼자 이렇게 꾸며본 것은 처음이어서 제대로 입었는지는 잘 모르겠다. 집에 있을 때는 항상 어머니랑 시녀 에밀리가 꾸며줬으니까 말이다. 뭐, 괜찮을 것이다. 그렇게 이상하진 않겠지?

거울 속 내 모습을 바라보았다. 초록색 목도리에 갈색 외투에 속에는 형광색 드레스. 신발은 학교 구두였다. 이 정도면 무난하다. 하얀 얼굴에 입술만 빨개서 이상한 것 같지만 아마 화장한 내 얼굴이 어색해서 그렇게 느껴지는 것일 수도 있다. 난 원래 이상했어.

고개를 돌려 현재 몇 시인지 확인했다. 시간은 이미 연회의 시작을 알리고 있었다. 여자아이들은 대부분 연회장으로 떠났을 것이다. 어차피 나를 기다리는 사람은 없었기에 천천히 준비했다.

파티에 가서 맛있는 거나 실컷 먹고 와야지 다짐하며 슬슬 방에서 나가려고 했다.

"슈슈……?"

때마침 샤워를 끝내고 화장실에서 나온 헤이즐만 아니었다면 말이다.

"맙소사……."

헤이즐은 나에게 달려와서 내 어깨를 강하게 붙잡았다. 그녀는 정말로 내 모습을 보더니 떨리는 입을 열었다.

"진심이니……."

"……?"

"혹시 나 웃기려고 일부러 이렇게 입은 거니?"

"아뇨."

"파티가 있는 건 나도 아는데…… 그 화장에 패션에…… 진짜 그렇게 가려고 한 거야?"

"……네에."

헤이즐이 나를 표독스럽게 노려보았다.

"……아니요."

자신의 젖은 머리를 수건으로 감아올린 헤이즐은 경악 어린 표정을 짓고 있었다.

"초록색 목도리에 형광색 드레스…… 학교 구두…… 번진 레드립에 얼굴과 목 색이 다른 분칠이라……."

헤이즐은 초점을 잃은 눈동자로 내 위아래를 스캔했다.

왜, 왜 그러는 거지. 이 정도면 무난하잖아.

나는 혼자 허탈하게 웃는 헤이즐이 무서웠다. 왜 이러시는 걸까.

나를 한참 살펴본 헤이즐은 돌연 허탈한 표정을 지우고 무서운 웃음을 지었다.

"너 이대로 나갔으면 나한테 엉덩이 맞았어."

"……괜찮은 것 같……."

"……."

"죄송."

헤이즐은 내가 나름 고심해서 고른 옷들을 모두 벗겼다. 그리곤 화장을 지우는 액을 묻힌 휴지로 내 얼굴의 분을 조심스럽게 닦아내며 자신만만하게 웃었다.

"뷰티 살롱을 운영하는 이 언니의 솜씨를 보여 주지."

헤이즐은 내 앞에 거대한 상자를 꺼냈다. 그 거대한 상자를 여니 그곳에는 정말 갖가지 종류의 화장품들로 가득했다. 상자 안에는 없는 화장품이 없었고 화장을 위한 붓들도 사이즈별로, 모양별로 존재했다.

헤이즐은 이미 파티에 늦은 나를 위해 재빠르고 정확하게 화장을 해주기 시작했다. 그녀는 자신의 드레스를 주려고 했지만, 드레스는 대부분 섹시 계열이었고 슬프게도 내 가슴이 맞지 않았다. 게다가 내가 키도 작고 덩치가 작아 입은 옷들이 대부분 흘러내렸다.

헤이즐은 내 옷장을 살펴보다가 주황색 드레스를 발견했다. 주황색 드레스는 저번에 어머니가 사 주신 것이었다. 보석이 치마 위에 달려 있었고 너무 화려한 것 같아 별로여서 안 입었다. 너무 반짝반짝하단 말이지.

그래도 어머니가 나를 위해 사줬기 때문에 어머니의 다른 사치품들과 함께 처분하진 않았다. 나름 신경 써서 사 준 건데 그걸 환불하는 건 마음 내키지 않았다. 비록 이 드레스 값이 엄청 많이 나간다고 해도 말이다.

"왜 이런 엄청난 게 있었으면서 형광색 드레스를 입었던 거야?"

"밝은 게 낫지 않아요?"

"……취향 존중해 줄게. 근데 공적인 모임이니까 대중적인 취향을 따르자."

헤이즐이 무서워서 일단 주황색 드레스를 주섬주섬 껴입었다. 헤이즐은 내 모습에 너무 예쁘다며 손뼉을 치기 시작했다. 움직일 때마다 전신이 반짝반짝거리며 마치 요정 같다고 한다. 게다가 몸에 탄력이 있어서 옷발이 더 잘 받는다고. 쏟아지는 칭찬에 나는 달력을 바라보며 혹시 오늘이 내 생일인지 확인했다.

헤이즐은 내 머리까지 손봐주기 시작했다. 내 주황색 머리카락은 아까보다 한층 더 차분해졌다. 헤이즐은 내 모습을 계속 살피며 손봐 주더니 자신의 액세서리까지 빌려줬다. 그중에는 다홍색 보석이 박힌 서클렛 비슷한 머리 장식도 있었는데 그걸 꼭 쓰라고 추천했다. 나는 헤이즐에게 혼나기 싫어서 얌전히 써줬다.

헤이즐은 자신이 꾸민 내 모습을 보더니 입을 틀어막았다.

"세상에…… 진짜 몽환적인 느낌이야. 네 삼백안이 이런 데에서 진가를 발휘하다니!"

헤이즐의 말에 거울을 바라보았다.

확실히 아까보단 상향 패치된 건 맞긴 맞지만 조금 춥다. 초록색 목도리에 손을 올리려고 하자 헤이즐이 내 손을 쳤다. 하다못해 저 갈색 겉옷이라도 걸치고 싶었지만 헤이즐이 싱글싱글 짓는 미소가 무서워서 관뒀다.

헤이즐은 나를 와락 껴안고 신이 난 표정을 지었다.

"난 슈슈가 꾸미면 이렇게 요정처럼 예쁠 걸 알고 있었지!"

"정말. 기뻐요. 감사합니다."

나는 좋아하는 헤이즐에게 영혼 없이 대답한 뒤, 시계를 바라보았다. 조금 늦은 걸 보아, 파티 간식의 종류가 많이 사라져 있을 것이다. 서둘러야 했다.

화장 가루가 눈에 들어갈 것 같은 느낌에 내가 손을 들어 눈을 만지려고 하자, 헤이즐이 소리쳤다.

"눈 비비지 마!"

넵.

나는 헤이즐의 잔소리를 들으며 방을 나섰다.

어차피 간식만 잔뜩 먹고 올 예정이라 꾸미는 건 어찌 됐든 좋았다. 잘 모르겠지만 헤이즐이 예쁘다고 난리를 쳤으니 일단 아까보단 괜찮아진 거겠지? 솔직히 헤이즐은 나에게 콩깍지가 씌어 있어 내가 뭘 하든 예쁘다고 해서 잘 모르겠다. 근데 예쁘다고 했으니 아까보다는 파티인으로서 무난해진 것이다.

나는 빠르게 연회장으로 향했다.

풍덩! 기숙사 밖을 나와 좀 걷자 여자 기숙사 근처의 연못 쪽에서 큰 물소리가 들렸지만, 시간이 없어서 신경 쓰지 않았다.

나가면서 나는 어딘가 익숙한 남학생과 마주쳤다. 남학생은 초록색 머리카락을 뒤로 넘기고 자신의 파트너를 기다리고 있었다. 왜 익숙한가 했더니 저번에 나를 밀치고 사과도 하지 않던 남자아이였던 것이다. 사과는커녕 인상을 찌푸리며 나보고 주꾸미라고 했었지.

그 남학생은 결국 헤스티아와 파트너가 되는 것을 못 이루고 다른 여학생에게 파트너 신청을 한 것 같았다. 그는 깔끔한 셔츠와 바지를 입고 꽃을 들고 여자 기숙사 밖에서 기다리고 있는 걸 보니 말이다. 그는 인상을 팍 쓰며 나오지 않는 자신의 파트너를 욕하며 다리를 달달 떨었다.

"……엥."

인상을 쓰던 그는 불현듯 나와 눈이 마주쳤다. 그는 썼던 인상을 피고 놀라며 눈을 동그랗게 떴다. 나는 갑자기 그가 나를 보고 놀라길래 뒤를 쳐다봤지만, 뒤에는 아무것도 없었다. 남자아이는 멍하니 나를 보고 있었다. 뭐야, 어쩌라고. 멍청한 표정을 짓는 그 초록 머리 남학생이 불쾌해서 걸음을 조금 빨리했다.

파티로 가는 길에 우리 예쁜 카림도 만났다. 카림도 당황하는 표정을 지으며 나를 멀거니 쳐다보았다. 원래 예뻤지만 평소보다 훨씬 예쁘다고 칭찬해주는 카림에 나는 그저 피식 웃으며 그의 머리카락을 쓰다듬었다. 우리 카림, 말도 참 예쁘게 한다.

카림은 자신이 내 파트너가 되고 싶었다고 한다. 그러나 1학년은 3학년 주니어 파티에 참석이 불가능하니 어쩔 수 없었다며 입술을 비죽 내밀었다. 카림은 내게 파트너가 누구냐고 물어봤지만 나는 그저 쓰게 웃을 수밖에 없었다. 그딴 거 안 키워.

내가 없다고 하니 카림은 고개를 갸웃거리며 이상하다고 말을 내뱉었다. 누나랑 파트너 한번 하겠다고 남자 기숙사 난리 났던데? 라고 뒤이어 중얼거리는 카림이었다.

카림은 어깨를 으쓱이며 내 손에 장미꽃을 쥐여줬다.

"내 주니어 파티 때는 꼭 누나가 파트너 해줘야 해?"

얼굴을 붉히며 맑게 웃는 카림에 나는 고개를 세차게 끄덕였다.

* * *

학교가 잘 다듬은 길을 걸으며 나는 연회장 쪽으로 향했다.

파티 분위기를 내려고 학교 측에서는 각양각색의 빛 마법구들을 하늘에 띄워 절경을 만들었다. 헤이즐이 빌려준 반짝거리는 구두에 비친 내 모습을 바라보았다. 걸을 때마다 비치는 내 얼굴이 구두의 굴곡 때문에 우스꽝스럽게 커졌다가 작아지기를 반복한다.

연회장에 도착하니 당연한 말이지만 사람들로 붐비고 있었다. 남자든 여자든 서로 잘 보이려고 난리였다.

파티가 시작된 지 한참이 지나 간식이 별로 없을 것 같았지만, 다행히 학교에서 준비를 많이 해둔 것 같다. 쿠키는 기본에 마카롱 같은 고급진 디저트도 있었고 간단한 카나페도 예쁘게 진열되어 있었다.

학교에서 부른 오케스트라가 기똥찬 음색을 뽑아내며 연회장의 분위기를 달궜다. 연회장의 한가운데에는 이미 춤을 추고 있는 사람들이 있었다. 왈츠 음악이 홀에 울려 퍼지고 학생들은 서로 원하는 상대와 춤을 췄다.

나는 혹시 헤스티아가 춤을 추고 있을까 문득 춤추는 사람들에게 시선을 뒀지만, 헤스티아는 아직 춤을 추진 않은 것 같다. 몽실몽실한 분홍색 머리카락이 보이지 않았다. 고개를 돌려 테라스 쪽을 바라보니 하룬과 헤스티아가 사진구 같은 걸 공유하며 서로 도란도란 이야기를 나누고 있었다.

헤스티아는 하룬과 파트너를 맺었다. 헤스티아가 우리 오라버니랑 파트너를 맺은 게 참 신기했다. 심지어 헤스티아가 먼저 파트너 신청을 했다고 하지? 아마 남자들 중에서 제일 편하고 친해서 그런 것 같다. 아무튼, 우리 오빠 정말 땡잡은 거다. 영광으로 여기고 헤스티아를 여왕처럼 섬기라고 하룬.

나는 헤스티아에게 다가가려다가 둘의 분위기가 좋아 그냥 내버려 뒀다. 원래 커플이라면 무조건 방해하고 보는 게 상책이지만 둘이 잘돼서 헤스티아가 우리 쪽으로 넘어오면 완전 좋다. 헤스티아가 하룬이랑 잘되면 시누이 사이가 되는 거니 그야말로 만세다.

극진하게 대접해줄 수 있으니 제발 와줬으면. 소설 속 엑스트라 남주였던 우리 오라버니를 응원했다. 다른 메인 남주들은 요새 연애보단 실력을 키우는 것 같으니 이 기회에 하룬 네가 낚아채라고! 하룬이라면 오작교 역할을 기꺼이 해줄 수 있다. 남주들아 미안.

나도 모르게 스멀스멀 올라오는 미소를 애써 억누르며 간식들이 진열되어 있는 곳으로 향했다. 마카롱의 영롱한 자태를 보며 군침을 삼키자니 불현듯 그 뒤의 작은 소파에 팔짱을 끼고 앉아 있는 하일리가 보였다.

하일리는 파티에 참석하는 사람답게 갖춰 입고 나왔다. 검을 오래 잡은 아이다 보니 옷태가 장난 아니었다. 처음 만났을 때의 그 어린 느낌은 많이 사라져 있었고 많이 여물어 성숙한 분위기를 냈다. 짙은 검은 머리카락 아래의 붉은 눈동자가 예쁘게 빛이 난다.

하일리는 음료수를 홀짝이며 춤을 추는 사람들을 구경하고 있었다. 내 앞에서는 언제나 활달한 하일리가 웃음기 없는 얼굴로 지루해하고 있었다.

그나저나 코리나 스완은 어디로 갔는지 보이지 않았다. 이브는 시니어니까 불참이려나?

헤스티아는 바쁘고, 난 파트너가 없고 저기엔 무료해 보이는 하일리가 있다. 하일리, 어쩔 수 없이 네가 나랑 놀아줘야겠다. 나는 소파에 앉아 있는 하일리에게 다가가 그 옆에 앉았다. 내 손에는 마카롱과 초콜릿이 가득이었다.

"왜 아무것도 안 먹고 있어요?"

하일리는 멀거니 내 반대편을 바라보고 있다가 내가 말을 걸자 고개를 휙 하고 돌렸다.

"슈라이나? 너 어디에……!"

하일리는 내 목소리를 알아보고 고개를 돌려 나를 쳐다보았다. 뭐라고 말을 하려던 그였지만, 그는 끝까지 말을 잇지 못하고 있었다.

"……?"

하일리는 안 그래도 큰 붉은색 눈을 더욱 크게 떴다.

동공이 크게 흔들리고 있는 것이 보였다.

"말했는데, 그게, 먼저 스완하덴이 너가 갔다고?"

"……네?"

"음?"

하일리는 문장 순서를 뒤죽박죽 뒤섞어서 말했다. 정신 차려, 왜 말을 못 해. 입을 연 하일리는 나에게서 시선을 떼고 뭔가를 곰곰이 생각하더니 인상을 썼다.

"나 방금 말 제대로 했나?"

"아니요. 하나도 못 알아들었어요."

"나도 안다."

알면서 왜 물어봐. 나는 힐끔힐끔 쳐다보며 어색한 표정을 짓는 하일리의 모습에 수상함을 느꼈다. 그나저나 하일리도 혼자인 걸 보니 파트너가 없는 것 같았다. 하일리는 잘생겨서 파트너쯤이야 쉽게 얻을 것 같았는데 왜 없지? 키도 크고 성격도 괜찮고 나름 귀여운데. 헤스티아가 아니어도 하일리를 쫓는 여자아이들도 많았고.

문득, 스완과 코리의 파트너가 궁금해졌다. 코리는 사나운 분위기 때문에 선뜻 말을 거는 여자애들이 없을 것 같지만 스완은 모른다. 스완은 애가 도도한 느낌도 있고 군주 비슷한 느낌이 있어서 여럿이 파트너 해달라고 손바닥을 싹싹 빌 것 같다. 그리고 스완하덴이 한 명을 선택하면 그 아이는 영광이라며 눈물을 주르륵 흘리고 기꺼이 그를 섬길 것 같은 이미지다. 음, 이게 무슨 이미지지.

잠시 이상한 상상을 하다가 나는 아까부터 나만 계속 멀거니 쳐다보고 있는 하일리에게 시선을 돌렸다. 내가 하일리를 쳐다보자 하일리는 놀라며 반대쪽으로 고개를 돌렸다. 하일리는 자신 스스로도 왜 고개를 돌린 건지 몰라 하는 눈치였다. 다시 내 쪽으로 고개를 돌린 하일리는 내 눈동자를 바라보지 않고 내 이마를 바라보았다.

"그나저나 코리나 스완은 안 보이네요. 파티는 필수 참석이라고 알고 있는데."

"······스완하덴이 네가 파티에 이미 가 있다고 말해서 일찍 왔건만 네가 한참을 오지 않아 코리가 찾으러 갔다. 난 길이 꼬일까 봐 남아 있었고."

뭔 소리야. 난 이제 막 연회장에 도착했는데. 아무래도 오해가 있었던 것 같은데, 나는 크게 걱정하지 않기로 했다. 그보다 내 앞에 있는 하일리의 태도가 신경 쓰였다. 애가 자꾸 내 이마를 쳐다보고 있는데 살짝 맛이 간 것 같다.

"저기, 어디를 보면서 말씀하시는 거예요?"

"네 이마?"

"······?"

혹시 나는 내 이마에 뭔가가 묻었을까 해서 이마를 문질러 보고 아공간 주머니에서 거울도 꺼내 확인해봤는데 깨끗하기만 했다.

"왜 이마를 쳐다보는데요."

"······어, 음. 글쎄. 나도 모르겠군."

아직도 당황한 기색을 보이는 하일리는 곧 시선을 아래로 내렸다. 자신의 구두를 바라보고 있던 그는 곧 뭔가를 곰곰이 생각하는 표정을 짓더니 고개를 갸웃거린다. 얼굴에 물음표가 보이는 것 같다.

"잠시 가 볼 데가 있으니 잠시 자리 좀 비우겠다. 맛있는 거 많이 먹고 있어라."

잠시 멀뚱멀뚱 한 곳을 바라보던 하일리가 자리에서 벌떡 일어났다. 잠시 자리를 비우겠다고 말하는 그의 발은 이미 앞으로 나가고 있었다. 나는 그런 하일리의 뒷모습을 바라보다가 곧 그가 한 말을 떠올렸다.

뭐가 어떻게 된 건지는 잘 모르겠지만 코리가 날 찾으러 갔다고 한다. 그러면 내가 도로 찾으러 가야 하는 건가? 일단 연회장에 보이지 않는 것을 보아 아직 나를 찾고 있는 중인 것 같다.

나는 자리에서 일어나 연회장을 나갔다. 코리를 만나면 같이 먹으려고 마카롱이랑 사탕을 엄청 챙겼다.

연회장 바깥에는 잘 다듬어진 산책로가 있었다. 이 산책로 양옆에는 학교를 상징하는 버건디색의 '아우그란' 꽃들이 예쁘게 피어 있었다. 이 꽃은 오직 아우그란 산 근처에서만 특별히 자라는 꽃이기 때문에, 산에서 이름을 따와 '아우그란 꽃'이라고 불린다. 사계절 내내 꽃이 활짝 피어 있기 때문에 이 산책로는 어느 때나 검붉은 색을 낸다.

만개한 아우그란 꽃들 위에는 올 때 보았던 각양각색의 마법구들이 둥둥 떠 있었다. 언젠가 판타지 소설 삽화에서 본 엘프의 비밀의 정원 같은 분위기를 자아낸다. 버건디색 꽃들이 마법구들의 빛 색들과 섞여 굉장히 몽환적이었다.

나는 멀거니 절경을 바라보며 걷다가 저 멀리서 걸어오고 있는 코리를 발견했다. 코리는 깔끔한 흰 셔츠에 검은색 바지를 입고 있었다. 넥타이도 맨 것 같지만 엉성하게 매듭이 지어져 있었다. 어깨까지 내려오는 금발을 묶지는 않고 그냥 산만하지만 않게 정리했다.

"슈슈, 어디야."

코리는 주머니에 손을 쿡 찔러넣고 돌멩이를 툭툭 차며 걷고 있었다.

"우리 슈슈 보신 부운."

불현듯 코리와의 첫 만남이 기억났다. 그때도 저렇게 나를 찾고 있지 않았나? 물론 그때는 키가 훨씬 작았고 더 귀여웠던 것 같지만. 목소리도 훨씬 더 갈라졌던 것 같다. 지금은 변성기가 끝나 많이 정돈된 목소리고. 문득 난 추억에 잠겼다.

코리는 추운 건지 귀랑 눈 밑이랑 전체적으로 붉었다. 감기에 걸린 건지 간간이 훌쩍거리는 소리를 낸다. 코리는 잠시 걸음을 멈추고 아공간 마법을 이용해 동아리용 딸기 담요를 꺼냈다.

그는 그걸 자신의 어깨에 걸치고선 파이어 마법으로 작게 불을 피웠다. 푸른 불이 나오자 그걸 부양 마법으로 허공에 둥둥 뜨게 만들었다. 어렸을 때 전래동화에서 보던 도깨비의 불빛 같다.

코리는 조금 따뜻해졌는지 만족한 표정을 지었다. 한숨을 쉰 코리의 입에서는 하얀 입김이 나온다. 고개를 뒤로 젖힌 그는 하늘을 바라보면서 걸었다.

"어디 갔냐고오."

하늘에 반짝반짝 빛나는 별들을 바라보며 걷는 코리는 후- 하며 입바람을 불고 자신의 시야를 채우는 밤하늘과 하얀색 입김을 멀거니 바라보았다. 코리는 하늘을 보며 걷고 있었기에 내가 바로 앞에 있다는 걸 모르고 있었다.

"찾는 슈슈 여기."

내 목소리를 듣자 코리는 위로 젖힌 고개를 다시 원상태로 돌려놓았다. 코리는 잠시 앞을 바라보다가 시야가 다르다는 걸 깨닫고 고개를 살짝 내려 나를 쳐다보았다.

"워."

코리는 곧바로 후진한 뒤, 등을 돌렸다.

나에게 등을 돌린 코리는 잠시 눈을 비비더니 다시 고개를 돌려 나를 쳐다보았다. 코리는 나를 힐끔 쳐다보곤 다시 내게서 시선을 거뒀다.

"……?"

고개를 숙이고 뒷목을 만지며 잠시 생각에 잠긴 코리가 보인다. 피부가 하얀 편인 코리는 차가운 바람에 맞아 손끝이 붉었다. 고개를 숙이며 드러난 목덜미도, 드러난 귀도 붉은 것 같다.

"뭐해."

"…….."

코리는 붉어진 자신의 귀를 잠시 만지작거렸다. 그는 내 말에 한참 답하지 않더니 곧 한숨을 쉬고 등을 돌렸다.

코리는 나를 한 번 쳐다보더니 또 등을 돌렸다.

"……찾았다."

코리는 나지막이 입을 열었다. 나를 찾았다며 안도한 코리는 등을 돌린 채 나를 보지 않고 있었다. "너 찾았는데……." 하며 또 중얼거리며 살짝 혼란에 빠진 모습을 보여줬다.

그는 잠시 내게 등을 보여 주다가 뒷머리를 거칠게 헤집었다. 기껏 정리한 머리가 다시 산발이 되었다.

하일리도 그렇고 코리도 그렇고 상태가 이상하다.

나는 코리가 이상 상태에서 벗어날 수 있도록 기다려줬다.

코리의 옆에 둥둥 떠 있는 도깨비불이 아까보다 더 크기가 커지며 잘 타오르는 것 같다.

"……말이 안 나오네. 뭐지."

일해라 내 입. 코리는 작게 중얼거렸다.

한참을 나를 똑바로 보지 않고 힐끔힐끔 쳐다본다. 혹시 내가 꾸민 게 어색해서 그러나 싶어 조금 민망했지만 가만히 있었다.

사실 너무 화려한 드레스를 입어서 아까부터 어색하고 신경 쓰였었다. 화장도 무거운 것 같고 속된 말로 너무 갑자기 꾸며서 나대는 게 아닌가 싶다. 집에서 파티가 있을 때는 무거운 화장을 하지 않았었다. 그냥 단순히 얼굴 결만 정리했었는데, 헤이즐 언니가 화장까지 해주니 굉장히 좋았지만 동시에 빨리 화장을 지우고 싶었다.

"하일리도 그렇고 너도 그렇고. 이상해? 역시 좀 아니지? 이래서 사람은 안 하던 짓 하면 안 돼."

애네 상태가 평소랑 다른 이유는 아마 평소와 다른 내 모습 때문인 것 같다. 괜히 손을 들어 화장을 지우고 싶었다. 하일리만 이상하면 그냥 하일리가 요즘 힘들구나 하겠지만 둘이 동시에 내 얼굴 보고 이상한 반응을 보이니 이건 반박할 수 없이 내 탓이었다.

아 그냥 교복 입고 파티에 나올 걸 그랬다. 역시 꾸미는 건 평소에 하는 사람만 하는 것이다. 사이즈가 맞지 않는 바지를 입은 것 같이 굉장히 갑갑한 기분이다. 헤이즐의 화장이 아니라 나 스스로 꾸미고 나왔어도 이런 감정을 느꼈을 것이다. 화장을 지우고 싶었다.

코리는 내 말에 불현듯 깜짝 놀라더니 등을 돌리고 나를 쳐다봤다. 그는 인상을 쓰면서 나에게 시선을 계속 두려고 노력했다. 하일리처럼 내 이마를 바라보지 않고 인상을 쓰면서까지 내 눈을 본다.

인상을 쓰자 안 그래도 살벌한 얼굴이 조금 무섭게 변했다. 코리는 무리하며 입을 열었다.

"아니, 네가 최고 예뻐서 그래."

그런 표정에 그런 말이라니 전혀 안 어울린다.

"와, 쳐다보기도 부끄럽다." 하며 작게 중얼거리는 코리는 바로 나에게서 시선을 떼어냈다.

나는 그의 말에 잠시 생각에 잠겼다. 설마 쳐다보기 부끄럽다는 말이 부정적인 뜻은 아니겠지? 긍정적인 뜻이면 너무 오버하는 것 같은데. 코리가 하룬이 아닌 이상 오버할 리는 없고. 그러면 부정적인 뜻이냐.

너 지금 나 부끄러워하는 거야?

코리는 생각에 잠긴 내 얼굴을 멀거니 쳐다보았다.

"진짜로 예뻐서 한 소리니까 그대로 받아들여."

"은근히 립 서비스가 좋군."

"……한결같네."

코리는 인상을 풀고 피식 웃었다. 드러난 내 어깨에 자신이 두르고 있던 담요를 덮어줬다.

자신의 말을 왜곡하지 말라는 코리의 말에 나는 순순히 납득하기로 했다. 하기야 날 여러모로 아끼는 코리가 나에 대해 나쁜 소리를 할 리 없었다. 내가 느낄 정도로 소중히 대해준다. 나의 팬이고 아니고를 떠나 그냥 나를 돌봐준다는 느낌이 강했다. 아니 그냥 남을 잘 돌보는 것 같기도 하고.

1학년에 코리의 여동생이 있었는데, 아마 코리가 이런 성격인 건 그 아이의 영향이 크지 않을까 싶다. 그나저나 코리 여동생 진짜 귀엽게 생겼던데. 직접 대화해 본 적은 없었지만 그냥 귀여웠다.

카림이랑 둘이 라이벌이던데, 진짜 볼 때마다 귀여워 미칠 것 같다. 소설에는 이런 설정 없었던 것 같은데 아무래도 내가 전생을 자각하고 사건을 이리저리 바꾸면서 없던 설정이 계속 생기는 것 같다. 이런 설정 완전 좋다.

코리와 나는 연회장으로 다시 돌아가려고 했다. 그러나 문득 내 헛소문을 퍼트린 스완의 행방이 궁금해졌다.

"스완은 어디 갔어?"

"걘 편안히 죽었으니까 걱정 마."

"……?"

"지금 널 보니까 상황이 왜 이렇게 꼬였는지 알 것 같네."

코리는 또 알 수 없는 소리를 내뱉는다.

"스완하덴 죽은 거 구경 갈래?"

나는 코리의 말에 고개를 끄덕였다. 산책로가 예뻐서 좀 걷고 싶었기도 했고, 스완하덴이 죽었다는 표현이 웃기기도 했다. 저번에 호수 앞 잔디밭에서 자고 있던 것처럼 파티를 빠지고 어디서 또 널브러져 자고 있는 게 아닌가 싶다.

코리는 여자 기숙사 근처 학교 연못 쪽으로 발걸음을 옮기고 있었다. 연못 쪽으로 가는 길이 거칠어서 코리가 손을 내밀었다. 구두를 신은 내가 돌이 많은 길을 넘어지지 않게 걸을 수 있도록 잡아준다고 한다. 나는 코리의 손을 흔쾌히 붙잡았다. 잡은 손에는 살짝 아프지 않을 정도의 힘이 들어가 있었다.

코리의 사납지만 단정한 이목구비를 멀거니 바라보다가 문득 그가 파트너도 없이 이렇게 혼자 다니는 것에 의문이 들었다. 날 찾아다닌 걸 보니 코리도 파트너가 없는 것 같은데.

"그나저나 너 인기도 많으면서 왜 파트너가 없어."

반딧불이같이 생긴 예쁜 색을 내며 날아다니는 벌레들을 바라보며 코리는 입을 열었다.

"사실 너랑 파트너 하려고 했거든?"

"……아, 그래?"

"근데 하일리도 너랑 파트너 할 생각이었던 거야."

코리는 아무렇지 않게 내가 놀랄 말들을 했다.

"거기에 스완도 찾아와서 네 파트너가 되겠다고 했고."

하일리랑 코리는 나랑 엄청 친하니 그렇다고 쳐도, 뒤이은 '스완'이라는 단어에 나는 조금 더 놀랐다.

스완하덴이 나랑 파트너? 걔랑은 별로 안 친하다. 그러니까 자기 말로는 친하다고 하는데 그래서 친해지고 있는 중이긴 한데, 뭐랄까…… 딱히 파트너를 선뜻 신청할 만큼 친한 건 아닌 것 같단 말이지.

여하튼 스완하덴이 나에게 파트너를 신청하려고 했던 건 정말 의외다. 스완도 주변에 파트너 할만한 애가 그렇게 없나 보다.

"그래서 결국 네가 파트너가 없으면 다 같이 너 데리러 가려고 했거든? 근데 오늘 여러모로 꼬이네."

"아, 그럼 그때 반 앞에 모여 있던 건……."

그때 나 때문에 반 앞에 쭈그려 앉아 있던 것이다. 꽃들도 원래 나한테 주려고 했던 건가. 근데 그 스완하덴이 진짜 나한테 파트너 신청하려고 했다고? 그 거대한 꽃다발을 나한테 주려고 했단 말이지? 설마 이브한테 했던 것처럼 파트너 신청을 빌미로 날 후려치려고 했던 건가. 흐음.

와, 어쨌건 슈슈 여러모로 형편 좋아졌다. 전생 현생 통틀어 남자애들에게 매번 무시만 당하다가.

"나 뭔데 이렇게 인기 많아?"

"다 네가 잘나서지."

코리와 손을 잡고 걷다가 나는 문득 그의 말에 조금 걱정이 들기 시작했다.

그나저나 코리도 그렇고 하일리도 그렇고 내가 개입해버리는 바람에 연애에서 점점 멀어지고 있는 것 같았다. 헤스티아를 쫓아야 정상이거늘, 지금은 각자 재능 키우는 데에만 몰두하고 있었다.

이러다가 너희 진짜로 성공해버린다고. 성공하면 음, 괜찮네. 해피엔딩이지만 조금 양심에 찔린다. 내 솔로 월드에 이방인까지 끌어들인 기분이다. 틀어져 버린 소설 내용에 잠시 걱정에 잠겼다. 근데 어차피 소설의 끝부분이 거지 같고 피폐했기 때문에 지금 방향도 괜찮은 것 같기도.

"다음번엔 제대로 된 파트너를 찾아. 원래 파트너는 친구보다는 좋아하는 애랑 해야지 파티가 재미있어지는 거야."

물론 친구랑 해도 문제는 없지만, 아카데미 생활에서 딱 2번 밖에 없는 졸업 파티인데 나랑 하고 싶어?

얼마나 주위에 여자애들이 없으면 나한테 오냐고. 지금 3년째 그린반에서 같은 애들이랑 수업을 들을 텐데 거기서 마음에 드는 애가 한 명도 없는 건가. 코리나 하일리가 인기만 없었더라면 내가 먼저 파트너 신청을 걸었을 것이다. 왠지 그들의 처지가 내 처지 같아서 마음이 아팠다.

"좋아하는 애가 생길 때까지 내가 받아줄 테니까 안쓰럽게 굴지 마. 앞으로 이런 단체 활동 같은 게 있으면 도와줄게."

코리는 내 말에 작게 웃으면서 고개를 끄덕였다.

연못 쪽에 가까워질수록 길이 다듬어져 있어서 나는 코리의 손을 놓았다. 코리는 내가 손을 놓자 자유로워진 자신의 손을 잠시 쳐다보았다.

연못으로 가니 웬 사람 한 명이 연못에 둥둥 떠 있었다.

"……스완?"

그 사람은 스완하덴이었다.

스완하덴은 달빛을 받으며 연못에 빠져 있었다. 뜬금없지만 달빛을 받은 스완하덴은 정말로 예뻤다. 차가운 물 때문에 안색이 살짝 파리한 것 같지만 그럼에도 그의 외모는 죽지 않았다. 확실히 남주들 중에서 스완이 제일 예쁘다. 혼자서 외모로 세계를 정복해도 나는 이상하게 여기지 않을 것이다. 나는 스완의 빛나는 얼굴에 살짝 감탄했다.

스완은 그곳에서 나올 생각을 하지 않고 있었다. 큰 보름달을 바라보며 물 위에 둥둥 떠 있던 스완은 내 목소리를 듣더니 표정을 굳히며 몸을 살포시 뒤집었다. 조용한 몸짓이었다.

저렇게 몸을 뒤집어 물에 둥둥 떠 있으니까 진짜 죽은 것 같았다.

그나저나 날이 추워 연못 표면이 살짝 얼어 있었는데…… 스완하덴은 안 춥나? 자연치유력이 추위까지 포용할 줄이야.

잠깐만, 자연치유력이 백마법이랑 관계가 있나? 나는 나도 모르게 알고 있는 지식에 인상을 썼다.

"괜찮아?"

"……."

나는 차가운 물에 몸을 담그고 있는 스완하덴에게 말을 걸었다. 블란치 공작가는 여러모로 베일에 싸인 가문이라고 들었는데 혹시 이렇게 연미복을 입고 차가운 물에 잠수하는 취미가 있는 건가.

괜찮냐고 묻자 스완하덴은 물속에서 대답한 건지 얼굴 쪽에서 보글보글 거품이 올라왔다.

나를 뒤쫓아온 코리가 내 옆에 다가와 같이 쭈그려 앉았다. 코리는 나뭇가지를 가져와 죽은 것 같은 스완하덴을 쿡쿡 찔렀다. 스완하덴은 팔을 뻗어서 자신을 찌르는 나뭇가지를 부수고 힘없이 팔을 내려놓았다.

스완은 시체 같은 모습으로 물에 둥둥 떠 있다가 돌연히 자신의 연미복 속의 주머니를 뒤적거렸다. 스완은 말없이 나에게 물에 젖은 장미꽃을 내밀었다. 무슨 일인지는 모르겠지만 나는 일단 그의 축 늘어진 꽃을 받아줬다.

"힘내, 스완. 불쌍하니까 용서해줄게. 널 조금은 이해할 것 같아."

코리가 옆에서 스완에게 말을 걸자 나도 한마디 거들었다.

"음…… 수고해."

스완은 말이 없었다. 나는 저러다가 정말 죽는 게 아닌가 걱정했다. 코리에게 쟤 괜찮냐고 물어보자 고개를 저었다. 물에 빠진 거 건져야 하지 않겠냐는 내 질문에 코리는 그러면 두 번 죽이는 거라고 한다. 뭔 소린지 이해하지 못했지만 나는 일단 고개를 끄덕였다.

"스완한테 인사도 했으니까 돌아가자, 슈슈."

"근데 스완은 안 추운 건가? 블란치 가문은 추위 잘 안 타?"

내가 스완을 걱정하자, 코리는 아공간 주머니에서 흰색 배경 당근 담요 한 개를 꺼냈다. 그리곤 엎드린 채로 물 위에 둥둥 떠 있는 스완 하덴 위에 담요를 덮어줬다.

"이제 가자. 쟨 행복할 거야."

그렇게 말한 코리는 들꽃을 하나 따서 그 담요 위에 올려놓았다.

* * *

코리랑 다시 연회장에 도착했다. 파티는 아직까지도 진행 중이었다. 여전히 음악이 울려 퍼지고 있었고 사람들은 여러모로 분주했다.

하일리는 볼일을 다 보고 온 것인지 아까 앉아 있던 소파에 다시 앉아 있었다. 나를 찾았던 건지 하일리는 나를 발견하자마자 어디 갔었냐며 투덜거렸지만, 옆에 코리를 보며 납득하는 표정을 지었다.

"다들 춤을 추느라 바쁘군."

"수업 때 배워서 그런지 다들 꽤 추네."

"아냐. 쟤 봐봐. 계속 발 밟고 있잖아."

우리는 소파에 앉아 춤을 추는 사람들을 바라보며 수다를 떨었다. 하일리가 춤을 추고 싶냐고 나에게 물어봤지만, 나는 고개를 저었다. 아까 너무 돌아다녀서 힘들었다. 게다가 사교계 춤은 많이 안 춰 봐서 조금 어색하기도 하고.

코리는 내 말에 깊이 공감했다. 코리도 춤은 어렵다고 한다. 코리가 평생 춰본 춤이라곤 어머니랑 몇 번 춰본 게 다였다고 하는데, 춤을 출 때마다 어머니의 발을 밟아서 힘들었다고 한다. 왠지 코리다워서 하일리와 나는 작게 웃었다.

춤추는 것을 마냥 보고 있던 우리는 심심해져서 간식을 잔뜩 가져와 탑을 쌓았다. 마카롱으로 베이스를 깔고 크림 계열 디저트로 촘촘히 다른 간식들과 엮었다. 탑 안에 있을 공주님도 만들었다. 공주님은 큰 딸기였다. 우리는 얼굴이 빨갛고 머리카락이 초록색인 공주라고 우기기로 했다.

"이 탑의 이름 뭐라고 정할까."

"굳이 이름이 필요하나?"

"음…… 딸기 공주의 마카롱 탑."

"사회 부적응자 딸기 공주의 일탈의 탑."

"……."

"……좋네. 그거 하자."

사회 부적응자 딸기 공주의 일탈의 탑을 정성스레 만들었지만, 10분 만에 다 먹었다. 코리는 위가 작아서 얼마 못 먹었고 나는 단 걸 너무 많이 먹어서 그런지 더 이상 음식이 안 들어갔다. 하지만 걱정이 없었다. 대용량 위장을 가지고 음식 안 가리는 하일리가 있었기 때문이었다.

하일리는 조금 먹고 헥헥거리며 힘들어하는 우리 둘을 한심하게 쳐다보더니 꿋꿋이 먹었다. 편식하는 아이들이 음식 남긴 걸 처리하는 아빠 같다. 웬일로 듬직한 모습을 보여준다.

내가 소파에서 하일리랑 코리랑 시시덕거리고 있자, 헤스티아가 오라버니를 데리고 우리 근처로 왔다.

"슈슈? 진짜 슈슈야?"

헤스티아가 내 양 얼굴을 붙잡는다.

"세상에, 슈슈! 진짜 오늘 너무 예뻐!"

헤스티아는 방방 뛰며 내 팔목을 잡고 나를 소파에서 일으켜 세워 줬다. 말끔하게 남색 계열 연미복으로 차려입은 우리 오라버니는 나를 보며 입을 틀어막았다.

헤스티아는 "사진구, 사진구!" 하며 자신의 작은 손가방에서 열심히 사진구를 찾았다. 헤스티아는 하룬에게 사진구로 자신과 나를 같이 찍어달라고 부탁했다. 우리는 처음엔 평범하게 찍다가 어쩌다 보니 점점 이상하고 웃긴 자세를 시도하고 있었다.

하일리와 코리는 그런 우리를 웃으면서 바라보고 있었다. 직접 찍어주기도 했다. 그러나 같이 노는 것도 잠시, 중간에 누군가가 하일리와 코리를 불러서 그들은 자리를 비워야만 했다. 그들은 의아한 표정을 지으면서 곧 돌아오겠다고 말하곤 떠났다.

남겨진 헤스티아와 나는 함께 사진을 한 20장 정도 더 찍었다. 사진을 촬영하는 사람은 우리 오라버니였다. 처음엔 같이 찍다가 나중엔 나 혼자 있는 사진을 더 많이 찍었다. 너무 많이 찍어서 몇 장인지도 기억나지 않는다. 오라버니랑 헤스티아는 사진구에 내 모습을 담으며 엄청 신나 보였다.

시끄럽게 굴어서인지, 사람들이 자꾸 내 쪽을 힐끔힐끔 쳐다봤다. 나는 부끄러워서 그 둘에게 그만하라고 했다. 요새 많이 차분해진 줄 알았더니, 오늘은 헤스티아도 그렇고 둘 다 엄청 날뛰고 있다. 난 그 둘의 입에 마카롱을 물려줌으로써 그들을 진정시켰다.

오늘 헤스티아는 정말로 예뻤다. 허리까지 내려오는 길고 차분한 분홍색 머리카락이 걸을 때마다 살랑거리고 있다. 그녀가 입은 버건디색 달라붙는 드레스는 헤스티아의 몸매를 확실히 살려주고 있었다. 헤스티아의 달라진 분위기와 어울리는 것 같다. 예전 같았더라면 아래가 엄청 퍼진 흰색과 분홍색이 섞인 중세풍 드레스를 입고 왔을 것이다. 그 드레스는 요새 불편하다고 여겨져 요새 사람들은 많이 입진 않았지만 그래도 아예 한물간 것은 아니었다. 청소년층은 아니더라도 많은 귀부인들이 그런 드레스를 입는다.

여하튼 헤스티아의 미모는 오늘도 빛이 나고 있다. 어린 티는 벗어 던지고 성숙한 미를 뿜어내고 있다. 그녀에게 파트너 신청을 하려다가 실패한 애들이 계속 이쪽을 쳐다본다. 나도 간간이 쳐다보는 것 같다. 나는 기분이 나빠서 그 시선을 피하지 않고 역으로 살기를 담아 째려봤다. 내가 살기 어린 눈빛으로 쳐다보자 애들은 시선을 돌렸다.

"헤이즐 언니가 꾸며준 거야?"

몇백 장 정도 찍었을까, 헤스티아가 팔짱을 끼며 물어본다.

엇, 단번에 맞춰버리네. 나는 예리한 헤스티아의 눈썰미에 감탄하며 고개를 끄덕였다. 헤스티아는 안도의 한숨을 내쉬었다.

"조금 걱정했는데. 다행이다. 하룬 오빠도 너 꾸미는 거 살짝 걱정하더라."

헤스티아의 말을 옆에서 조용히 듣고 있던 하룬은 내 사진이 담긴 사진구를 자신의 연미복 안주머니에 넣으며 입을 열었다.

"슈슈는 혼자 꾸미면 망할 게 분명하니까. 시력이 좋지 않은 리다가 만들어준 형광 드레스를 입고 오지 않을까 살짝 걱정했어. 설마 학교에 들고 온 건 아니겠지? 저번에 그거 입고 파티에 참석했다가 어머니한테 엄청 혼났잖아 슈슈."

음, 맞다. 그랬었지.

늙은 시녀 리다가 노란색 드레스를 만들다가 실수로 드레스를 형광색으로 만들었다. 사람들이 경악을 하며 버리라고 했지만 나름 괜찮았다고. 드레스도 엄청 편하고 말이야. 실밥이 여러 개 튀어나오긴 했지만, 그 정도는 남에게 보이지도 않을 것 같았다. 내가 입으니까 리다가 엄청 좋아했지. 여하튼 다들 과민 반응이다. 정말 예쁘기만 했는데.

나는 헤이즐이 아니었다면 그것을 입고 나왔을 거라고 말했다. 하룬은 그 말에 깜짝 놀라며 내가 그 드레스를 설마 여기까지 가져올 줄은 몰랐다고 한다. 내 말을 들은 헤스티아는 그저 가슴에 손을 얹고 헤이즐에게 무한 감사를 중얼거리기 시작했다.

"그나저나 슈슈. 이브네스랑 너 무슨 사이야?"

하룬이 정말 뜬금없는 질문을 했다. 갑자기 나온 이브네스 얘기에 고개가 절로 갸우뚱거려진다.

"좀 친한 사이? 갑자기 그건 왜 물어?"

"아니, 이브가 최근에 상점가에 들려서 네 드레스 고르고 있길래."

"이브가 왜 내 드레스를 골라?"

"내 말이."

그래서 무슨 사이냐고 물어본 거야. 하룬은 뒤이어 말했다.

하룬은 진지해진 얼굴로 잠시 고민에 빠졌다. 그리고 고개를 저으며 "슈슈가 천만 배 아까워. 안 돼."라며 중얼거린다. 하룬은 이브는 무조건 안 된다며 내 어깨를 잡고 강하게 말했다. 인상을 쓴 하룬의 표정에는 그동안 이브에게 시달렸던 흔적들이 보인다.

"이브는 능구렁이에, 악랄하고, 통수 잘 치는 건 기본이고 잘난 건 빌어먹을 얼굴밖에 없는 쓰레기란 말이야. 여러모로 걔 닮고 닮은 사람이기도 하고 성격 자체가 여자 많이 울릴 나쁜 놈이니까 절대 얼굴에 속지 마, 슈슈! 난 무조건 반대야!"

하룬은 정말 열심히 이브를 깎아내렸다. 이브에게 쌓인 원한이 많아 보였다. 목소리를 높이며 이브를 욕하는 하룬의 어깨에 불현듯 올려지는 팔이 있었다. 하룬의 어깨에 팔을 걸치며 어깨동무를 한 사람은 바로 이브네스였다.

"왜 내가 여자 많이 울릴 거라 생각해?"

갑자기 나타난 이브는 하룬의 귀 지척에 자신의 입을 가까이 가져다 대고 단어 하나하나를 천천히 내뱉었다. 이브가 고개를 갸우뚱거리며 나른히 하룬을 쳐다보자 오라버니는 공포에 젖은 표정으로 이브에게서 물러났다.

이브는 공포에 젖은 하룬의 표정을 보며 입꼬리 한쪽만 들어 올려 대놓고 비웃었다. 이브에게서 잠시 물러난 하룬은 갑자기 자신을 찾는 어떤 사람 때문에 그대로 퇴장할 수밖에 없었다.

이브네스는 멀어지는 하룬에게서 시선을 떼고 나를 바라보았다.

연회장에 늦게 도착한 이브네스는 자신의 몸에 딱 맞는 검은색 계열 연미복을 단정히 입고 있었다. 머리는 하나로 느슨하게 땋아서 어깨에 늘어뜨려 놓았다. 오랜만에 양복 차림의 이브를 보니 그를 처음 봤을 때가 생각났다. 밖에서 같이 일했을 때도 언제나 저렇게 입고 있었지. 오랜만에 교복 외의 옷을 입은 이브를 보니 옛날 생각이 난다.

늦게 연회장에 도착한 이브의 손에는 엄청나게 큰 짐 보따리가 들려 있었다. 나는 이브를 관찰하다가 문득 엄청난 존재감을 자랑하는 커다란 보따리에 시선이 갔다. 왠지 산타 할아버지의 큰 짐 보따리가 떠오른다.

내가 이브네스를 관찰한 것처럼 이브네스도 나에게 시선을 돌리고선 잠시 멀거니 나를 쳐다보았다. 이브는 나를 뚫어져라 쳐다보고선 곧 매혹적인 웃음을 보였다. 그의 입꼬리가 예쁜 호선을 그렸다.

"오늘 진짜 예쁘네, 슈라이나."

"어디서 작업질이야?"

이브가 한마디 하자, 헤스티아는 눈을 가늘게 뜨며 내 팔을 잡고는 뒤로 물러나 그와의 거리를 만들었다. 이브네스는 그런 헤스티아를 한번 바라보다가 나를 다시 멀거니 쳐다보았다. 이브는 피식 비웃으며 곧 나긋한 목소리로 헤스티아에게 뭔가를 작게 속삭였다.

이브의 말을 듣던 헤스티아는 곧 표정을 굳히더니 자리를 피했다. 헤스티아는 어디론가 이동하면서 이브를 바라보며 나에게 다가가지 말라고 손짓했다. 이브는 그런 헤스티아를 바라보며 어깨를 으쓱일 뿐이었다.

"헤스티아한테 뭐라고 말한 거예요?"

이브에게 물어보자, 그는 나를 바라보며 그저 작게 미소 지었다.

"별거 아냐. 너랑 둘이 있으려고 귀여운 거짓말 좀 했어."

"……."

이브네스를 수상하게 쳐다보았지만 그는 그저 나를 다정한 눈으로 마주 바라볼 뿐이었다. 무슨 거짓말을 했길래 헤스티아가 저리 자리를 피하는 건가 궁금해서 헤스티아를 따라가려고 했지만 이브가 "헤스티아는 곧 씩씩대면서 돌아올 거니까 여기 있어."라고 말하며 가는 날 붙잡았다.

이브는 내 시선을 돌리기 위해 나에게 자신이 들고 있던 엄청난 짐 꾸러미를 안겨 주었다.

"이거, 네 주니어 졸업 기념 선물이야."

"······?"

덥석 안겨진 짐들로 인해 나는 뒤로 몇 보 물러나야 했다. 그만큼 이브가 가져온 짐이 컸다.

"······뭘."

나는 주니어 졸업 기념 선물이라고 준 이 큰 보따리를 열어서 안의 내용물을 살짝 확인해봤다. 보따리 안에는 다른 여러 개의 다른 작은 보따리들이 들어 있었다. 내용물을 확인하는 것은 불가능했지만 레이블이 되어 있어 뭔진 알 수 있었다.

액세서리 종류의 보따리가 있었고, 신발 종류의 보따리가 있었다. 다른 종류의 물건들도 있었지만 레이블이 잘 안 보여 확인이 불가능했다. 물건이 이렇게 많음에도 경량화 마법 덕분에 하나도 무겁지 않았다.

물건이 너무 많아 당황스러운 표정을 짓자 이브는 볼을 살짝 긁적였다.

"네 물건을 사다가 좀 신이 나버려서."

"······."

"뭐 어때. 받아줄 거지?"

"······."

내가 대답을 하지 않고 멍하게 이브의 선물을 바라보고 있자 그가 내 어깨에 팔을 둘러 친근하게 어깨동무를 했다.

"흐음, 이젠 하룬을 착취해서 샀다는 말은 안 먹힐 것 같고."

내가 안 받아줄 것 같자, 열심히 나를 설득하기 시작한 이브였다.

이브는 내 머리카락 한 움큼 정도를 손가락으로 빙글빙글 꼬며 말을 이었다.

"이 물건들 모두 너 생각하면서 하나하나 고른 거란 말이야. 내 정성이 들어간 거라고."

네가 안 받으면 다 버릴 거야, 하며 이브는 내가 그의 선물을 거절하지 못하게 내 약점을 파고들었다.

나는 그동안 비싼 물건들을 받으면 꼭 같은 가치의 뭔가를 되돌려줘야 한다는 의무감에 빠지기 싫어 그의 큰 선물들을 거절했었다. 특히 이브에게는 꼭 받은 만큼 돌려줘야겠다는 생각이 강하게 들었었다. 받기만 하다간 꼬투리 잡힐 수 있단 말이지. 열심히 부담을 줘 놓고 이상한 걸 요구할 수도 있었다. 저번에는 볼에 뽀뽀해 달라고 했었지? 안 해줄 거야 인마.

내가 그럼에도 대답을 시원하게 하지 않자, 이브는 이상한 거 요구하지 않겠다고 한다. 단지 자기가 사 준 걸 열심히 써주기만 한다면 바랄 것이 없다고 한다. 게다가 이건 졸업 기념 선물이니 대가 같은 것 없이 주는 거라고 한다.

"배신하면 불빠따잖아. 너한텐 거짓말 안 해. 그러니 편안히 받아."

이브는 그렇게 말하며 이동 마법이 걸린 아티팩트를 이용해 그 큰 짐을 내 기숙사 방에 옮겨 주었다.

얼마 지나지 않아, 이브의 말대로 헤스티아는 씩씩거리며 우리 쪽으로 돌아오려 했지만 아우그란 여왕 후보로 채택된 헤스티아는 중간에 사람들에게 휩쓸려 또 사라져버리고 말았다.

"역시 이브 형 짓이었구나."

"뜬금없이 불려가서 뭔가 했다. 정말 놀랍기만 하군."

얼마 안 있어 어떤 사람들에게 불려가 사라졌던 하일리와 코리도 다시 돌아와 내 쪽으로 다가왔다.

나와 이브가 단둘이 있는 걸 본 코리와 하일리는 성큼성큼 다가와서 나를 살폈다. "이브 형이 이상한 짓 한 건 아니지?"라고 물어보는 코리에게 나는 고개를 끄덕였다. 스완하덴만큼이나 이브의 취급도 별로 좋진 않은 것 같다.

이브는 돌아온 코리와 하일리를 멀거니 바라보았다. 조금만 더 천천히 오지. 아쉽다는 듯 이브는 작게 혀를 차며 중얼거렸다.

여하튼 코리와 하일리가 다시 오자 우리는 소파 쪽에 앉아 또 심심한 시간을 채울 새로운 놀이를 생각해내기 시작했다. 춤을 구경하는 것도 질리고 이미 배도 찼고 잠시 자기에는 너무 정신이 맑았다.

내가 심심해하는 기색을 보이자, 이브가 주머니에서 카드 게임을 꺼냈다. 어디서 가져온 거냐고 물으니, 이브가 스완하덴 거라고 답했다. 담요가 진짜 많은 코리는 아공간 주머니에서 아무 담요를 꺼내 깔았고 이브는 그 위에다가 게임을 세팅했다. 흡사 명절날 화투 치는 어른들 같아서 나는 웃음이 나왔다.

그렇게 우리는 다른 사람들이 앞에서 춤을 추고 서로 말을 주고받으며 새 사랑을 키울 동안 연회장 구석에서 카드 게임을 하며 놀았다. 사람들이 힐끔힐끔 쳐다봤지만 나는 게임에 집중하느라 신경을 껐다.

정작 판을 깔아준 이브는 게임을 하지 않았다. 그저 소파에 턱을 괴고 게임하는 나를 멀거니 쳐다보기만 할 뿐이었다.

콰앙!

우리가 열심히 게임을 하던 도중, 연회장 문이 벌컥 열리더니 스완하덴이 물을 뚝뚝 흘리며 걸어왔다. 스완은 자신의 머리카락에 손을 집어넣고 물을 탈탈 털더니, 자신의 몸 위를 덮었던 담요로 얼굴을 감쌌다.

게임을 하고 있는 우리 쪽에 자연스럽게 끼어든 스완은 코리의 팔을 잡고 자신의 머리에 올렸다.

[드라이]

코리는 게임에 집중하면서 아주 자연스레 마법을 시전했다. 한순간에 보송보송해진 스완하덴은 아무렇지 않게 게임에 껴들어 카드를 현란하게 섞었다. 얼굴에 담요를 칭칭 감고 있어 눈도 잘 안 보이는 주제에 게임은 기똥차게 잘했다.

[곧 올해 스쿨 엔드 파티의 여왕 발표식이 있겠습니다.]

별안간 음성 확성구를 통해 파티 진행자의 목소리가 들려왔다.

아, 드디어 이번 파티의 여왕을 발표하는 것 같다. 아까 헤스티아가 끌려갔으니 그녀가 여왕이 될 것이다.

나는 하던 게임을 멈추고 댄스 홀 쪽을 바라보았다.

[헤스티아 플라위드가 많은 양의 투표를 받아 여왕이 되었네요. 축하합니다.]

빛나는 조명 아래 예쁜 드레스를 입고 왕관을 받는 헤스티아가 보였다. 왕관을 받기 위해 고개를 살짝 숙인 헤스티아를 모두가 멍하니 바라보았다. 침묵 속에서 헤스티아는 자신의 존재감을 엄청 뿜어내고 있었다.

아우그란의 여왕으로 선정되면 파트너랑 둘이 홀에서 단독으로 춤을 추게 된다.

하룬의 에스코트를 받으며 헤스티아는 단상에서 조심스럽게 내려왔다. 헤스티아와 하룬이 홀 한가운데에 서자, 오케스트라가 곧 음악을 연주하기 시작했다. 간드러지는 아름다운 선율이 연회장 안에 울려 퍼졌다. 오케스트라가 연주하고 있는 이 곡은 파티 때 간택된 여왕이 마지막 피날레로 춤을 출 때만 연주되는 곡이었다.

이 곡의 선율에는 마법이 살짝 섞여 있어서 음 하나하나가 나올 때마다 동일 마법이 걸려 있는 여왕의 왕관을 쓰고 있는 사람의 아름다움을 배로 키웠다. 이 곡은 악보 자체가 엄청 비싸고, 음악을 시작할 때 쓰이는 마력의 양이 많아 스쿨 엔드 파티 때만 딱 한 번 여왕을 위해 연주되는 곡이었다.

사람들은 모두 넋을 놓고 왈츠를 추는 헤스티아를 바라보았다. 거기에는 나도 포함되었다. 동경과 부러움의 눈빛, 선망과 갈망의 눈빛이 헤스티아에게 쏟아지고 있었다.

"슈슈, 네 차례야."

멍하니 빛나는 헤스티아를 바라보고 있자니 어느새 게임은 내 차례가 되었다. 나는 고개를 끄덕이며 다시 게임을 집중하려고 했지만 헤스티아에게서 시선을 뗄 수가 없었다. 헤스티아가 저렇게 빛날 수 있어서 자랑스러웠지만 동시에 조금 부러웠다. 역시 여자 주인공이었다.

스완하덴은 자신의 얼굴을 가리고 있는 담요를 살짝 내리고 내가 바라보고 있는 헤스티아를 한 번 바라보더니 또 나를 바라보았다.

스완은 자신이 들고 있던 카드로 별안간 뭔가를 만들기 시작했다. 여러 장의 카드를 접은 뒤 어떤 형태를 만들기 시작한 스완은 중간중간 코리에게 부탁해 카드를 이어 붙이며 뭔가를 열심히 만들었다.

스완이 만든 건 카드로 만들어진 왕관이었다. 그는 자신이 만든 왕관을 멀거니 바라보다가 아무 말 없이 내 머리 위에 씌웠다. 조금 흘러내린 담요 사이로 그의 보석안이 보였다. 최대한 내 눈과 마주치지 않게 노력하면서 그는 왕관을 내 머리에 조심스럽게 올려놓았다.

"잘 어울린다."

그렇게 말한 스완은 비뚤어진 담요를 다시 꽁꽁 감았다.

내가 얼떨떨한 표정으로 머리 위의 왕관을 바라보자 코리가 불현듯 내 손에 뭔가를 쥐여줬다. 이번엔 카드로 만든 작은 지팡이였다. 너무 작아서 정말 지팡이로 쓸 순 없었지만, 나는 일단 손에 들고 있었다.

카드로 하라는 게임은 하지 않고 이상한 걸 열심히 만들기 시작하는 스완과 코리를 바라보며 하일리도 카드를 접어 뭔가를 만들기 시작했다. 코리가 하일리에게 뭐 만드냐고 물어보니 하일리는 목걸이를 만든다고 대답했다. 코리는 하일리가 카드끼리 이어 붙일 수 있도록 도와줬다. 하일리는 다 만든 목걸이를 나에게 씌워주려고 했지만 목걸이가 너무 작아 머리 윗부분쯤에서 멈추고 말았다. 얼떨결에 얼굴 큰 걸 증명해버리고 만 것이다.

이브네스는 그런 우리의 모습을 가만히 보더니 웃음을 터뜨리며 귀엽네, 하며 중얼거리더니 그도 카드 몇 장을 집어 이 이상한 놀이에 동참했다. 이브는 카드로 하트 모양을 만들어 하일리가 준 목걸이 사이에 껴 넣었다.

내가 이게 뭐냐고 물어보자 코리가 어깨를 으쓱였다. 하일리는 정말 영문을 모르는 표정이었고, 이브는 웃으며 나를 보고 있었다. 스완하덴은 얼굴이 보이지 않았다.

"고맙다?"

고맙다라고 말해야 할 것 같아서 고맙다고 말했다. 왠지 기분 나쁘게 훈훈해진 공기에 재채기가 나왔다.

헤스티아의 춤이 끝나자 파티는 끝나 있었다.

모든 것을 정리하고 여자 기숙사로 돌아가는 길에 헤스티아는 카드로 범벅이 된 머리 위에 자신이 받은 왕관을 씌워줬다.

"왜 네가 안 써."

"왕관 때문에 머리가 무거워져서 잠시 내려놓을게."

"그래? 가방에 넣자 그럼."

왕관을 벗어서 손으로 들려고 하자 헤스티아가 막았다. 머리에 계속 쓰고 있으라는 헤스티아의 말에 나는 의문이 들었지만, 그녀가 계속 만류하자 그냥 가만히 있기로 했다.

헤스티아는 내 머리 위에 올려놓은 왕관을 끝내 찾아가지 않았다. 가져가라고 하니까 헤스티아는 내 말을 무시했다.

결국 왕관은 내가 계속 가지고 있게 되었다. 솔직히 모양만 예쁘지 쓸 곳이 없는 이 왕관을 어떻게 처리할까 잠시 고민했다.

왕관은 현재 내 책상 위의 잡동사니 정리함으로 잘 쓰이고 있다.

하일리의 변화

10

하일리의 변화

스쿨 엔드 파티가 끝나고 얼마 뒤, 방학식이 있었다.

방학을 시작해도 마법부와 검술부는 바로 집에 돌아갈 수 없었다. 중간에 아카데미 행사와 여러 천재지변들이 있어 스케줄이 조정된 탓에 토벌 횟수가 부족했기 때문이었다. 그래서 우린 아카데미에 남아 아우그란 산을 올라 몬스터 토벌을 몇 번 더 해야 했다. 많은 아이들의 항의가 빗발쳤지만 아카데미 측에서 강경하게 나오니 어쩔 수 없었다.

"멍청하게 서서 뭐해요. 빨리 잡고 집에 가요."

하일리는 못 돌아간다는 사실이 통탄스러운 건지, 몬스터를 잡다 말고 멍하니 서 있었다.

뒤쪽에서 몬스터가 공격을 해 왔지만 하일리는 바보같이 눈치도 못 채길래 내가 대신 공격을 막은 뒤, 몬스터를 죽였다. 몬스터 한 마리를 죽이자 그 속에서 핵이 나왔다. 내가 푸른빛의 핵을 챙겨 들며 하일리의 등을 한 번 툭 치자 그가 늦게 반응했다.

"아, 어…… 응. 그래야지."

하일리는 왠지 떨떠름하게 대답했고, 코리가 하일리에게 괜찮냐며 물어보며 고개를 갸우뚱거리자, 하일리는 힘없이 웃었다.

하일리나 코리, 스완하덴도 집에 빠르게 돌아가고 싶지 않은 건지 핵을 모으는 일에 불성실했다. 나만 열심히 뛰고 있어 면박을 주었더니 다들 어슬렁어슬렁거리면서도 전보다는 빠르게 움직였다.

이번에도 어렵지 않게 몬스터 토벌에 참석하며 몬스터 핵을 모았다. 요령이 생기니 금방 할당량을 채울 수 있었다.

품 안에 몬스터 핵을 한가득 안고 몬스터 핵을 반납하는 박스 쪽으로 이동했다. 박스를 관리하는 아저씨가 쌓인 핵들을 수거해 다른 통에 옮기고 있었다.

"이 핵들, 저쪽 통에 넣을까요?"

아저씨가 고개를 끄덕이며 도와달라고 부탁했다. 무수히 쌓인 몬스터 핵을 옆 박스로 옮기며 나는 불현듯 의문이 하나 들었다.

"이 핵들 다 모아서 어디에 쓰는 건가요? 핵은 몬스터의 힘의 중추라고 들었어요. 가공도 불가능해서 딱히 쓸 수 있는 곳이 없는데……."

"아따, 아가씨 참 똘망똘망하구만? 학구열에 불타는 건 좋지만 나한테 물어보지 말어. 그냥 이 박스에 이 푸른 돌을 옮겨 넣는 게 내 일이니께."

"그럼 이 핵들은 어디로 옮기나요?"

"아 그것도 걱정 말어. 박스에 넣으면 알아서 사라졌다가 비워진 채로 돌아오거든."

박스에 아무래도 이동 마법이 걸려 있는 것 같았다. 당장 확인해 보고 싶었지만 아저씨가 보고 있는 곳에서 하면 혼날 것 같아 그가 자리를 비울 때까지 기다렸다. 주위에 나 말고 아무도 없자, 나는 손을 뻗어 박스 안에 숨겨져 있는 마법진을 뽑아 잡아당겼다.

둥그런 모양인 걸 보아 이동 마법은 일반 마법 쪽이었고 목적지는⋯⋯.

"아우그란 산 최상층부⋯⋯."

중얼거리자마자 대량의 핵을 담은 박스는 점점 옅어져 갔고 얼마 지나지 않아 아주 깔끔하게 비워져서 돌아왔다.

"수상한데⋯⋯."

나는 턱을 쓸며 인상을 썼다.

'요새 나날이 몬스터들의 기세가 사나워지고 있어. 왜 굳이 핵을 모으게 하는 거지? 그걸 왜 또 산의 상층부로 보내고.'

나는 머리를 싸매며 열심히 생각했다. 그리고 나온 결론.

"산 쓰레기 투기 신고하면 포상금 주려나."

* * *

이제 방학 때가 되면 코리와 하일리랑 노는 것이 당연한 것이 되어 버렸다. 방학 때의 기억을 떠올려 보면 거의 대부분 그들과 함께였다. 만나서 같이 방학 과제를 하기도 하고 축제에 참여하기도 했으며 실력이 녹스는 걸 막기 위해 대련도 했다.

아, 물론 대련은 하일리한테만 포함되는 사항이었다. 하일리와 나의 대련은 보통 코리가 중재했다. 가끔 스완하덴이 껴서 놀 때도 있었지만 그렇게 자주는 아니었다. 스완은 방학 때 여러모로 바쁘다고 들었기 때문이다.

비록 주니어는 끝났지만 방학 때도 같이 만나서 노는 것이 어쩌면 난 당연하다고 생각하고 있었다. 코리도 "이번 방학엔 어디 갈까?"라며 물어보기도 했고. 하일리는 그 질문에 미소를 지으며 계곡이나 호수 같은 곳을 가보는 게 어떠냐고 답했었다. 얼음낚시 따위를 하면서 말이다.

분명히 방학식이 시작되고 방학 때 언제 한 번 놀자고 약속하며 헤어질 때까지는 모든 것이 평소와 똑같았다.

[하일리는 사정이 있어서 못 온대.]

코리가 나에게 마법 전서구를 통해 이번 방학 계획에 차질이 생겼다는 것을 알려 주었다. 코리가 하일리가 사정이 있어 못 온다는 사실을 알려주자마자 나에게도 하일리에게서 따로 연락이 왔다. 나는 사정이 뭔지 궁금했지만, 하일리가 알려주고 싶지 않아 하는 것 같아서 가만히 있었다.

결국, 나는 코리와 둘이 수도 도서관에서 만나 방학 과제를 열심히 하다가 헤어졌다. 하일리가 없어서 빈자리가 느껴졌긴 했지만 그래도 과제 끝나고 나름 재미있게 놀았다. 맛있는 것도 많이 먹었고 길거리 게임장에 가서 상품도 따고 여튼 재미있었다.

나는 하일리만 빼놓고 코리랑 논 것이 마음에 걸려 하일리에게 언제 시간 되냐고 연락을 넣었다. 하일리의 일정에 맞춰서 다 같이 놀러 갈 수도 있으니 말이다.

그러나 돌아온 하일리의 답변은 부정적이었다.

[미안하다. 못 만날 것 같다.]

나는 일단 알겠다고 뭔 일이 있는진 모르겠지만, 힘을 내라고 메시지를 다시 보냈다. 답변은 돌아오지 않았다.

주니어에서 시니어로 넘어가는 방학 때 난 하일리를 볼 수가 없었다. 이브와도 한 번 만나 놀았고, 헤스티아와는 물론이고 심지어 스완까지 방학 때 한 번씩 만났었는데, 하일리만 보지 못했다. 코리에게 하일리에 대해 물어보니 자신도 모르겠다고 했다.

이쯤 되니 하일리가 좀 많이 걱정되기 시작했다. 한참 사춘기 때의 나처럼 사람들을 만나기 싫어 안 만나는 것이라면 괜찮았다. 그러나 혹시 무슨 일이 터져서 그러는 거라면…….

나는 이불을 덮고 잠이 들기 전 생각에 잠겼다.

원작의 내용이 불현듯 떠올랐다. 원작 소설에는 주니어 때의 이야기는 거의 없었고, 주로 시니어 때부터 서술되어 있었다.

내가 만나서 본 하일리는 착하고 어리면서 귀엽고 그래도 인간미가 있는 아이였지만, 책에서 서술된 하일리는 굉장히 차가웠고 이브만큼은 아니었지만 남을 잘 못 믿었으며 성격도 어딘가 어긋나 있었다. 굉장히.

코리를 제외한 다른 남주들처럼 집착기가 있었고, 자신이 좋아하는 여자임에도 불구하고 헤스티아의 말을 경청하지 않았다. 하지 말라고 하는 건 전부 무시하고 자기 끌리는 대로 행동했던 것 같다. 아, 이건 이브나 코리, 스완도 마찬가지인가?

여하튼. 소설 속에서는 다들 쓰레기라고 묘사되던 남주들이 하나같이 착하기만 하니까 난 처음에 의아했다. 원작 소설은 헤스티아 시점으로 서술되어 있었기 때문에 남주들의 개개인의 사정에 대해서는 나와 있지 않았다. 기실 제대로 설명되어 있는 건 하나도 없었다. 겉 묘사가 대부분이었던 소설이었기에 인물들의 감정선보단 대략적인 이야기 플롯밖에 떠오르지 않는다.

사실 내가 이마저 기억할 수 있는 이유는 간간이 꾸는 꿈 때문이었다. 나는 종종 전생의 꿈을 꾸곤 했는데, 꿈에서 책을 읽는 장면이 나왔다. 책 안의 내용도 자세히 볼 수 있었기 때문에 조금씩 원작의 내용을 떠올릴 수 있었다.

내 방의 새하얀 천장을 바라보며 나는 이불을 얼굴 바로 아래까지 끌어올렸다. 방 안은 고요해 내가 이불을 부스럭거리는 소리밖에 들리지 않았다. 발이 시려 발가락을 꼼지락거렸다.

"책 속 이야기의 시작이 시니어 때부터라면⋯⋯."

그러면, 지금 애들이 그 원작 속 애들처럼 변할 가능성이 있는 건가. 내가 계속 전생의 꿈을 꾸는 것과 이 세상의 배경이 되는 로맨스 소설을 읽었다는 사실이 우연일 수가 없었다.

괜히 등줄기가 싸해졌다. 하일리가 그 책 속 하일리처럼 변한다니 인정하기 싫었다. 변한다는 건 둘째치고 사람이 변하려면 큰 계기가 필요한데 그것이 비극일 것만 같았다. 기쁘고 행복한 사람이 갑자기 부정적으로 변할 리는 없으니까.

조용한 방 한가운데에서 뒤척거리다가 난 문득 내 창문 쪽에서 작은 두드림 소리를 들었다. 톡, 톡 하며 무엇인가가 창문을 치는 소리가 들려왔고, 나는 누워 있던 몸을 일으켰다.

창문을 열자마자 보이는 건 그동안 소식이 없던 하일리였다. 하일리는 내 방 건너편의 나무에 앉아 있었다. 밤의 어두움이 그의 얼굴 한쪽을 가린 가운데 달빛이 그 위를 비췄다. 검은 머리카락이 달빛을 은은하게 반사하고 있었다. 하늘을 거뭇하게 물들인 어두움 아래 붉은색의 눈동자가 퍽 형형했다.

내가 창문을 열자, 그는 손에 들고 있던 작은 나무껍질 파편을 내려놓았다. 나무껍질 파편으로 내 창문을 두드린 듯싶다. 그는 아주 잠시 창문 너머에 있는 나를 바라보다가 작게 손을 흔들었다.

나는 하일리의 얼굴을 살폈다. 한참을 못 본 사이, 하일리는 많이 달라져 있었다. 전보다 차분해진 분위기였지만 동시에 더욱 지쳐 보였다.

창문 쪽에 손을 뻗어 왼쪽으로 드르륵 밀었다. 시원한 바람이 불어오자 뒤척임에 흐트러진 머리카락이 어깨 뒤로 넘어갔다.

"……오랜만이에요."

하일리는 내 인사에 피곤한 미소를 지으며 고개를 끄덕였다.

"저한테 부탁할 게 있어서 왔죠?"

"……어."

그동안 소식도 없고, 연락을 다 잘라내던 하일리가 나에게 아무 이유 없이 찾아왔다고 생각하지 않았다.

"네가 마법 도구의 로그를 읽을 수 있다고 했지? 알아봐 줬으면 하는 게 있다."

"……."

"보상은 후하게 주지."

하일리가 평소와 같이 날 대하려고 노력하는 게 보였다. 하일리는 억지로 미소를 짓고 있었지만, 눈빛은 무척이나 공허했다. 전혀 하일리 같지 않았다.

하일리의 부탁에 내가 고개를 끄덕이자, 하일리는 품에서 서류 한 개를 나에게 건넸다.

"갑자기 나타나 네게 뭘 시켜서 미안하다. 혹시 내일모레까지 가능한 건가."

그가 준 서류를 대충 훑으며 고개를 끄덕였다. 알아봐 달라는 양이 그렇게 많진 않았다.

"내일 와도 됩니다."

하일리는 내 말에 고개를 끄덕이며 내일 오겠다고 했다.

"보상은 부르는 대로 주겠다. 원하는 액수가 있나."

여유가 없어 보이는 하일리의 모습에 나는 위화감을 느꼈다. 쟤가 저런 적이 있었나.

"……똥폼 잡지 말고 내일 올 때 황실 디저트 가지고 와요. 많이."

하일리가 내 말에 작게 웃으며 알겠다고 고개를 끄덕였다. 웃는 것만으로도 벅차 보였기에 나는 도저히 무슨 일이냐고 물어볼 수가 없었다. 무슨 일인지는 잘 모르겠지만 일단 상황이 정리되면 차근차근 물어봐야겠다. 혹시 시니어가 되면서 후계자 수업을 받는데 그게 힘든 건가?

사실 하일리는 어렸을 때부터 성실성과 근면함이 남달랐기 때문에 후계자 수업이 버겁다고 해서 갑자기 저런 모습으로 변할 리는 없었다. 오랜만에 본 하일리는 사실 지쳐 보이기도 지쳐 보였지만 무엇보다 더 침울하고 가라앉은 분위기였다.

하일리는 작별 인사도 하지 않은 채 사라졌다. 어지간히 정신이 없어 보인다. 방학 내내 보이지 않던 하일리가 개학을 앞두고 수척해진 얼굴로 나타나자 나는 심란해졌다. 잠을 자려고 했지만 잠이 오지 않아 하일리가 맡기고 간 일을 처리하려고 일어났다.

하일리가 부탁한 일은 황성 내의 한 고용인의 특정 시간 동안의 활동 정보를 캐내는 것이었다. 왜 하일리가 힘들어 보이는지 알고 싶었지만, 그가 부탁한 일 가지고 난 아무것도 알 수가 없었다. 하일리가 알아보라고 한 이 사람이 몇 시에 정원에 갔고, 밥을 먹었다는 이런 시시콜콜한 이야기밖에 없었기 때문이었다. 어쨌든 난 잠이 올 때까지 하일리가 부탁한 일들을 처리했다.

다음 날, 하일리는 약속대로 황실 디저트를 산처럼 가져왔다.

"이야…… 신난다."

"좋아하니 다행이군."

다음 날 돌아온 하일리는 어제보다 더욱 지쳐 보이는 얼굴이다. 나는 하일리에게 하루 종일 캔 정보를 정리한 서류를 건넸다. 하일리는 다급한 손길로 그 서류를 받았다. 종이를 넘기는 소리가 짧은 텀을 두고 계속 들렸다. 그의 붉은 눈동자가 빠르게 서류를 왼쪽 위에서 오른쪽 아래까지 훑었다. 페이지를 넘기면 넘길수록 하일리의 표정이 굳어갔다.

나는 하일리가 가져온 디저트 중 푸딩을 하나 꺼내 먹었다. 황실 디저트의 맛은 진짜로 최고였다. 푸딩이 혀에 닿자마자 황홀하게 녹아버린다. 푸딩에 맛에 감동하며 나는 정말로 힘들어 보이는 하일리에게 하나 권하려고 했다. 힘들 때는 당분 충전이 중요하니까 말이다.

그래서 푸딩을 하나 더 꺼내서 하일리에게 주려고 하는데…….

"하일리……?"

"……."

하일리는 내가 준 서류에 얼굴을 묻고 울고 있었다.

서류를 붙든 손은 부들부들 떨리고 있었고, 푹 아래로 꺾인 고개 아래로 눈물이 떨어져 서류 위에 자국을 남겼다. 몸을 웅크리며 굽힌 어깨가 잔잔히 들썩였다. 그는 마른세수를 한 번 하더니 곧 팔을 들어 올려 눈가를 비볐다.

"으, 으윽. 흑…… 제기랄. 하."

하일리는 양손을 들어 올려 손바닥으로 푸른 눈물을 흘리는 두 눈두덩이를 꾹꾹 눌렀다. 손가락 사이로 간간이 보였던 눈동자에는 언제나 장난스럽고 착한 그에게서 보기 힘들었던 살기가 가득했다. 슬픈 빛도 제 눈에 다 담지 못해 살기와 함께 흘러나왔다.

괜찮아 보이지 않았기에 괜찮냐고도 물어볼 수 없었다. 내가 당황하며 가까이 다가가려고 하자 하일리가 손을 들어 나를 막았다.

"미안하다. 오랜만에 봤는데 못 볼 꼴을 보여서."

얼굴에서 손을 떼자 그의 얼굴이 보였다. 눈 주변이 울음기 때문에 아주 붉었다. 붉은 눈동자에서 계속 흘러내리는 눈물을 닦으며 억지로 입꼬리를 들어 올렸다. 평소와 같이 개구진 것 같은 웃음이었지만 굉장히 작위적이다.

"개학 날 보자, 슈슈."

하일리는 기어코 울음을 멈춰냈다. 다시 돌아가려는 하일리에게 나는 조용히 휴지 몇 장을 챙겨주고는 축 처진 그의 등을 몇 번 쓰다듬어줬다. 다행히 하일리는 아까보단 조금 나아진 얼굴로 돌아갔다.

개학 날 보자는 말은 그 뒤로도 바쁠 거라는 뜻이었다. 물론 그의 말대로 난 개학까지 하일리를 볼 일이 없었다. 나는 코리에게 연락해 보았다. 코리가 말하길 자신은 방학 내내 하일리를 본 적이 한 번도 없다고 했다. 이브에게 물어보니 예전과 비교해서 황실 분위기가 미묘하게 달라진 것 같다고 했지만, 자세히는 알 수 없다고 했다.

그렇게 찜찜한 기분으로 난 개학을 맞이했고 시니어가 되었다.

이번 학기부터 새 검술부 선생님이 들어오신다는 걸 제외하면 일상에 큰 변화는 없었다. 시니어가 되어도 기숙사는 똑같았다. 집에서 가져온 짐을 챙기고 기숙사로 돌아가니 새로운 머리 스타일로 바꾼 헤이즐이 보였다. 헤이즐은 언제나 긴 곱슬머리를 고수하던 사람이었는데, 이번 방학을 지나고 나니 머리가 단발이 되어 있었다.

심지어 단발 중에서도 칼 단발로 자른 헤이즐이었다. 단발은 요새 젊은 여자들 사이에서 선풍적인 인기를 끌고 있었다. 가볍고, 활동적인 헤어스타일이었기에 많은 여성들이 길게 자란 머리카락을 깔끔하게 잘랐다. 그 트렌드에 헤이즐이 시발점을 끊었다고 들었다. 헤이즐은 워낙 예쁘다 보니 무슨 머리든 그 배로 소화해내는 것 같다.

어렸을 때 검에만 집중하기 위해 나도 머리카락을 아주 짧게 자른 적이 있었는데 그때 내 머리는 사람들 사이에서 경악스러운 일로 여겨졌다. 그러나 요샌 짧은 숏컷도 하나의 트렌드로 뜨기 시작했다.

시니어가 된 내게 생긴 변화는 키가 조금 컸다는 것이었다. 전생의 단위로 굳이 표현하자면 주니어 때와 비교해 0.2cm 정도 자랐다. 즉 다시 말해 바뀐 게 없다는 것이었다. 3년 동안 키가 0.2cm 큰 것이다. 헤이즐은 괴로워하는 나를 보며 많이 예뻐졌다고 위로해주면서도 내 시선을 피했다. 너무하다.

시니어가 되면서 다른 애들도 이제 슬슬 성인의 모습을 보이고 있었다. 주니어 1학년 때의 그 풋풋한 모습들은 아예 사라진 건 아니었지만 그럼에도 많이 사라졌다고 할 수 있었다.

헤스티아는 이제 거의 여인이라고 불러도 될 정도로 소녀의 티를 많이 벗었고 코리, 하일리, 스완도 마찬가지로 소년에서 청년으로 가는 중이었다. 난 언제나 귀여운 게 좋았기에 아이들이 성장하는 모습을 보면 많이 아쉬웠다. 이제 귀엽기보단 정말 다들 각자 매력을 뽐내며 멋있어지고 있다.

그래, 나만 빼고 말이다. 키는 변화가 크게 없고 생긴 것도 별로 차이가 없는 듯하다. 곱슬거리는 주황색 머리카락만 무럭무럭 자라고 있었다. 전보다 더욱 사나워졌다.

모든 것이 변하고 있었지만, 사람들의 알맹이는 크게 변하지 않아 나는 다행이라고 느끼고 있었다.

오랜만에 다시 만난 하일리도 마찬가지였다.

"슈라이나, 키가 좀 큰 것 같은데!"

"착시현상이에요. 살쪘거든요."

"그렇구나, 살은 잘 모르겠는데? 살이 쪘다니 경사 났네. 더 먹어라. 건강하니 보기 좋다. 너무 쪄서 못 걸을 정도가 되면 내가 데굴데굴 굴려주겠다."

마치 눈사람을 만들 때처럼 큰 공을 굴리는 시늉을 하자, 나는 정색하며 먹고 있던 사탕 껍데기를 던졌다. 바람 저항력 때문에 도로 나에게 돌아왔지만.

하일리는 방학 중간에 보이던 그 우울하고 여유가 없던 모습을 지우고 평소같이 돌아왔다. 하지만 완전히 평소와 같다고는 할 수 없었다. 웃고 장난도 치며 나에게 밝은 모습을 보여줬지만, 왠지 말수가 적어지고 뭐라고 콕 집어서 말할 순 없지만 미묘하게 달라진 것 같았다. 밝은 척하는 하일리에게 괜찮냐고 물어보니, 그는 당연히 괜찮다며 웃을 뿐이었다.

시니어가 되어도 하일리와 나는 여전히 오후 수업 시간에 같이 대련을 했다. 평소처럼 우리는 오후 수업이 끝난 뒤부터 저녁 냄새가 진동할 때까지 시합을 하다 급식실로 향했고, 실없는 농담을 주고받으며 낄낄댔다. 그럼에도 난 하일리에게서 위화감을 지울 수가 없었다.

* * *

오후 검술부 시간이 되면 하일리와 자주 마주칠 수밖에 없다. 나는 요새 침울한 하일리를 열심히 관찰하고 있었다. 졸래졸래 따라다니며 부담스럽게 하진 않지만, 전보다 유심히 살펴보고 있는 건 사실이었다.

방학 이후 하일리는 겉으로만 봐선 달라진 게 없었다. 오늘 아침까지만 해도 복도에서 만났을 때 마법 이론 수업 어렵다며 투덜거렸었고 얼떨결에 눈이 마주쳐 내가 손을 흔들면 고개를 흔들며 답했다. 종종 내 흑역사 사진을 꺼내 약 올리기도 했으니 평소와 같다고 할 수 있었다.

다만 요새 하일리가 기숙사를 이용하지 않고 하교 후에는 바로 황궁으로 떠난다는 사실이 걸렸다. 아우그란 아카데미는 황실에서 직접 후원해주는 수도권 학교여서 황궁에서 아우그란 아카데미의 거리는 별로 멀지 않았지만.

나는 하일리와 룸메인 코리에게 하일리에 대해 물어 보았다.

"요새 하일리 기숙사에도 안 들어와."

"진짜?"

"응. 수업 끝나면 황궁으로 바로 가는 것 같은데, 그대로 안 돌아와. 지금 독방 쓰는 느낌으로 방 쓰고 있어."

코리는 안경을 올리며 콧잔등을 살짝 긁적이다 걱정스러운 표정을 지었다.

"같이 있을 땐 엄청 밝은 척하더니 혼자 남게 되면 엄청 지친 표정을 짓고 있어. 텅 빈 것 같이."

"……."

코리에게 하일리 소식을 전해 듣자 갑자기 식욕이 없어졌다. 점심을 거르고 평소보다 일찍 연무장으로 향했다. 검이나 잡고 몸을 좀 움직이면서 생각을 비울까 하며 말이다.

연무장에 일찍 와서 사람이 없을 줄 알았는데 사람이 한 명 있었다. 밝은 은색 머리통이 보인다. 연무장에 있는 사람은 뚱한 표정을 지으며 팔에 붕대를 익숙하게 감고 있었다. 누군가 했더니 스완하덴이다.

오늘 스완하덴은 긴팔을 입지 않고 짧은 소매를 입고 왔다. 익숙한 손놀림으로 드러난 팔과 목 부근에 붕대를 야무지게 감아 흉터를 가렸다. 스완하덴은 연무장에 도착한 내 기척을 느꼈는지 붕대를 감다가 곧 눈동자를 들어 나를 쳐다보았다. 나를 힐끔 바라본 스완은 대충 나에게 고개를 까닥이고선 붕대를 마저 감았다.

나는 붕대를 감고 있는 스완 근처로 다가가 조금 떨어진 옆자리에 앉았다. 스완하덴도 하일리랑 아는 사이이니까 혹시 최근 하일리의 변한 행동에 대해 아는 정보가 있냐고 물어보고 싶었다. 그러나 하일리 일로 너무 이곳저곳 찌르고 다니는 것 같아서 입을 열기 전에 잠시 고민에 빠졌다.

내가 그의 지척에 앉아 물어볼까 말까 잠시 고민 하고 있는 사이 스완은 주머니에서 단도를 꺼내 붕대를 잘라 깔끔하게 마무리했다. 그리곤 이로 테이프 비슷한 접착 종이를 짧게 끊은 스완은 붕대를 단단히 고정시켰다.

난 스완이 붕대 감는 것을 바라보며 잠시 아무 말 없이 가만히 앉아 있었다.

"저기 덜 감았어."

"……."

손가락을 들어 올리며 살짝 느슨해진 부분을 가리키자 스완하덴이 고개를 끄덕였다. 헐거운 부분의 붕대를 다시 풀더니 꼼꼼하게 감았다.

스완과 나는 연무장 구석 부분에 앉아 있었다. 잠시 아무 말 하지 않고 앉아 있으니 연무장에 우리 이외에 사람이 한 명 더 들어왔다. 흔하지 않은 짙은 검은색 머리카락이 눈에 들어왔다. 연무장에 들어온 사람은 다름이 아닌 하일리였다.

하일리는 연무장 구석에 앉아 있는 스완과 나를 발견하지 못한 듯 내 앞이나 다른 사람들 앞에서 보여 주지 않던 표정을 짓고 있었다. 멀리서부터 하일리에게서 뿜어져 나오는 살기가 느껴졌으니 말 다 한 것이다. 살기를 내뿜고 있는 하일리의 얼굴에는 언젠가 보았던 살의가 담겨 있었다. 문득, 서류에 얼굴을 묻고 울고 있던 그의 모습이 떠올랐다. 그때도, 지금도 하일리의 눈빛에는 곧 사람을 찢어 죽일 것처럼 냉기가 뚝뚝 떨어졌다.

콰아앙!

하일리는 연습용 나무 인형을 앞에 두고 화풀이하듯 그 인형에 검을 강하게 내리쳤다. 소드마스터의 경지에 가까이 다가서고 있는 하일리가 검을 내리찍자 엄청난 타격음이 나며 인형이 부서지는 것은 물론이고 검과 맞닿은 바닥까지 움푹 패였다.

그는 부서진 인형을 공허한 눈으로 한번 바라보더니 곧 그것을 발로 세게 찼다.

주니어 때부터 지켜본 하일리는 저렇게 난폭한 모습을 보여준 적이 없었다. 화가 날 때면 얼굴에 티를 팍팍 내며 솔직하게 화났다고 언성을 높였지. 지금 하일리는 진심으로 화를 내고 있었다. 그저 단순한 화가 아닌, 깊은 상처를 동반한 분노였다.

"이야, 제대로 터졌구나? 잘 참더니."

옆에서 이 광경을 지켜보고 있던 스완하덴이 비웃으며 나지막이 중얼거렸다. 스완하덴은 하일리에 대해 뭔가를 알고 있는 눈치였다.

살기 가득한 표정을 지은 하일리는 검을 오래 못 잡고 연무장을 나갔다. 구석에 앉아 있는 우리를 발견하지 못할 정도로 감정에 빠져 시야가 좁아져 있었다.

나는 어깨가 굳어 경직되어 있는 하일리의 뒷모습을 바라보다 입을 열었다.

"……저기."

"……?"

"혹시 최근에 하일리한테 무슨 일이 일어났는지 알고 있어?"

뒤를 캐는 건 그렇게 기분 좋은 일은 아니었지만, 남동생 같은 친구인 하일리가 신경 쓰였다. 하일리를 타인이라고 치부하며 신경을 끄기엔 너무 친했다.

"……그런 것 같기도 한데."

스완하덴은 내 질문에 잠시 침묵을 유지하다 의외의 답을 내뱉었다.

"알고 싶어?"

스완이 나를 쳐다보며 물어보자 나는 한참을 고민하다 고개를 끄덕였다. 그러다 뒤늦게 고개를 저었다. 내가 직접 그의 이야기를 그의 입으로 듣고 싶었기 때문이었다. 그러나 내가 너무 고개를 늦게 저어 스완하덴이 선수를 쳐서 입을 열었다.

"변비야."

스완하덴이 너무 진지하게 말하길래 납득하며 "역시 그렇구나."라고 말해버렸다. 잠시만, 뭐?

표정 하나 변하지 않은 채 스완하덴은 무미건조한 말투로 계속 입을 연다.

"방금 연무장을 나간 것도 틀림없이 화장실 때문일걸."

방금 살기 어린 표정을 지으며 분노를 표출한 하일리를 변비로 매듭짓는 스완이었다. 게다가 하일리가 방금 나간 이유가 화장실 때문이라니.

"스완, 내 진지함 돌려줘."

"딱 봐도 급해 보였지 않아?"

살짝 급해 보였긴 하다. 급해 보이는 발걸음, 지쳐 보이는 표정, 분노 어린 표정, 슬픔에 빠진 표정. 설마, 하일리…… 너! 너!

'……일리가 없지.'

하일리의 일이 나에게 말하기 어려운 내용인 건가 싶어 난 더 깊게 물어보지 않았다. 애초에 그에게 직접 물어볼 생각이었고. 그나저나 쟨 웬 장난을 저렇게 진지하게 친데. 진심인 말투로 저런 말을 내뱉으니 설득력 있을 뻔했다.

스완하덴은 그렇게 말하며 자리에서 일어서서 나를 물끄러미 바라보는데 그 눈동자가 오묘해 나도 마주 물끄러미 쳐다보았다. 각도에 따라 색이 달라지는 보석안은 지금 남색과 보라색이 오묘하게 섞여 있다. 금빛도 있는 것 같다. 긴 눈싸움 끝에 스완하덴은 등을 돌리더니 짐꾸러미로 향했다.

팔을 가방에 넣고 잠시 뒤적거리다 샌드위치 하나를 꺼냈다. 자신이 먹으려고 가져온 것 같았으나, 스완하덴은 내 쪽으로 다가오더니 그걸 나에게 던졌다.

"넌 너나 잘 챙겨."

밥 거르지 마. 그는 바닥에 내려놓은 목검을 집었다.

"너 먹으려고 가져온 거 아니야? 식욕 없어."

나는 얇은 종이로 둘둘 싸인 햄 샌드위치를 멀거니 바라보다가 다시 그에게 그 샌드위치를 던졌다. 한 손으로 다시 샌드위치를 턱하고 받아낸 그는 다시 나를 멀뚱멀뚱 쳐다봤다. 그나저나 예전에는 잘 쳐다보지도 않더니 요샌 날 똑바로 봐준다. 근데 좀 부담스럽게 오래, 시비 털듯 쳐다본다.

스완은 나를 지그시 쳐다보더니 작게 마법진을 그렸다.

[에피티트 스트밀]

짧은 시동어와 함께 그의 손에서 흰색 마력이 퍼져 나와 내 몸을 덮었다.

그는 내가 한 번도 들어본 적이 없는 마법을 시전했다. 백마법은 내 전문이 아니어서 그가 무슨 마법을 쓴 건지 살짝 불안했다. 굳이 알려고 하진 않았는데 곧 뭔지 알 수 있었다.

–꼬르륵.

배를 뒤틀 것 같은 공복감이 느껴졌다. 장이 들숨 날숨 숨을 쉬며 당장 음식물을 대령하라며 나에게 명령한다. 동공이 작아지며 입속에 군침이 돌았다. 혀로 입술을 쓸고 나는 고개를 좌우로 돌리며 아무 음식물이나 찾았다.

백마법은 참 기이한 마법이 많았다. 저번엔 안락 마법도 그렇고 이번엔 공복 마법인가. 인상을 쓰며 스완하덴을 바라보자 그가 고개를 갸웃거렸다.

"영양분 섭취는 중요해. 자."

스완하덴은 재차 샌드위치를 내밀었다. 아까까진 그저 **빵** 덩어리에 불가했던 샌드위치가 마치 황제의 식탁 위에 올려진 고량진미처럼 느껴졌다. 두툼하고 촉촉한 **빵** 속 기름져 보이는 햄이 그렇게 탐날 수가 없다.

나는 불가피하게 그의 샌드위치를 받아들였다.

허겁지겁 샌드위치를 해치우는 날 뚫어져라 바라보는 스완이 부담스럽다. 내 추한 모습을 보며 즐기는 게 아닌가 싶다. 아 몰라. 샌드위치 맛있다.

"더 가져다줄까?"

참참참. 먹느라 대답할 여유가 없었다.

"더 가지고 올게."

잠시 사라졌다가 조용히 등장한 스완하덴은 손에 엄청난 크기의 판을 들고 왔다. 그 위에는 온갖 샌드위치가 종류별로 나열되어 있었다. 스완하덴은 내 앞에 샌드위치를 쌓아놓고선 열심히 먹는 내 모습을 한참 구경했다.

샌드위치를 목에 넘기는 와중에도 아까 하일리의 모습이 계속 내 머리에 아른거렸다.

그날 오후, 하일리가 처음으로 조퇴를 했다.

어디 갔었냐며 물어보았지만 그는 그저 곤란한 듯 볼을 긁적였다.

* * *

그린반 앞이 시끌시끌하다. 아이들이 모여 한 사람을 둘러싸고 있었는데 다름이 아닌 하일리였다.

하일리의 검은색 머리카락이 연갈색으로 바뀌어 있었다.

"하일리 님, 웬 염색이에요?"

"와아! 검은색 머리카락도 잘 어울렸지만 그냥 모든 머리가 다 잘 어울리는 것 같아요!"

하일리가 갑작스레 연갈색 머리카락으로 염색했다. 나는 이게 뭔 일인가 싶어 어리둥절할 뿐이었다. 하일리는 자신의 연갈색 머리카락이 어색한지 머리끝을 매만지다가 또 애들의 반응에 어색한 미소를 지었다.

사람이 갑자기 변하는 이유에는 여러 가지가 있지. 멍하니 있다가 갑자기 득도해 변하는 경우는 거의 없다. 대체로 자신이 뿌리째 흔들릴만한 상처나 충격을 겪으면 자연스레 변하게 된다.

내 경우에도 그러했다. 전생에서도 원래의 난 위기의식 별로 없고 태평한 성격이었지만 부모님의 사고 후 독한 성격으로 바뀌었다. 현생에서도 마찬가지였다. 어렸을 때는 마냥 코흘리개, 철부지였지만 전생의 기억이 떠오르고, 크게 충격을 받은 후 변했다.

하일리가 저렇게 외적으로, 내적으로 변하려고 하는 이유도 아마 나처럼 큰 충격을 받아서가 아닐까 싶다. 외모에 신경 하나 쓰지 않던 그가 염색한 것도 그렇고, 저렇게 감정을 억누르며 자신의 분노를 무시하는 것도 그렇고. 하일리는 보통 자신이 화났다고 하면 화났다고 말하며 표정을 구긴다. 저렇게 앞에서는 태연한 척하며 뒤에서 화를 표출해내지는 않았다.

오후 수업이 끝난 후 하일리와 같이 식사를 하며 그의 얼굴을 바라보았다. 하일리는 턱을 괴며 깨작깨작 샐러드를 포크로 집다가 내 시선을 느끼고 날 마주 쳐다본다.

"뭐, 뭐야. 내 얼굴에 뭐 묻었나?"

내 집요한 시선에 하일리는 멋쩍게 웃으며 고기와 함께 샐러드를 입에 넣었다.

"왜 갑자기 염색한 거예요."

"그냥, 음…… 기분 전환."

"기분 전환으로 이미지 변신 괜찮죠. 근데 아카데미에서 뭐라고 안 해요?"

"……풍기를 흐리지 말라며 경고 먹었다. 곧 염색물 빼야 할 것 같군."

나는 연갈색 머리카락을 만지작거리며 포크를 내려놓는 하일리의 모습을 바라보다 입을 열었다.

"궁금한 게 있는데요."

나는 바게트에 자른 치즈와 살구 마멀레이드를 바르고 하일리의 샐러드를 조금 뺏어서 내 샌드위치에 끼워 넣으며 물었다.

"말해봐라."

"요새 기숙사 이용 안 하시고 바로 궁으로 돌아간다면서요."

"아. 코리가 알려 준 건가."

나는 고개를 끄덕이고선 뒤이어 하일리에게 왜 기숙사를 이용하지 않고 궁으로 바로 돌아가는 건지 물어보았다. 이 정도는 친구 사이에 물어볼 수 있는 거잖아. 괜히 말 잘못 꺼냈다가 하일리의 상처를 건드리는 게 아닐까 싶어 나는 조심에 조심을 더했다.

"……나도 반대로 물어볼 것이 있다."

하일리는 내 말에 대답을 하지 않고 반대로 나에게 질문을 했다. 대답을 피하는 걸 보니 정말 심각한 일인 것 같다. 나에게 질문이 있다는 하일리의 말에 나는 아프지 않게 물어달라고 했다. 그 말에 하일리가 인상을 썼다.

"그……."

"네."

"……."

"……?"

"……아니다."

저기요, 황태자님. 이렇게 여지를 주시고 대화를 매듭지으시면 어떻게 하나요.

그가 주제를 꺼낸 이상 더 이상 후진은 없었다. 겨우 변화의 주제에 관한 이야기가 나올 것 같았는데 물러날 것 같아?

내가 그를 째려보며 찝찝함이 싫으니 어서 말하라고 닦달하자 하일리는 대답하지 않고 미안하다고만 했다.

"말하면 계속 생각날 것 같군."

그는 이마를 짚으며 씁쓸하게 중얼거렸다. 나는 포크를 들며 그를 위협하다가 조용히 손길을 거뒀다.

"아카데미 안에서는 최대한 잊고 싶다. 이 시간을 망치기 싫어."

마른세수를 한 하일리는 가벼운 말투로 나지막이 말하고는 자리에서 일어났다. 그는 음식을 많이 받지도 않았는데, 음식을 잔뜩 남겼다.

음식물을 처리하고 돌아온 그는 다시 내가 앉아 있는 테이블로 돌아와 내가 다 먹기까지 기다렸다. 하일리는 테이블에 엎드려 팔에 얼굴을 묻었다. 내 식사가 끝날 때까지 하일리는 잠시 잠에 빠졌다.

나는 빠르게 식사를 마치고 지쳐서 얕은 잠을 자고 있는 하일리를 한참 바라보았다. 엎드려서 웅크려 자고 있는데, 산만하게 큰 덩치가 문득 작아 보였다.

* * *

학기 초에는 그나마 웃으며 평소같이 잘 지내던 하일리가 시간이 흐를수록 쌀쌀맞아졌다. 이젠 장난도 치지 않고 먼저 말을 걸면 돌아오는 답변이 매우 짧았다.

어제의 대화로 예시를 들어보면 이랬다.

'음악 이론 수업에 가는 것 맞죠?'

끄덕.

'음악 이론 어렵지 않아요? 요새 그 과목 때문에 지금 점수 엄청 깎이고 있어요.'

'그렇군.'

'오늘 날씨 좋죠?'

끄덕.

대충 이런 식이다. 분위기도 예전보다 날이 서 있었다. 내 앞에서는 최대한 누그러뜨리려는 것 같지만 그래도 살기를 감추진 못했다. 정제되지 않은 감정은 마치 언제 터질지 모르는 시한폭탄 같았다.

비단 나에게만 이러는 게 아니라 다른 사람들에게도 그랬다. 다른 사람에게는 더욱 심했다. 난 요새 어두운 하일리의 눈을 마주 보기 힘들었다. 붉은색 눈동자가 피를 머금은 것 같은 기괴하고도 위태로운 느낌이었다. 예전의 순진무구하고 사슴 같던 하일리가 보이지 않았다.

그가 금방 자신을 놓을 것 같아 일부러 자주 말을 걸었다. 내 일상 이야기를 하고, 헤스티아 이야기도 해 보고, 맛있는 것도 많이 챙겨 줬다.

그가 하루하루 변해가는 모습을 보이자 나는 어쩔 수 없이 그의 뒤를 좀 더 자세히 캐기 시작했지만 마땅히 나오는 정보는 없었다. 정말 짜증 나게시리 사람 엄청 신경 쓰이게 한다.

알아낸 사실이라곤 만연하게 알려진 것뿐이었다.

초대 황제가 드래곤을 죽인 뒤, 그 심장을 베어 물어 힘을 받았고, 황실은 그 힘을 유지하기 위해 여태까지 근친혼을 했다는 사실. 그리고 제국에서 백마법을 쓸 수 있는 사람들은 블란치 가문 사람들뿐이고, 흑마법은 황가의 사람들만 사용이 가능하다는 것. 여러 자료들을 조합해 알아낸 정보는 이것뿐이었다.

백마력을 가지고 태어나는 블란치가의 사람들과 다르게 오르드 황가는 몸 안에 흑마력이 흐르지 않았지만, 대신 흑마력을 공급해주는 물건이 있으면 흑마법을 쓸 수 있었다. 다른 사람들은 흑마력을 몸 안에 담으면 몸이 버티지 못했지만, 황가 사람들은 버틸 수 있는 피를 가지고 있었다.

제국 내에서 흑마력을 공급해주는 물건은 황실 대대로 내려오는 가보 하나뿐이었기에 흑마법은 황가 소유였다. 검술에만 치중되어 있는 하일리도 가보만 있으면 흑마법을 쓸 수 있다 한다.

'하일리가 근친혼으로 태어났으니 뒤늦게 몸에 이상이 생긴 건가?

그래서 황제, 황후에게 배신감을 느낀다던가.'

불안해서 손톱을 매만졌다. 하지만 하일리는 단순히 몸에 이상이 생겼다고 그렇게 심하게 화를 낼 애가 아니었기에 나는 고개를 저었다.

원작 소설의 하일리만큼은 아니었지만, 하일리는 가끔 난폭한 행동을 숨기지 못할 때가 있었다. 주변 사람들은 처음에 분위기가 바뀐 하일리를 걱정했지만 날이 갈수록 사나워지는 그의 모습에 하나둘씩 그를 두려워하며 떠났다. 코리와 나만 종종 그를 챙겨줄 뿐이었다.

난폭해진 그가 제일 걱정일 때가 언제냐면 바로 오후 검술 수업에서다. 요새 검만 잡으면 정신을 놓고 무작정 휘두를 때가 많다. 그래도 나랑 대련을 할 때면 예전보단 말은 없어도 최대한 자신의 감정을 조절하려는 모습을 보여 주지만 가끔가다 눈빛이 맛이 가는 경우도 있었다. 검을 잡을 때 그의 가라앉은 감정이 날뛰는 건지, 동공이 수축하고 초점이 흐려지며 앞뒤 생각 안 하고 막 휘두르기도 한다.

오늘 대련에서도 그랬다.

하일리와 나는 습관처럼 오후 검술 수업이 되면 몸을 풀자마자 바로 검을 부딪쳤다. 주니어 1학년 때부터 그와 검을 섞었기에, 나날이 성장한 그의 검술 실력을 따라잡기 어렵다는 것을 알고 있었지만 그렇다고 그의 특유 패턴까지 보이지 않는 것은 아니었다.

한 사람과 오래 관계를 이어가다 보면 그 사람의 사소한 습관까지 나도 모르게 알게 된다. 예를 들면 화가 날 때 목을 만진다든지 거짓말할 때 손가락을 꼼지락거린다든지. 하일리와 몇 년 동안 검을 맞부딪히면서 나는 그의 기분에 따른 그의 검술 습관을 알 수 있었다.

하일리는 대련을 할 때 기분이 좋으면 스피드가 빨라지며 검을 올려치는 기술을 많이 사용했고, 우울할 때는 파워가 많이 감소하지만 대신 방어력이 대폭 증가했다. 반면, 화가 났을 때는 내려찍는 공격이 많아지고 평소보다 힘이 배는 셌다.

그렇게 그와 매일 검을 부딪치며 나도 모르게 그의 감정을 조금이지만 읽고 있던 것이다. 하일리는 검 앞에서는 항상 솔직해졌다.

기실 그가 달라졌다고 하지만 주변은, 환경은 주니어 때와 다를 게 없었다. 드넓은 연무장을 돌며 간단한 스트레칭을 하고 기초 체력 훈련을 마치는 시간 때엔 언제나 해가 하늘의 제일 높은 곳에 떠 있었다. 위가 뚫려 있는 연무장에 내리쬐는 햇빛이 충만해 모든 아이들 머리 위를 덮는다.

기초 체력을 마치고 가팔라진 숨을 내쉬며 대련을 위해 목검을 챙길 때엔 눈이 부셔서 인상을 찌푸려야 했다. 고된 체력 단련 때문인 건지 아니면 따뜻하게 감싸 안는 햇빛 때문인 건지는 잘 모르겠지만, 대련하기 전엔 늘 땀이 범벅인 상태였다. 축축해진 손을 바지에 쓱쓱 닦고 목검을 잡으면 언제나 대련을 위해 기다리고 있는 하일리가 보였다. 주니어 때부터 현재까지 줄곧.

햇빛 아래, 그의 내린 앞머리 때문에 생긴 작은 그늘 속 형형한 눈빛이 작살이 물고기를 꿰뚫듯 나에게 꽂혔다. 그를 처음 봤을 때의 동그랗고 순진하던 붉은 눈동자가 아니라 날카롭고 지쳐 있고 힘들어하는 눈동자였다.

대련을 시작하기 전까지도 그는 공허한 눈으로 다른 생각에 잠겨 있었다. 나를 바라보고 있었지만 나를 보고 있지 않았다. 점점 자신의 생각에 얽매여 감정에 잠식되고 있는 중이다. 그런 그가 낯설었다. 서로 검을 세우며 대련을 시작하려고 하지만, 과연 대련 상대자로 나를 의식하고 있는지도 의심스럽다. 그만큼 현재 그는 이성을 놓고 있었다.

학기를 막 시작했을 때만 해도 나는 그가 크게 변하지 않았다고 생각했었다. 그러나 오산이었다. 그는 모종의 충격을 받고 솟구치는 감정을 억누르며 자신도 모르는 사이에 변화하고 있었다. 올바른 성숙의 과정이 아니었다.

타앗!

여느 때와 같이 하일리와 나는 서로 짧게 고개를 숙이고 대련을 시작했다. 시작하자마자 무섭게 목검끼리 부딪치는, 뭉툭하지만 선명한 소리가 난다.

상태가 좋지 않은 그와 매일 검을 부딪치면서 나는 날이 가면 갈수록 그의 검이 거칠어짐을 느낄 수 있었다. 주니어 때의 그는 대련을 할 때 상대방을 배려해주는 느낌이 있었다. 호흡을 맞추며 서로를 살피고 때로는 강경하게 나가더라도 부드럽게 뺄 때도 있어 대련하는 내내 짜릿함이 있으면서도 또 막 검을 휘둘러도 다치진 않겠다는 확신이 있었다.

대련 초반에는 하일리도 꽤 온화하게 나를 상대했다. 최대한 나에게 평소와 같은 모습을 보이려고 노력하는 하일리는 중간중간 억지로 어색한 웃음을 지으며 내 공격을 받았다.

하일리는 열심히 자신을 숨기고 있었지만 사소한 습관까지 숨길수는 없었다. 그는 공격보다 계속 방어만 하고 있었다. 답지 않은 어색한 표정을 지으며 몸을 자꾸 뒤로 빼는 것이 빨리 대련을 끝내고 싶어 하는 눈치인 것이다. 하일리는 나를 피하고 싶어 하는 것 같았다.

"진짜 무슨 일인 건데."

작게 중얼거려 봤지만, 하일리는 대답하지 않았다.

복합적인 감정이 치고 올라온다. 친했다고 생각했는데 결정적일 때 나를 믿지 못하는 하일리에게 섭섭한 감정이 들었다.

전생에서도 비슷한 감정을 느낀 적이 있었다.

전생에서 내 동생들 중 세유라는 아이가 있었다. 내 바로 아래인 남동생으로, 여러모로 나에게 도움을 많이 주려고 했던 아이였다. 그러나 세유가 커가면서 나에게 자신의 감정을 숨기는 일이 많아졌다. 매일 상처를 달고 집에 돌아와 내가 무슨 일이냐고 물어도 대답해주지 않았다. 그저 평소와 같이 투덜대면서 가끔 웃을 뿐이었다.

나는 몸과 마음에 상처가 가득한 세유와 대화를 하며 같이 풀어나가고 싶었다. 세유에게 도움을 줄 수 있는 방법을 찾고 싶었지만 돌아오는 답변은 "누나가 도와 봤자야!"라는 말뿐이었다. 그리고 세유는 계속 자신을 숨기며 나를 피하기만 했다.

그때의 감정과 지금 느끼고 있는 감정이 비슷한 것 같다. 제기랄, 아무래도 나는 동생들 같은 애들을 돕지 못하면 큰일 나는 병에 걸린 것 같다. 헤스티아도 그렇고 하일리도 그렇고 어렸을 때부터 봐오던 사이여서 내 동생들 같았다. 같이 쌓아온 추억들도 한몫했다.

솔직히 나도 지금 어떻게 해야 할지 잘 모르겠다. 섣불리 하일리를 도와야 할지, 아니면 하일리가 원하는 대로 최대한 평소처럼 대해야 할지. 정답을 알고 있는 누군가가 딱 내가 해야 할 일들을 알려줬으면 좋겠지만 그딴 편리한 시스템은 존재하지 않는다. 오로지 내 선택일 뿐이다.

"……?"

방어만 하며 딴생각에 빠져 있던 하일리가 돌연히 엄청난 살기를 내뿜기 시작했다. 그리고 곧 갑작스레 움직이더니 패턴을 바꿨다. 하일리의 눈동자에는 더 이상 내가 담겨 있지 않았다. 풀어졌던 아까의 분위기가 갑자기 태세를 바꾼 하일리 때문에 팽팽하게 바뀌었다.

무슨 생각을 한 건지, 무엇을 떠올린 건지 하일리의 기세가 사나워졌다. 저번에 연무장에서 그 목각 인형을 상대할 때의 하일리가 떠올랐다. 그리고 무자비한 화풀이식의 공격이 시작되었다.

'이성을 잃었어······.'

방금까지 하일리의 텅 비어 공허한 눈동자에 살기가 채워졌다. 초점도 돌아왔다. 그러나 눈동자가 맛이 갔다. 살기로 번들거리는 눈빛이다. 그는 나를 바라보고 있지 않았다. 대련 상대로 다른 누군가를 투영한 것 같다. 검이 서로 맞닿았을 때 이번에 느껴지는 그의 감정은 분노와 슬픔이었다.

돌연히 눈앞까지 훅 다가와 공격을 가하는 하일리를 바라보며 나는 순간 소름이 돋았다. 붉은색 눈동자가 이채를 띠며 나와 시선을 마주했다. 그의 공격에는 나에 대한 배려가 사라져 있었다. 무식하게 센 힘으로 내려찍는 그는 내가 당연히 막을 거라는 표정으로 공격했다.

한 손으로 강하게 내려찍는 공격을 나는 두 손으로 겨우 받아냈다. 위에서 내려찍는 힘 때문에 땅속으로 파묻힐 것 같아 몇 보 물러섰다. 온몸의 모든 털이 곤두서는 것을 느끼며 나는 바짝 긴장했다. 그리고 그의 맹공격이 바로 이어졌다.

"하일리! 야! 정신 차려!"

소리를 버럭 질렀지만, 주변이 시끄럽기도 했고 대련할 때 나는 타격음 때문에 내 목소리는 쉽게 묻혔다. 쳇, 나는 짧게 숨을 내뱉은 뒤 다시 숨을 크게 들이쉬었다. 폐에 공기가 가득 찼고 나는 몸에 흐르는 마력들을 유동시키며 재빨리 풀어줬다. 금방금방 꺼내 쓸 수 있게 말이다.

나는 내 힘을 강화시킬 수 있는 모든 마법을 시전했다. 다리도 강화했고 팔도 강화했고 허리도 강화했고. 그의 공격을 받아주다 사고가 났을 때를 대비해, 기절하면 양호실로 바로 이동되는 마법을 걸었다. 백업은 언제나 중요했다.

마력이 좀만 더 많았더라면 그를 쉽게 잠재울 수 있었을 테지만 슬프게도 마력이 딸린다. 슬픈 내 마력의 용량을 탓하며 나는 날뛰는 하일리에게 파이어볼 같은 시선 끌기용 여러 일반 마법들을 날렸다. 대단한 하일리는 내 마법을 간단히 검으로 가르고 다시 공격을 하려고 했다. 나는 아까의 시선 끌기용 마법 덕분에 겨우 그의 공격을 막아냈다. 그가 진심인지 아닌지는 잘 모르겠지만 일단 그의 공격은 진짜로 매서웠다. 그의 표정은 더 무서웠고.

슬프게도 내 공격은 모두 막혔고 또 겨우겨우 그의 공격을 막아냈다. 공격은 무슨, 막는 것도 버겁다. 사실 그의 살기만 해도 버거웠다. 하일리는 검술 쪽 남주 버프가 있었기에 그의 검술 실력은 말을 할 것도 없었다. 그런 그가 살기를 뿜어내며 나를 압박하니 맞설 수가 없었다. 소드마스터의 경지를 앞둔 사람이 달려드니 어쩔 수 없는 것이었다.

나는 내가 오래 버티지 못한다는 것을 알고 있었다. 하일리의 잇따른 공격이 나에게 빠르게 다가왔지만 나는 그것을 피할 수가 없었다. 다른 마법을 시전하려고 했지만 마력이 턱없이 부족했다. 기절

이외에는 이 상황에서 도망칠 수 있는 방도가 없었다.

다치게 된다면 보건실로 바로 이동하는 마법을 걸어놔서 참말로 다행이었다. 나는 차라리 기절하려고 방어를 멈췄다. 와, 신난다. 또 시크베이인가? 제기랄, 마력만 좀 더 남아 있었어도.

나는 내가 얼마나 다칠지 가늠이 가지 않았기에 허탈한 웃음만이 나왔다. 점점 가까워지는 그의 목검을 바라보며 나는 처맞을 준비를 했다. 그나저나 이 빌미로 사정 알려달라고 하면 알려주려나. 나에게 상처입혔으니 이제 나도 그의 일에 당당히 개입할 수 있게 된 거다. 나는 쓸데없는 생각을 하며 씁쓸한 웃음을 지었다.

타앗.

그러나 나는 하일리의 공격을 맞지도 않았고 보건실로 이동되지도 않았다. 물론 아픔도 없었다. 눈앞에 보이는 건 밝은 은발에 익숙한 뒤통수였다. 하일리의 공격을 대신 막아 준 건 스완하덴이었다.

스완은 한 손으로 내 팔을 잡아 뒤로 보냈다.

"물러서."

짧게 나에게 한마디 한 스완은 하일리에게 바짝 다가갔다.

하일리는 대련 상대가 스완으로 바뀌어도 동요하는 기색이 없었다. 아니, 대련하는 상대방이 누구인지 신경 쓰고 있는 것 같지도 않았다. 그냥 누군가와 검을 섞는 데에만 의의를 두고 있는 듯하다. 하일리는 그저 본능에 검을 맡기고 마구잡이로 휘두르고 있었다. 이젠 방어조차 하고 있지 않았다.

하일리는 내가 봐도 빈틈투성이였다. 그러나 그가 방어를 신경 쓰고 있지 않은 만큼 공격이 매서웠다.

스완이 저렇게 진심으로 누군가를 상대하는 건 처음 본다. 그가 뛰어나다는 건 알고 있었지만, 막상 그가 검을 잡는 걸 보니 감탄이 나왔다. 백마법이 그의 주 무기고 검이 부차적인 선택지인 줄 알았는데 그게 아니라 그 반대였다. 백마법은 그냥 깔아주는 옵션인 건가라는 생각이 들 정도로 그는 엄청난 움직임을 보이고 있었다.

사실 하일리만큼 뛰어난 검술 실력은 아니었지만, 전투 센스가 장난 아니었다. 검을 쓰는 데 저런 재치와 융통성은 처음 본다. 검만 쓰는 게 아니라 주변의 모든 걸 다 한꺼번에 응용하고 있었다. 검은 단순히 치고 찌르는 데에만 쓰는 게 아니라는 것을 확실히 보여 주고 있었다. 나중에 스완에게 대련 한번 하자고 해야겠다. 진짜 장난 없었다.

막상막하처럼 보였으나 하일리의 체력이 점점 떨어져 가고 있었다. 하일리의 무시무시한 공격은 아쉽게도 치료 만렙인 스완하덴에게 먹히지 않았다. 스완하덴도 하일리와 비슷하게 방어를 하지 않고 마구잡이로 공격을 했고, 하일리의 공격이 먹히지 않는 스완이 유리했다.

하일리는 결국 힘을 모두 다 쓰고 바닥에 널브러졌다. 하일리의 멱살을 잡은 스완은 그대로 주먹을 쥐어 하일리의 얼굴을 강하게 쳤다. 하일리는 한 대 맞고도 정신을 차리지 못해 멍하니 옆을 바라보며 가만히 있었다. 별 반응을 보이지 않자 스완하덴은 자리에서 일어나 그를 발로 밟았다.

하일리를 내려다보며 뚱한 표정을 짓던 스완은 물통을 꺼내 자신이 한 모금 마시더니 그대로 물통에 남은 물들을 하일리의 얼굴에 쏟아부었다. 하일리는 갑자기 쏟아지는 물벼락에 인상을 쓰며 손으로 물을 막으려 했다.

"개새끼야, 정신 차려."

그렇게 말한 스완은 빈 물통을 하일리의 얼굴 위로 떨어뜨렸다. 하일리는 자신의 얼굴에 부딪힌 물통을 바라보며 코를 붙잡았다.

"한심하게 굴지 마. 짜증 나니까."

스완은 멍하니 널브러진 하일리를 발로 차더니, "다음번에 또 날 뛰어서 엿 같은 상황 만들면 제국의 황태자고 뭐고 뒈져. 제국 멸망시켜."라고 말하며 욕이란 욕은 모두 쏟아부었다.

하일리는 스완의 연이은 폭격에 정신이 조금 든 듯 눈에 초점이 돌아왔다. 스완이 찬 부분과 맞은 얼굴이 아픈지 손으로 만지다가 잠시 표정을 심각하게 굳히고 인상을 썼다.

"……슈슈!"

하일리는 누웠던 몸을 들어 고개를 돌려 누군가를 찾더니 내 얼굴을 바라보고선 이마를 쓸고 고개를 푸욱 숙였다. 하일리는 죄악감이 담긴 표정으로 깊은 한숨을 내쉬었다. 그리고 얼굴을 손에 묻고 앓는 소리를 냈다.

스완하덴은 자신이 쓴 목검을 챙기며 내 쪽으로 고개를 틀었다. 어쩌다가 나와 눈이 마주친 스완은 잠시 멀거니 서 있다가 뭔가 깜박했다는 표정을 지었다. 얌전히 하일리에게 돌아간 스완하덴은 하일리에게 힐을 쓰고 난 뒤, 그의 얼굴에 쏟은 물을 자기 붕대로 대충 닦아 주는 척했다.

"알겠지? 다음부터 그러지 마 친구야. 정신을 사탕 장수에게 팔아먹었어도 폭력은 못써!"

갑작스레 다정해진 스완은 마지막으로 하일리를 한 번 더 차고선 내 앞으로 다가왔다. 스완하덴은 내가 다친 곳이 있는지 없는지 살펴보다가 검사검사 전체 힐을 해줬다. 바닥을 쳤던 마력도 돌아왔고 여러모로 건강해졌다.

스완하덴은 뭔가 잔뜩 말하고 싶어 하는 표정을 짓더니 곧 입을 닫고 내 왼손 약지를 자신의 손으로 감쌌다.

"안전제일."

그 한마디를 한 스완하덴은 시선을 아래로 내리꽂으며 내 왼손 약지에 자신의 마법석 반지를 즉석으로 만들었다. 스완은 거기에다가 힐 마법을 집어넣었다.

갑작스러운 선물에 당황했지만 나는 일단 고맙다고 말하며 왼쪽 약지에 끼워진 반지를 내 오른쪽 엄지손가락에 바꿔 꼈다. 스완은 왼쪽 약지에서 오른쪽 엄지로 위치된 반지를 멀뚱멀뚱 쳐다보더니 쳇, 하며 낮게 혀를 찼다.

스완하덴은 고개를 숙인 채 개미 기어들어 가는 목소리로 "아깐 하일리가 덥다고 해서 물 뿌린 거야." 하며 작게 변명하곤 돌아갔다.

수업이 끝나자 검술부의 거의 모든 아이들이 식당으로 향했다. 나는 하일리를 데리고 식당에 가려고 했지만, 그가 내 눈을 보지도 않은 채 거부했기 때문에 나는 혼자 밥 먹으러 갔다.

* * *

나는 식당에서 샌드위치를 두 개 정도 만들어 다시 연무장에 왔다.

아이들은 이미 다 기숙사로 들어가거나 밖에서 놀거나 하는데 하일리는 아까 바닥에 널브러진 그 상태 그대로 연무장에 남아 있었다. 나는 하일리가 연무장에 남아 있을 것 같아서 돌아왔다.

내가 연무장에 도착하자, 눈을 손으로 막고 처연하게 흐느끼고 있는 하일리가 보였다. 내가 가까이 다가가자 하일리가 움찔거렸다.

"아까 열심히 움직여서 살찐 거 빠진 것 같아요. 구를 일은 없을 것 같네요."

조용히 울고 있는 하일리에게 다가가 그의 얼굴 쪽에 코리가 준 오렌지 담요를 덮어줬다. 하일리가 바닥에 누워 있길래 나도 그 옆에 같이 누웠다. 아무 말도 하지 않았다. 그저 멀뚱멀뚱 하늘의 지는 해를 바라보고 있을 뿐이다.

입 벙긋하지 않고 혼자서 앓는 그에게 내 최선이 뭘까 생각해 보았다. 늦은 오후 드넓은 주홍빛 하늘 아래 팔다리를 쭈욱 뻗어 조용히 숨만 쉬며 기다렸다. 그냥 조용히 기다렸다.

그의 울음이 잠잠해지자, 나는 식었던 물을 따뜻하게 덥혀 그에게 건넸다.

* * *

하일리는 그다음 날 나에게 와서 사과했다. 죄책감 어린 표정으로 한숨을 쉬며 재차 사과를 하길래, 나는 그에게 아이스크림이나 사라고 했다.

하일리는 아이스크림을 산처럼 쌓아서 나에게 줬다. 너무 많은 양에 당황했지만 일단 주길래 받았다. 그렇게 나는 아이스크림을 품에 한가득 안고 아이스크림 한 개를 입에 넣었다. 하일리는 내 옆을 걸어가며 계속 인상을 썼다.

"그때는 내가 잠시 미쳐 있었다. 다시 한번 미안하다. 네 마력이 부족한 상태였는데도 내가 그때 돌아서······."

"어차피 장기전으로 가면 제가 질 걸 알고 있었어요. 일부러 제 마력을 모두 보건실 이동진을 만드는 데 썼으니까요."

"……애초에 네가 그런 선택을 하게 만들었다는 자체가…… 으읍."

"시끄러. 내가 신경 안 쓴대도."

나는 제정신으로 돌아온 하일리의 입에 산처럼 쌓인 아이스크림 중 하나를 넣어줬다.

하일리는 나와 잠시 길을 걸으며 말없이 아이스크림을 먹었다. 전생에서 먹던 그 맛은 아니어도 이곳의 아이스크림은 충분히 맛있었다. 하일리와 대화는 많이 오고 가지 않았다. 우리는 얌전히 아이스크림만 먹었다. 곁눈질로 하일리를 바라보자, 다행히 어제보단 상태가 조금은 괜찮아 보인다.

난 섣불리 하일리를 도와주지 않으려고 했다. 그러나 어제 많이 괴로워하던 하일리를 보니 자꾸만 당장 일을 터뜨리고 봐야 한다는 충동이 올라왔다. 하지만 하일리를 위해 무언가를 시도하기엔 정보가 너무 부족했다.

황궁에서는 보안을 위해 마법 아이템을 많이 사용하지 않아 내가 얻을 수 있는 정보가 많이 없었다. 저번에 코리랑 같이 황궁 보안 경비를 뚫고 하일리를 찾아갔을 때도 마법으로 만들어진 아이템이 별로 없어 놀랐었다.

정보가 많이 없는 상태에서 그저 도와주고 싶다는 마음 하나로 밀고 나가게 된다면 하일리에게 되려 상처를 줄 수 있거나, 상황이 커질 수도 있었다.

그렇다고 해서 저렇게 괴로워하는 하일리에게 대놓고 물어보는 것도 별로였다. 하일리의 사정이 가볍지 않다는 것을 대충 느낌으로 알고 있었으니까.

전생에서 내가 부모님을 사고로 보내야 했었을 때 나는 "무슨 일이야?", "뭔 일인지 알려 줘."라는 사람들의 말이 제일 듣기 힘들었다. 나 혼자 감정을 추스르기도 힘든데 그저 제 호기심을 충족시키기 위해 질문을 하는 사람들에게 대답하고 싶지도 않았고, 안 좋았던 기억을 회상하는 것도 힘이 들었다.

나는 만반의 준비를 한 뒤, 다시 그와 검이라도 섞을까 생각했다. 아무래도 하일리는 검을 잡으면서 스트레스를 푸는 것 같은데 그가 마땅히 대련할 수 있는 사람은 나밖에 없었다. 여러 가지 효과가 담겨 있는 공격과 방어 마법 아이템을 주렁주렁 달고 시합을 한다면 꽤 오래 상대할 수 있을 것이다.

'근데 절대로 나랑 대련하려 하지 않겠지. 젠장.'

참 난감하다. 하일리가 내가 파고들 수 있는 작은 틈이라도 실수로 만들어준다면 정말 좋을 텐데 말이다.

하일리와 잠시 길을 걷고 있으니 스완도 돌연히 중간에 끼어 들어왔다. 내가 스완하덴에게 아이스크림 한 개를 건네자 그는 바로 먹지 않고 양손으로 소중하게 들었다. 스완은 내 바로 옆에서 걷지 않고 거리를 조금 뒀다.

우리 세 명은 서로 말없이 걷다가 같이 오후 검술 수업을 위해 연무장으로 향했다. 말은 없었지만 별로 어색한 상황은 아니었다. 스완하덴은 아이스크림을 두 손으로 든 채 반짝반짝거리는 눈으로 바라보고 있었고, 하일리는 여러모로 축 처져 있었으며, 나는 그런 하일리를 바라보았다. 서로 각자 생각에 빠져 침묵이 오갔다.

스완은 아이스크림을 먹지 않은 채 소중히 들고만 있다가 결국 다 녹아버렸다. 그는 참담해진 표정으로 쓰레기를 바라보다가 내 옷깃

끄트머리를 잡았다.

"하나 더 줘……."

* * *

나는 마법 기초 수업을 들은 후 쉬는 시간에 할 일 없이 걷고 싶어 복도로 나왔다. 목적 없이 사방팔방 걸어 다니다가 나는 우연히 스완하덴이 있는 블루반 앞을 지나가게 되었다.

잠시 복도를 걸은 나는 블루반 안에서 하일리를 발견했다. 나도 모르게 내 발이 그쪽으로 향하고 있었다. 하일리가 왜 블루반에 있는 걸까 생각하며 블루반 교실 바로 앞까지 걸어갔다.

"스완! 스완하덴!"

하일리는 스완하덴을 찾고 있는 중이었다. 곧 교실 구석에 엎드려서 자고 있던 스완하덴을 발견한 하일리는 그를 조심스럽게 깨웠다. 스완하덴은 완전히 잠에 빠져 있던 건 아니었는지 하일리가 자신을 흔들자 순순히 일어나줬다. 스완은 양 모양 안대를 이마의 위쪽으로 올려 쓰며 하일리를 바라보았다. 스완하덴의 앞머리의 일부가 안대 때문에 위로 향하고 있었다.

"부탁이 있다."

스완은 하일리를 바라보며 크게 하품을 했다. 스완은 턱을 괴며 불퉁한 시선으로 하일리를 올려다보았다.

"블란치 공작도 결국 못 고쳤다는 건 알지만……."

"……."

"그래도 네가 한 번 봐주면 안 되겠나."

하일리가 인상을 쓰며 입을 열었다. 스완하덴은 하일리의 말에 입을 비죽 내밀며 대놓고 귀찮다는 표정을 짓다가 방문 앞에서 자신들을 바라보고 있는 나와 눈이 마주쳤다. 스완하덴은 나를 보고 깜짝 놀라서 턱을 괴다가 손이 미끄러져 고개를 떨구고 말았다.

제삼자가 봤을 때는 마치 고개를 끄덕인 것처럼 보였다.

"……진짜인가! 정말로 고맙다."

"어라?"

"할 수 있는 건 해 보고 싶다. 가망이 없더라도 말이야."

하일리는 오랜만에 정말로 밝은 얼굴을 보여줬다. 얼굴에 그늘이 순간 확 개었다.

스완하덴은 의도치 않게 그의 부탁을 승낙해버려, 인상을 쓰며 하일리에게 무언가 말하려다가 내 쪽을 바라봤다.

스완은 머리를 거칠게 헤집곤 하일리를 바라보며 입을 열었다.

"괜찮아. 당연히 도와야지? 친구끼린 돕는 거라잖아."

스완하덴은 표정을 있는 대로 구기며 덕담을 내뱉었다. 뒤에 "하하하" 하며 웃기도 했는데 마치 국어책 읽듯 목소리에 고저가 없었다.

하일리는 갑자기 돌변한 스완하덴의 태세에 되려 인상을 썼다. 소름이 돋는 건지 자신의 팔 쪽을 긁었다.

"그럼 언제 가는 거예요?"

나는 자연스럽게 대화에 끼어들었다.

하일리는 스완하덴을 수상하다는 듯 바라보다가 갑자기 내가 나타나자 깜짝 놀란 표정을 지었다. 하일리는 당황하며 스완하덴의 책상에 무심코 손을 짚었다. 하일리의 손이 스완하덴이 열심히 그린 이상한 주황색 털 덩어리 낙서에 닿으려고 하자 스완은 재빨리 그림을 뒤로 뺐다.

나는 말문이 막힌 것 같은 하일리를 바라보며 입을 열었다.

"무슨 일이 터진 것 같은데 친구라면 당연히 도와야죠? 해볼 수 있는 건 전부 해본다고 했잖아요."

"……내 상황을 알고 있는 건가."

"네. 대충이요."

사실 모르지만 말이다.

모른다고 말하면 날 안 끼워줄 테니까 살짝 거짓말했다. 아니다. 솔직히 거짓말도 아니라고. 대충이 어느 정도인지는 안 말해줬으니 말이다. 대충 그가 지금 평소의 상태가 아니라는 건 알고 있었다. 난 거짓말 안 했다. 당당하다.

"일반 계열 마법사가 있으면 좋긴 한데……."

하일리는 잠시 고민하는 듯한 표정을 짓더니 한숨을 내쉬었다. 그는 나에게 도와주려고 해서 고맙다고 말했다.

그렇게 얼떨결에 스완하덴과 나의 도움을 얻게 된 하일리는 희망이 반, 체념이 반 그리고 절망 한 꼬집이 담긴 표정을 짓고 있었다.

하일리는 내일 외출 신청서를 내고 자신을 따라와 달라는 부탁을 하며 그린반으로 힘없이 미적미적 돌아갔다.

나도 이제 곧 다음 수업이 시작할 것 같아 돌아가려고 했다. 그러나 돌아가려고 몸을 돌릴 때 스완하덴이 날 불렀다.

"자, 이거."

"……?"

"심심해서 그려봤어. 이거 너야."

스완은 곱게 접힌 종이를 나에게 쥐어 주고는 다시 안대를 쓴 뒤 잠에 빠졌다. 반을 나갔던 블루반 아이들이 하나둘씩 돌아오기 시작했고 곧 있으면 선생님도 들어올 것 같았기에 나는 일단 그가 준 종이 쪼가리를 챙기고 블루반에서 나왔다.

반으로 돌아간 나는 그가 준 종이를 펴보았다. 아까 보았던 주황색 털 덩어리 낙서와 다르게 이번 낙서는 조금 더 정성이 들어가 있었다.

그나저나 이게 나라고?

알 수 없는 형태의 사람이 그려져 있었다. 비율도 이상했고, 부담스럽게 반짝이는 눈에다가 입은 귀까지 찢어져 있었다. 이상하게 콧구멍 부분이 너무 실제 같아서 무서웠다. 코가 그리기 어려웠던 건지 몇 번이고 지운 흔적이 있었다.

그림 자체는 알아볼 수 없을 정도였는데 이상하게 색칠은 엄청 열심히 했다. 주황색 계열 그러데이션까지 넣으며 명암까지 살리려고 한 것 같다. 스완이 그린 나의 주변에는 플랑크톤과 표창이 그려져 있다. 아, 아닌가. 꽃이랑 별인가. 잘 모르겠다.

"시비 거는 건가."

나는 추상화에 가까운 그림을 보며 중얼거리고는 못생긴 스완을 작게 그린 뒤, 수업이 끝났을 때 블루반에 찾아가 스완에게 쥐어줬다.

돌아가는 길에 그린반도 들려서 하일리에게 잘생긴 하일리 낙서를 쥐어줬다. 오랜만에 그가 작게 웃음을 터뜨리자, 나는 몇 장 더 그려줬다. 옆에서 코리가 자신도 그려달라고 말하자 나는 대신 과일 바구니를 그렸다.

* * *

외출 신청서를 내고 나와 하일리, 스완은 하교 후에 마차를 불러 황궁으로 이동했다. 황궁과 아카데미는 정말 가까운 거리에 있었기에 10분 정도 잠시 기다리면 됐다. 황궁 근처의 길은 잘 다듬어져 있었기 때문에 흔들림이 별로 없어야 하는데 이상하게도 가는 길이 매우 거칠었다. 어차피 짧은 길이었기에 참을 수 있었지만 말이다. 언호스를 타자고 한 걸 단호히 거절한 것을 후회했다.

언호스는 바퀴가 없이 마법으로 둥둥 부드럽게 떠다녔기에 탑승 느낌이 매우 좋았다. 그런데 이동 거리도 짧아서 굳이 돈 더 내며 언호스를 탈 필요가 없다고 생각했기에 돈을 더 내려는 스완이나 하일리의 손을 막았다. 괜히 막았다. 가만히 있을걸.

그래도 익숙해지니 덜컹거림이 재미있어지기 시작했다. 마차의 창밖으로 보이는 말의 근육질 다리를 바라보았다. 다그닥다그닥하는 소리가 일정하게 들려왔다.

말을 바라보다가 잠시 앞을 또 바라보니 슬슬 황궁이 보이기 시작했다. 제국의 황제가 사는 성답게 황궁은 정말 웅장하고 아름다웠다. 우리 제국은 검은색을 사랑하기 때문에 황궁은 검은색 위주로 칠해져 있었다. 때문에 굉장히 아름다우면서 고고한 분위기가 난다.

검은색이라고 하면 사람들이 대부분 안 좋은 뜻으로 생각하지만 우리 제국은 검은색을 참 좋아한다. 아마 황가 사람들의 핏줄엔 언제나 검은색 머리카락이나 눈을 가진 사람이 나오기 때문이 아닐까 싶다.

공작가에 시집간, 황녀였던 우리 외할머니가 검은색 눈동자를 가졌기 때문에 하룬도 검은색 눈동자를 가지고 있었다.

검은색 눈동자를 가진 하룬은 어딜 가던 좋은 대우를 받았다. 그렇게나 검은색은 이곳에서 좋은 취급을 받았다. 제국 역사학에서 배운 '오르드 제국 건국 신화'에 따르면 우리 제국을 세운 황제가 드래곤

슬레이어였다고 한다. 그는 블랙 드래곤의 심장을 취해 나라를 세울 힘을 얻었다고 했다. 물론, 드래곤은 상상 속의 동물이라고 여기는 우리는 이 이야기를 단순히 신화로만 여길 뿐이지만. 여하튼 블랙 드래곤이 우리나라를 세우는 데 큰 힘이 됐으니 그의 색을 좋게 여겼다.

황궁에 가까이 다가가니 펄럭이는 국기가 보인다. 국기에 그려져 있는 늠름한 블랙 드래곤 씨도 보인다. 잘 달리던 마치는 목적지에 도착하자 멈췄고 우리는 마차에서 내렸다. 마부와 하일리는 아는 사이인 것 같았다.

하일리가 마부에게 금화 한 개를 던지며 손을 흔들자 마부는 경례를 하며 마차를 돌려 나갔다. 금화를 내주고 거스름돈도 받지 않을 거였으면 그냥 언호스를 탈 걸 후회했다. 여튼 마차를 나와서 보니 마차가 정차한 곳은 황궁 뒤편의 으슥한 곳이었다. 황궁으로 이어진 대로가 아닌, 잘 알려지지 않은 샛길을 통해서 온 듯싶었다.

하일리는 황궁의 대문으로 들어가지 않고 황궁 뒤편에 잠시 머물렀다. 무언가를 찾는 듯한 하일리는 황궁의 벽을 만지며 천천히 걸었다. 인상을 살짝 쓰며 벽을 살피던 하일리는 곧 인상을 피고 검은색 벽의 어떤 스위치를 딸칵하며 건드렸다.

-구구구궁!

멀지 않은 곳에서 문이 열리는 소리가 들려왔다. 하일리는 익숙하게 소리가 들린 쪽으로 발걸음을 옮겼다. 조금 더 그를 따라 걸으니 담쟁이넝쿨로 뒤덮인 넓은 부분이 보였다. 하일리는 넝쿨의 나뭇잎들을 잠시 조심스레 만지다가 곧 힘을 줘서 넝쿨이 있는 벽을 밀었다.

넝쿨 뒤로 숨겨진 문이 있었다. 아까 문이 열린 소리가 들렸던 건 아마 이 문의 잠금이 풀리는 소리임이 틀림없었다. 하일리는 손에 묻은 먼지와 흙을 털며 스완과 나를 보고 들어오라고 했다. 우리는 말없이 하일리를 쫓아 그 비밀의 문을 통해 황궁 안으로 들어갔다.

하일리가 건물 내부를 밝히려고 벽에 달린 양초에 불을 붙이려고 하길래 나는 라이트 마법을 시전했다.

"……마법이란 정말로 간편하군. 고맙다."

하일리는 그렇게 말하며 고개를 살짝 까닥였다.

건물의 안이 환하게 밝혀지자, 내부의 형태가 슬슬 보이기 시작했다. 비밀의 문을 통해 황궁의 내부에 어찌 들어갔지만 문 안에는 하나의 방이 있는 것이 다였다. 심지어 이 방은 굉장히 작았는데 안에는 아무 물건도 없었다.

방 한가운데에 그려진 마법진만 아니면 말이다.

"아공간 마법진……?"

나는 방 한가운데에 매우 크게 그려진 마법진을 바라보며 숨을 삼켰다. 마법진은 크면 클수록 발휘할 수 있는 용량이나 스케일도 커진다. 이렇게 큰 아공간 마법진이 얼마나 대단한 위력을 가지고 있을지 상상도 되지 않는다. 아, 하나의 용도가 예상이 가긴 한다.

우리는 마법진 위에 섰다. 하일리가 품에서 마법 특수 액을 꺼내 마법진 위에 흘리자, 마법진이 그 액을 흡수하고 밝게 빛이 났다.

마법 특수 액은 마력을 액체화시킨 것으로 마법석보다 훨씬 더 강한 흡수력을 보여줬다. 마법석은 중간에 하늘로 날아가 버리는 마력이 있었는데, 마법 특수 액은 안에 담긴 마력을 모두 쓸 수 있게 해주었다.

마법진의 빛이 우릴 감싸자마자 땅이 쑥 꺼지는 느낌을 받았다.

* * *

눈을 떴을 때, 우리는 아늑한 방 위에 서 있었다.

엄청 화려하진 않지만 튼튼하게 만들어진 목재 가구들이 보였고, 바닥에 깔린 카펫은 굉장히 부드러웠다. 창문이 하나 있었지만 밖의 풍경이 굉장히 인위적이라는 느낌을 받았다. 오늘 날씨는 곧 비가 올 것 같이 굉장히 좋지 않았는데 이곳 창문 밖의 날씨는 정말로 화창했다.

방 안에 창문 밖을 바라보고 있는 한 중년의 여인이 시야에 잡혔다. 굉장한 외모를 가지고 있는 이 여인은 연갈색 머리카락을 가지고 있었고 머리카락 사이로 드문드문 보이는 붉은 눈은 심하게 떨리고 있었다.

그녀는 자신의 연갈색 머리카락을 쥐어뜯을 듯 붙잡으며 다리를 떨고 있었다. 그녀의 새하얀 옷에는 핏자국이 배와 가슴 중심으로 군데군데 묻어 있었다.

"으아아악! 흐아악, 학, 으아악!"

그녀는 침을 사방팔방 흘리며 악을 썼다. 얼마나 자신의 피부를 긁고 뜯어댄 건지 손톱이 온전하지 않았다.

"누구야! 다 나가! 사라져!"

주위에 잡히는 물건을 모두 던지기 시작하는 그녀였지만 방 안에는 무기가 될법한 물건은 없어서 쿠션만 날아다녔다. 나는 놀라지 않은 척하려 입술을 깨물고는 간간이 날아오는 물건들을 태연히 숙숙 피했다.

하일리가 교복 겉옷을 벗어 옷걸이에 걸고 조심스레 그 여인에게 걸어갔다. 아주 조심스러웠다. 잠시 머뭇거리던 하일리는 손을 들어 얼굴을 한 번 쓸고선 울 것 같은 표정을 입을 열었다.

"어머니, 식사 좀 하셨어요?"

"으아아악! 검은색, 머리카락! 저주받을 놈! 죽어! 죽어! 죽어!"

여인은 특히 하일리를 향해 강한 부정적인 감정을 보였다. 방금 하일리가 저 여인에게 어머니라고 한 것 같은데 잘못 들은 것 같아 그를 쳐다보았다. 하일리는 곧 무너질 것 같은 미소를 짓고 있었다.

"찢어 죽여! 누가 쟤 좀 죽여줘! 네가 싫어! 저 애를 죽이란 말이야!"

하일리가 손을 뻗자 여인은 꼭 살인귀를 상대하는 것처럼 지레 겁을 먹더니 나에게 달려와 매달렸다. 내 허리 부근에 매달린 채로 옷깃을 계속 잡아당기며 하일리를 죽여달라고 나에게 울며 애원했다.

"흐윽, 제발…… 쟤를 좀 찢어 죽여줘…… 누가 내 눈앞에서 저놈을 치워줘…… 우욱."

하일리는 그런 여인의 반응에 익숙하다는 듯 씁쓸하게 웃었다.

"아, 깜박했군. 슈슈, 내 머리색 좀 바꿔줄 수 있나?"

태연히 말한 하일리는 나에게 정중히 부탁했다. 나는 하일리를 흑발에서 연갈색로 바꿨다. 이전에 하일리가 염색을 하고 학교에 온 이유가 이해가 됐다. 연갈색에 붉은 눈을 가지게 된 하일리가 어색했지만 그럼에도 잘생겼다.

"무서워, 무서워, 무서워."

여인은 내 품을 파고들어 덜덜 떨었다.

"괜찮아요. 괜찮아. 쉬이."

난 그녀를 나긋한 목소리로 달랬다. 그녀가 내 팔을 강하게 붙잡고 자르지 않은 긴 손톱으로 내 팔에 생채기를 내려고 하자 하일리가 그 여인을 나에게서 떨어뜨려 놓았다.

저 여인은 누구고, 왜 이런 곳에 있는 건지. 여러모로 의문이 많이 들었지만, 그저 최대한 이 상황 그대로 왜곡하지 않고 바라보기로 했다. 상황을 잘 모르는 상태였지만 일단 따라와서 도와주겠다고 했으니 당황스러워도 난 아무렇지 않은 척했다.

하일리는 그 중년의 아름다운 여인을 조심스레 안고 침대로 옮겼다. 여인이 하일리의 얼굴을 할퀴며 그의 목을 조르려고 하고 난리를 피웠지만, 하일리는 얌전히 그녀를 달랠 뿐이었다.

그녀는 침대로 돌아가서도 진정하지 못했다. 머리를 쥐어뜯을 듯 붙잡으며 그녀는 덜덜 떨리는 목소리로 중얼거렸고 이따금 소리쳤다.

"나 버리지 마. 빌어먹을. 내가 잘못한 게 아니라고! 왜 떠나는 거야!"

눈물 콧물 등등 다 쏟은 그녀는 괴로움에 몸을 덜덜 떨고 있었다. 침을 흘려도 자각이 없는 상태였다.

"내 배 속의 이 빌어먹을 생명체만 아니었어도! 헤슬란은 날 떠나지 않았어! 시아나 오르드 이아네스! 미하일 오르드 이아네스!"

그녀는 긴 손톱으로 자신의 가슴과 배 부분을 마구 뜯으려고 하고 있었다. 배 속 아이 이야기를 하기에 임신을 했나 깜짝 놀랐지만, 그녀는 아이를 가지기에 나이가 너무 지긋했다.

별안간 고래고래 소리를 지르는 그 여인에 나는 깜짝 놀랄 수밖에 없었다. 그녀가 소리친 이름들이 전부 내 귀에 익숙한 이름들이었기 때문이었다.

시아나 오르드 이아네스는 제국의 황후, 즉 하일리의 어머니로 알려진 여자였고, 미하일 오르드 이아네스는 제국의 황제로 하일리의 아버지로 알려진 사람이었다. 두 사람은 남매이자 부부였고, 이 제국을 이끌고 나가는 황가 사람이었다.

"넌 누구야! 사라져! 다 없어지란 말이야!"

여하튼 하일리는 자신의 부모를 욕하는 이 여인을 극진하게 대하고 있었다. 자신을 알아보지도 못하는 이 중년의 여인을 아련하게 쳐다보며 그녀의 머리카락을 조심스레 쓰다듬었다.

"……스완. 부탁한다."

하일리가 심히 괴로워하는 것 같은 여인을 지탱해주다, 고개를 돌려 스완을 바라보았다. 스완이 그런 하일리를 물끄러미 쳐다보더니 곧 손가락을 튕겼다. 탁, 하는 소리가 들리자마자 시끄럽던 여인은 재빠르게 잠들었다.

스완하덴은 의자를 끌어당겨 곤히 잠에 빠진 여인을 바라보다가 손을 뻗어 진단하기 시작했다. 흰색 마력이 그녀의 몸을 감쌌고, 스완은 인상을 쓰며 그녀에게 집중했다.

그가 눈을 감고 집중하고 있는 모습을 바라보니 별안간 엄청 얇은 마법진이 실처럼 늘어나 그의 몸을 감싸고 있는 것이 보였다. 그리고 그 실 같은 마법진이 여인의 머리를 감싸 규칙을 가지며 움직이고 있었다.

처음 보는 신기한 광경이었다. 백마법의 정신 치료 마법은 저런 식으로 작동되는구나.

그러나 문제가 한 가지 있었다. 마법진이 여인의 머릿속에 접근하려고 하는 것 같은데, 이상한 검은 실처럼 얇은 마법진이 그것을 막고 있었다. 스완은 인상을 쓰며 계속 시도하려다가 눈을 뜨고 자리에서 일어났다. 그는 치료를 중지했다.

"안 돼. 지독한 흑마법이야. 저주를 오랜 시간 동안 몸에 담고 있어서 복구가 거의 불가능해."

스완하덴의 말에 하일리는 살짝 절망 어린 표정을 지었다. 예상했다며 중얼거리는 하일리였지만 실망과 허탈함과 여러 가지 절망적인 반응은 숨길 수 없었다.

"……하일리."

나도 모르게 하일리를 불렀다. 그는 참담한 표정을 감추지 못한 채 여인의 손을 잡고 몸을 떨었다. 그녀의 손을 들어 자신의 뺨에 가져다 댔다. 짊어진 짐이 무거워 그의 어깨가 축 늘어졌다. 그 여인 앞에서 분노도 살기도 내보이지 않았다. 그저 푸른 슬픔이 소용돌이치며 그의 눈가에서 떨어져 무릎에 눈물 되어 떨어졌다.

안타까움에 나는 미간을 구기고 주먹을 꽈악 쥐었다. 뭐라도 해주고 싶은 마음이 솟구쳐 올랐지만 내 무력함에 입술만 깨물었다.

스완하덴은 조용히 팔짱을 끼며 나와 하일리를 번갈아 가며 쳐다보다 혀를 찼다.

"……짜증 나게시리."

스완은 뒷머리를 거칠게 헤집으며 여인 앞의 의자에 앉고 있는 하일리를 밀쳐 바닥에 구르게 했다.

다시 의자를 차지한 스완은 여인의 앞에 앉았다. 그는 넘어진 하일리를 한번 내려다보더니 신경질적인 말투로 입을 열었다.

"휴지나 손수건 있냐."

"……?"

스완의 말에 하일리는 품에서 손수건 하나를 꺼냈다.

"그거 잘 들고 있어라."

의자를 끌어당겨 그녀 옆에 바짝 다가가 손을 뻗으며 입을 열었다. 스완하덴은 다시 자고 있는 여인에게 다가가 마법을 시전했다. 정신 계열 마법을 쓰니 다시 그에게서 실 같은 마법진이 퍼져 나와 여인 의 머리 부분을 감쌌다.

이번엔 스완은 좀 다른 접근 방법을 사용했다. 마법진이 그녀의 머 릿속에 접근하려고 하기보단 그녀를 감싸고 있는 미약한 검은색 마 력과 얇은 검은색 마법진을 잡아 하나씩 없애기 시작했다.

물론 없애면 바로 하나가 바로 생겨나긴 했지만 스완하덴은 큰 줄 기를 찾으려고 노력하며 그걸 없애려고 했다. 없앨 때마다 스완의 안색이 나빠졌지만 일단 그는 계속 치료를 진행했다.

가만히 상황을 지켜보고 있자니, 문득 저 여인을 감싸고 있는 검은 색 마법진을 내가 어찌해 볼 수 있겠다는 생각이 들었다. 집중하고 있는 스완의 근처로 다가간 나는 손을 뻗어 그 검은색 아지랑이 같 은 실 마법진에 손을 가까이 갖다 대었다.

흑마법으로 추정되는 이 얇은 실 마법진을 확대해 자세히 바라보 았다. 흑마법은 처음 보는 것이어서 신기했다. 백마법도 그렇고 흑 마법도 마법진의 배열이 일정하지 않고 들쑥날쑥했다. 웬만한 인간 의 몸이 감당할 수 있는 배열이 아니었다.

어쨌든 배열 자체가 외부의 저주 간섭을 차단하는 것이었는데 그 게 백마법 한정 배열이어서 더욱 까다로웠다. 서로의 마력이 상극인 게 딱 보였다.

이 정도면 저주를 내가 완전히 없애진 못해도 스완의 백마법 마법 진이 저 여인에게 무리 없이 들어갈 수 있도록 입구를 터줄 순 있을 것 같았다.

나는 마법진의 배열을 조금 바꿔서 스완의 마법이 지나갈 수 있는 길을 만들었다. 스완은 눈을 감고 집중하다가 무언가 이상한 점을 발견한 듯 마법을 멈추고 눈을 떴다.

스완은 무리한 정신 마법을 감행해 내상을 피하지 못한 것 같다. 아까 흑마법의 마법진을 흡수하며 없애던데 그걸 다 자신 쪽으로 받아들인 것 같다. 스완이 쿨럭, 하고 기침하며 검은색이 짙은 피를 살짝 입 밖으로 흘리자 하일리가 스완에게 준비한 손수건을 내밀었다.

스완은 하일리의 얼굴에 그 검은색에 가까운 피를 뱉었다.

"자, 이제 그걸로 네 얼굴 닦아."

건방진 자세로 비아냥거리며 웃은 스완이었다. 하일리는 화를 내려다가 상태가 매우 좋지 않아 보이는 스완을 바라보며 얌전히 그의 피를 닦았다.

스완은 인상을 쓰며 숨을 고르고 있다가 바로 뒤에 상황을 지켜보고 있던 나와 눈이 마주쳤다.

"……는 사실 내가 직접 닦아 주고 싶었어."

스완하덴은 갑자기 말을 덧붙이며 하일리에게서 손수건을 낚아채고는, 유리그릇 다루듯 손수건으로 조심스럽게 그의 얼굴에 묻은 피를 닦았다.

하일리의 얼굴을 깨끗이 닦은 스완은 다시 의자에 앉고 누워 있는 저 여인을 수상하다는 듯 쳐다보았다.

"이상하단 말이지. 난 저주의 일시적인 약화밖에 안 했는데."

스완의 이상하다는 말에 하일리가 인상을 찌푸리며 긴장했다.

"……근데 저주의 방어 마법이 갑자기 뚫렸어."

스완하덴은 나를 바라보며 입을 열었다. 하일리도 나를 바라보고 있었다. 둘이 날 수상쩍게 쳐다보길래 엄지를 치켜세웠다.

스완은 나를 바라보며 피식 웃고 하일리 쪽으로 시선을 돌렸다.

"아무튼, 기억이나 정신 부분은 이제 복구시킬 수 있어."

"……!"

하일리는 깜짝 놀란 표정을 지었다. 그가 손에 쥐고 있는, 스완의 피가 묻어 있는 손수건이 그의 손과 함께 떨리고 있었다.

"그래도 다가오는 죽음은 피할 수 없을 거야."

그러나 이어지는 스완의 직설적인 말에 하일리는 흥분을 누르고 천천히 고개를 끄덕였다.

"이미 마음의 준비를 하고 있었다."

하일리는 가라앉은 목소리로 나지막이 중얼거렸다.

"방어가 뚫렸으니 이제 최대한 회복 시켜 볼게. 기다려."

스완은 잠시 쉬다가 다시 몸을 돌려 그 여인에게 손을 뻗고 마법을 시전했다. 이제 막힘없이 잘 일이 풀려가고 있는 것 같았다.

하일리는 비틀비틀 걷다가 힘이 풀렸는지 벽에 기대 바닥에 털썩 앉았다. 내 마력은 이제 하일리의 연갈색 머리를 유지할 수 없을 정도로 떨어졌다. 하일리의 연갈색 머리카락이 다시 흑발로 변해가는 것을 바라보며 나도 하일리의 옆자리에 앉았다.

바닥엔 카펫이 깔려 있어 엉덩이가 그렇게 아프지도 않았다. 나는 손에 얼굴을 묻고 깊게 한숨을 내쉬는 하일리의 등을 약하게 토닥여 줬다. 하일리는 자신을 토닥이고 있는 나를 힐끔 바라보더니 진심을 담아 고맙다고 말했다. 나를 데려오기 정말로 잘했다고 중얼거린 하일리는 아직 이 모든 상황에 적응이 안 된 나를 눈치챈 듯싶었다.

그는 조금 진정하자 입을 열며 내가 그동안 그렇게 궁금했었던 그 동안의 이야기를 하기 시작했다.

"저분은 내 어머니다. 진짜 어머니."

나직한 목소리로 중얼거린 하일리는 잠시 한숨을 내쉬며 계속 입을 열었다. 나는 그의 첫마디부터 충격을 받았다.

아니 솔직히 방금 말은 과장이고, 사실 조금은 예상을 했었다. 저 여인의 아름다움이 하일리의 아름다움과 여러모로 비슷했으니까. 아까 하일리가 그녀를 보며 어머니라고 말하기도 했고.

"황후는 여러 이유 때문에 회임을 하지 못했어. 그래서 어머니를 통해 아이를 가지려고 했지. 그게 바로 나다."

"……."

"시아나 황후는 결혼을 앞둔 우리 어머니를 여러모로 질투했어. 어머니의 아름다움도 질투했고, 연인과 서로 행복한 모습도 질투했다."

이야기를 풀어나가기 시작하는 하일리를 계속 토닥이며 그의 말에 경청했다. 조금 충격적인 말들이 계속 나왔지만 나는 최대한 놀란 티를 내지 않으려 했다.

"황후는 황제에게 우리 어머니를 겁탈해 아이를 가지라고 말했지. 황실 전속 마법사로 일하던 우리 어머니는 그렇게 꺾이고 말았어. 심지어 나를 황후와 황제 사이에서 태어난 정직한 아기라고 말하고 싶어 그들은 내 어머니를 가두고 방치했지."

하일리가 말하는 내용들은 절대로 가벼운 내용이 아니었다. 내가 감히 이런 극비 내용을 알아도 되는 걸까 순간 생각이 들었다.

하일리는 간단히 말하려고 여러 과정을 생략하고 있었다. 나는 황실 전속 마법사의 대우나 그녀를 가둔 후의 처리 등등 여러 가지 의문점이 떠올랐지만 사소한 것은 버리고 중심 이야기만 듣기로 했다.

"나는 아무것도 모르고 있었다. 황후가 갑자기 회임에 성공하고 나에게 시선을 거두기 전까지는 말이다. 나는 그동안 스스로를 사랑받는 아이라고 생각해서 그렇게 행동했다. 부모님이라고 생각했던 사람들의 관심이 전부 2 황자에게 쏠려도 난 여전히 스스로 사랑받는 아이라고 생각했었다. 그런 아이이고 싶었다."

사랑 받고 있는 아이처럼 행동했다는 말에 나는 괜히 마음이 아팠다. 한마디로 구김 없는 아이가 되고 싶었다는 말이었다.

"그러다가 난 우연히 황궁에서 어머니와 만나게 됐다. 어쩌다 보니 그녀와 친해지게 됐고 말이다. 어머니는 몰래 감금된 방에서 빠져나와 어렸던 나와 종종 놀아줬다. 황후가 절대로 주지 않을 사랑을 나에게 쏟으며 매일 좋은 말과 격려를 해줬었지. 잘 때면 몰래 방에 들어와 자장가도 불러줬고 동화책도 읽어줬다. 내가 그녀가 내 어머니라는 것을 확실히 알기도 전에 나는 그녀를 내 어머니라고 여겼다."

하일리는 추억에 젖은 듯 눈앞의 여인을 바라보며 아련한 표정을 지었다. 목소리가 잔뜩 잠겨 있었다.

"난 황제가 돼서 그녀를 풀어주고 싶었기에 2 황자에게 지지 않으려고 그동안 정말 열심히 검을 잡았다. 덕분에 내가 다음 황제의 가장 유력한 후보로 오르게 되었지. 여기에는 네 공도 있다. 항상 감사히 여기고 있어."

하일리가 확실히 착실하게 검을 잡았긴 했다. 이상하리만치 성실하기도 했고. 그 극악무도한 근력 트레이닝을 떠올리면 하일리가 얼마나 열심히 했는지 알 수 있었다.

"황후는 그게 아니꼬웠던 거야. 자신의 진짜 아들인 2 황자를 다음 황제로 세우고 싶었는데, 내가 그녀의 장애물이었던 거지. 그래서 그녀는 나를 자연스럽게 없앨 계획을 짜기 시작했다. 유일한 흑마법이 남아 있는 오르드의 가보로 말이다. 흑마법은 잘 안 알려진 마법이기 때문에 흑마법에 당한 시체를 부검을 하게 된다면 그저 몸이 병들어 죽었다는 판정이 나오게 된다."

역시 저 여인이 걸린 마법은 흑마법이 맞았다. 그나저나 하일리를 없앨 계획을 짰는데 왜 저 여인이 대신 아픈 걸까. 순간 너무도 뻔하지만 가슴이 아픈 가설이 하나 떠올랐다.

"황제는 황후에게 설득당해 그녀에게 가보를 넘겨줬다. 그리고 그녀는 나와 가깝게 지내던 스승님을 통해 나에게 매일 저주를 걸어 서서히 죽이려고 했다. 하지만 마법사였던 어머니는 그것을 눈치채고 저주 마법을 자신에게로 향하게 했다. 홀로 시름시름 앓아간 거지. 난 그것도 모르고 있었고."

분하다는 듯 이를 가는 하일리에게서 돌연 살기가 느껴졌다. 날카로운 살기는 아무 대상에게도 향하고 있지 않았다. 그저 자기 자신을 원망하며 나오는 살기였다.

"내가 죽지 않고 건강히 살아가자 황후는 어머니의 행적을 눈치채고 그녀부터 없애려 했다. 황후와 한통속인 스승님이 수상한 움직임을 보이자마자 어머니가 더 위독해졌으니 난 스승님을 의심할 수밖에 없었지."

"저번에 알아봐 달라는 정보가 혹시 스승님에 관한 거였어요?"

그 스승님이라는 사람은 나도 아는 사람이라 입술을 깨물었다. 하일리는 차마 내 얼굴을 보지 못해 고개를 푹 숙였다. 내 목소리도 울음 때문에 떨리고 있었고, 하일리의 목소리도 마찬가지였다. 최근에 검술부 선생님께서 교체된 이유를 그제야 알게 되었다.

"그래. 네 덕분에 빠르게 막을 수 있었어. 난 결국 내가 따르던 스승님을 내 손으로 죽일 수밖에 없었어. 애초에 내 편이 아니었던 그를 내가 살려주게 된다면 상황이 악화될 게 뻔했거든. 그를 죽일 때가 아직도 기억나. 역겹게도 내가 검을 뽑아 그를 죽이려고 들자 나와의 추억을 하나씩 입 밖으로 꺼내더군. 제발 살려달라면서 말이다."

뒤에 이어지는 이야기는 왠지 듣기 힘들어 잠시 숨을 크게 내쉬었다. 아무래도 하일리의 멘탈 붕괴의 원인은 하일리의 어머니일 뿐만이 아닌 것 같다.

"내가 그를 죽였어. 미안하다. 미안한……. 그게……."

죄악감이 가득 담긴 목소리로 하일리는 중얼거렸다. 하일리가 믿고 따랐던 사람이었던 만큼 배신감도 크게 느꼈을 테고 그 사람을 또 죽여야만 했으니 더욱 괴로웠을 것이다.

"그 사람 이야기는 그만하고 어머니 이야기나 마저 해주세요."

"……."

잠시 몸을 떨고 있던 하일리는 감정을 추스르고 다시 이야기를 이었다.

"……어머니를 보호하기 위해 일단 황후에게 그녀가 죽었다는 말을 흘려 넣었다. 그리고 이곳에 비밀 공간을 만들어 어머니를 숨기고 있었고."

이 정교한 아공간 마법진은 코리의 아버지에게 부탁한 것이라고 했다. 드보아스 후작이 하일리의 어머니와 직장 동료였기도 했고, 친한 친구였던 사이라 흔쾌히 도와줬다고 한다.

"이미 저주가 깊숙이 퍼져 그녀가 얼마 살지 못한다는 건 알고 있다. 흑마법이기에 블란치 가문의 백마법이 잘 통하지 않아."

하일리는 말하면서 괴로운 건지 표정을 구겼다.

"어머니를 갉아먹는 저 저주는 처음엔 몸을 약화했다가 점점 정신 쪽을 공격한다. 어머니는 지금 자신이 가장 괴로웠을 때의 기억에서 못 벗어나고 있어. 결혼이 무산되고 억지로 나를 가졌을 그때를 살고 있는 거지. 그래서 그동안 나와 쌓아왔던 추억은 기억하지 못하고 증오만 보이고 있는 것이다."

"……."

"근데, 이제 원래대로 돌아온다니 정말로 다행이다."

그렇게 중얼거린 하일리는 느껴지는 한숨을 푹 내쉬며 참았던 눈물을 뚝뚝 흘렸다.

"근데, 곧 죽겠지."

안도감에 웃고 있었지만 그는 뻔히 보이는 그녀의 결말에 슬픔을 참지 못했다. 나는 하일리의 모습을 바라보며 아까 하일리의 어머니가 말하던 내용을 떠올렸다.

그녀가 가장 괴로워했을 때는 하일리를 임신했을 때였다. 그리고 그녀는 아기와 황제, 그리고 황후를 증오했었고 자신의 배 쪽을 뜯는 것을 보아 하일리를 가진 것에 대해 엄청나게 거부 반응을 보이고 있었다.

그리고 그걸 하일리는 잠잠히 듣고 있었다. 자신이 사랑하는 사람이 기억을 모두 잃고 증오 어린 표정으로 자신에게 욕설을 내뱉는다면 무슨 기분일까. 게다가 심지어 그 사람이 자신을 낳은 어머니라면.

어머니의 일만으로도 하일리의 머리가 충분히 돌 만한데 거기다
가 스승님의 일까지 겹쳐져 있었다. 침착하게 사태를 받아들이고 자
신이 할 수 있는 선에서 최선을 다한 하일리가 대견했다. 사실 정신
을 이렇게 유지할 수 있다는 것만 따져도 그를 대단히 여겨야 했다.

"그래도 정말 다행이다."

하일리는 기뻐 안도의 웃음을 터뜨리면서도 울음을 감추지 못해
눈물을 닦았다.

하일리는 잠시 숙인 고개를 들어 침대에 얌전히 누워 있는 자신의
어머니를 바라보았다. 그녀의 치료는 모두 마친 상태였다. 무리해서
마법을 쓴 스완은 의자의 등받이에 기대 성의 없이 앉아 있었다. 치
료가 끝난 여인은 편안한 표정을 지으며 자고 있었다. 이제 끝없는
악몽에선 벗어난 것 같았다.

"강하고 당찬 분이다. 이런 취급을 받을 사람이 절대로 아닌데, 나
때문에……."

나 때문에. 슬프게 중얼거린 하일리는 잔뜩 상처 입은 표정을 짓고
있었다. 자기혐오가 가득 담긴 그의 말에 나는 뭐라고 말하고 싶었
지만 아까의 상황을 모두 목격하고 나니 더욱 입을 뗄 수가 없었다.
무거운 주제였다.

하일리는 숨을 푸욱 내쉬며 입을 천천히 연다.

"적어도, 적어도 마지막은."

그는 말을 잇기 힘들어 보였다. 목소리가 잠겨 있었다.

"마지막만은……."

괴로워하지 않았으면 한다.

하일리는 나오지 않은 목소리를 쥐어짜며 겨우 다음 말을 내뱉었

지만 거의 들리지 않았다.

* * *

하일리의 어머니, 카라딜 에브게딘의 치료를 마친 스완하덴은 하일리와 나에게 다가왔다.

방구석 바닥에 앉아 있던 나와 하일리의 옆에 앉은 스완은 힘을 꽤 많이 쓴 건지 숨을 깊게 내쉬며 인상을 썼다. 나는 피를 토하면서까지 저주를 완화하려고 고생한 스완하덴을 살짝 토닥여줬다.

스완하덴은 지친 표정을 지었다가 갑자기 표정을 굳히고는 고개를 들어 침대에 곤히 누워 있는 카라딜을 바라보았다. 내가 앉아 있는 자리에서 그녀의 속눈썹이 보일 정도로 그녀는 긴 속눈썹을 가지고 있었다. 중년의 나이였지만 아름다운 그녀에게 난 시선을 뺏겼다.

문득 오랜 시간 동안 잊고 있었던 원작의 이야기가 떠올랐다. 다시 한번 이야기하지만, 원작에서는 이런 남주들의 속사정이 전혀 나와 있지 않았다. 하일리의 어머니나 루나아샤 별장에 대한 언급이 전혀 없다. 소설의 내용은 헤스티아가 위주였고 그녀의 주위에 있는 남주들의 설명은 굉장히 표면적인 것밖에 없었다.

갑작스러운 남주들의 심경 변화나 행동의 이유 따윈 없고 그저 그들의 이기적이고 막무가내의 애정을 담고 있었다. 헤스티아의 집안 이야기는 조금 언급이 된 것 같지만 말이다. 작가가 헤스티아를 편애했는지는 잘 모르겠지만, 소설에는 그저 전체적인 배경 설명과 맞지 않는 로맨스 서술이 주였다. 책에서 남주들의 속사정을 상세하게 설명해줬으면 저주를 막을 수 있었을 텐데.

꿈 덕분에 희미했던 그 소설에 대한 기억이 점점 선명해지고 있었다. 소설에서 하일리의 성격이 변한 이유는 찾아냈다. 홀로 이런 걸 다 버텨내다가 애가 삐그덕 한 것이다. 이브네스도 마찬가지였다. 하일리는 차가운 개차반이었고 이브네스는 영악한 개차반이었다. 나는 슬슬 스완하덴과 코리가 걱정이 됐다.

코리는 원작에서 유일하게 헤스티아에게 집착하지 않았던 남주였다. 사실 다른 남주들도 집착이라기보단 사랑이라는 명목으로 헤스티아를 괴롭힌 것이지만, 코리만은 헤스티아를 괴롭히지 않았다.

원작에서의 코리는 조용했지만 신경질적이었고 자기혐오가 심했던 것 같다. 사람을 참 함부로 대했던 것 같기도 하고. 코리는 다른 남주들에 비해 분량이 적었다. 마법에 빠져서 매일 도서관에 처박혀 살았기 때문이 아닐까 추측해 본다.

원작의 스완 이야기는 별로 꺼내고 싶지 않았다. 무슨 계기인지는 모르겠지만 '헤스티아의 그놈들' 속의 스완하덴은 정말로 세상에 존재해선 안 될 쓰레기였다.

스완하덴은 영악했고 또 무척 강했다. 소설 속의 스완은 그의 존재 자체가 잔혹성으로 이루어져 있었다. 자기 기분이 좋지 않을 때 남의 팔다리를 자르는 걸 아무렇지 않게 생각하는 미친놈이었다.

학교에도 자주 나오지 않았던 스완은 전쟁터를 돌며 사람을 죽이는 걸 취미로 삼던 아이였다. 남이 괴로워하는 것을 즐기는 사이코패스라고 할 수 있었다. 그는 자기 멋대로 남을 휘둘러야 했고, 헤스티아도 그에게 많이 휘둘렸었다.

하일리는 집착했고 이브네스는 관심을 끌기 위해 통수를 쳤으며 코리는 원작의 헤스티아를 그저 방치했다. 그리고 스완하덴은 그야

말로 소설의 장르를 피폐물로 확실하게 낙인찍은 아이였다.

나는 내 옆의 스완하덴과 하일리를 한 번씩 바라보았다.

스완하덴은 내가 바라보자 재빨리 고개를 반대쪽으로 돌렸고 하일리는 자신의 어머니가 누운 침대 쪽을 멀거니 바라보고 있었다.

그냥 다 무탈하게 잘 자라줬으면 좋겠는데 말이지. 안타까운 한숨이 나올 뿐이었다.

나는 별안간 자리에서 일어나 창밖을 바라보았다. 무심코 바라본 것이었지만 나는 창문 밖의 광경에 시선을 뗄 수가 없었다.

창문 밖에는 끝이 보이지 않는 꽃밭이 펼쳐져 있었다. 굉장히 로맨틱하다고 생각하며 방 밖을 나가 그 꽃밭으로 향했다. 나는 꽃을 여러 송이 따서 화관을 만들었다.

하일리는 화관을 만든 나를 바라보더니 자신도 곧 따라 만들었다. 카라딜이 꽃을 정말 좋아한다는 사실을 나에게 알려주며 하일리는 노란색 계열의 꽃으로 화관을 만들었다.

스완은 화관을 만드는 우리 옆에 쪼그려 앉아 주황색 꽃 한 송이를 꺾어 꽃점을 치기 시작하더니 곧 화난 표정으로 꽃을 내팽개쳤다.

하일리의 어머니는 곧 깨어났다.

우리는 깨어난 카라딜을 화관과 꽃들로 환영해줬다. 화관을 만들지 않은 스완도 그녀에게 무심하게 꽃 한 송이를 건넸다. 카라딜은 처음 보는 나와 스완을 바라보며 잠시 당황하더니 하일리를 발견하고 눈물을 조용히 흘렸다.

"꽃보단 밥을 달라고……."

하일리의 어머니는 하일리를 소중하게 껴안으며 나지막이 입을 열었다.

일어나자마자 밥을 달라는 카라딜을 바라보며 하일리는 "돌아왔네." 하며 작게 중얼거리고는, 웃으면서 말했다.

그거 식용 꽃이야.

* * *

저주를 완전히 풀진 못했지만, 그래도 정신이 돌아온 카라딜은 하일리를 똑바로 알아봤다. 그와의 추억도 모두 떠올린 것 같고 처음 봤을 때 보여 주던 날 선 모습도 없었다. 다만 몸이 죽음에 가까워지고 있어 힘들어하는 모습을 가끔 보일 뿐이었다.

카라딜은 놀랄 만치 유쾌하고 당찬 사람이었다. 전혀 어두운 면이 없어 보였다. 카라딜은 나를 무척 마음에 들어 했다. 나는 하루하루 약해져 가는 그녀의 모습이 걸려 거의 매일 하교 후 그녀를 찾아갔다. 하일리 몰래 찾아간 적도 있었다.

"푸하하핫! 아, 미치겠다. 하하하!"

카라딜은 배꼽을 잡고 굴렀다. 하일리 수치플들을 돌려보며 계속 웃고 있었다.

나는 카라딜에게 아카데미 안에서의 하일리를 보여 주고 싶었다. 카라딜은 육아 앨범을 보는 듯한 흐뭇한 표정으로 마법구들과 사진을 바라보다가 가끔 하일리가 뻘짓하는 장면이 나오면 크게 웃음을 터뜨렸다.

[처음 느껴보는 감정이다. 아아, 심장이 남아나질 않는구나. 다음에 또 만나게 되면 기필코 눈물보다는 웃음을 짓게 하리다!]

이건 하일리가 주니어 1학년 때의 녹음 기록이었다.

참고로 이건 내가 튼 게 아니었다. 카라딜이 하일리의 수치플 모음을 뒤적거리다가 찾아낸 것이었다.

"푸하하하!"

카라딜은 하일리의 오글거리는 발언을 듣자마자 다시 배를 잡고 굴렀다. 나는 몸도 좋지 않으면서 웃으며 난리를 치는 카라딜을 진정시켰지만 나도 엄청 웃고 있었다.

"하일리가 어렸을 때 잘 때마다 내가 로맨스 소설을 읽어줬거든. 질색하더니 자기도 모르게 영향을 받았나 봐."

그렇게 하일리의 중 2병의 원인을 밝히는 그녀였다. 그녀가 원흉이었다.

그녀는 다른 수치플 녹음을 틀었다.

[왜 이런 데에서 홀로 울고 있었던 걸까. 뭐가 그렇게 마음이 상해 저렇게 금방 부서질 듯한 표정을 짓고……]

"……뭐! 뭐 하는 거야!"

하일리가 스완과 함께 조금 늦게 방에 들어왔다. 그들의 품 안에는 그녀가 좋아하는 음식들이 들려 있었다.

스완하덴도 그 녹음을 들었는지 "와, 부끄러워." 하며 하일리를 보고 중얼거렸다.

하일리는 얼굴이 새빨개져선 나와 카라딜 쪽으로 달려왔다. 그는 카라딜의 손에서 내가 만든 육아 앨범을 뺏으려고 했다.

"내놔요!"

"오잉 오잉, 이게 뭘까아? 아들, 로맨스 소설 대사가 낯부끄럽다고 하더니 오오이잉? 으응?"

"으윽."

카라딜이 허리를 비틀고 고개를 거꾸로 하더니 양 눈썹을 두 번

씰룩였다. 정말 얄미웠다. 하일리는 잠시 인상을 쓰더니 자신의 수치플 영상을 보며 즐거워하는 카라딜을 잠시 멀거니 바라보았다. 그는 포기한 것 같았다.

하일리는 세상 다 산 표정으로 직접 카라딜에게 자신이 가장 수치스러웠던 부분을 꺼내 보여줬다. 자존심을 포기한 것 같은 눈동자가 무척이나 공허해 보였다.

스완하덴은 저주 때문에 죽어가는 카라딜을 거의 매일 찾아왔다. 나는 그게 엄청 의외였다.

몇 년 동안 그녀를 괴롭힌 저주는 완전히 풀 수 없어 그녀는 곧 죽을 예정이었다. 스완은 약해져 가는 몸 때문에 그녀가 고통스러워하지 않게 마법을 걸어줬다.

"너 의외로 열심히 돕는다?"

"아파하는 사람을 보면 그냥 지나칠 수 없어."

입에 침도 바르지 않은 채 무미건조한 말투로 거짓말을 하기에 그를 지그시 쳐다보았다. 그는 알아서 진실을 설토했다.

"카라딜이 기억을 잃었다는 걸 알게 되니까, 하일리가 조금 불쌍해져서."

스완이 동정이라는 걸 하자 조금 놀랐다. 진심인 것 같기도 하다. 꿈의 기억이 자꾸 강해지니 가끔 그가 인간인 게 신기해질 때도 있었다. 저런 모습을 보면 소설 속 피폐 남주가 아닌 진짜 사람 같았다.

카리딜에게 시간이 별로 없었고 우리는 암묵적으로 그걸 알고 있었다. 하일리는 그녀가 악몽에 시달리지 않은 것만으로도 많이 나아진 거라고 애써 긍정적으로 받아들이려고 했지만 아무래도 그녀가 곧 죽는다는 사실에 괴로워하고 있었다.

사실 나도 좀 뒤늦었지만 그녀가 너무 마음에 들었기 때문에 그녀를 보내고 싶지 않았다. 그래서 그녀를 살릴 방법을 밤을 새면서 연구해 보았지만 흑마법에 관한 정보가 너무 부족했던지라 난 아무것도 할 수 없었다. 스완도 도왔지만 소용이 없었다.

카라딜은 마법사였기 때문에 내가 마법진을 변형해서 마음대로 만들어 사용한다는 사실을 단번에 알아챘다.

그녀는 먹고 싶은 걸 소환할 수 있는 마법진은 못 만드냐고 물어보았다. 그래서 나는 그녀에게 음식 마법진을 하나 그려줬다. 그녀가 먹고 싶은 음식을 떠올리며 마법진에 마력을 넣으면 제국 내에서 그 음식을 찾아 그녀 앞으로 바로 소환되었다. 그 계기로 그녀는 날더 좋아했다.

"그나저나, 슈슈. 우리 하일리 어때? 얼굴도 잘생겼고, 능력 있고 착하고. 나름 황태자고. 완전 일등 신랑감인데."

틈만 나면 자꾸 날 하일리와 엮으려는 카라딜이었다. 난 거부를 표하기 위해 그녀의 어깨를 붙잡았다. 그리고 고개를 천천히 젓자, 카라딜이 고개를 천천히 끄덕였다.

절레절레. 끄덕끄덕. 절레절레. 끄덕끄덕.

한참을 그러고 있으면 카라딜의 빨래를 들고 방을 나가던 하일리가 이상한 눈초리로 우리를 쳐다보았다.

* * *

몇 주가 지나자, 카라딜은 하반신 전체가 마비되었다.

하일리는 학교를 아예 빠져 카라딜과 함께 시간을 보내는 중이었다. 나는 황실 사람들에게 넘어가는 하일리의 정보를 모두 삭제했다. 그가 황후를 신경 쓰지 않고 마음 편히 카라딜과 함께 시간을 보낼 수 있도록.

스완과 나는 학교가 끝나면 바로 외출 신청서를 내고 그녀를 찾아갔다. 카라딜은 우리가 찾아올 때마다 "아구, 예쁜 것들." 하면서 반겨줬다. 스스로를 아줌마라고 칭한 카라딜은 자신이 언제 우리같이 젊은것들이랑 어울려 보겠냐며 우리가 오는 것을 좋아했다.

하일리의 말대로 카라딜은 먹는 것만큼이나 꽃을 좋아하는 분이었다. 밖의 꽃밭은 카라딜이 태어난 곳의 풍경을 그대로 담아온 것이라고 했다.

카라딜은 하일리에게 심부름을 시켜 밖으로 내보냈다. 카라딜은 나보고 꽃밭이 있는 곳까지 부축해달라고 했다. 그녀를 업다시피 껴안으면서 꽃밭으로 이동한 나는 가장 푹신한 바닥에 카라딜을 내려놓았다.

나는 어쩌다 보니 그녀와 단둘이 있게 됐다. 난 꽃을 몇 송이 따서 카라딜에게 꽃반지를 만들어줬다. 카라딜은 꽃반지를 보며 굉장히 기뻐하더니 나를 꼬옥 껴안았다.

"하일리의 친구가 되어줘서 고마워, 슈라이나."

그렇게 말한 그녀의 눈동자에는 나에 대한 고마움이 가득 차 있었다.

그녀는 스완하덴도 언급했다. 스완하덴처럼 듬직한 애가 하일리의 친구여서 또 행복하다고 했다. 아무래도 카라딜은 스완과 하일이 엄청 친하다고 생각하고 있는 것 같았지만 나는 굳이 지적하지 않았다.

어떻게 보면 친한 거지? 그래. 일방적으로 하일이 당하고 사는 것 같지만 말이다.

"너도 알고 있겠지만 나는 곧 죽어."

담담한 말투로 자신의 죽음을 이야기하는 카라딜에 난 아무 말도 할 수 없었다. 그녀가 죽어가는 건 사실이었다. 발아래에서부터 그녀의 몸은 점점 마비가 되어갔고 그녀의 힘이 약해져 갔다.

"하일리를 잘 부탁하겠다는 말은 너무 진부하니까, 난 앞으로 하일리를 데리고 자주 놀아달라고 부탁할게."

하일리를 심부름으로 잠시 보내놓고 무슨 이야기를 할까 싶었더니 그녀는 나에게 혼자 남겨질 하일리를 부탁하고 있었다.

"같이 맛있는 것도 많이 먹고, 신나는 곳도 놀러 가고 말이야. 내가 죽은 바로 뒤에 하일리가 내 빈자리를 못 느낄 수 있게 정신없게 움직여줬으면 좋겠어."

꽃밭에 벌러덩 누운 그녀는 손에 들려 있는 꽃을 멀거니 바라보며 말했다. 전혀 곧 죽을 사람처럼 보이지 않는다. 나와 눈이 마주치자 웃는 그녀는 죽음이 두렵지도 않은지 편안한 표정이었다. 미련이 없어 보인다.

"……태연하시네요."

별로 오래 본 사이는 아니지만 그녀가 죽어간다는 사실이 마음이 아팠다. 인상을 조금 쓰자 그녀가 내 얼굴을 보며 작게 웃는다.

"뭐. 그렇지. 사실 난 삶에 별로 미련이 없어. 하일리를 가진 후부터 언제나 죽는 것만 생각했으니까."

손에 들린 꽃을 빙글빙글 돌리며 그녀는 담담한 어투로 말했다.

그렇게 말한 그녀는 주변에 하일리가 있는지 없는지 한번 살펴보았다. 하일리가 없다는 것을 확인한 카라딜은 이윽고 말했다.

"사실 하일리 대신 저주에 걸려 죽을 수 있다는 사실이 난 너무 좋아."

"……."

"살짝 속죄하는 기분이랄까. 난 처음에 뱃속의 죄 없는 하일리를 엄청 원망했었거든."

그녀는 그렇게 말하고 또다시 주변을 살폈다. 카라딜은 자신이 한때 하일리를 원망했었다는 사실을 그에게 알리기 싫어하는 것처럼 보였다.

카라딜은 제정신이 아닐 때의 자신을 기억하지 못했다. 이미 하일리는 그녀가 자신을 가졌을 때의 그 심정을 알고 있었다. 그 점이 난 너무 마음이 아팠다.

하일리가 없다는 것을 재차 확인한 카라딜은 계속 말을 이어갔다.

"비록 난 연인과의 사랑을 이루지 못했지만 하일리를 통해서 새로운 사랑을 배웠어. 그리고 그 사랑이 상처 입어 너덜너덜한 나를 다시 살아가는 사람으로 만들어줬지."

"……."

"비록 상황은 별로 좋진 않지만 그래도 난 지금 엄청 행복해. 게다가 너랑 스완도 찾아와줘서 더 좋고."

나는 잠자코 그녀의 말을 들었다. 행복하다고 말하는 그녀의 얼굴을 바라보았다. 그녀는 진심이었다.

"살다 보면 죽는 것보다 살아가는 것이 더 고통일 때가 있지. 난 내가 가장 행복한 지금 이때 죽을 수 있는 것이 굉장한 복이라고 여기고 있어."

카라딜은 혼자 남겨질 하일리가 예전엔 살짝 걱정이 됐었다고 했다. 하지만, 좋은 친구들이 있다는 걸 확인한 지금은 그 걱정을 훌훌 털었다고 한다.

카라딜은 열심히 꽃을 엮어 나에게 목걸이를 만들어줬다. 카라딜은 붉은색 꽃을 엮어 하일리를 위한 꽃목걸이를 만들었고 연하늘색 꽃을 꺾어 스완을 위해 꽃목걸이를 하나 더 만들었다.

카라딜은 열심히 손을 움직이며 하일리의 룸메이트인 코리의 목걸이도 만들었다. 코리와 카라딜은 한 번도 만나본 적이 없었지만 내가 그의 존재를 카라딜에게 알려줬다. 카라딜은 하일리에게 친구가 더 있다는 말에 기뻐하며 노란색 꽃을 엮어 목걸이를 완성했다.

"있지, 슈라이나. 네 학교가 아우그란 아카데미지? 혹시 주변에 산 하나 있지 않니?"

카라딜은 별안간 새 주제를 꺼냈다.

"황실 마법 연구소에서 근무했을 때 난 몰래 흑마법에 대해 연구했었어."

아까와 달리 진지한 표정을 짓는 카라딜이었다.

"아우그란 산을 조심해. 그쪽 주변에 너무 가까이 가지 마. 연구하다가 거기에 꺼림칙한 기운을 감지한 적이 있었지. 자세한 건 모르지만 말이야."

"검술부 실기 시험 때마다 그 산으로 몬스터 토벌하러 가는데요?"

"……아무튼 각별히 조심해줘."

카라딜은 살짝 걱정스러운 말투로 나에게 부탁했다.

아공간 마법진 속의 공간은 바깥 환경과 정말로 유사했다.

그러나 바람이 불지 않는 걸 보니 완벽히 밖이라고 할 수 없었다. 하늘에 떠 있는 태양도 비슷하고 꽃밭의 꽃들도 바깥의 것들과 같은데 바람이 불지 않았고 살짝 인위적인 느낌이 들었다. 만들어낸 공간이니 어쩔 수 없는 것이었다.

카라딜은 멀거니 드넓은 꽃밭을 바라보았다.

한참을 떠드니 어느새 심부름을 마치고 온 하일리가 우리 쪽으로 다가오고 있었다.

"있잖아. 나 이 공간에서 그만 나가고 싶은데."

카라딜은 하일리의 목에 자신이 만든 붉은색 목걸이를 걸어주며 말했다.

"진짜 바깥을 보고 싶어. 고향으로 내려가고 싶어."

하일리는 이제 다리를 못 쓰는 카라딜을 조심스럽게 안아 들고 고개를 끄덕였다.

카라딜의 고향은 제국의 가장 남쪽에 위치한 작은 마을이었다. 꽃의 마을이라고 유명한 그곳은 에메랄드색 바다가 보이고 사방에는 예쁜 꽃들이 잔뜩 피어 있는 아름다운 마을이었다.

우리는 조금 성급하게 움직였다. 카라딜은 우리가 시간을 두고 서서히 움직일 줄 알았지만, 우리는 당장 그녀를 그곳으로 이동할 수 있게 움직였다. 카라딜은 빠른 우리의 행동에 적잖이 당황했다.

하일리는 카라딜의 물건을 챙겼고 나는 그쪽으로 이동할 마법진을 그렸다. 중간에 온 스완하덴은 마력이 부족할 나를 위해 마법석을 여러 개 만들었다.

우리는 단번에 '니웨느얀', 꽃의 마을로 이동했다.

보석의 빛을 뿜어내는 바다가 제일 잘 보이는 언덕에는 꽃이 한가득 피어 있었고, 우리는 그곳에 카라딜을 내려놓았다.

그곳은 바람이 잔잔하게 불고 있었다. 춥지는 않지만 선선한 기분 좋은 바닷바람이었다. 카라딜은 꽃밭에 앉아 익숙한 풍경을 바라보며 잠시 어이없다는 표정을 짓다가 곧 부드러운 미소를 지었다.

카라딜은 자신의 애인과 이곳에서 식을 올리기로 했었다고 한다. 씁쓸하게 웃으면서 옛날이야기를 하던 카라딜은 작게 한숨을 쉬며 조용히 울었다.

"예쁘네……."

마지막은 고향에서 보내고 싶어 하는 것 같아, 우리는 아공간 마법 안에 있던 그 방을 그녀가 앉아 있는 자리 근처로 옮겼다.

우리는 카라딜이 장소를 옮겼어도 꾸준히 그녀를 찾아갔다. 학교에서 니웨느얀 마을까지 이동하는 마법진을 그려 꽤 자주 찾아갔던 것 같다.

그녀는 언제나 언덕 제일 높은 곳에 앉아 저 멀리 바라보고 있었다. 우리가 찾아올 때면 언제나 슬픈 표정을 지우고 반갑게 맞이해 줬다. 그녀가 한번 보고 싶어 하는 코리도 데려갔다.

그렇게 매일 그녀를 찾아가며 우리는 그다음 날에도 그녀가 살아 있어 주길 간절히 기도했다. 매일 언덕에 꼿꼿이 앉아 있는 카라딜을 보며 안도의 한숨을 쉬면서.

그러던 어느 날이었다. 그날은 어쩐지 불안했던 날이었다.

언덕에 앉아 우리를 기다려야 할 카라딜은 쓰러져 있었다.

하일리는 그녀에게 꼭 붙어서 그녀의 마지막을 지켜보았다. 나와 스완도 그녀의 주위에 앉아 겨우 눈을 뜨고 있는 그녀를 바라보았다. 카라딜은 우리에게 가까이 오라고 하면서 한 번씩 꼬옥 껴안아 줬다. 우리 보고 예쁜 것들이라고 말한 그녀의 목소리에는 힘이 없었다.

카라딜은 꽃 속에 파묻혀 우리를 한 번씩 바라보았다가 곧 하일리에게 시선을 주었다. 그녀는 떨리는 손으로 하일리의 얼굴을 쓰다듬으며 맑게 웃었다. 카라딜의 손 위로 그의 눈물이 뚝뚝 떨어졌다.

"성공했네, 카라딜."

그녀의 마지막 말이었다.

* * *

세찬 비가 주룩주룩 내리는 날이었다. 하늘은 어두운 회색이었고 에메랄드빛의 바다는 탁하게 죽어 있었다. 그녀가 매일 앉아 있던 언덕에는 그녀 대신 묘비가 대신 차지하고 있었다.

검은색 옷 대신 짙은 회색을 입은 하일리는 평안한 죽음을 상징하는 꽃을 들고 그녀의 묘비 앞에 서 있었다. 비가 오는데 피할 생각도 하지 않은 채 그저 비를 맞고 있었다.

나도 비를 피하지 않은 채 그녀의 묘비 앞으로 다가갔다. 나는 그녀가 만들어준 꽃목걸이를 차고 왔고 하일리도 그걸 차고 있었다. 비가 내리고 있어 울고 있어도 티가 나지 않았다. 비와 눈물이 섞여 모두 다 같이 흘러내린다. 하일리는 자신이 예전에 만든 화관을 그녀의 묘비 위에 올려놓았다.

어느새 스완하덴도 그녀의 묘비 앞으로 다가와 멀거니 묘비를 바라보고 있었다. 스완이 꽃 한 송이를 그녀의 묘비 위에 올려놓자, 나도 뒤따라 꽃다발을 그녀의 묘비 앞에 내려놓았다.

이어서 코리도 그녀의 묘비에 찾아왔다. 코리는 말없이 비를 맞고 묘비를 바라보고 있는 우리에게 우산을 씌워주었다. 그러나 우산이 작았기에 코리는 그 우산을 다 젖은 우리에게 씌우기보단 묘비에 올려놓은 꽃들이 망가지지 않게 그 위에 씌웠다.

비가 세차게 내려 머리와 어깨가 무거웠다.

"적어도 마지막 순간에는 행복했겠지?"

하일리가 갈라져 나오는 목소리로 물어보자, 나는 조용히 고개를 끄덕였다.

오작교는 싫습니다 2

초판 1쇄 발행 2019년 7월 8일
초판 4쇄 발행 2021년 8월 15일

지은이 윤지원(살오른곱등이)
펴낸이 최재호
펴낸곳 주식회사 에이템포미디어
편집 디자인 s:now* **표지 디자인** Limjae
교정 교열 에이템포미디어 출판부

등록번호 2019년 2월 27일 제 2019-000012호
주소 경기도 부천시 부천로 198번길 18, 202동 1101호(춘의동, 춘의테크노파크 2차)
전화 070-4100-0600
전자우편 atempo_media@naver.com
블로그 atempomedia.com

잘못된 책은 바꿔드립니다.

ISBN 979-11-6428-050-6